Patricia Cornwell (Florida, 1956), directora de Ciencia Forense Aplicada en la National Forensic Academy, ha recibido múltiples galardones en reconocimiento a su obra literaria, entre los que destacan los premios Edgar, Creasey, Anthony, Macavity, el francés Prix du Roman d'Aventure, el británico Gold Dagger y el Galaxy British Book Award. En 1999, la doctora forense Kay Scarpetta, protagonista de la mayoría de sus novelas, recibió el premio Sherlock al mejor detective creado por un autor estadounidense.

La obra de Cornwell ha sido traducida a más de treinta y dos idiomas. Hasta la fecha, Ediciones B ha publicado, en sus diferentes sellos, la serie completa de Scarpetta, así como *El avispero, La Cruz del Sur, La isla de los perros, ADN asesino* y *El frente.*

www.patriciacornwell.com

Títulos de la serie Scarpetta

MAXI

Título original: *From Potter's Field*

Primera edición: abril de 2018

© 1995, Patricia Daniels Cornwell
© 1996, 2008, Penguin Random House Grupo Editorial, S. A. U.
Travessera de Gràcia, 47-49. 08021 Barcelona
© Herederos de Hernán Sabaté, por la traducción

Printed in Spain – Impreso en España

ISBN: 978-84-9070-456-1
Depósito legal: B-3.025-2018

Impreso en Liberdúplex
Sant Llorenç d'Hortons (Barcelona)

BB 0 4 5 6 1

Penguin
Random House
Grupo Editorial

Una muerte sin nombre

Patricia Cornwell

MAXI

*Este libro está dedicado
a la doctora Erika Blanton
(Scarpetta te llamaría amiga)*

Replicó Yahvé: «¿Qué has hecho? Se oye la sangre de tu hermano clamar a mí desde el suelo».

Génesis 4:10

Era Nochebuena

Anduvo con paso firme sobre la gruesa capa de nieve que cubría Central Park. Ya era tarde, aunque no estaba seguro de la hora. Bajo las estrellas, hacia The Ramble, la oscuridad envolvía los montículos y el hombre alcanzaba a oír y a ver su propio aliento, porque él no se parecía a ningún otro hombre. Temple Gault siempre había sido mágico; siempre había sido un dios en un cuerpo humano. Por ejemplo, él no resbalaba al caminar como le habría sucedido, no le cabía duda, a cualquier otro. Y no conocía el miedo. Bajo la visera de la gorra de béisbol, sus ojos escudriñaban el entorno.

En el lugar oportuno —y Gault sabía perfectamente cuál era— se agachó, al tiempo que apartaba el largo faldón de su abrigo negro. Depositó un viejo petate militar sobre la nieve y extendió las manos, desnudas y ensangrentadas, a la altura de los ojos. Aunque frías, no las notaba insoportablemente heladas. A Gault no le gustaban los guantes, a menos que fueran de látex, y éstos tampoco daban calor. Se lavó las manos y el rostro en la blanda nieve recién caída y luego, con la que había utilizado, formó una bola manchada de sangre que colocó al lado del petate, pues no podía dejar allí ninguna de ambas cosas.

Asomó a sus labios una tenue sonrisa y, como un perro activo y feliz que se dedicara a excavar un hoyo en la pla-

ya, revolvió la nieve del parque para borrar las huellas de pisadas mientras buscaba la salida de emergencia. Sí, la trampilla estaba donde había calculado y sus manos siguieron apartando nieve hasta que encontraron el papel de aluminio doblado que había colocado entre la tapa y el borde. Gault agarró la anilla que servía de tirador y abrió la trampilla. Allá abajo estaban las tapas oscuras de la red del metro y se oía el chirrido de un tren. Dejó caer el petate y la bola de nieve por el hueco. Luego, sus botas resonaron en los peldaños de la escala metálica que llevaba abajo.

1

La Nochebuena se presentaba fría y traicionera, envuelta en escarcha negra y en crímenes anunciados por la radio del vehículo. No era habitual que alguien me llevara en coche a través de los suburbios de Richmond. Normalmente, conducía yo. Normalmente, también, era la única ocupante de la furgoneta azul del depósito de cadáveres que me trasladaba a los escenarios de muertes violentas e inexplicables. Esta vez, sin embargo, ocupaba el asiento del copiloto de un Crown Victoria de cuyos altavoces surgía música navideña interrumpida por los mensajes en clave que se cruzaban agentes y central.

—El comisario Santa Claus acaba de doblar a la derecha —señalé—. Creo que anda perdido.

—Sí. En fin, yo diría que él está borracho —respondió el capitán Pete Marino, responsable de la comisaría del violento distrito que estábamos recorriendo—. En nuestra próxima parada, fíjese en sus ojos.

El comentario no me sorprendió. El comisario Lamont Brown tenía un Cadillac, lucía ostentosas joyas de oro y gozaba del aprecio de la comunidad por el papel que estaba desempeñando en aquel instante. Quienes conocíamos la verdad acerca de Brown no nos atrevíamos a abrir la boca. Al fin y al cabo, es un sacrilegio decir que Santa Claus no existe, aunque en el caso del comisario era cierto que de Santa Claus no tenía nada. Aquel hombre esnifaba cocaína y probablemente se quedaba con la mitad de las donaciones que cada año le eran confiadas para que las repartiera entre los pobres; era pura escoria. Recientemente, y dado que nuestra antipatía era mutua, Brown se había asegurado de que no se me excluyera del deber cívico de ejercer como jurado cuando fuese convocada.

Los limpiaparabrisas se deslizaban penosamente por el cristal. Los copos de nieve se arremolinaban en torno al coche de Marino y lo rozaban como blancas y huidizas bailarinas. Descendían entre las luces de vapor de sodio y acababan tan negros como el hielo que cubría las calles. Hacía mucho frío. La mayor parte de los ciudadanos estaba en casa con la familia, a través de las ventanas se veían árboles adornados, y los fuegos de los hogares estaban encendidos. Karen Carpenter soñaba con unas Navidades blancas hasta que Marino, bruscamente, cambió de emisora la radio del coche.

—Una mujer que toca la batería no me merece el menor respeto —dijo, al tiempo que oprimía el encendedor del salpicadero.

—Karen Carpenter está muerta —respondí, como si ello la eximiera de más comentarios desdeñosos—. Y en esa pieza no tocaba la batería.

—Es verdad. —Marino sacó un cigarrillo—. Ya me acuerdo. Tenía uno de esos problemas digestivos… No recuerdo cómo se llaman.

El Coro del Tabernáculo Mormón entonó el *Aleluya*. Yo había previsto ir a Miami a la mañana siguiente para ver a mi madre, a mi hermana y a Lucy, mi sobrina. Mamá llevaba varias semanas en el hospital. En cierta época, había sido una fumadora tan impenitente como Marino. Abrí un poco la ventanilla.

—Y le falló el corazón. De hecho, fue de eso de lo que murió en último término —continuó él.

—De hecho, es de lo que todo el mundo se muere en último término —apunté.

—Por aquí no —sentenció Marino—. En este maldito vecindario, la causa es sobredosis de plomo.

Situados entre dos coches patrulla de la policía de Richmond, con sus luces que lanzaban destellos rojos y azules, avanzábamos en el desfile motorizado que formaban policías, reporteros y equipos de televisión. En cada parada, los medios de comunicación manifestaban su espíritu navideño abalanzándose con sus libretas de notas, sus micrófonos y sus cámaras. En un frenesí de actividad, pugnaban por la cobertura sentimental de la sonrisa del comisario Santa Claus en su tradicional reparto de regalos y comida entre los niños olvidados de los barrios pobres y sus aturdidas madres. Marino y yo nos ocupábamos de las mantas, que constituían mi donación de este año.

Tras doblar una esquina, las portezuelas de los coches se abrieron a lo largo de Magnolia Street, en Whitcomb Court. A cierta distancia distinguí fugazmente una mancha de color rojo intenso cuando Santa Claus pasó ante los faros, seguido de cerca por el jefe de policía de Richmond y otros altos cargos. Las cámaras de televisión encendieron los focos y se cernieron en el aire como ovnis entre el centelleo de los flashes.

Marino, bajo su montón de mantas, masculló una protesta:

—Estas mantas huelen mal. ¿Dónde las ha conseguido, en una tienda de animales?

—Son cálidas, lavables y, en caso de incendio, no despedirán gases tan tóxicos como el cianuro —respondí.

—¡Señor! Hay que ver lo que eso la anima...

Saqué la cabeza por la ventanilla para ver mejor.

—No utilizaría una de estas mantas ni para la caseta del perro —añadió él.

—¡Pero si ni siquiera tiene perro! —repliqué—. Además, yo no le he ofrecido ninguna, ni para la perrera ni para nada. ¿Por qué nos hemos detenido en estos apartamentos? No están en la lista.

—Buena pregunta, maldita sea.

Periodistas y miembros de los cuerpos de seguridad y de los servicios sociales se hallaban ante la puerta de un apartamento idéntico a todos los que formaban aquel complejo de viviendas, con aspecto de barracones militares de cemento. Marino y yo nos abrimos paso mientras las luces de las cámaras flotaban en la oscuridad, los focos iluminaban la escena y el comisario Santa Claus soltaba su «¡Jo! ¡Jo! ¡Jo!».

Nos colamos en el interior de la casa cuando Santa Claus sentaba en sus rodillas a un chiquillo negro y le entregaba varios regalos envueltos. El chiquillo, según oí, se llamaba Trevi; llevaba una gorra azul con una hoja de marihuana sobre la visera y tenía unos ojos enormes con los que miraba, perplejo, desde las rodillas de terciopelo rojo del barbudo personaje, junto a un árbol plateado salpicado de luces. La estancia, pequeña y demasiado caldeada, resultaba sofocante y olía a grasa rancia.

Un cámara de televisión me apartó a codazos.

—Vamos a entrar en antena, señora…

—Puede dejar las mantas ahí.

—¿Quién tiene el resto de los juguetes?

—Oiga, señora, va a tener que apartarse… El cámara me dio tal empujón que estuvo a punto de echarme al suelo. Noté que me subía la presión sanguínea.

—¿Necesitamos otra caja…

—No necesitamos ninguna. Por ahí.

—… de comida? Ah, bien. Ya la tengo.

—Si es usted de los servicios sociales —me dijo el cámara—, ¿qué le parece si se coloca por ahí?

—Si tuvieras dos dedos de frente —le replicó Marino

con una mirada furiosa—, te darías cuenta de que mi colega no es de los servicios sociales.

Una vieja con un vestido andrajoso había roto a llorar en el sofá y un militar con camisa blanca y galones se sentó a su lado para consolarla. Marino se acercó a mí y me cuchicheó al oído:

—A la hija de esa mujer la mataron el mes pasado. Se llamaba King. ¿Recuerda el caso? —Dije que no con la cabeza. No lo recordaba. Había tantos casos... Marino insistió—: Creemos que el autor es un maldito traficante de drogas llamado Jones.

Negué con la cabeza otra vez.

Había muchos malditos traficantes de drogas, y Jones era un apellido demasiado común.

El cámara había empezado a filmar y aparté el rostro al tiempo que el comisario Santa Claus me lanzaba una mirada vidriosa de desprecio. El cámara me dio otro enérgico empujón.

—Yo de usted no volvería a hacerlo...

Mi tono de voz no dejó dudas respecto a la seriedad de la amenaza.

La prensa había centrado su atención en la abuela porque aquélla era la noticia de la noche. Alguien había sido asesinado, la madre de la víctima estaba llorando y Trevi se había quedado huérfano. El comisario Santa Claus, fuera de los focos en aquel momento, bajó de sus rodillas al chiquillo.

—Capitán Marino —dijo una asistente social—, voy a coger una de esas mantas.

—No sé qué es lo hacemos en este cuartucho —masculló él, pasándole a la mujer el montón de mantas—. Me gustaría que alguien me lo explicara.

La asistente social miró a Marino como si le recriminara no haber seguido determinadas instrucciones. Cogió una de las mantas dobladas y le devolvió el resto.

—Aquí sólo hay un niño —murmuró—. No necesitamos tantas.

—Se supone que aquí ha de haber cuatro menores. Insisto en que esta casa no estaba en la lista —refunfuñó él.

Un periodista se acercó a mí:

—Disculpe, doctora Scarpetta. ¿Qué la trae por aquí esta noche? ¿Cree que se producirá alguna muerte?

El reportero pertenecía al periódico de la ciudad, que nunca me había tratado bien. Fingí que no le oía. El comisario Santa Claus desapareció en la cocina, lo cual me extrañó, porque no vivía allí y no había pedido permiso a nadie. Sin embargo, postrada en el sofá, la abuela no estaba en condiciones de ocuparse de las andanzas de nadie.

Me arrodillé junto a Trevi, que se había quedado a solas en el suelo, sumido en el asombro por los juguetes que acababa de recibir.

—¡Vaya coche de bomberos que tienes ahí! —le dije.

—Se encienden las luces.

El chiquillo señaló un piloto que se encendía y parpadeaba en el techo del vehículo cuando se pulsaba un interruptor.

Marino se agachó también junto al pequeño.

—¿Te han dado pilas extra para el camión? —Fingió un tono de voz severo, pero no pudo disimular su afabilidad—. Tienes que pedirlas del tamaño adecuado. ¿Ves esa tapa? Hay que poner las pilas ahí. Y debes utilizar las de tamaño C…

El primer disparo sonó como el petardeo de un coche; procedía de la cocina. A Marino se le heló la mirada mientras desenfundaba la pistola y Trevi se enroscaba en el suelo como un ciempiés. Cubrí al chiquillo con mi cuerpo y escuché la rápida sucesión de disparos de una semiautomática que vaciaba el cargador junto a la puerta trasera de la vivienda.

—¡Al suelo! ¡AL SUELO!

—¡Oh, Dios mío!

—¡Oh, Señor!

Cámaras y micrófonos saltaron por los aires mientras los presentes chillaban, trataban de llegar a la puerta y se arrojaban al suelo.

—¡TODO EL MUNDO AL SUELO!

Marino se encaminó a la cocina en posición de combate, con la nueve milímetros preparada. El tiroteo cesó y la habitación quedó en completo silencio.

Con el corazón desbocado, levanté a Trevi. Empecé a temblar. La abuela seguía en el sofá, inclinada hacia delante y cubriéndose la cabeza con los brazos como si estuviera en un avión a punto de estrellarse. Me senté a su lado y estreché al niño contra mí. Trevi estaba rígido y su abuela sollozaba, aterrorizada.

—¡Oh, Señor! ¡Por favor, no…! —gimió la anciana meciéndose hacia delante y hacia atrás.

—Ya ha pasado todo —le dije con voz firme.

—¡No puedo más! ¡Oh, Dios mío, no puedo soportar más esto! ¡Dios bendito!

—Ya ha pasado todo —repetí, y la cogí de la mano—. Escúcheme. Ya ha terminado. No hay más tiros.

La abuela siguió meciéndose.

Trevi se colgó de su cuello.

Marino reapareció en el hueco de la puerta que comunicaba el cuarto de estar y la cocina, con expresión tensa y mirada penetrante.

—Doctora…

Con un gesto, me indicó que le siguiera. Lo hice y me condujo a un mísero patio trasero cruzado por cuerdas de tender la ropa, donde la nieve se arremolinaba en torno a un bulto oscuro caído en la hierba helada. La víctima era un joven negro; yacía boca arriba y sus ojos entreabiertos contemplaban, ciegos, el cielo lechoso. Su chaleco azul de plumón presentaba pequeños desgarrones. Una bala había penetrado por su mejilla derecha y, cuando le comprimí el pecho y le insuflé aire en la boca, la sangre empapó mis manos y se enfrió de inmediato en mi rostro. No podía hacer nada por él.

Las sirenas ulularon en el aire nocturno como una compañía de espectros muy furiosos que protestara por aquella nueva muerte.

Me incorporé hasta quedar sentada, jadeante. Marino me ayudó a ponerme en pie y vi por el rabillo del ojo unas siluetas que se movían.

Volví la cabeza y observé que tres agentes se llevaban esposado al comisario Santa Claus. Se le había caído el gorro del disfraz y lo distinguí no lejos de mí, en el patio trasero, entre los casquillos de bala que brillaban bajo el haz de luz de la linterna de Marino.

—Por Dios bendito, ¿qué ha sucedido aquí? —pregunté, aún aturdida.

—Parece que nuestro buen Santa Claus quería estafar a este buen San Crack y han tenido un pequeño altercado aquí fuera —respondió Marino, muy agitado y jadeante—. Por eso se había detenido la comitiva precisamente en este cuchitril. El único que había previsto hacer una parada aquí era nuestro comisario.

No salía de mi aturdimiento. Noté el sabor a sangre en la boca y pensé en el sida.

Apareció el jefe de policía y empezó a hacer preguntas. Marino le dio explicaciones:

—Seguro que el comisario decidió entregar algo más que regalos de Navidad en este barrio.

—¿Drogas?

—Eso creemos.

—Me preguntaba por qué nos habíamos detenido aquí —comentó el jefe—. La dirección no constaba en la lista.

—Pues ahí tiene la causa. —Marino dirigió una mirada inexpresiva hacia el cuerpo caído en el suelo.

—¿Ha sido identificado?

—Anthony Jones, de la saga de los hermanos Jones. Diecisiete años. Ha estado en la cárcel más veces que la doctora en la ópera. A su hermano mayor lo mataron el año pasado en un ajuste de cuentas. Fue en Fairfield Court, en Phaup Street. Y creemos que fue Anthony quien mató a la madre de Trevi el mes pasado, pero ya sabe cómo funcionan las cosas por estos pagos: nadie vio nada y no hubo acusación. Quizá podamos resolver el caso ahora.

La expresión del jefe no varió un ápice.

—¿Trevi? ¿Se refiere al niño de ahí dentro?

—Ajá. Es probable que Anthony también sea el padre del pequeño. O que lo fuera.

—¿Qué hay del arma utilizada?

—¿En qué caso?

—En éste.

—Una Smith & Wesson 38; todo el cargador vaciado. Jones no había soltado todavía el arma y hemos encontrado un cargador en la hierba.

—Disparó cinco veces y falló... —murmuró el jefe, resplandeciente con su uniforme de gala y la gorra salpicada de copos de nieve.

—Bueno, no estoy tan seguro. El comisario Brown llevaba puesto un chaleco.

—Llevaba un chaleco antibalas bajo el disfraz de Santa Claus. —El jefe repetía las palabras de Marino como si tomara notas.

—Ajá. —Marino se inclinó a examinar un extremo del tendedero y recorrió con el haz de luz el metal oxidado del poste, medio caído hacia un lado. Con el pulgar enguantado, tocó un orificio causado por una bala—. Vaya, vaya —comentó—, parece que esta noche han disparado aquí a un negro y a un polacón.

El jefe guardó silencio durante unos instantes y, por último, murmuró:

—Mi mujer es polaca, capitán.

Marino se quedó cortado y yo contuve la respiración.

—Su apellido no es polaco, jefe...

—Por supuesto. Lleva mi apellido y yo, desde luego, no lo soy —replicó el jefe, que era negro—. Le sugiero que refrene sus comentarios étnicos y racistas, capitán —añadió en tono de advertencia, con los músculos de las mandíbulas muy tensos.

Llegó la ambulancia. Empecé a tiritar.

—Mire, no era mi intención... —comenzó a disculparse Marino.

El jefe no le dejó seguir:

—Creo que es usted el candidato perfecto para asistir a las clases sobre diversidad cultural. Ya he hecho ese curso.

—Ya ha hecho ese curso, señor, pero va a hacerlo otra vez, capitán.

—Lo he hecho tres veces. No es preciso que me mande allí una cuarta —replicó Marino, más dispuesto a acudir al proctólogo que a repetir una sola clase más de diversidad cultural.

Se oyeron portazos y alguien acercó una camilla metálica chirriante.

—Marino —dije yo—, aquí ya no puedo hacer nada más. —Quería que callase antes de que se metiera en más problemas—. Y tengo que ir a la oficina...

—¿Qué? ¿Lo va a despachar esta misma noche? —preguntó Marino con cierto abatimiento.

—Creo que es una buena idea, en vista de las circunstancias —respondí, nerviosa—. Además, me marcho de viaje mañana por la mañana.

—¿Navidades con la familia? —intervino el jefe Tucker, un hombre que era muy joven para ocupar un cargo tan alto.

—Sí.

—Eso está muy bien —afirmó sin la menor sonrisa—. Venga conmigo, doctora Scarpetta. La llevaré al depósito.

Marino me miró mientras encendía un cigarrillo.

—Pasaré por allí tan pronto haya terminado —dijo.

2

Paul Tucker había sido nombrado jefe de policía de Richmond hacía varios meses, pero sólo nos habíamos visto brevemente en una gala social. Aquella noche era la primera vez que nos encontrábamos en la escena de un crimen y todo lo que sabía de aquel hombre habría cabido en una ficha de archivo.

Había sido una estrella del baloncesto en la Universidad de Maryland y finalista de las becas Rhodes. Estaba en una forma física insuperable, era excepcionalmente inteligente y se había graduado en la Academia Nacional del FBI. Me parecía que me caía bien, pero no estaba segura.

—Marino no le desea ningún mal, jefe —comenté mientras pasábamos un cruce en ámbar en East Broad Street.

Noté en mi rostro la mirada de los ojos oscuros de Tucker y percibí su curiosidad.

—El mundo está lleno de gente que no desea causar ningún mal pero lo causa, y mucho —dijo.

Tenía una voz grave y modulada que me evocó el bronce y la madera pulimentada.

—No puedo discutirle eso, coronel Tucker.

—Llámeme Paul.

No le dije que podía llamarme Kay porque, después

de tantos años moviéndome en aquel ambiente, había aprendido un poco.

—No servirá de nada enviarlo a otro curso de diversidad cultural —continué.

—Marino necesita aprender disciplina y respeto.

Tucker volvía a mirar al frente.

—Es un oficial disciplinado y respetuoso. A su manera.

—Necesita aprender a serlo como es debido.

—No conseguirá cambiarlo, coronel —le aseguré—. Es un hombre difícil, irritante, maleducado... y el mejor detective de homicidios con quien he trabajado.

Tucker guardó silencio hasta que llegamos a los límites exteriores del Hospital de Virginia y tomamos a la derecha por la calle Catorce.

—Dígame, doctora Scarpetta —me comentó entonces—, ¿cree que su amigo Marino es un buen jefe de comisaría?

La pregunta me desconcertó. El ascenso de Marino a teniente ya me había sorprendido y su nombramiento como capitán me había llenado de asombro. Dan siempre había odiado los galones e, incluso después de convertirse en lo que aborrecía, seguía despreciando a los mandos como si él no lo fuera.

—Creo que es un policía excelente. Es honrado a carta cabal y tiene buen corazón.

—Doctora, ¿piensa responder a mi pregunta? —insistió Tucker en un tono de cierto regocijo—. Marino no es un político.

—Desde luego.

El reloj de la torre de la estación de Main Street indicaba la hora desde su elevada posición sobre la vieja estación de trenes abovedada, con su techo de terracota y su red de raíles. Detrás del edificio de los laboratorios aparcamos en la plaza reservada bajo el rótulo de «Forense

Jefe», un espacio de asfalto nada impresionante donde mi coche pasaba la mayor parte de su vida.

—Marino dedica demasiado tiempo al FBI —comentó Tucker.

—Y presta servicios de incalculable valor —añadí.

—Sí, sí, ya lo sé. Y usted también, doctora. Pero el caso de Marino presenta un grave inconveniente. Se supone que está al mando de la Primera Comisaría y no debe ocuparse de los crímenes de otras ciudades. Y yo intento dirigir un departamento de Policía...

—Cuando se produce un acto de violencia, sea donde sea, es problema de todos —respondí—. Da igual a qué comisaría o departamento pertenezca.

Tucker fijó la mirada en la puerta de la rampa de acceso con aire pensativo. Dijo:

—Desde luego, yo sería incapaz de dedicarme a lo que hace usted a estas horas de la noche, cuando no hay nadie por aquí excepto los cuerpos de la cámara frigorífica.

No es a ellos a quienes temo —repliqué sin inmutarme.

—Pues a mí, por irracional que sea la idea, me darían mucho miedo.

Los faros iluminaron el muro de estuco y acero, todo ello pintado del mismo color beis, insulso y deslustrado. En una puerta lateral, un rótulo rojo anunciaba a los visitantes que el interior del edificio se consideraba zona de riesgo biológico y ofrecía instrucciones para la manipulación de los cadáveres.

—Tengo que preguntarle una cosa... —murmuró Tucker. El tejido de lana del uniforme rozó la tapicería con un susurro cuando el coronel cambió de posición y se inclinó un poco hacia mí. Me llegó el aroma a colonia Hermes. Era un hombre guapo, de pómulos altos y dientes fuertes y blancos, cuyo cuerpo daba una sensación de fuerza, como si su negra piel fuera el camuflaje de un leopardo o de un tigre.

—¿Por qué lo hace? —fue su pregunta.

—¿Por qué hago qué, coronel?

Tucker se echó hacia atrás en el asiento.

—Mire —respondió mientras en el mensáfono parpadeaban unas luces—, usted es abogada y médico. Usted es jefe y yo también. Por eso se lo pregunto. No pretendo faltarle al respeto.

Esto último estaba muy claro.

—No sé por qué —confesé.

Tucker guardó silencio unos instantes; por fin, volvió a hablar:

—Mi padre estaba empleado en un almacén de maderas y mi madre limpiaba casas de ricos en Baltimore. —Hizo una breve pausa—. Ahora, cuando voy a Baltimore, me alojo en buenos hoteles y como en los restaurantes de moda. La gente me saluda. En algunas cartas que me llegan me llaman «Honorable». Vivo en Windsor Farms.

»Tengo a mis órdenes a más de seiscientos hombres y mujeres armados en esta violenta ciudad, doctora. Y sé muy bien por qué hago lo que hago: porque cuando era joven no tenía poder. Vivía con gente que no tenía poder y aprendí que todo el mal sobre el que oía predicar en la iglesia tenía su raíz en el abuso de aquello que yo no tenía.

La cadencia y la coreografía de los copos de nieve no había cambiado. Contemplé cómo cubrían lentamente el capó del coche.

—Coronel Tucker —lo interrumpí—, es Nochebuena y el comisario Santa Claus, presuntamente, acaba de matar a alguien a tiros en Whitcomb Court. Los de la prensa deben de andar locos. ¿Qué aconseja que hagamos?

—Estaré toda la noche en la central. Me aseguraré de

que patrullen en torno a este edificio. ¿Quiere que alguien la escolte hasta su casa?

—Supongo que me llevará Marino, pero, desde luego, llamaré si creo que necesito una escolta adicional. Debe usted saber que esta situación se complica aún más por el hecho de que Brown me odia y ahora voy a ser testigo pericial en el caso.

—Ojalá todos pudiéramos tener tanta suerte.

—No me siento afortunada.

—Tiene razón —declaró él con un suspiro—. No debe sentirse afortunada porque la suerte no tiene nada que ver con el asunto.

—Aquí llega mi caso —comenté al ver entrar la ambulancia en el aparcamiento, sin luces ni sirenas porque no hay prisa ninguna cuando se transporta un cadáver.

—Feliz Navidad, jefa Scarpetta —se despidió Tucker cuando me apeé del coche.

Entré por una puerta lateral y pulsé un botón de la pared. La puerta de la rampa se abrió despacio con un chirrido y la ambulancia entró por ella. Los auxiliares abrieron la portezuela trasera, sacaron la camilla, la alzaron sobre las ruedas y transportaron el cuerpo por una rampa mientras yo abría una puerta que conducía directamente al depósito.

Las luces fluorescentes, los ladrillos y los suelos de color claro proporcionaban al pasillo un aire aséptico que resultaba engañoso. En aquel lugar no había nada estéril. Ni siquiera se podía calificar de limpio, según las regulaciones médicas normales.

—¿Lo quiere en la cámara? —me preguntó uno de los auxiliares.

—No. Llévenlo a la sala de rayos X.

Abrí más puertas, seguida del traqueteo de la camilla, que iba dejando un rastro de gotas de sangre sobre las baldosas.

—¿Esta noche trabajará sola? —preguntó un auxiliar de aspecto latino.

—Me temo que sí.

Desdoblé un delantal de plástico y me lo puse pasando la cabeza por la abertura, con la esperanza de que Marino se presentase pronto. Cogí una bata quirúrgica verde de un estante del vestuario y me coloqué las fundas para el calzado y dos pares de guantes.

—¿Quiere que la ayudemos a trasladarlo a la mesa? —se ofreció uno de los camilleros.

—Se lo agradecería mucho.

—¡Eh, chicos!, pongámosle el fiambre en la mesa a la doctora.

—¡Por supuesto!

—Mierda, esta bolsa también gotea. Tenemos que pedir otras.

—¿Cómo quiere que lo pongamos?

—Con la cabeza aquí.

—¿Boca arriba?

—Sí. Gracias.

—Muy bien. Uno, dos, tres… arriba.

Trasladamos a Anthony Jones de la camilla a la mesa de disección y uno de los auxiliares empezó a abrir la bolsa.

—No, no. Déjelo así —intervine—. Ya me ocuparé de eso.

—¿Cuánto tiempo estará?

—No mucho.

—Necesitará ayuda para volver a moverlo.

—Aceptaré toda la que tenga —les aseguré.

—Podemos quedarnos un rato. ¿De veras iba a hacer todo esto usted sola?

—Estoy esperando a alguien.

Poco después trasladamos el cuerpo a la sala de autopsias y lo desnudé sobre la primera mesa. Los auxiliares se marcharon y la sala recuperó sus sonidos habituales del agua corriendo por los desagües y del instrumental de acero tintineando contra las bandejas metálicas. Sujeté las radiografías del cadáver sobre los plafones iluminados, donde las sombras y formas de sus órganos y huesos se me aparecieron con nitidez. Las balas y sus múltiples fragmentos desprendidos formaban letales tormentas de nieve en el hígado, los pulmones, el corazón y el cerebro. El cuerpo tenía alojada una bala anterior en el glúteo izquierdo y una fractura curada en el húmero derecho. Jones, como tantos de mis pacientes, había muerto como había vivido.

Estaba practicando la incisión en Y cuando sonó el timbre de la puerta de recepción. No me detuve. El guardia de seguridad se encargaría de quien fuese. A los pocos momentos, oí unas firmes pisadas en el pasillo y entró Marino.

—Habría llegado antes, pero todo el vecindario ha decidido acercarse a ver el espectáculo.

—¿Qué vecindario? —Lo miré con expresión perpleja, blandiendo el escalpelo.

—Todos esos parásitos de Whitcomb Court. Temíamos que hubiese disturbios. Ha corrido la voz de que al tipo lo ha matado un policía y, después, que ha sido Santa Claus. En cosa de minutos ha empezado a aparecer gente como si saliera de las grietas de las aceras.

Todavía vestido de uniforme, Marino se quitó el abrigo y lo dejó doblado sobre una silla.

—Allá siguen rondando todos con sus botellas de Pepsi de dos litros y sonriendo a las cámaras de televisión. Increíble.

Sacó un paquete de Marlboro del bolsillo de la camisa.

—Creía que iba usted por buen camino en el asunto de fumar —comenté.

—Sí. Voy cada día mejor.

—Marino, no es cosa para andarse con bromas…

Pensé en mi madre y su traqueotomía. Ni el enfisema la había curado de su hábito, hasta que sufrió la insuficiencia respiratoria.

—Está bien. —Marino se acercó aún más a la mesa—. Le diré la verdad: he bajado a medio paquete al día, doctora.

Corté las costillas y extraje la placa torácica.

—Molly no me deja fumar ni en su casa ni en su coche.

—¡Bravo por Molly! —Alabé a la mujer con la que Marino había empezado a salir alrededor del Día de Acción de Gracias—. ¿Qué tal le va con ella?

—De maravilla.

—¿Pasarán juntos las Navidades?

—Sí. Iremos a Urbana, con su familia. Hacen un pavo magnífico.

Dejó caer un poco de ceniza al suelo y se quedó en silencio.

—Esto llevará un rato —apunté—. Las balas se han fragmentado, como puede ver ahí, en las radiografías.

Marino contempló los morbosos claroscuros expuestos sobre los plafones iluminados de la sala.

—¿Qué utilizó? ¿Una Hydra-Shok? —pregunté.

—Hoy día, todos los policías de por aquí emplean la Hydra-Shok. Supongo que entiende por qué. Consigue su objetivo.

—Los riñones presentan una fina granulación superficial. Es muy joven para eso.

Marino echó un vistazo, curioso.

—¿Qué significa?

—Probablemente, un indicio de hipertensión.

Se quedó callado. Quizá se preguntaba si sus riñones tendrían el mismo aspecto. Yo sospechaba que sí.

—Me ayudaría mucho que pudiera tomar usted notas —apunté.

—No hay problema, siempre que lo deletree todo.

Se acercó a un estante y tomó lápiz y una tablilla sujetapapeles. Se puso unos guantes. Yo había empezado a dictarle pesos y medidas cuando sonó el buscapersonas que Marino llevaba al cinto. Lo soltó del cinturón, lo levantó para observar la pantalla y su expresión se ensombreció.

Se acercó al teléfono del otro extremo de la sala de autopsias y marcó un número. Habló dándome la espalda y sólo capté palabras sueltas que llegaron hasta la mesa donde yo estaba trabajando, pero su tono de voz me indicó que le comunicaban una mala noticia.

Cuando colgó, yo estaba extrayendo fragmentos de plomo del cerebro y garabateaba notas a lápiz en un paquete de guantes vacío, manchado de sangre. Interrumpí lo que estaba haciendo y le miré.

—¿Qué ocurre? —pregunté. Daba por sentado que la llamada guardaba relación con el caso, pues lo sucedido aquella noche era, ciertamente, bastante malo.

Vi a Marino sudoroso y con el rostro encendido, casi amoratado.

—Benton Wesley me ha enviado un 911 por el buscapersonas.

—¿Qué le ha enviado? —pregunté.

—Es el código que acordamos utilizar si Gault daba otro golpe.

—¡Oh, Dios! —musité.

—Le he dicho a Wesley que no se molestara en llamarla a usted, que yo le comunicaría la noticia.

Posé las manos en el borde de la mesa y, con voz tensa, pregunté:

—¿Dónde?

—Han encontrado un cuerpo en Central Park. Una mujer blanca, de treinta y tantos años. Parece que Gault ha decidido celebrar la Navidad en Nueva York.

Yo había temido este día. Había rogado al cielo que el silencio de Gault se hiciera permanente y había albergado la esperanza de que estuviera enfermo o hubiese muerto en algún pueblo remoto donde nadie conociera su identidad.

—Central nos envía un helicóptero —continuó Marino—. Tenemos que marcharnos tan pronto acabe usted el examen de este caso. ¡Maldito hijo de puta! —Empezó a deambular por la sala con aire furioso—. ¡Tenía que hacerlo en Nochebuena! —Lanzó una mirada colérica—. ¡A propósito! ¡Lo ha programado a propósito!

—Vaya a llamar a Molly —dije, pensando sobre todo en conservar la calma y apresurar el trabajo.

—Y me pilla llevando encima esta ropa.

Se refería al uniforme de gala.

—¿Tiene otra disponible?

—Pasaré un momento por mi casa; aprovecharé para dejar el arma. ¿Qué hará usted, doctora?

—Siempre tengo aquí lo que pueda necesitar. Mientras está fuera, ¿le importaría llamar a casa de mi hermana, en Miami? Lucy tenía que llegar allí ayer. Dígale lo que sucede y que no me esperen; por lo menos, de momento.

Le di el número y se marchó.

Casi a medianoche, la nevada había cesado y Marino estaba de vuelta. Anthony Jones reposaba en la cámara frigorífica y todas sus lesiones, antiguas y recientes, quedaban documentadas para el día en que hubiera que presentarlas ante el tribunal.

Nos dirigimos a la terminal de Aero Services International y allí, tras la cristalera, observamos el turbulento descenso de Benton Wesley en un Belljet Ranger.

El helicóptero se posó con limpieza en una pequeña

plataforma de madera y un camión cisterna surgió de entre las densas sombras. Las nubes se deslizaban como velos sobre el rostro de la luna llena.

Vi a Wesley saltar del aparato y apartarse a toda prisa de las aspas en movimiento. Advertí una expresión de furia en su rostro e impaciencia en su zancada. Alto y erguido, se comportaba con una serena energía que atemorizaba a la gente.

—Tardaremos unos diez minutos en repostar —anunció cuando llegó donde estábamos nosotros—. ¿Hay café por aquí?

—Me parece una buena idea —asentí—. ¿Quiere que le traigamos uno, Marino?

—No.

Lo dejamos y anduvimos hasta un pequeño vestíbulo encajado entre salas de espera.

—Lamento mucho todo esto —me dijo Wesley con suavidad.

—No tenemos elección.

—Él también lo sabe. No ha escogido al azar el momento de actuar. —Llenó dos vasos de plástico y observó el café—: Está bastante fuerte.

—Cuanto más, mejor. Te noto cansado.

—Siempre doy esa impresión.

—¿Tus hijos han venido a pasar las fiestas?

—Sí. Están todos… menos yo, claro. —Le vi apartar la mirada—. Los juegos de ese tipo van a más.

—Si ha sido Gault, estoy de acuerdo.

—Sé que ha sido él —afirmó con una calma controlada que no podía ocultar su rabia.

Wesley odiaba a Temple Brook Gault; se sentía exasperado y desconcertado ante su genio malévolo.

El café no estaba muy caliente y lo tomamos deprisa. Wesley no revelaba la familiaridad que había entre nosotros más que en la mirada, que yo había aprendido a leer muy bien. Él no solía recurrir a las palabras y me había vuelto experta en escuchar su silencio.

—Vamos —dijo.

Me tomó del codo y llegamos a la altura de Marino cuando éste ya se dirigía a la puerta con nuestro equipaje.

El piloto era un miembro del HRT, el Equipo de Rescate de Rehenes del FBI. Con el traje negro de vuelo y pendiente de lo que sucedía a su alrededor, nos miró como para comunicar que se había percatado de nuestra presencia, pero no agitó la mano, no sonrió ni dijo una palabra mientras abría las puertas del helicóptero. Nos agachamos bajo las aspas, y desde entonces siempre asociaré el viento que originaban éstas con el asesinato. Era como si, cada vez que Gault actuaba, el FBI se presentara en un torbellino de viento y metal reluciente y me arrancara del suelo.

Llevábamos varios años tras él y era imposible realizar un inventario completo del daño que había causado. Ignorábamos a cuánta gente había asesinado, pero contábamos cinco muertos por lo menos, entre ellos una mujer embarazada que había trabajado para mí en cierta ocasión y un muchacho de trece años llamado Eddie Heath. Tampoco sabíamos cuántas vidas había emponzoñado con sus maquinaciones, pero la mía, ciertamente, era una de ellas. Wesley estaba detrás de mí con los auriculares puestos, y el respaldo del asiento, demasiado alto, me impidió verlo cuando me volví. Las luces interiores se habían apagado y empezamos a elevarnos despacio. Nos deslizamos de costado y pusimos rumbo al nordeste. El cielo estaba cubierto de nubes y las extensiones de agua, abajo, brillaban como espejos en la noche invernal.

La voz de Marino irrumpió bruscamente en mis auriculares:

—¿En qué estado han encontrado a la víctima?

—Congelada —respondió Wesley.

—Eso significa que puede haber estado varios días a la intemperie sin que empezara a descomponerse, ¿no es así, doctora?

—Si hubiera estado a la intemperie varios días —respondí—, seguro que alguien la habría descubierto hace tiempo.

—Creemos que fue asesinada anoche —intervino Wesley—. Estaba a plena vista, sentada con la espalda apoyada en...

—Sí, a esa sabandija le gusta hacer eso. Es cosa suya.

—Deja sentada a su víctima o la mata mientras está sentada —continuó Wesley—. Lo ha hecho con todas, hasta ahora.

—Todas las que sabemos hasta el momento —les recordé.

—Las víctimas de que tenemos constancia.

—Sí. Sentadas en un coche, en una silla, apoyadas contra un cubo de basura.

—El chico de London, Canadá.

—Es verdad. Ése no.

—Parece que a ése se limitaron a dejarlo cerca de unas vías de tren.

—No sabemos quién lo hizo..., pero no creo que fuera Gault. Wesley parecía seguro de lo que decía.

—¿Por qué se preocupará de que los cuerpos estén sentados? ¿Qué opinan?

—Ésta es su manera de burlarse de nosotros —respondió Marino.

—Por desprecio, por mofarse —apuntó Wesley—. Lleva su firma. Y sospecho que tendrá un significado más profundo.

Yo también lo sospechaba. Todas las víctimas de Gault aparecían sentadas con la cabeza inclinada hacia delante y las manos en el regazo o extendidas a los costados, como muñecos. La única excepción era Helen, una celadora de prisión. Aunque el cuerpo de ésta, vestido de uniforme, estaba colocado en la silla de rigor, al cadáver le faltaba la cabeza.

—Desde luego, la disposición... —empecé a decir.

Los micrófonos activados por la voz nunca conseguían sincronizarse por completo con el ritmo de la conversación. Costaba entenderse.

—Ese cerdo quiere restregarnos los muertos por las narices.

—No creo que sea su única...

—Ahora mismo, Gault quiere que sepamos que está en Nueva York...

—Déjeme terminar. Benton, ¿qué hay del simbolismo?

—Podría disponer los cuerpos de diversas maneras, pero hasta hoy ha escogido siempre la misma postura. Los deja sentados. Forma parte de su fantasía.

—¿Qué fantasía?

—Si lo supiera, Pete, quizá no tendríamos que hacer este viaje.

Un rato más tarde, el piloto comunicó por la radio:

—La FAA anuncia un SIGMET.

—¿Qué diablos es eso? —preguntó Marino.

—Un aviso de turbulencias. En Nueva York hay viento de veinticinco nudos con ráfagas de hasta treinta y siete.

—¿Y no podemos aterrizar? —dijo Marino, que aborrecía volar, en un tono algo espantado.

—Volaremos bajo y los vientos estarán mucho más arriba.

—¿Qué significa «bajo»? ¿Ha visto alguna vez lo altos que son los edificios de Nueva York?

Alargué el brazo hacia atrás, entre el asiento y la puerta, y di unas palmaditas en la rodilla de Marino. Estábamos a cuarenta millas de Manhattan y casi alcanzaba a distinguir el parpadeo de una luz en lo alto del Empire State Building. La luna parecía hinchada, los aviones entraban y salían del aeropuerto de La Guardia como estrellas flotantes y de las chimeneas surgían enormes columnas de humo blanco. A través de la burbuja de la proa, a mis pies, contemplé los doce carriles de la autopista de Nueva Jersey y una miríada de luces que resplandecían como joyas, como si Fabergé hubiera diseñado la ciudad y sus puentes.

Dejamos atrás la espalda de la Estatua de la Libertad y pasamos sobre la isla Ellis, donde se había producido el primer encuentro de mis abuelos con América, en un repleto centro de acogida de inmigrantes, un frío día de invierno. La pareja había dejado Verona, donde mi abuelo —el cuarto hijo de un peón del ferrocarril— no tenía muchas perspectivas de futuro.

Procedo de una familia animosa y trabajadora que anteriormente emigró de Austria y Suiza, a principios del siglo pasado, lo cual explica mis cabellos rubios y mis ojos azules. Pese a lo que contaba mi madre de que, cuando Napoleón I cedió Verona a Austria, nuestros antepasados supieron conservar la pureza de nuestra sangre italiana, yo estaba convencida de lo contrario y sospechaba que algunos de mis rasgos más teutónicos eran de origen genético.

Distinguí Macy's, carteles publicitarios y los arcos dorados de los McDonald's conforme Nueva York se convertía lentamente en una extensión de asfalto, aparcamientos y aceras ocupadas por altas pilas de una nieve cuya suciedad se apreciaba incluso desde el aire. Sobrevolamos en círculo el helipuerto de personalidades de la calle Treinta Oeste y agitamos las aguas oscuras del Hudson como si una manga de viento se alzara sobre ellas. Nos posamos en un espacio próximo a un reluciente Sikorsky S-76; comparado con éste, todos los demás aparatos parecían vulgares.

—Atención al rotor de cola —nos previno el piloto.

Entramos en un pequeño edificio apenas caldeado, donde nos recibió una mujer de cincuenta y tantos años, cabellos oscuros, rostro inteligente y ojos cansados. Enfundada en un grueso abrigo de lana, pantalones, botas altas de cordones y guantes de piel, se presentó como la comandante Frances Penn, de la policía de Tránsito de Nueva York.

—Muchas gracias por venir —nos dijo mientras nos estrechaba la mano uno por uno—. Si están dispuestos, tengo unos coches esperando.

—Estamos dispuestos —asintió Wesley.

Ella nos condujo otra vez al frío del exterior, donde nos aguardaban dos coches patrulla con una pareja de agentes en cada uno, los motores en marcha y la calefacción muy alta. Hubo un momento de indecisión mientras, con las portezuelas abiertas, decidíamos quién viajaba con quién. Como sucede tan a menudo, nos dividimos por sexos y la comandante Penn y yo montamos juntas. Lo primero que hice fue interesarme por cuestiones de jurisdicción, pues en un caso de la envergadura de éste habría mucha gente que se creería con derecho a ejercer el mando.

—La policía de Tránsito participa en la investigación porque creemos que la víctima conoció a su asaltante en el metro —explicó la comandante, una de los tres jefes adjuntos del sexto departamento de policía más numeroso del país—. Esto debió de suceder ayer por la tarde.

—¿Cómo lo sabe?

—Resulta realmente fascinante. Uno de nuestros agentes patrullaba, de paisano, la estación de metro de la calle Ochenta y uno y Central Park West y, hacia las cinco y media de la tarde, se fijó en una extraña pareja que apareció por la salida del museo de Historia Natural que conduce directamente a aquella estación.

El coche patrulla avanzó sobre el hielo y los baches con un traqueteo que me sacudía los huesos de las piernas.

—Enseguida, el hombre encendió un cigarrillo mientras la mujer sostenía una pipa.

—Qué interesante —me limité a comentar.

—Está prohibido fumar en el metro. Por eso se acuerda de ellos el agente, además de por su aspecto.

—¿Les llamó la atención?

—Sólo al hombre. A la mujer no, porque no había encendido la pipa. El hombre le enseñó al agente el permiso de conducir, que ahora creemos que era falso.

—¿Y dice que el aspecto de la pareja era extraño? ¿A qué se refiere?

—La mujer llevaba un gabán de hombre y una gorra de béisbol de los Braves de Atlanta. Y la cabeza afeitada. De hecho, al principio el agente no estaba seguro de que fuera una mujer y pensó que se trataba de una pareja homosexual.

—Descríbame al hombre que iba con ella —continué.

—Estatura media, delgado, con facciones muy angulosas y unos ojos azules muy extraños. Los cabellos, de color zanahoria.

—La primera vez que vi a Gault, los tenía gris plateado. Cuando volví a verlo en octubre pasado, eran negros como el betún.

—Ayer eran pelirrojos. De color zanahoria, para ser más exactos.

—Y hoy, probablemente, serán de otro color. En cuanto a los ojos, Gault los tiene muy extraños, en efecto. Su mirada es muy intensa.

—Es un tipo muy astuto.

—No tenemos ninguna descripción de su manera de ser.

—Parece que hable usted del mismísimo diablo, doctora Scarpetta...

—Por favor, llámeme Kay.

—Está bien. Y usted a mí Frances.

—Así pues, parece que la pareja visitó el museo de Historia Natural ayer por la tarde —continué—. ¿Cuál es estos días la principal exposición?

—Una de tiburones.

Me volví hacia ella, y su expresión era de absoluta seriedad. Mientras charlábamos, el joven agente conducía con pericia entre el tráfico neoyorquino.

—Actualmente hay una gran exposición de tiburones —amplió su respuesta la comandante—. Un repaso a todos los tipos de tiburón imaginables desde el principio de los tiempos, creo.

Permanecí callada.

—Según nuestra reconstrucción de lo sucedido —continuó mi acompañante—, Gault…, bueno, supongo que podemos llamarle así ya que creemos que es él quien lo hizo…, Gault, digo, la llevó a Central Park al dejar el metro. La condujo a una parte llamada Cherry Hill, la mató de un disparo y colocó el cuerpo desnudo apoyado en la fuente.

—¿Y por qué accedería ella a acompañarlo al parque después de anochecer? Sobre todo con este tiempo…

—Creemos que él pudo convencerla para que lo acompañara a The Ramble.

—La zona frecuentada por los homosexuales.

—Sí. Es un lugar de encuentro para ellos, una zona rocosa rica en vegetación, con senderos llenos de revueltas que no conducen a ninguna parte, parece. Uno se pierde allí fácilmente, por muchas veces que haya estado. Es una zona con alto índice de criminalidad. Calculo que una cuarta parte de todos los delitos cometidos en el parque se produce en ella. Asaltos, sobre todo.

—Entonces, si la llevó a The Ramble después de anochecer, Gault debe de conocer bien Central Park.

—Probablemente.

Esto apuntaba a que Gault llevaba algún tiempo oculto en Nueva York, pensamiento que me causó una terrible frustración. Lo habíamos tenido prácticamente en nuestras narices sin percatarnos de ello.

—La escena del crimen sigue todavía acordonada —me indicó la comandante Penn—. He pensado que querrían echarle un vistazo antes de retirarse al hotel.

—Desde luego —asentí—. ¿Hay algún indicio?

—Hemos recuperado del interior de la fuente un casquillo de pistola que lleva una marca de percutor característica: corresponde a una Glock de nueve milímetros. Y hemos encontrado cabellos.

—¿Dónde?

—Cerca del cuerpo, en las volutas de una estructura de hierro forjado que adorna la fuente. Puede que los cabellos quedaran enganchados ahí mientras el hombre colocaba el cuerpo.

—¿De qué color?

—Rojo zanahoria.

—Gault es demasiado meticuloso como para dejar un casquillo o un mechón de cabellos —comenté.

—No podía ver dónde había ido a parar el casquillo —respondió Frances Penn—. Era de noche y el casquillo debía de estar muy caliente cuando cayó en la nieve. Puede imaginar lo que sucedió.

—Sí —respondí—, puedo imaginarlo.

3

Con unos minutos de diferencia, Marino, Wesley y yo llegamos a Cherry Hill, donde habían instalado focos para reforzar las viejas farolas de la periferia de una plaza circular. Lo que una vez había sido un punto de cambio de sentido para carruajes y abrevadero de caballos estaba ahora cubierto de nieve y rodeado de cinta amarilla para marcar el escenario del crimen.

En el centro de aquel siniestro espectáculo había una fuente de hierro forjado y bronce, cubierta de hielo, que no funcionaba en ninguna época del año, según me indicaron. Era junto a aquella fuente donde se había descubierto el cuerpo desnudo de una mujer joven. Había sido mutilada, y me vino a la cabeza que la intención de Gault en esta ocasión no era dar señales de mordiscos, sino dejar su firma en el cadáver para que identificáramos al instante al artista.

Por lo que podíamos deducir, Gault había obligado a su víctima más reciente a quitarse la ropa y caminar desnuda hasta la fuente, donde a primera hora de la mañana se había hallado el cuerpo helado. Gault le había descerrajado un tiro a quemarropa en la sien derecha y le había extirpado zonas de piel en la cara interna de los muslos y en el hombro izquierdo. Dos series de pisadas avanzaban hacia la fuente y sólo una se alejaba de ella. La sangre de aquella mujer, cuya identidad desconocíamos, formaba brillantes manchas en la nieve y, más allá del escenario de su muerte espantosa, Central Park se disolvía en unas sombras densas, llenas de malos presagios.

Me acerqué a Wesley hasta que nuestros hombros se rozaron, como si nos necesitáramos el uno al otro para entrar en calor. Sin decir palabra, él estudió minuciosamente las pisadas, la fuente y, por último, la oscuridad de The Ramble. Cuando se llenó los pulmones de aire en una profunda inspiración, noté cómo se elevaba su hombro antes de volver a apoyarse en el mío, más pesadamente en esta ocasión.

—¡Joder! —murmuró Marino.

—¿Han encontrado la ropa de la chica? —pregunté a la comandante Penn, aunque ya sabía cuál sería la respuesta.

—Ni rastro de ella —respondió la aludida, que miraba a su alrededor—. Las pisadas son de zapatos hasta el borde de la plaza, por ahí. —Señaló un punto a unos cinco metros a la derecha de la fuente—. Se observa claramente que a partir de ahí empezó a caminar descalza. Hasta ese punto llevaba botas, creo, un calzado con tacón y suela lisa, como una bota vaquera o algo así.

—¿Y las huellas del hombre?

—Quizá podamos seguirlas hasta The Ramble, pero no es fácil decirlo. Hay tantas pisadas y la nieve está tan revuelta…

Intenté encajar las piezas:

—Así pues, la pareja salió del museo de Historia Natural por la estación de metro, entró en el parque por el lado oeste, probablemente recorrió The Ramble y luego se dirigió hacia aquí. Una vez en la plaza, según parece, el hombre la obligó a desnudarse y a quitarse los zapatos. A continuación, la víctima caminó descalza hasta la fuente, donde el asesino la mató de un disparo en la cabeza.

—En este momento, así parece que sucedieron los hechos —intervino un robusto detective de la Policía de Nueva York que se presentó como T. L. O'Donnell.

—¿Qué temperatura hace? —le preguntó Wesley—. Mejor dicho, ¿qué temperatura hacía anoche?

—Muy baja —respondió O'Donnell, un hombre joven y airado de tupida cabellera negra—. Con el viento, llegó a diez bajo cero.

—Pero la mujer se desnudó y se descalzó. —Wesley parecía hablar consigo mismo—. Qué extraño.

—No tanto, si alguien le apunta a uno a la cabeza con una pistola.

O'Donnell dio unos ágiles saltitos con las manos hundidas en el fondo de los bolsillos de una chaqueta de policía azul marino que no resultaba suficientemente cálida frente a unas temperaturas tan bajas, incluso con el chaleco antibalas puesto.

—Si a uno le obligan a desnudarse bajo este frío —apuntó Wesley con mucha razón—, uno sabe que va a morir.

Nadie dijo nada.

—De lo contrario, no le obligarían a quitarse la ropa y el calzado. El acto mismo de desnudarse va contra el instinto de supervivencia porque, evidentemente, uno no puede sobrevivir mucho rato desnudo, al aire libre y con estas temperaturas.

Se mantuvo el silencio mientras todos contemplábamos la lúgubre escena de la fuente, rodeada de nieve manchada de sangre, y distinguí las marcas de las nalgas desnudas de la víctima en el lugar donde la había colocado el asesino. La sangre seguía tan brillante como en el momento de verterla, porque se había congelado.

Por fin, Marino formuló una pregunta:

—¿Por qué diablos no escapó?

Wesley se apartó de mí bruscamente y se agachó a observar otras huellas que asumimos pertenecían a Gault.

—Ésa es la gran pregunta —asintió—. ¿Por qué no?

Me acuclillé a su lado y estudié también las pisadas. La marca de la suela, claramente impresa en la nieve, era curiosa. El calzado de Gault dejaba una huella compleja de rombos y ondulaciones, la marca del fabricante en el arco del zapato y un logotipo gastado en el tacón. Calculé que eran de un número cuarenta y uno o cuarenta y dos.

—¿Qué harán para conservar esas huellas? —pregunté a la comandante Penn.

Fue el detective O'Donnell quien me respondió:

—Hemos tomado fotos de las pisadas y allí —señaló un lugar a cierta distancia, al otro lado de la fuente, donde se había reunido un puñado de agentes— hay algunas todavía más claras. Estamos intentando sacar un molde.

Sacar moldes de unas huellas de pisadas en la nieve era un proceso lleno de riesgos. Si la pasta líquida no estaba suficientemente fría y la nieve lo bastante helada y dura, la huella acababa fundiéndose. Wesley y yo nos incorporamos y, en silencio, nos acercamos al lugar que había señalado el detective. Cuando eché una ojeada, vi los pasos de Gault.

No le importaba haber dejado un rastro de pisadas tan visible. No le importaba haber dejado en el parque un rastro que seguiríamos meticulosamente hasta donde nos llevara. Estábamos decididos a conocer cada lugar en el que hubiera estado, pero a Gault no le importaba. No nos consideraba capaces de atraparle.

Los agentes del otro lado de la fuente procedían a rociar dos huellas con cera especial y sostenían los botes de aerosol a una distancia segura y en un ángulo adecuado para que el chorro de cera a presión no borrara algún pequeño detalle de la marca. Otro agente removía la pasta de moldear en un cuenco de plástico.

Una vez aplicadas varias capas de cera, la pasta se habría

enfriado lo suficiente como para verterla y sacar los moldes. Las condiciones para la operación, normalmente muy arriesgada, eran bastante favorables. No hacía sol, no soplaba el viento y, según las apariencias, los técnicos de la policía de Nueva York habían conservado la cera a temperatura adecuada, puesto que los aerosoles no habían perdido presión y las boquillas no escupían ni se atascaban como tantas veces había visto suceder en circunstancias similares.

—Quizá tengamos suerte en esta ocasión —le dije a Wesley mientras Marino se acercaba.

—Vamos a necesitar toda la del mundo —asintió él, y desvió la mirada hacia las sombrías arboledas.

A nuestra derecha quedaban las quince hectáreas de la zona conocida como The Ramble, el aislado rincón de Central Park famoso por sus observatorios de aves y por sus tortuosos senderos a través de un terreno rocoso y cubierto de densa vegetación. Todas las guías de la ciudad que había visto en mi vida advertían a los turistas que The Ramble no era un lugar recomendable para paseantes solitarios en ninguna época del año y a ninguna hora del día. Me pregunté cómo habría convencido Gault a su víctima para llevarla al parque. Me pregunté dónde la habría conocido y qué lo había impulsado a actuar. Tal vez era, simplemente, que había visto en ella una presa oportuna y que le habían entrado ganas de hacerlo.

—¿Cómo se llega aquí por The Ramble? —pregunté a quien me quiso escuchar.

El agente que agitaba la pasta me miró a los ojos. Tendría la edad de Marino y unas mejillas carnosas y enrojecidas por el frío.

—Hay un camino junto al lago —indicó, y el aliento escapó de su boca en una vaharada.

—¿Qué lago?

—Ahora no se distingue muy bien. Está helado y cubierto de nieve.

—¿Sabe si es éste el camino que tomaron?

—El parque es muy grande, señora. La nieve está muy revuelta en muchos otros lugares, como en The Ramble, por ejemplo. Ni tres metros de nieve impedirían que la gente ronde esa zona en busca de drogas o de ciertos encuentros. Aquí, en Cherry Hill, las cosas son distintas. No se permiten los coches y, desde luego, los caballos no se acercan por la zona con un tiempo así. Por eso tenemos suerte.

—¿Por qué cree que la víctima y el asesino venían de The Ramble? —preguntó Wesley, siempre directo y a menudo severo cuando su mente de investigador procedía con sus complejas rutinas y buscaba en su temible base de datos.

—Uno de los muchachos cree haber descubierto las huellas del calzado de la mujer por ahí —continuó el locuaz agente—. El problema, como pueden ver, es que no se distinguen demasiado bien.

Echamos un breve vistazo a la nieve, que ya empezaba a estar muy pisoteada por los representantes de la ley. Las pisadas de la víctima no tenían marcas.

—Además —añadió el agente—, como puede haber un componente homosexual, consideramos que su primer destino pudo ser The Ramble.

—¿Qué es eso de un componente homosexual? —preguntó Wesley con un hilo de voz.

—Según anteriores descripciones de los sujetos, su aspecto era el de una pareja homosexual.

—No hablamos de dos hombres —apuntó Wesley.

—A primer golpe de vista, la víctima no parecía una mujer.

—¿A primer golpe de vista de quién?

—De la policía de Tránsito. Deberían hablar con ellos, realmente. Eh, Mossberg, ¿tienes lista la pasta para el molde?

—Yo prepararía otra capa.

—Ya hemos hecho cuatro. O sea, tenemos una base perfecta, si la pasta está lo bastante fría.

El agente apellidado Mossberg se puso en cuclillas y empezó a verter con cuidado la pasta viscosa en una huella cubierta de cera roja. Las huellas de la víctima estaban cerca de las que queríamos conservar. El pie tenía más o menos el mismo tamaño que el de Gault. Me pregunté si encontraríamos sus botas alguna vez y mis ojos siguieron el rastro hasta una zona a unos cinco metros de la fuente, donde las marcas pasaban a ser las de unos pies descalzos. En quince pasos, sus pisadas desnudas iban directamente hasta la fuente donde Gault le había disparado en la cabeza.

Contemplé las sombras que las luces de la plaza mantenían a distancia, noté el efecto del intenso frío y seguí sin entender la falta de reacción de la mujer. No comprendía su docilidad de la noche anterior.

—¿Por qué no se resistió? —pregunté.

—Porque Gault la tenía paralizada de miedo —respondió Marino, a mi lado en aquel momento.

—¿Usted se quitaría la ropa aquí en medio, por la razón que fuera?

—Yo no soy ella. —Bajo sus palabras asomaba la cólera.

—No sabemos nada de esa mujer —intervino Wesley con su lógica.

—Excepto que se había afeitado la cabeza por alguna extraña razón.

—No sabemos lo suficiente para tener las claves de su conducta —precisó Wesley—. Ni siquiera la hemos identificado.

—¿Qué cree que hizo Gault con la ropa de la chica? —preguntó Marino, y miró a su alrededor con las manos metidas en los bolsillos del largo abrigo de piel de camello que había empezado a llevar tras varias citas con Molly.

—Probablemente, lo mismo que con la ropa de Eddie Heath —apuntó Wesley, que no pudo resistir más la tentación de adentrarse en la arboleda. Sólo un poco.

Marino me miró y dijo:

—Ya sabemos qué hizo con la ropa del chico. Pero aquí no estamos en el mismo caso.

—Supongo que de eso se trata, precisamente. —Miré a Wesley con irritación—. Gault hace lo que le da la gana.

—Yo, personalmente, no creo que esa sabandija la guarde como recuerdo. No querrá cargar con un montón de trapos cuando decida trasladarse.

—Se deshace de la ropa —apunté.

Un encendedor Bic dio varios chispazos fallidos antes de que Marino pudiera extraerle una llamita trémula.

—Tenía a esa mujer bajo su control absoluto —medité en voz alta—. La condujo aquí y le dijo que se desnudara, y ella lo hizo. Ahí se ve dónde acaban las huellas de las botas y empiezan las de los pies descalzos. No hubo la menor resistencia, el menor intento de escapar...

Marino encendió un cigarrillo. Wesley salió de entre los árboles y se acercó a nosotros, muy pendiente de dónde pisaba. Noté que me miraba.

—Tenían una relación —apunté.

—Gault no tiene relaciones —dijo Marino.

—Las tiene, a su modo. Retorcidas y desviadas, pero las tiene. Ya lo vimos con el guardián de la penitenciaría de Richmond y con Helen, la celadora.

—Sí, y los mató a ambos. A Helen le cortó la cabeza y la dejó en una jodida bolsa de bolos en un campo. El granjero que encontró el regalito todavía no se ha recuperado. He oído que empezó a beber como una esponja y que no planta nada en aquel terreno. Ni siquiera deja entrar a las vacas.

—No he dicho que no mate a la gente con la que se relaciona —repliqué—. Sólo que tiene relaciones.

Inspeccioné de cerca las huellas de la víctima. Calzaba unas botas quizá del número treinta y nueve.

—Supongo que también sacarán moldes de las pisadas de ella —comenté.

En aquel momento, el agente Mossberg empleaba una pequeña espátula para extender la pasta sobre cada milímetro de la huella de zapato. Había empezado a nevar otra vez; copos pequeños y duros que picaban como aguijones.

—No lo creo —contestó Marino—. Se limitarán a sacar fotos. Esa mujer ya no va a subir al estrado de los testigos…

Pero yo estaba acostumbrada a testigos que no decían nada a nadie, excepto a mí.

—Me gustaría tener un molde de una huella de la bota —insistí—. Tenemos que identificar a la mujer y el calzado puede ayudarnos.

Marino se acercó a Mossberg y a sus compañeros y todos empezaron a hablar y a lanzarme esporádicas miradas de reojo. Wesley levantó la vista al cielo encapotado, mientras arreciaba la nevada.

—¡Dios, espero que esto se acabe! —masculló.

La nieve caía con más fuerza cuando Frances Penn nos condujo al New York Athletic Club, en Central Park South. No se podía hacer nada más hasta que saliera el sol y temí que, para entonces, el rastro homicida de Gault se hubiera perdido.

La comandante Penn conducía, pensativa, por las calles, desiertas para una ciudad tan grande. Eran casi las dos y media de la madrugada y no nos acompañaba ninguno de sus agentes. Yo iba sentada delante, con ella, y Marino y Wesley ocupaban el asiento trasero.

—Con franqueza, le aseguro que no me gustan las investigaciones multijurisdiccionales —le dije a la conductora.

—Eso es porque tiene mucha experiencia en ellas, doctora. Todo el que ha pasado por ese suplicio acaba echando pestes.

—Es que son una verdadera peste —asintió Marino.

Wesley, como era típico en él, se limitaba a escuchar.

—¿Qué vamos a encontrarnos? —pregunté. Pese a mostrarse lo más diplomática posible, la comandante captó lo que yo quería saber.

—Oficialmente, el caso lo llevará el departamento de Policía de Nueva York, pero los que se encargarán de la investigación, los que dedicarán más horas y harán el trabajo más sucio, serán mis agentes. Siempre sucede así cuando compartimos algún caso que despierta la atención de los medios de comunicación.

—Mi primer empleo como agente fue en el cuerpo de Policía de Nueva York —apuntó Marino. La comandante le miró por el espejo retrovisor—. Abandoné esta cloaca por propia voluntad —añadió él con su diplomacia habitual.

—¿Conoce a alguien allí, todavía? —preguntó ella.

—La mayoría de los muchachos con los que empecé ya deben de estar jubilados, o retirados por invalidez… o habrán ascendido y estarán gordos y encadenados al escritorio.

Me pregunté si Marino había pensado que sus colegas debían de pensar lo mismo de él. Entonces, Wesley abrió la boca por fin:

—Quizá no sería mala idea ver quién sigue en activo todavía, Pete. Amigos, me refiero.

—Sí, bueno, no gaste saliva en eso.

—No queremos tener problemas fuera de nuestra jurisdicción.

—No hay modo de evitarlos por completo —respondió Marino—. Aquí, la policía se va a pelear por el caso y todos se mostrarán tacaños a la hora de compartir lo que saben. Todo el mundo quiere ser un héroe.

—No podemos permitir que suceda eso —continuó Wesley sin la más ligera variación de intensidad o de tono.

—Tienes razón, no podemos —asentí.

—Acudan a mí cuando quieran —se ofreció la comandante Penn—. Haré cuanto esté en mi mano.

—Si se lo permiten —apuntó Marino.

En la policía de Tránsito había tres comandancias y la de Frances Penn era la de Desarrollo de Apoyo a la Gestión. Ella estaba a cargo de la formación y el entrenamiento profesional, y del análisis criminalista. Los detectives descentralizados del departamento actuaban bajo las órdenes de la comandancia de Campo y, por tanto, no respondían ante Frances Penn.

—Estoy también a cargo de los ordenadores y, como saben, nuestro departamento tiene uno de los sistemas informáticos más sofisticados de Estados Unidos. Si pude notificar tan pronto a Quantico, fue gracias a nuestra conexión con CAIN. Yo participo en esta investigación. No deben preocuparse —declaró con calma.

—Siga hablando de la utilidad de CAIN en este caso —intervino de nuevo Wesley.

—Tan pronto tuve detalles de la naturaleza del homicidio, creí reconocer algo familiar. Introduje los datos que recibíamos en la terminal VICAP y lo encontré enseguida; por lo tanto, me puse en contacto con ustedes en el mismo momento en que CAIN respondió.

—¿Había oído hablar de Gault, comandante? —preguntó Wesley.

—No puedo decir que conociera en detalle su *modus operandi*.

—Ahora ya lo conoce —afirmó Wesley.

La comandante Penn detuvo el coche ante el Athletic Club y abrió las puertas.

—Sí —murmuró, sombría—. Ahora ya lo conozco.

Nos registramos en un mostrador desierto, en un precioso vestíbulo de muebles antiguos y maderas viejas.

Marino se dirigió hacia el ascensor sin esperarnos y supe por qué. Quería llamar a Molly, de quien estaba más pendiente de lo que resultaba razonable, y le importaba un bledo lo que Wesley y yo pudiéramos hacer.

—Dudo que el bar esté abierto a esta hora... —me dijo Wesley cuando las puertas metálicas se cerraron y Marino subió, invisible, hasta su planta.

—Seguro que no.

Echamos una mirada a nuestro alrededor como si, caso de quedarnos allí el tiempo suficiente, fuera a aparecer alguien por arte de magia con una botella y un par de vasos.

—Vamos. —Me tocó levemente el codo y nos dirigimos al ascensor.

Al llegar a la planta doce me acompañó a mi habitación, y no se le escapó mi nerviosismo cuando intenté abrir con la tarjeta de plástico. Al principio la coloqué del revés; después, no acerté a poner la banda magnética en el sentido adecuado y el piloto del tirador continuó rojo.

—Déjame a mí —se ofreció Wesley.

—Creo que ya lo tengo.

—¿Podemos tomar un último trago? —preguntó cuando, al fin, abrí la puerta y encendí la luz.

—A esta hora nos convendría más un somnífero, probablemente.

—La última copa viene a ser algo parecido.

La habitación era modesta pero bien amueblada. Dejé el bolso sobre la cama, de tamaño imperial.

—¿Eres miembro del club por tu padre? —pregunté.

Wesley y yo no habíamos estado nunca juntos en

Nueva York y me fastidió que hubiera otro detalle más acerca de él que me resultaba desconocido.

—Sí, ésa es la razón. Mi padre trabajó en Nueva York y yo venía a menudo a la ciudad, cuando era joven.

—El minibar está debajo del televisor —indiqué.

—Necesito la llave.

—Por supuesto.

En sus ojos había una chispa de diversión cuando tomó la pequeña llave metálica que le tendí. Sus dedos me rozaron la palma de la mano con una suavidad que me recordó otros tiempos. Wesley tenía estilo y no se parecía a nadie.

—¿Quieres que busque hielo? —preguntó mientras destapaba un botellín de Dewars y lo repartía en dos vasos.

—Yo lo prefiero a palo seco.

—Bebes como un hombre.

Me ofreció el vaso. Le observé mientras se despojaba del abrigo de lana oscura y de la chaqueta, de corte elegante. La camisa blanca, almidonada, mostraba algunas arrugas después del ajetreo de la larga jornada. Finalmente, se quitó la sobaquera con la pistola y la dejó sobre una cómoda.

—Resulta extraño ir desarmada —comenté, pues yo solía llevar encima mi 38 o, en las situaciones más arriesgadas, la Browning High Power; pero las normas sobre armas de Nueva York no solían hacer excepciones con agentes de policía visitantes o con personas como yo.

Wesley se sentó en la otra cama y nos miramos mientras tomábamos la copa.

—Estos últimos meses no nos hemos visto mucho —comenté.

Wesley asintió.

—Creo que deberíamos hablar de ello —continué.

—Está bien. —Su mirada no se había apartado un instante de la mía—. Adelante.

—Ya. Tengo que empezar yo, ¿no es eso?

—Podría hacerlo yo, pero quizá no te gustase lo que diría.

—Me gustaría oír lo que tengas que decir, sea lo que sea.

—Estoy pensando que es Nochebuena y estoy en tu habitación, en un hotel —dijo él—. Connie está en casa, sola, desvelada en nuestra cama y sintiéndose desgraciada porque no me tiene allí. Y los niños están tristes porque su padre no llega.

—Yo debería estar en Miami. Mi madre está muy enferma —repliqué.

Benton desvió la mirada, en silencio, y admiré los rasgos angulosos y las sombras de su rostro.

—Lucy estará allí y yo, como de costumbre, no —añadí—. ¿Tienes idea de cuántas vacaciones con la familia me he perdido?

—Sí, tengo una idea bastante precisa —respondió él.

—De hecho, no estoy segura de haber disfrutado nunca unas vacaciones sin que algún caso terrible haya enturbiado mis pensamientos, de modo que casi no importa si estoy con la familia o sola.

—Tienes que aprender a desconectar, Kay.

—He aprendido sobre eso cuanto se puede aprender.

—Tienes que dejarlo todo al otro lado de la puerta, como la ropa sucia con que uno vuelve de la escena del crimen.

Pero me resultaba imposible. Nunca pasaba un día sin que se disparara un recuerdo, sin que centelleara una imagen. Veía una cara abotargada por las heridas y la muerte, un cuerpo ultrajado... Veía el sufrimiento y la aniquilación con un detalle insoportable, pues nada en absoluto me pasaba por alto. Yo conocía demasiado bien a cada víctima. Cerré los ojos y vi unas huellas de pies descalzos sobre la nieve. Vi la sangre, del tono rojo intenso de la Navidad.

—Benton, no quiero pasar la Navidad aquí —murmuré, profundamente deprimida.

Noté que se sentaba a mi lado. Me atrajo hacia él y nos abrazamos durante un rato. No podíamos estar cerca sin tocarnos.

—No deberíamos hacer esto —dije mientras seguíamos haciéndolo.

—Ya lo sé.

—Y es realmente difícil hablar de ello.

—Lo sé. —Alargó la mano y apagó la lámpara.

—Resulta irónico —murmuré—. Si piensas en lo que compartimos, en lo que hemos visto, hablar no debería ser tan difícil…

—Esas escenas siniestras no tienen nada que ver con la intimidad —respondió Benton.

—Claro que sí.

—Entonces, ¿por qué no tienes esa intimidad con Marino, o con tu ayudante, Fielding?

—Trabajar en los mismos horrores no significa que el siguiente paso lógico sea acostarse juntos. Pero no creo que pudiera tener intimidad con alguien que no comprendiera cómo me siento.

—Yo no lo sé. —Sus manos se detuvieron.

—¿Se lo cuentas a Connie?

Me refería a su esposa, que ignoraba que Benton y yo nos habíamos hecho amantes el otoño anterior.

—No se lo cuento todo.

—¿Cuánto sabe?

—De ciertos asuntos no sabe una palabra. —Hizo una pausa—. En realidad, sabe muy poco de mi trabajo. No quiero que sepa más.

No respondí. Él prosiguió:

—Y no quiero que sepa más para que no le suceda lo mismo. Nosotros cambiamos de color, igual que las polillas cuando las ciudades se tiznan con la contaminación.

—Yo no quiero tomar el color repulsivo de nuestro hábitat. Me niego.

—Puedes negarte todo lo que quieras.

—¿Te parece justo que le ocultes tanto a tu mujer? —pregunté sin alzar la voz; y se me hizo muy difícil pensar, porque notaba caliente la piel donde la mano de Benton había impreso su contorno.

—No es justo para ella, ni para mí.

—Pero consideras que no tienes alternativa.

—Sé que no la tengo. Y ella entiende que dentro de mí hay lugares que no están a su alcance.

—¿Y es así como quiere las cosas?

—Sí. —Noté que tendía la mano para coger el vaso—. ¿Te apetece otra ronda?

—Sí —contesté.

Se levantó y escuché en la oscuridad el chasquido metálico del tapón de rosca del botellín al romper la arandela inferior. Repartió el whisky en los vasos y volvió a sentarse.

—Es el último trago, salvo que quieras cambiar de bebida.

—Ni siquiera necesito éste.

—Si me estás pidiendo que te diga que lo que hemos hecho está bien, no puedo. No creo que esté bien.

—Ya sé que no.

Tomé un sorbo de whisky y, cuando levanté la mano para dejar el vaso en la mesilla de noche, Benton adelantó las suyas. Nos besamos de nuevo, con más intensidad, y sus manos no perdieron el tiempo en botones sino que se deslizaron por debajo y alrededor de cuanto se interponía en su camino. Nos desnudamos frenéticamente, como si se hubiera prendido fuego a nuestras ropas y fuera cuestión de vida o muerte despojarnos de ellas.

Más tarde, las cortinas empezaron a iluminarse con el primer resplandor matutino y Benton y yo flotamos entre la pasión y el sueño, con un regusto a whisky en la boca. Me senté en la cama y me envolví en la colcha.

—Benton, son las seis y media.

Entre gruñidos, se tapó los ojos con el brazo como si la luz fuera muy desconsiderada al despertarle. Tumbado boca arriba, se cubrió con la sábana mientras yo tomaba una ducha y empezaba a vestirme. El agua caliente me aclaró la mente: era la primera mañana de Navidad en muchos años en que había alguien conmigo en la cama. Me sentí como si hubiera robado algo.

—No puedes ir a ninguna parte —dijo Benton, medio dormido.

Me abroché el abrigo, le dirigí una mirada apenada y murmuré:

—Tengo que hacerlo.

—Es Navidad.

—Me esperan en el depósito.

—Lamento oír eso —murmuró él, vuelto hacia la almohada—. No sabía que te sintieras tan mal.

4

La oficina del Forense Jefe de Nueva York estaba en la Primera Avenida, frente al hospital de ladrillo rojo de estilo gótico llamado Bellevue, donde se habían realizado las autopsias de la ciudad durante los últimos años. Las enredaderas, marchitas en invierno, y las pintadas y grafitos ensuciaban las paredes y los hierros forjados, y unas gruesas bolsas de basura esperaban el camión sobre la nieve sucia. Una música navideña incesante sonaba en el interior del desvencijado taxi amarillo que se detuvo con un chirrido de frenos en una calle que nunca estaba tan tranquila.

—Necesito un recibo —dije al taxista, un ruso que había pasado los últimos diez minutos explicándome lo que andaba mal en el mundo.

—¿Por cuánto?

—Por ocho dólares.

Me sentía generosa. Era Navidad.

Asintió satisfecho y garabateó la anotación correspondiente mientras yo me fijaba en un individuo que me observaba desde la acera, junto a la verja del hospital. Sin afeitar, con los cabellos largos y desgreñados, llevaba una chaqueta tejana azul forrada de lanilla y las perneras de los pantalones militares, llenas de manchas, embutidas en la caña de unas botas vaqueras muy gastadas. Cuando me apeé del taxi, el tipo empezó a tocar una guitarra imaginaria y a cantar: *«Jingle bells, jingle bells, jingle all the day. OHHH what fun it is to ride to Galveston today AAAAAYYYYY...»*

—Tiene un admirador —dijo el taxista, divertido, mientras me entregaba el recibo por la ventanilla.

Se alejó entre una nube de humo. No había ningún otro coche o persona a la vista y la horrenda serenata subió de volumen. Acto seguido, mi admirador desequilibrado mental echó a correr hacia mí y me quedé perpleja cuando empezó a gritar «¡Galveston!» como si fuera mi nombre o una acusación. Me refugié apresuradamente en el vestíbulo de la oficina del jefe forense.

—Hay alguien que me sigue —dije a una guardia de seguridad que, sentada tras su mostrador, demostró una visible carencia de espíritu navideño.

El músico desquiciado apretó la cara contra el vidrio de la puerta principal y miró adentro con la nariz aplastada y las mejillas pálidas. Abrió la boca, pasó la lengua por el cristal en un gesto obsceno y movió las caderas adelante y atrás como si estuviera follando con el edificio. La guardia, una mujer robusta, se acercó a la puerta y la golpeó con el puño.

—¡Déjalo ya, Benny! —riñó al individuo con voz estentórea—. ¡Deja de hacer eso ahora mismo! —Golpeó el cristal con más fuerza y amenazó—: ¡No me hagas salir ahí fuera, Benny!

Benny se apartó del cristal. De pronto, fue Nureyev haciendo piruetas por la calle vacía.

—Soy la doctora Kay Scarpetta —dije a la guardia—. El doctor Horowitz me espera.

—Imposible que el jefe la espere. Hoy es Navidad. —Me miró con unos ojos oscuros que lo habían visto todo—. Está de guardia el doctor Pinto. Si quiere, intentaré localizarlo.

Se encaminó de nuevo a su mesa y fui tras ella.

—Sé perfectamente que es Navidad, pero he quedado citada aquí con el doctor Horowitz.

Saqué la cartera y exhibí la insignia dorada de jefe forense. La mujer no se mostró impresionada.

—¿Ha estado aquí antes?

—Muchas veces.

—Vaya... Pues, desde luego, hoy no he visto al jefe. Pero supongo que eso no significa que no haya entrado directamente por el garaje y no me haya avisado. A veces, se pasan aquí medio día sin que yo lo sepa. ¡Siempre lo mismo! ¡Nadie se molesta en avisarme! —Descolgó el teléfono—. ¡Claro, yo no tengo por qué saber nada! —Marcó una extensión—. ¿Doctor Horowitz? Soy Bonita, de Seguridad. Tengo aquí a una tal doctora Scarlett... —Hizo una pausa—. No lo sé.

Se volvió hacia mí.

—¿Cómo ha dicho que se llama?

—Scarpetta —respondí con voz paciente.

Tampoco esta vez lo dijo bien, pero se acercó lo suficiente.

—Sí, señor, desde luego. —Colgó y anunció—: Espere un momento. Puede sentarse ahí, doctora.

La sala de espera estaba amueblada y enmoquetada en gris, y unas revistas yacían sobre unas mesillas negras. En el centro de la estancia había un modesto árbol de Navidad artificial y, en una pared, una inscripción: «*Taceant colloquia effugiat risus hic locus est ubi mors gaudet succurrere vitae*», que significaba que uno encontraría poca conversación o risa en aquel lugar, donde la muerte se complacía en ayudar a la vida. En un sofá, frente a mí, estaba sentada una pareja de asiáticos con las manos juntas y apretadas. No decían nada, ni levantaron la vista. Para ellos, la Navidad siempre estaría envuelta en dolor.

Me pregunté por qué estarían allí y a quién habrían

perdido y pensé en todo lo que sabía. Deseé poder, de algún modo, ofrecerles consuelo, pero tal don no parecía a mi alcance. Después de tantos años, lo mejor que se me ocurría decirles a los afligidos era que la muerte había sido rápida y que su ser querido no había sufrido. La mayoría de las veces, cuando pronunciaba para consolarlos aquellas palabras, no eran del todo ciertas, pues, ¿cómo mide una la angustia de una mujer obligada a desnudarse en un parque solitario, en plena noche y bajo un frío entumecedor? ¿Cómo podía ninguno de nosotros imaginar lo que ella había sentido cuando Gault la escoltaba hasta la fuente helada y amartillaba el arma?

El detalle de obligarla a desnudarse era un recordatorio de la ilimitada profundidad de la crueldad de Gault, de su apetito insaciable por los juegos. La desnudez de la mujer fue innecesaria, porque innecesario era anunciarle de aquel modo que iba a morir allí, sola, en Nochebuena, sin que nadie supiese quién era. Podía haberle disparado sin más. Podía haber sacado la Glock y abatirla por sorpresa. ¡El muy hijo de puta!

—¿Señores Li?

Una mujer de cabellos canos se plantó ante la pareja de asiáticos.

—Sí.

—Los acompañaré adentro, si están dispuestos.

—Sí, sí —murmuró el hombre. Su mujer rompió a llorar.

La pareja desapareció en dirección a la sala donde sería conducido el cuerpo de algún ser querido, desde el depósito de cadáveres, por un ascensor especial. Mucha gente era incapaz de aceptar la muerte a menos que la vieran y la tocaran y, a pesar de las muchas visitas semejantes que yo había preparado y presenciado a lo largo de los años, seguía sintiéndome incapaz de imaginar cómo sería, realmente, pasar por aquel trance. Noté un principio de dolor de cabeza, cerré los ojos y me froté las sienes. Permanecí sentada en esta postura un buen rato, hasta que percibí una presencia.

—¿Doctora Scarpetta? —La secretaria del doctor Horowitz estaba ante mí con una expresión preocupada en el rostro—. ¿Se encuentra bien?

—¡Emily! —exclamé, sorprendida—. Sí, me encuentro bien. No esperaba encontrarla aquí esta mañana. —Me puse en pie.

—¿Quiere que le traiga un Tylenol?

—Gracias, es muy amable, pero estoy bien —insistí.

—Yo tampoco esperaba verla por aquí. Pero ahora mismo las cosas no son precisamente normales. Me sorprende que haya podido entrar sin que la acosen los periodistas.

—No he visto a ninguno —respondí.

—Anoche estaban por todas partes. Supongo que ha visto el *Times* de hoy, ¿no?

—Me temo que no he tenido ocasión —respondí, incómoda. Me pregunté si Benton seguiría en la cama todavía.

—Se ha organizado un buen lío —continuó Emily, una joven de cabellos largos y oscuros que siempre vestía de un modo tan recatado y sencillo que parecía salida de otra época—. Ha llamado incluso el alcalde. La ciudad no desea ni necesita esta clase de publicidad. Todavía me resulta increíble que fuera a descubrir el cuerpo un periodista.

—¿Un periodista? —La miré fijamente mientras caminábamos.

—Bueno, en realidad era jefe de redacción o algo parecido en el *Times*… y uno de esos chiflados que se dan su carrerita por el parque no importa el tiempo que haga. El hombre estaba haciendo ejercicio ayer por la mañana y dio un rodeo por Cherry Hill. Hacía frío y el parque estaba nevado y desierto. Se acercó a la fuente y allí se tropezó con esa pobre mujer. No es preciso que le diga que la descripción en el periódico es muy detallada y que la gente está sobrecogida de miedo.

Cruzamos varias puertas y, por fin, Emily asomó la cabeza al despacho del jefe y anunció nuestra presencia con suavidad, para no sobresaltarlo: el doctor Horowitz, ya entrado en años, se volvía duro de oído. El despacho estaba impregnado del perfume de numerosas plantas en flor, pues al doctor le encantaban las orquídeas, las violetas africanas y las gardenias, que lucían, espléndidas, bajo sus cuidados.

—Buenos días, Kay. —Horowitz se levantó de su asiento tras el escritorio—. ¿Ha traído a alguien con usted?

—El capitán Marino debería reunirse con nosotros aquí.

—Emily se ocupará de enseñarle el camino. A menos que esté dispuesta a esperarlo.

Comprendí que Horowitz no quería esperar. No había tiempo. El doctor estaba al mando de la mayor oficina forense del país, en cuyas mesas de acero se realizaba la autopsia de ocho mil cuerpos al año: la población de una ciudad pequeña. Una cuarta parte de los cadáveres correspondía a víctimas de homicidios y muchas de éstas no llegaban ni a tener nombre. En Nueva York era tan difícil identificar a los muertos que la división de detectives de la Policía Metropolitana había establecido una unidad de su sección de personas desaparecidas en el mismo edificio.

Horowitz descolgó el teléfono y habló con alguien cuyo nombre no mencionó.

—La doctora Scarpetta ha llegado. Vamos para allá.

—Me ocuparé de encontrar al capitán Marino —dijo Emily—. Creo que ese nombre me suena.

—Llevamos muchos años trabajando juntos —le comenté—. Y ha colaborado con la Unidad de Apoyo a la investigación del FBI, en Quantico, desde su creación.

—Creía que se llamaba Unidad de Ciencias de la Conducta, como en las películas.

—El FBI le ha cambiado el nombre, pero su objetivo es el mismo —respondí.

Me refería al pequeño grupo de agentes que se había hecho famoso por su capacidad para elaborar perfiles psicológicos y perseguir a los agresores y asesinos sexuales. Cuando, recientemente, yo me había incorporado a la unidad como consultora en patología forense, creía que no me quedaba mucho por ver. Me equivocaba.

El sol entraba por las ventanas del despacho de Horowitz y se reflejaba en los estantes de cristal llenos de flores y de bonsáis. Sabía que en la oscuridad húmeda del cuarto de baño crecían orquídeas, colgadas de perchas alrededor del lavamanos y de la bañera; en casa, el doctor tenía un invernadero. La primera vez que vi a Horowitz, me había recordado a Abraham Lincoln. Los dos hombres tenían caras enjutas y benévolas, ensombrecidas por una guerra que desgarraba su sociedad. Trasmitían un aire trágico como si hubieran sido escogidos para ello, y las manos de ambos eran grandes y pacientes.

Bajamos a lo que en la oficina forense de Nueva York se llamaba «mortuorio», una denominación extrañamente dulcificada para un depósito de cadáveres situado en una de las ciudades más violentas de Estados Unidos. El aire que penetraba por la entrada de vehículos era muy frío y olía a cigarrillos y a muerte. Los rótulos de las paredes pedían que no se arrojaran sábanas con sangre, mortajas, trapos sueltos ni envases a los cubos de basura. Se exigían fundas para los zapatos, estaba prohibido comer y en muchas puertas había avisos de riesgo biológico. Horowitz explicó que la autopsia de la mujer desconocida que creíamos última víctima de Gault la efectuaría uno de sus treinta principales ayudantes.

Entramos en un vestuario donde el doctor Lewis

Rader, con bata de quirófano, procedía a sujetarse una batería autónoma en torno a la cintura.

—Doctora Scarpetta —dijo Horowitz—, ¿conoce al doctor Rader?

—Nos conocemos desde siempre —comentó Rader con una sonrisa.

—Sí —declaré cálidamente—. Pero la última vez que nos vimos, creo recordar, fue en San Antonio.

—¡Vaya! ¿Tanto tiempo ha pasado?

Había sido en la sesión «Traiga su propia diapositiva» de la Academia Norteamericana de Ciencias Forenses, una velada anual en la que los colegas nos reuníamos a exponer casos y charlar. Rader había presentado el caso de la extraña muerte de una joven por un rayo. Como se había encontrado a la mujer con las ropas arrancadas y con una herida en la cabeza —producto del golpe contra el asfalto en la caída—, había llegado a la oficina del forense como víctima de una agresión sexual. Así lo creyó la policía, hasta que Rader demostró que la hebilla del cinturón de la mujer estaba imantada y que el cuerpo tenía una pequeña quemadura en la planta de un pie.

Recordé que, tras la presentación, Rader me había servido un Jack Daniels en un vaso de papel y juntos evocamos los viejos tiempos en que había pocos patólogos forenses y yo era la única mujer. Rader rondaba los sesenta y era muy respetado por sus colegas, pero no habría sido un buen jefe: no habría sabido entendérselas con el papeleo ni con los políticos.

Cuando nos pusimos las bombonas de oxígeno, las máscaras y las capuchas, parecía que nos vistiéramos para salir al espacio. Existía el riesgo de sida si una se pinchaba o se cortaba mientras trabajaba en un cuerpo infectado, pero una amenaza mayor eran las infecciones de transmisión aérea, como la tuberculosis, la hepatitis o la meningitis. Ahora llevábamos guantes dobles, respirábamos aire purificado y nos cubríamos con batas y prendas desechables. Algunos, como Rader, llevaban guantes de malla de acero inoxidable que recordaban la cota de malla medieval.

Me disponía a ponerme la capucha cuando entró O'Donnell, el detective con el que había hablado la noche anterior, acompañando a Marino, que mostraba un aspecto irritable y resacoso. También ellos se pusieron mascarillas y guantes; nadie habló ni cruzó la mirada con los demás. Nuestro caso anónimo estaba en el cajón 121 y, cuando salimos del vestuario, los auxiliares del mortuorio sacaron el cuerpo de la cámara frigorífica y lo colocaron sobre una camilla. Sobre la fría plancha de acero, la mujer daba lástima en su desnudez.

Las zonas de piel y carne extirpadas del hombro y del interior del muslo eran manchas repulsivas de sangre ennegrecida. La piel tenía el rosa brillante del *livor mortis* por frío, típico de los cuerpos congelados o de la gente que ha muerto por exposición a bajas temperaturas. La herida de bala en la sien derecha era de grueso calibre y distinguí de un vistazo la clara marca del orificio en el lugar donde Gault había apoyado el arma contra aquella cabeza y había oprimido el gatillo.

Los auxiliares, con bata y guantes, condujeron el cadáver a la sala de rayos X, donde cada uno de nosotros recibió unas gafas de plástico, con cristales teñidos de color naranja, que añadir a nuestras armaduras. Rader puso en funcionamiento una fuente de energía luminosa llamada Luma-Lite, una simple caja negra con un cable de fibra óptica de color azul intenso. Era, a su modo, otro par de ojos que podía ver lo que nosotros no alcanzábamos: una suave luz blanca que hacía fluorescentes las huellas digitales y provocaba que los cabellos, las fibras textiles y las manchas de narcóticos y de semen brillaran como llamas.

—Que alguien apague las luces —dijo Rader.

A oscuras, empezó a revisar el cuerpo con la Luma-Lite, y múltiples fibras se encendieron como finísimos alambres al rojo. Con un fórceps, Rader recogió muestras del vello púbico, de los pies, de las manos y de la pelusa que cubría el cuero cabelludo. Cuando pasó la luz por las yemas de los dedos de la mano derecha, unas pequeñas zonas amarillas brillaron como el sol.

—Ahí tiene algún producto químico —apuntó Rader.

—A veces, el semen se ilumina así.

—No creo que se trate de eso.

—Podrían ser restos de droga —apunté.

—Pasémoslo a una torunda —dijo Rader—. ¿Dónde está el ácido clorhídrico?

—Ahora se lo traigo.

El producto químico fue recuperado y Rader continuó el examen. La lucecita blanca recorrió la geografía del cuerpo de la mujer, las zonas oscuras donde había sido extirpada la carne, la llanura del vientre y las suaves laderas de los pechos. En las heridas no encontramos prácticamente residuos extraños, lo cual corroboraba nuestra teoría de que Gault la había matado y mutilado en el sitio donde fue encontrada, pues, de haberla transportado hasta allí después de la agresión, algunos restos de tierra o maleza se habrían adherido a la sangre al coagularse ésta. A decir verdad, las heridas eran las partes más limpias de todo el cuerpo.

Trabajamos en la oscuridad más de una hora, durante la cual fui descubriendo a la mujer centímetro a centímetro. Tenía la piel clara y parecía enemiga del sol. Era delgada, poco musculosa, y medía un metro setenta. Varios aretes y pendientes, todos ellos de oro, le adornaban las orejas, tres en la izquierda y dos en la derecha. Al tener los cabellos rubio oscuro y los ojos azules, sus rasgos no habrían resultado tan insulsos de no llevar afeitada la cabeza y de no estar muerta. Observé las uñas de sus manos, sin pintar y roídas hasta la base.

La única señal de heridas antiguas eran unas cicatrices en la frente y en la coronilla, junto al hueso parietal izquierdo; unas cicatrices lineales, de tres a cinco centímetros de longitud. El único rastro visible del posible fogonazo era una marca en la palma de la mano derecha, entre el índice y el pulgar, lo que me sugirió un gesto defensivo de dicha mano en el momento del disparo. Aquella marca habría descartado el suicidio aunque todos los demás indicios apuntaran a ello. Pero, naturalmente, no era el caso.

La voz de Horowitz sonó detrás de mí:

—Supongo que no sabemos si era diestra o zurda…

—Tiene el brazo derecho ligeramente más desarrollado que el otro —indiqué.

—Entonces, imagino que era diestra. Y su higiene y alimentación eran precarias.

—Como las de una mujer de la calle. Una prostituta. Yo me inclino por eso —apuntó O'Donnell.

La voz de Marino se dejó oír al otro lado de la mesa:

—No conozco a ninguna que se atreva a afeitarse la cabeza.

—Depende de a quién intentara atraer —le respondió O'Donnell—. El agente de paisano que la vio en el metro la tomó por un hombre…

—Cuando sucedió ese hecho, estaba con Gault —dijo Marino.

—Estaba con el tipo que usted cree que era Gault.

—Nada de creer —insistió Marino—. El acompañante era él. Casi puedo oler a ese hijo de puta. Como si dejara un rastro de pestilencia en todo lo que toca.

—Me parece que lo que huele mal es ella —musitó O'Donnell.

—Mueva la luz hacia abajo, hasta aquí. —Rader recogió más fibras mientras las voces incorpóreas seguían conversando en una oscuridad como de terciopelo—. Así está bien, gracias.

—Esto me resulta muy inusual —confesé finalmente—. Por lo general, cuando aparecen tantas fibras, se trata de un caso en que el cadáver ha sido envuelto en una manta sucia o transportado en el portaequipajes de un coche.

—Está claro que no se había bañado últimamente, y es invierno —dijo Rader mientras movía el cable de fibra óptica e iluminaba la marca de una vacuna de la infancia—. Quizá llevaba la misma ropa desde hace días y, si viajaba en el metro o en autobús, seguro que recogió un montón de porquería.

En resumidas cuentas, teníamos allí a una indigente cuya desaparición nadie había denunciado porque no tenía casa, ni persona alguna que la conociera o que se preocupara por ella. Nos rendimos a la evidencia: estábamos ante el típico —y trágico— caso de una persona sin hogar. Así lo aceptamos hasta que la llevamos a la mesa seis de la sala de autopsias, donde esperaba el dentista forense, el doctor Graham, para realizar el examen de la dentadura.

Graham, un joven de hombros anchos y con el aire abstraído que yo asociaba con los profesores de la facultad de Medicina, era cirujano dentista en Staten Island cuando trabajaba con los vivos. Pero aquel día tenía consulta con unos clientes que se quejaban en silencio (un trabajo que hacía por una minuta que, probablemente, no le alcanzaba para cubrir la carrera del taxi y el almuerzo). El *rigor mortis* ya estaba avanzado y, como una chiquilla terca que odiara ir al dentista, la muerta se resistía a colaborar. Por fin, Graham consiguió abrirle las mandíbulas con una lima fina.

—¡Vaya! ¡Feliz Navidad! —exclamó, mientras acercaba una lámpara de luz más intensa—. Tiene la boca llena de oro.

—Qué curioso —comentó Horowitz como un matemático que reflexionara sobre un problema.

—Son reparaciones con pan de oro. —El dentista empezó por señalar dos empastes de metal dorado junto a la encía en cada uno de los incisivos—. Aquí, aquí, y aquí —indicó sucesivamente—. Seis en total. Es muy raro. De hecho, no lo había visto nunca. En un depósito de cadáveres, nada menos.

—¿Qué diablos es eso del pan de oro? —dijo Marino.

—Un incordio, eso es lo que es —respondió Graham—. Un trabajo muy difícil y poco atractivo.

—Creo que, tiempo atrás, lo exigían para aprobar el examen para la licenciatura de odontólogo —intervine.

—Exacto. —Graham continuó su trabajo—. Los estudiantes lo aborrecíamos.

Procedió a explicar que las restauraciones con pan de oro requerían que el dentista empastara los dientes con pellas de oro, y que el menor rastro de humedad hacía saltar el empaste. Aunque los arreglos eran muy buenos, exigían un trabajo intensivo, minucioso y caro.

—Y no hay muchos pacientes —añadió— que quieran que se les vea el oro, sobre todo en la cara externa de los incisivos.

Continuó anotando diversas reparaciones, extracciones, formas y deformaciones que hacían de aquella mujer quien era. Tenía las mandíbulas ligeramente desalineadas y una zona de desgaste semicircular en los incisivos, que Graham atribuyó al roce con la boquilla (el dentista estaba al corriente de que la difunta fumaba en pipa).

—¿No debería tener manchas de tabaco en los dientes, si era fumadora empedernida? —pregunté, pues no observé en ellos rastro alguno de nicotina.

—Es posible. Pero fíjese en la erosión del esmalte: ahí, esas zonas excavadas en la línea de las encías, que precisaron del arreglo con pan de oro... —Indicó los puntos a que se refería—. Los principales daños de los dientes apuntan a un exceso obsesivo de cepillado.

—Como si, a copia de restregarse los dientes con el cepillo diez veces al día, pudiera hacer desaparecer las manchas del tabaco —comentó Marino.

—Tanta limpieza de dientes no encaja con su escasa higiene personal —objeté yo—. En realidad, la boca de esa mujer no encaja en absoluto con el resto de ella.

—¿Puede decirnos cuándo le hicieron este trabajo dental? —preguntó Rader.

—Con certeza, no —respondió Graham mientras continuaba el examen—. Pero está muy bien realizado. Yo diría que, probablemente, todo es obra de un mismo dentista. Y la única parte del país donde todavía se efectúa este tipo de reparaciones es la Costa Oeste.

—¿Cómo puede saber eso? —intervino O'Donnell.

—Sólo se realiza este tipo de trabajos donde hay dentistas que todavía los practican. Yo no los hago, ni conozco personalmente a nadie que los haga, pero existe una organización llamada Academia Americana de Aplicadores de Pan de Oro que tiene varios cientos de miembros, dentistas que se enorgullecen de realizar todavía reparaciones con este material. Y la mayor concentración de afiliados se da en el estado de Washington.

—¿Y por qué querría alguien un empaste así? —preguntó O'Donnell.

—El oro dura mucho. —Graham le dirigió una mirada—. Hay gente a la que intranquiliza lo que se pone en la boca. Se dice que los productos químicos de los empastes de *composite* pueden causar daños al nervio. Hay quien cree que la plata produce desde fibrosis quística a caída de cabellos.

Entonces habló Marino:

—Y a algunos bichos raros, simplemente, les gusta el efecto que produce el oro.

—Tiene razón —asintió Graham—. Quizá la muerta fuera una de esas personas.

Pero yo no compartía tal opinión. No me parecía que aquella mujer fuera de las que se preocuparan por su aspecto. Incluso sospechaba que, si se había afeitado la cabeza, no era para llamar la atención ni porque fuera la última moda. Cuando iniciamos la exploración interna del cadáver comprendí algo más de ella, al tiempo que el misterio que la envolvía se hacía más profundo.

Había sufrido una histerectomía en la que le habían extirpado el útero por vía vaginal y le habían dejado los ovarios, y tenía los pies planos. También presentaba un hematoma intracerebral en el lóbulo frontal, como resultado de un antiguo traumatismo que le había fracturado el cráneo bajo las cicatrices que habíamos hallado.

—La mujer fue víctima de una agresión; posiblemente hace muchos años —expuse—. Y es la típica lesión craneal que suele asociarse a los cambios de personalidad. —Imaginé a la mujer vagando por el mundo sin que nadie la echara de menos— Probablemente fue separada de su familia y había padecido un derrame cerebral.

Horowitz se volvió hacia Rader y murmuró:

—Veamos si es posible hacer un análisis toxicológico. Comprobemos si consumía difenilhidantoína.

5

Poco se podía hacer el resto del día. La ciudad sólo pensaba en la Navidad, y los laboratorios, como la mayoría de oficinas, estaban cerrados. Marino y yo anduvimos varias manzanas en dirección a Central Park y nos detuvimos en una cafetería griega, donde sólo bebí café porque no podía comer nada. Después, tomamos un taxi.

Wesley no estaba en su habitación. Volví a la mía y pasé un largo rato ante la ventana, contemplando los árboles oscuros y enmarañados y las rocas negras entre las extensiones nevadas del parque. El cielo estaba plomizo, cargado. No alcanzaba a ver la pista de patinaje ni la fuente donde habían encontrado a la mujer asesinada. No había llegado a ver el cuerpo en el lugar del descubrimiento, pero había estudiado las fotografías. Lo que había hecho Gault era espantoso. Me pregunté dónde estaría en aquel momento.

No llevaba la cuenta de las muertes violentas en las que había trabajado desde el inicio de mi carrera profesional, pero entendía muchas de ellas mejor de lo que había sabido exponerlas ante los tribunales como testigo pericial. No me resultaba difícil comprender que la gente se dejara llevar por la ira, las drogas, el miedo o la locura hasta el punto de matar. Incluso los psicópatas tenían su propia lógica trastornada. Pero la conducta de Temple

Brooks Gault parecía resistir cualquier descripción o interpretación.

Su primer encuentro con el sistema judicial se había producido hacía menos de cinco años, mientras tomaba unas copas en un bar de Abdingdon, Virginia. Un camionero bebido que despreciaba a los afeminados había empezado a molestar a Gault, que era cinturón negro de karate. Gault, sin una palabra, había exhibido su extraña sonrisa. Luego se había puesto en pie, había girado sobre sí mismo y había pateado al tipo en la cabeza. Casualmente, en una mesa próxima había media docena de policías estatales fuera de servicio y ésa, tal vez, fue la única razón de que Gault terminara detenido y acusado de homicidio.

Su paso por la penitenciaría del estado de Virginia fue breve y poco habitual. Se ganó los favores de un guardián corrupto que falsificó su identidad y le facilitó la fuga. Llevaba muy poco tiempo escapado cuando había dado con un muchacho llamado Eddie Heath y lo había matado de un modo muy parecido a como lo haría con la mujer de Central Park. Después había asesinado al supervisor de mi depósito de cadáveres, al vigilante de la penitenciaría y a otra guardiana de prisiones llamada Helen. En aquel momento, Gault tenía treinta y un años.

Tras la ventana había empezado a nevar y, a lo lejos, los copos de nieve envolvían los árboles como un velo de niebla. Unas herraduras resonaron en el pavimento al paso de un carruaje, tirado por un caballo, con dos pasajeros arrebujados bajo sendas mantas a cuadros. El caballo, en realidad una yegua, era viejo y tenía una pisada insegura y, cuando resbaló, el cochero lo azotó salvajemente. Otros caballos de la vecina parada de coches contemplaron con triste alivio la escena, baja la cabeza y el pelaje descuidado, y me subió a la garganta una oleada de rabia que era como bilis. El corazón me latió con furia. De pronto, alguien llamó a la puerta y me volví.

—¿Quién es?

—¿Kay? —dijo la voz de Wesley tras una pausa.

Le dejé pasar. Llevaba una gorra de béisbol y tanto ésta como los hombros del gabán estaban mojados por la nevada. Se quitó unos guantes de piel, los guardó en los bolsillos y se despojó del gabán sin apartar la vista de mí.

—¿Qué sucede? —preguntó.

—¡Te voy a enseñar qué sucede! —dije con un temblor en la voz—. ¡Ven aquí y mira! —Le así de la mano y le conduje hasta la ventana—. ¡Mira eso! ¿Crees que esos patéticos caballos, pobrecillos, tienen algún día libre? ¿Te parece que reciben los cuidados adecuados? ¿Crees que los limpian o los cepillan como es debido alguna vez? ¿Sabes qué ocurre cuando resbalan, cuando el suelo está helado y el caballo es tan viejo que casi no se tiene en pie?

—Kay...

—¡Los azotan más fuerte!

—Kay...

—¿Y por qué no haces algo al respecto? —le grité.

—¿Qué quieres que haga?

—Haz algo. Lo que sea. El mundo está lleno de gente que no hace nada y ya estoy harta, maldita sea.

—¿Te parece bien que presente una queja a la Sociedad Protectora de Animales?

—Sí, me parece bien. Y yo enviaré otra.

—¿Y te parece bien que lo hagamos mañana? No creo que hoy encontremos a nadie...

Seguí mirando por la ventana y el cochero volvió a descargar el látigo sobre la yegua.

—¡Ya es suficiente! —masculló.

—¿Adónde vas?

Benton me siguió cuando salí de la habitación. Me dirigí al ascensor mientras él se apresuraba tras mis pasos. Crucé el vestíbulo a grandes zancadas y salí del hotel sin abrigo. En aquel momento, la nieve caía con intensidad y cubría la calle helada con una suave capa. El objeto de mi cólera era un viejo que se cubría con un sombrero, encogido en el asiento de los pasajeros. Cuando vio que se acercaba una mujer de mediana edad, seguida de un hombre alto, se enderezó.

—¿Le apetece una vueltecita en coche de caballos? —preguntó con fuerte acento.

La yegua estiró el cuello hacia mí y agachó las orejas como si supiera lo que se avecinaba. Era un saco de huesos y piel, ésta cruzada de cicatrices, con unos cascos descuidados y unos ojos apagados y de contornos enrojecidos.

—¿Cómo se llama la yegua? —pregunté.

—*Blancanieves*.

El hombre tenía un aspecto tan lastimoso como el del pobre animal. Empezó a recitar las tarifas.

—No estoy interesada en los precios —le interrumpí.

Me dirigió una mirada cansina. Se encogió de hombros y preguntó:

—Entonces, ¿cuánto tiempo quiere pasear?

—No lo sé —respondí secamente—. ¿Cuánto tiempo necesitaré hacerlo hasta que empiece a azotar a *Blancanieves* otra vez? Y otra cosa: cuando llega la Navidad, ¿le pega más que de costumbre, o menos?

—Me porto bien con el caballo —respondió con aire estúpido.

—Usted es cruel con este animal y, probablemente, lo es también con todo lo que vive y respira —insistí.

—Tengo un trabajo que cumplir... —dijo el hombre, entrecerrando los ojos.

—Soy doctora y se lo echo en cara —repliqué en un tono de voz más seco.

—¿Qué? —preguntó con una risita—. ¿Es médico de caballos?

Me acerqué al cochero hasta que estuve a pocos centímetros de sus piernas, cubiertas con una de las mantas.

—Vuelva a azotar a la yegua —le dije con el tono de acerada calma que reservaba para quienes aborrecía—, y yo lo veré. Y este hombre de ahí también lo verá. Desde esa ventana de ahí arriba. —Señalé mi habitación—. Y el día menos pensado usted se levantará y descubrirá que he comprado su empresa y lo he despedido.

—Señora, usted no va a comprar ninguna empresa —replicó el viejo, al tiempo que observaba con curiosidad la fachada del Athletic Club.

—Y usted no entiende la realidad.

El cochero hundió la barbilla bajo el cuello de la chaqueta y no hizo caso de mis palabras.

Regresé a la habitación en silencio. Wesley tampoco abrió la boca. Hice una profunda inspiración, pero no pude contener el temblor de las manos. Benton se acercó al minibar y preparó un whisky para cada uno; después, hizo que me sentara en la cama, colocó varias almohadas bajo mi espalda y se quitó el gabán, que extendió sobre mis piernas.

Apagó las luces y se sentó a mi lado. Durante un rato, me frotó el cuello mientras yo no apartaba la vista de la ventana. Con la nevada, el cielo tenía un aspecto gris y húmedo, aunque no tan deprimente como cuando llovía. Me pregunté a qué venía aquella diferencia; ¿por qué la nieve parecía suave mientras que la lluvia resultaba más dura y, curiosamente, más fría?

Cuando la policía había descubierto el frágil cuerpo desnudo de Eddie Heath en Richmond, también por Navidad, hacía un frío terrible y llovía. El chiquillo estaba sentado, con la espalda apoyada en un cubo de basura, tras un edificio abandonado de ventanas atrancadas con tablones y, aunque no llegaría a recuperar la conciencia en ningún momento, no estaba muerto todavía. Gault se lo había llevado de un supermercado al que la madre de

Eddie había enviado al pequeño a comprar una lata de sopa.

No olvidaré nunca la desolación del rincón asqueroso donde se había producido el hallazgo ni la crueldad gratuita de Gault al colocar el cuerpo cerca de la bolsita con la lata de sopa y la barra de caramelo que Eddie había comprado antes de su muerte. Aquellos detalles le hacían tan real que incluso el agente del condado de Henrico se había echado a llorar. Vi en mi mente las heridas de Eddie y recordé la cálida presión de su mano cuando lo examiné en la unidad de cuidados intensivos de pediatría antes de que le desconectaran los aparatos de asistencia vital.

—¡Oh, Dios! —murmuré en la penumbra de la habitación—. ¡Oh, Dios, qué harta estoy de todo esto!

Wesley no respondió. Se había levantado y le vi de pie ante la ventana, vaso en mano.

—Estoy harta de tanta crueldad. Harta de gente que azota a los caballos y mata a chiquillos y a mujeres que padecen lesiones cerebrales.

Wesley no se volvió. Se limitó a decir:

—Es Navidad. Deberías llamar a tu familia.

—Tienes razón. Es exactamente lo que necesito para animarme.

Me soné la nariz y descolgué el teléfono. En casa de mi hermana, en Miami, no contestó nadie. Saqué la agenda del bolso y llamé al hospital donde se encontraba internada mi madre desde hacía semanas. Una enfermera de la UCI me dijo que Dorothy acompañaba a mi madre y me pasó la comunicación.

—¿Diga?

—Feliz Navidad —deseé a mi única hermana.

—Supongo que es una ironía, si piensas dónde estoy. Desde luego, este lugar no tiene nada de feliz, aunque no puedas saberlo porque no estás aquí...

—Te aseguro que conozco bien las salas de cuidados

intensivos —respondí—. ¿Dónde anda Lucy y cómo está?

—Ha salido a hacer unos recados con su amiga. Me han dejado aquí y volverán dentro de una hora. Después iremos a misa. Bueno, no sé si la amiga querrá venir, porque no es católica.

—La amiga de Lucy tiene nombre. Se llama Janet y es muy agradable.

—En eso no voy a meterme.

—¿Cómo está mamá?

—Sigue igual.

—¿Sigue igual? ¿Qué significa eso, Dorothy? —Mi hermana empezaba a causarme irritación.

—Hoy han tenido que aspirarle muchísimo. No sé qué problema tiene, pero no puedes imaginarte lo que es ver cómo intenta toser y ese tubo horrible en la garganta se lo impide. Hoy sólo ha resistido cinco minutos sin el respirador.

—¿Sabe qué día es?

—¡Oh, sí! —respondió Dorothy con tono siniestro—. Sí, desde luego. Le he puesto un arbolito en la mesilla y se ha echado a llorar.

Noté un dolor sordo en el pecho.

—¿Cuándo vendrás? —continuó mi hermana.

—No lo sé. No podemos movernos de Nueva York, en este momento.

—Katie, ¿te das cuenta de que has pasado toda la vida preocupada por gente muerta? —Su voz se hizo más cortante—. Me parece que sólo te relacionas con muertos…

—Dorothy, dile a mamá que la quiero y que he llamado. Y, por favor, di a Lucy y a Janet que intentaré llamar otra vez esta noche o mañana.

Colgué.

Wesley seguía ante la ventana, de espaldas a mí. Estaba al corriente de mis dificultades familiares.

—Lo siento —murmuró, comprensivo.

—Mi madre seguiría igual aunque yo estuviera allí.

—Ya lo sé. Pero la cuestión es que tú deberías estar allí y yo, en casa.

Cuando dijo «en casa» me sentí incómoda, porque su hogar no era el mío. Volví a pensar en el caso que teníamos entre manos y, cuando cerré los ojos, vi a la mujer de la fuente, con su aspecto de maniquí sin ropa y sin peluca. Repasé mentalmente sus espantosas heridas.

—Benton, ¿a quién mata Gault en realidad, cuando acaba con sus víctimas?

—A sí mismo —respondió—. Gault se mata a sí mismo.

—Pero eso no puede ser todo.

—Todo, no, pero es parte de ello.

—Para él es un deporte —apunté.

—En eso también tienes razón.

—¿Qué me dices de su familia? ¿Sabemos algo más?

—No. —Continuó de espaldas a mí—. Sus padres están perfectamente y viven en Beaufort, Carolina del Sur.

—¿Se marcharon de Albany?

—Recuerda la inundación.

—¡Ah, sí! La tormenta…

—El sur de Georgia quedó casi arrasado. Al parecer, los Gault se marcharon y ahora residen en Beaufort. Creo que también buscan pasar inadvertidos.

—Ya me lo imagino.

—Exacto. Los autobuses de turistas paraban delante de su casa de Albany y los periodistas llamaban a la puerta continuamente. No querrán colaborar con las autoridades. Como sabes, les he solicitado una entrevista repetidas veces y siguen negándose.

—Ojalá supiéramos más de la infancia de Gault… —murmuré.

—Creció en la plantación de la familia, que consistía básicamente en una finca de centenares de hectáreas de nogales pacaneros con una espaciosa casona de madera blanca. En las cercanías estaba la fábrica donde se producían los palos de nuez y otros caramelos que se ven en las paradas y restaurantes de camioneros, sobre todo en el Sur. Respecto a qué sucedía dentro de la casa mientras el chico estuvo allí, no sabemos nada.

—¿Y su hermana?

—Sigue en alguna parte de la Costa Oeste, supongo. No conseguimos localizarla para hablar con ella. Aunque, probablemente, tampoco querría decir nada.

—¿Qué probabilidades hay de que Gault se ponga en contacto con ella?

—Es difícil decirlo, pero no hemos descubierto nada que indique que se hayan sentido unidos alguna vez. No parece que Gault haya estado unido a nadie, en un sentido normal de la palabra, en toda su vida.

Tras esto, mi voz se hizo más suave y me sentí más relajada:

—¿Dónde has estado hoy? —pregunté.

—He hablado con varios detectives y he caminado mucho.

—¿Para hacer ejercicio, o por trabajo?

—Sobre todo, lo segundo, pero ambas cosas. Por cierto, *Blancanieves* se ha ido. El cochero acaba de marcharse con el carruaje vacío. Y no ha utilizado el látigo.

—Por favor, háblame más de tu paseo —insistí.

—He recorrido la zona en la que Gault fue visto con la víctima en la estación de metro, en Central Park West y la calle Ochenta y uno. Según qué ruta tome uno y depende de qué tiempo haga, esa boca de metro en concreto está a cinco o diez minutos de The Ramble.

—Pero no sabemos con seguridad que entraran por allí.

—Con seguridad, no sabemos nada —replicó él con un largo y fatigado suspiro—. Hemos recuperado unas huellas de pisadas, es cierto, pero hay muchas otras, y marcas de perros y de herraduras y Dios sabe de qué más. O, al menos, las había.

Hizo una pausa mientras los copos de nieve se deslizaban tras el cristal. Yo dije:

—¿Crees que quizá viva cerca de aquellos lugares?

—Esa estación de metro no es de transbordo. Es una estación de destino. La gente que se apea allí vive en Upper West Side o se dirige a alguno de los restaurantes, museos o festivales del parque.

—Por eso, precisamente, no creo que Gault haya estado viviendo en el barrio —dije—. En una estación como ésa y otras cercanas, es probable que una vea a la misma gente una y otra vez. Y si Gault era un habitual que frecuentaba el metro, parece probable que el agente de Tránsito que le puso la multa lo hubiera reconocido.

—Buena idea —comentó Wesley—. Parece que Gault estaba familiarizado con la zona que escogió para cometer el crimen, pero no hay el menor indicio de que rondara alguna vez por allí. ¿Cómo podía conocerla, entonces?

Por fin, se volvió y me miró.

La habitación seguía en penumbra y la silueta de Wesley se recortaba en las sombras ante un fondo jaspeado de cielo gris y nieve. Benton estaba delgado; los pantalones le colgaban de las caderas, ceñidos con un cinturón al que había practicado un agujero más.

—Has perdido peso —comenté.

—Me halaga que te hayas dado cuenta —respondió con ironía.

—Sólo conozco bien tu cuerpo cuando vas desnudo —dije, sin inmutarme—. Y entonces me pareces muy guapo.

—Bien, entonces es el único momento que importa, supongo.

—No, no. ¿Cuánto peso has perdido y por qué?

—No sé cuánto. No me peso nunca. A veces me olvido de comer.

—¿Y hoy? ¿Has comido algo hoy? —pregunté como si fuera su médico de cabecera.

—No.

—Ponte el gabán —dije.

Cogidos de la mano, avanzamos junto a la tapia del parque. No recordaba que hubiéramos hecho nunca la menor demostración de afecto en público, pero los pocos transeúntes no podían ver con claridad nuestro rostro, ni se habrían molestado en mirarnos. Durante unos instantes, me sentí aliviada, y la nieve que caía sobre nieve sonaba como si chocara con un cristal.

Recorrimos muchas manzanas sin cruzar palabra y pensé en mi familia, en Miami. Probablemente, volvería a llamar antes de que terminara el día y mi única recompensa serían más recriminaciones. Estaban quejosas conmigo porque no había hecho lo que querían y, cada vez que sucedía tal cosa, me decía con rabia que debía librarme de ellas como si fueran un mal empleo o un vicio. En realidad, quien más me preocupaba era Lucy, a la que siempre había querido como si fuera hija mía. A mamá no la podía complacer y Dorothy no me caía bien.

Me acerqué a Benton y le cogí del brazo. Él alargó la otra mano para asir la mía y me apreté contra su cuerpo. Llevábamos sendas capuchas que nos dificultaban besarnos. Nos detuvimos en la acera y allí, al amparo de la oscuridad, echamos atrás las capuchas como un par de vagabundos y resolvimos el problema. Después nos reímos de nuestro aspecto.

—¡Ah, qué lástima no tener una cámara ahora! —exclamó Wesley riendo.

—¡No, nada de eso!

Volví a colocarme la capucha y me pasó por la mente que alguien podía estar fotografiándonos. Con el recuerdo de nuestra condición de furtivos se desvaneció el momento de felicidad.

Reanudamos el paseo.

—Benton, esto no puede seguir así indefinidamente —murmuré.

No hubo respuesta.

—En tu mundo real —continué—, eres un marido devoto y un buen padre. Pero luego, salimos de la ciudad y…

—¿Y qué sensación te produce eso? —preguntó él, y la tensión reapareció en su voz.

—La misma que a la mayoría de la gente cuando tiene una aventura, supongo: un sentimiento de culpabilidad, de vergüenza, de miedo, de tristeza. Me dan jaquecas y tú pierdes peso. —Hice una pausa—. Luego, nos engañamos mutuamente.

—¿Y los celos?

—Me disciplino para no sentirlos —respondí tras unos momentos de vacilación.

—Esos sentimientos no se pueden disciplinar.

—Claro que sí. Tú y yo lo hacemos continuamente cuando trabajamos en un caso como éste.

—¿Estás celosa de Connie? —insistió mientras seguíamos caminando.

—Tu mujer siempre me ha caído bien y creo que es una buena persona.

—Pero ¿sientes celos de su relación conmigo? Sería muy comprensible…

—¿Por qué tienes que insistir en eso, Benton? —le interrumpí.

—Porque quiero que afrontemos los hechos y los analicemos de alguna manera.

—Muy bien. En tal caso, dime una cosa —repliqué—.

Mientras yo estaba con Mark, cuando él era tu colega y tu mejor amigo, ¿tuviste celos en alguna ocasión?

—¿De quién? —Benton trató de bromear.

—¿En algún momento te sentiste celoso de mi relación con Mark? —insistí.

No respondió de inmediato.

—Mentiría si no reconociese que siempre me has atraído —dijo por último—. Intensamente.

Evoqué el tiempo que Mark, Wesley y yo habíamos pasado juntos. No conseguí encontrar en mis recuerdos el menor asomo de lo que acababa de confesarme pero, naturalmente, cuando estaba con Mark sólo me fijaba en él.

—Yo he sido sincero —continuó Wesley—. Ahora, volvamos a lo de tú y Connie. Tengo que saberlo.

—¿Por qué?

—Tengo que saber si los tres podríamos estar juntos alguna vez —respondió—. Como en los viejos tiempos, cuando venías de visita y te quedabas a cenar. Mi mujer ha empezado a preguntar cómo es que ya no lo haces nunca.

—¿Temes que sospeche algo? ¿Te refieres a eso? —pregunté sintiéndome paranoica.

—Sólo digo que ha salido el tema. Tú le caes bien y, ahora que trabajamos juntos, Connie se pregunta por qué te ve menos que nunca, en lugar de lo contrario.

—Entiendo que se lo pregunte —murmuré.

—¿Qué vamos a hacer?

Yo había estado en casa de Benton y lo había observado con sus hijos y su esposa. Recordaba la comunicación que había entre ellos, sus sonrisas y alusiones a asuntos que se me escapaban cuando, por breves instantes, compartían su mundo con unos amigos. Pero en aquellos tiempos las cosas eran distintas, porque entonces yo aún tenía a Mark y estaba enamorada de él.

Solté la mano de Wesley. Los taxis pasaban entre remolinos de nieve, y por las ventanas de los edificios de apartamentos se filtraban luces cálidas. El parque irradiaba una blancura fantasmagórica bajo las farolas de hierro.

—No puedo hacerlo —le dije.

Tomamos por Central Park West.

—Lo siento —precisé a continuación—, pero no creo que soporte estar contigo y con tu mujer.

—Te he oído decir que eres capaz de disciplinar tus emociones.

—Para ti es fácil tomarlo al pie de la letra, porque en mi vida no hay nadie más.

—Pues tendrás que hacerlo en algún momento. Aunque pongamos fin a lo nuestro, vas a tener que relacionarte con mi familia. Si hemos de seguir trabajando juntos, si tenemos que ser amigos...

—De modo que ahora me vienes con ultimátums.

—Sabes bien que no es eso.

Apreté el paso. A partir de la primera vez que hicimos el amor, mi vida se volvió cien veces más complicada. Desde luego, sabía que no habría debido enredarme con él: en mi mesa de autopsias había tenido a más de un pobre iluso que un día decidió liarse con una persona casada. La gente se destruía a sí misma y a los demás. Desarrollaba alguna enfermedad mental y era llevada ante los tribunales.

Pasé junto a Tavern on the Green. A mi izquierda quedaba el edificio Dakota, en cuya esquina habían matado a John Lennon hacía unos años. La estación de metro estaba muy cerca de Cherry Hill y me pregunté si Gault habría dejado el parque para dirigirse hacia allí. Me detuve y miré. Aquella noche, un 8 de diciembre, regresaba a casa tras declarar en un proceso cuando oí por la radio que Lennon había muerto a manos de un don nadie que llevaba un ejemplar de *El guardián entre el centeno*.

—Ahí vivía Lennon —comenté a Benton.

—Sí. Lo mataron junto a la otra entrada —respondió.

—¿Cabe alguna posibilidad de que Gault tuviera eso en cuenta?

—No se me había ocurrido —dijo él tras una pausa.

—¿Deberíamos pensar en ello?

Benton guardó silencio mientras contemplaba de arriba abajo la fachada del Dakota, con sus ladrillos ocres, sus hierros forjados y sus motivos decorativos de cobre.

—Supongo que deberíamos pensar en todo —contestó al fin—. Gault debía de ser un adolescente cuando mataron a Lennon y, por lo que recuerdo de su apartamento en Richmond, parece que prefiere la música clásica y el jazz. No recuerdo que tuviera ningún disco de Lennon o de los Beatles.

—Si le interesa Lennon —dijo Wesley—, no debe de ser por razones musicales. Probablemente lo que le fascine sea el aspecto sensacional de su asesinato.

Continuamos caminando.

—No hay personas suficientes como para hacerles todas las preguntas cuyas respuestas necesitamos —señalé.

—Tienes razón. Necesitaríamos todo un departamento de policía. Quizás el FBI al completo.

—¿Podemos investigar si se ha visto rondar por el Dakota a alguien que encaje en su descripción? —quise saber.

—Mira, incluso podría haberse alojado ahí —murmuró Wesley con acritud—. Hasta la fecha no parece que tenga el menor problema de dinero.

Tras la esquina del museo de Historia Natural se hallaba el toldo rosa, coronado de nieve, de un restaurante llamado Scaletta que, para mi sorpresa, encontramos iluminado y bullicioso. Una pareja con abrigos de pieles se encaminó a la entrada y descendió las escaleras. Me pregunté si no deberíamos hacer lo mismo. Empezaba a tener hambre y Wesley no tenía aspecto de que necesitara perder más peso.

—¿Te parece un buen sitio? —pregunté.

—Desde luego. ¿No será pariente tuyo el tal Scaletta? —inquirió él en tono burlón.

—Creo que no.

Llegamos hasta la puerta, donde el *maître* nos informó de que el local estaba cerrado.

—Pues no lo parece —respondí. De repente, me sentía agotada y no deseaba dar un paso más.

—Le aseguro que lo está, señora. —El individuo, de baja estatura y casi calvo, vestía un esmoquin con una faja ancha de un rojo subido—. Celebramos una fiesta privada.

—¿Quién es Scaletta? —le preguntó Wesley.

—¿Por qué quiere saberlo?

—Es un apellido interesante. Se parece mucho al mío —intervine.

—¿Y cómo se llama usted?

—Scarpetta.

El hombre miró detenidamente a Wesley con aire de perplejidad.

—Sí, claro. ¿Pero el señor no viene con usted esta noche?

—¿A quién se refiere? —inquirí con una mirada inexpresiva.

—Al señor Scarpetta. Estaba invitado. Lamento muchísimo no haber sabido que usted lo acompañaría…

—¿Invitado? ¿A qué?

No tenía idea de a qué se refería el *maître*. Mi apellido era poco común. Nunca había conocido a otro Scarpetta, ni siquiera en Italia.

El hombre titubeó:

—¿No es usted pariente del señor Scarpetta que suele venir por aquí?

—¿Cómo es ese señor Scarpetta? —le pregunté, inquieta.

—Un magnífico cliente. Ha venido muchas veces últimamente. Lo invitamos a nuestra fiesta de Navidad. Así pues, ¿ustedes no vienen con su grupo?

—Cuénteme más cosas de él.

—Es un hombre joven. Gasta mucho dinero —explicó el *maître* con una sonrisa.

Noté que el comentario picaba el interés de Wesley.

—¿Podría describirlo?

—Tengo mucha gente en el local. Mañana abrimos otra vez y...

Wesley enseñó la chapa discretamente. El *maître* la contempló con parsimonia.

—Por supuesto —murmuró, cortés pero sin miedo—. Les buscaré una mesa.

—No, no —dijo Wesley—. No es preciso. Pero tenemos que hacerle unas preguntas más sobre ese hombre que dice apellidarse Scarpetta.

—Entren. —El *maître* señaló la puerta—. Ya que vamos a hablar, pueden pasar y sentarse. Y, puesto que van a sentarse, también pueden comer. Me llamo Eugenio.

El hombre nos condujo a una mesa con mantelería rosa, en un rincón alejado de los invitados engalanados que llenaban la mayor parte del comedor. El grupo brindaba, comía, se reía y charlaba con los gestos y cadencias típicos de los italianos.

—Esta noche no tenemos carta de platos —se disculpó Eugenio—. Puedo traerles *costoletta di vitello all griglia* o *pollo al limone* con quizás un poco de *capellini primavera* o *rigatoni con broccoli.*

Asentimos a todo ello y añadimos una botella de Dolcetto D'Alba, uno de mis vinos favoritos, difícil de encontrar.

Eugenio fue a buscar el vino mientras la cabeza empezaba a darme vueltas lentamente y un miedo enfermizo me atenazaba el corazón.

—Ni se te ocurra insinuarlo —advertí a Wesley.

—No voy a insinuar nada. Todavía.

No era preciso que lo hiciera. El restaurante estaba muy cerca de la estación de metro donde Gault había sido visto. Le habría llamado la atención el nombre del local, Scaletta. Le habría recordado mi apellido; probablemente yo estaba presente en muchos de sus pensamientos.

Eugenio volvió casi al instante con nuestra botella. Quitó el papel de estaño y clavó el sacacorchos al tiempo que comentaba:

—Aquí tienen, 1979, muy ligero. Casi un *beaujolais.*

Extrajo el tapón y me sirvió un poco para que lo catara. Cuando asentí, llenó las copas.

—Siéntese, Eugenio —le ofreció Wesley—. Tome un poco de vino y háblenos de ese Scarpetta.

El *maître* se encogió de hombros.

—Lo único que puedo decir es que apareció por primera vez hace tan sólo unas semanas. Estoy seguro de que no había venido por aquí anteriormente. A decir verdad, era un tipo poco corriente.

—¿En qué sentido? —preguntó Wesley.

—Tenía un aspecto raro. Muy delgado, con los cabellos de un rojo encendido y una ropa poco corriente. Un abrigo largo de cuero negro y pantalones italianos con, por ejemplo, una sudadera. —Levantó la vista al techo y se encogió de hombros otra vez—. Imaginen a un tipo con unos pantalones y unos zapatos de Armani y, en cambio, una camiseta de manga corta. Y sin planchar.

—¿Era italiano?

—No, no. Quizás engañe a alguien, pero a mí no. —Eugenio movió la cabeza y se sirvió una copa de vino—. Era norteamericano, aunque quizás hablara italiano porque utilizó la parte de la carta escrita en italiano. Y pidió los platos así, ¿saben? Nunca pedía en inglés. En realidad, lo hacía en un italiano muy correcto.

—¿Cómo pagaba? —quiso saber Wesley.

—Siempre con tarjeta de crédito.

—¿Y el apellido que figuraba en la tarjeta era Scarpetta? —pregunté.

—Sí. El nombre no figuraba completo, sólo la inicial: K. Me dijo que se llamaba Kirk. Un nombre nada italiano, precisamente. —Con una sonrisa, se encogió de hombros una vez más.

—Entonces, era un tipo abierto y comunicativo —apuntó Wesley mientras mi mente seguía apabullada por lo que acababa de escuchar.

—A veces era un hombre muy amistoso y a veces, no tanto. Siempre traía algo que leer. Periódicos.

—¿Venía solo?

—Siempre.

—¿Qué tarjeta de crédito utilizaba? —intervine.

Tras pensarlo un instante, el *maître* respondió:

—American Express. Tarjeta oro, creo.

Me volví hacia Wesley.

—¿Tienes aquí la tuya? —me preguntó él.

—Supongo que sí. —Saqué el billetero, pero no la encontré. Noté que la sangre me subía hasta las raíces de los cabellos—. No entiendo…

—¿Dónde la usaste por última vez? volvió a preguntar Wesley.

—No lo sé —contesté. Estaba perpleja—. No la empleo a menudo. En algunos sitios no la aceptan.

Nos quedamos callados. Wesley dio un sorbo a su copa y recorrió el comedor con la mirada. Yo estaba desconcertada y asustada. No entendía qué significaba todo aquello. ¿Por qué habría Gault de acudir allí y utilizar mi nombre? Si tenía mi tarjeta de crédito, ¿cómo la había conseguido? Y en el mismo instante en que me hacía esta última pregunta, se agitó dentro de mí una oscura sospecha: Quantico.

Eugenio se había levantado de la mesa para ocuparse de nuestra comida.

—Benton —murmuré, angustiada—, el otoño pasado le dejé la tarjeta a Lucy...

—¿Te refieres a cuando empezó su trabajo de prácticas con nosotros? Wesley frunció el entrecejo.

—Sí. Se la dejé cuando salió de la universidad y se trasladó a la Academia. Sabía que estaría yendo y viniendo para visitarme, que volaría a Miami por vacaciones y demás, así que le presté la tarjeta de American Express para que la usara, sobre todo, para sacar billetes de avión y de tren.

—¿Y no has vuelto a ver la tarjeta desde entonces?

—A decir verdad, no me he acordado más. Normalmente utilizo la Mastercard y la Visa y me parece que la Amex caduca en febrero próximo, así que debí de pensar que Lucy podía quedársela hasta entonces.

—Será mejor que la llames.

—Sí.

—Porque si tu sobrina no la tiene, Kay, voy a sospechar que Gault la robó cuando se produjo la irrupción en el edificio de Gestión de Investigaciones, en octubre pasado.

Eso mismo temía yo.

—¿Qué me dices de las facturas? —continuó Wesley—. ¿No has observado gastos extraños en los últimos meses?

—No —contesté—. No recuerdo que tuviera ningún cargo, siquiera, durante octubre y noviembre. —Reflexioné y añadí—: ¿Qué hemos de hacer ahora, cancelar la tarjeta o utilizarla para seguir sus pasos?

—Seguirlo mediante la tarjeta podría traer problemas.

—Por el dinero...

Wesley titubeó.

—Veré qué puedo hacer —dijo por fin.

Eugenio regresó con los platos de pasta y dijo que estaba tratando de recordar si había algo más que pudiera ayudarnos.

—Creo que la última vez que vino fue el jueves por la noche. Hace cuatro días —añadió, tras contar con los dedos—. Le gusta la *bistecca* y el *carpaccio*. Ejem, déjenme ver… Una vez pidió *funghi e carciofi* y *capellini* solos. Sin salsa. Un poco de mantequilla y nada más. Lo invitamos a la fiesta. Cada año lo hacemos para demostrar nuestro aprecio a amigos y clientes especiales.

—¿Fumaba? —preguntó Wesley.

—Sí.

—¿Recuerda qué?

—Cigarrillos negros. Nat Shermans.

—¿Qué puede decirnos de la bebida?

—Le gustaban el whisky escocés caro y el buen vino. Pero tenía un gusto un tanto… un tanto esnob. —Acompañó sus palabras de una risilla—. Normalmente, pedía Chateau Carbonnieux o Chateau Olivier y la cosecha no podía ser anterior a 1989.

—¿Tomaba vino blanco? —pregunté.

—Nada de tinto. Ni una gota. El tinto no lo tocaba. Una vez le ofrecí una copa por cuenta de la casa y la devolvió.

Eugenio y Wesley intercambiaron tarjetas y otra información; tras ello, el *maître* volvió a concentrar su atención en la fiesta, que para entonces empezaba a animarse.

—Kay —me dijo Wesley—, ¿puedes imaginar otra explicación para lo que acabamos de descubrir?

—No —fue mi respuesta—. La descripción del tipo concuerda con la de Gault. Todo apunta a Gault. ¿Por qué me está haciendo esto? —Mi miedo estaba transformándose en cólera.

Wesley me miró fijamente.

—Piensa. ¿Ha sucedido algo más, últimamente, que

deberías contarme? ¿Has recibido llamadas extrañas, cartas raras, algo así?

—Ni llamadas ni nada parecido. Cartas extrañas sí he recibido algunas, pero son bastante corrientes en mi profesión.

—¿Nada más? ¿Qué hay de la alarma contra ladrones? ¿Se ha disparado más de lo habitual?

Moví la cabeza despacio, en un gesto negativo.

—Este mes se ha disparado un par de veces, pero no falta nada ni he notado el menor desorden. Y, en realidad, no creo que Gault haya estado en Richmond.

—Debes andarte con mucho cuidado —apuntó Benton casi con irritación, como si me acusara de ser descuidada.

—Siempre tengo cuidado —repliqué.

6

Al día siguiente, la ciudad volvía a funcionar y llevé a Marino a comer a Tatou porque consideré que los dos necesitábamos un ambiente estimulante antes de acudir a Brooklyn Heights para reunirnos con la comandante Penn.

Un joven tocaba el arpa y la mayoría de las mesas estaban ocupadas por hombres y mujeres atractivos y bien vestidos que, probablemente, conocían poco de la vida más allá de las editoriales y negocios de altos vuelos en que consumían sus días.

Mi sensación de alienación me dejó perpleja. Mientras contemplaba la corbata barata de Marino, su chaqueta de pana verde y las manchas de nicotina de sus uñas anchas y estriadas, me sentí muy sola al otro lado de la mesa. Aunque agradecía su compañía, no podía compartir mis pensamientos con él. No me comprendería.

—Me parece que le sentaría bien un vaso de vino con la comida, doctora —comentó mientras me observaba detenidamente—. Adelante. Yo conduciré.

—De eso, nada. Tomaremos un taxi.

—El caso es que no va a coger el volante; relájese, pues.

—Lo que está diciendo, en realidad, es que le apetecería un vaso de vino.

—No le diré lo contrario —respondió mientras se acercaba la camarera—. ¿Tienen algún vino por vasos que merezca la pena? —preguntó a la muchacha.

Ésta consiguió disimular su irritación mientras recitaba una lista impresionante que dejó perplejo a Marino. Le sugerí que probara un cabernet de reserva Beringer, cuya calidad conocía, y pedimos sopa de lentejas y espagueti a la boloñesa.

—El asunto de la mujer muerta me saca de quicio —confesó Marino cuando la camarera se marchó.

Acerqué la cabeza a él por encima de la mesa y le insté a bajar la voz. Él también se inclinó hacia delante.

—Hay una razón para que la escogiera —añadió entonces.

—Para mí que sólo se fijó en ella porque estaba allí —respondí, espoleada por la irritación—. Sus víctimas no significan nada para él.

—Sí, pero... Bueno, yo creo que hay algo más. Y también me gustaría saber qué le ha traído a Nueva York. ¿Cree que contactó con ella en el museo?

—Es posible. Quizás averigüemos algo más cuando vayamos allí.

—¿No hay que pagar para entrar?

—Para ver las exposiciones, sí.

—Pues esa mujer quizá llevara un montón de oro en la dentadura, pero no creo que tuviera mucho dinero cuando murió.

—A mí también me sorprendería que lo tuviera. Pero ella y Gault entraron en el museo. Los vieron salir.

—Entonces, puede que la conociera antes, la llevara allí y le pagara la entrada.

—Espero que nos ayude en algo observar lo que Gault fue a ver.

—Ya sé lo que estuvo contemplando esa rata. Los tiburones.

La comida era espléndida y no me habría costado nada quedarme allí durante horas. Estaba inexplicablemente agotada, como me sucedía a veces. Mi disposición emocional estaba constituida por sucesivas capas de dolor y de tristeza que, cuando yo era joven, habían sido provocadas por mi propio sino y luego, con el paso de los años, procedían del dolor ajeno. Con mucha frecuencia me sumía en un estado de ánimo sombrío, y éste era uno de tales momentos.

Pagué yo porque, cuando salía a comer con Marino, si yo escogía el restaurante también me encargaba de la cuenta. A decir verdad, Marino no podía permitirse el Tatou. A decir verdad, no podía permitirse Nueva York. Ver la Mastercard me hizo pensar en la tarjeta de American Express y mi humor empeoró.

Para entrar en la exposición de tiburones del museo de Historia Natural, tuvimos que pagar cinco dólares cada uno y encaminarnos al tercer piso. Marino subió las escaleras más despacio que yo, tratando de disimular sus laboriosos jadeos.

—Maldita sea, ¿cómo es que no tienen ascensor en este garito? —se quejó.

—Hay uno —le respondí—, pero a usted le convienen las escaleras. Quizá sea el único ejercicio que hagamos hoy.

Entramos en la exposición de reptiles y anfibios y pasamos ante un cocodrilo americano de casi cinco metros, muerto un siglo atrás en Biscayne Bay. Marino no pudo evitar detenerse ante cada animal expuesto y me harté de ver lagartos, serpientes, iguanas y monstruos de Gila.

—Vamos —susurré.

—Fíjese en el tamaño de ese bicho —dijo Marino con admiración ante los restos de una pitón reticulada de ocho metros—. ¿Se imagina tropezar con una cosa así en la selva?

Los museos siempre me dan frío por mucho que me gusten. Atribuyo el fenómeno a los suelos de duro mármol y la altura de los techos. Pero, además, aborrezco las serpientes y sus parientes. Me repugnan las cobras de anteojos, los lagartos de piel escamosa y espinosa y los cocodrilos de dientes desnudos. Una guía daba explicaciones a un grupo de jóvenes extasiados ante una vitrina poblada por dragones de Komodo indonesios y tortugas laúd que nunca más volverían a ver las playas de arena ni el mar.

—Os pido que, cuando estéis en la playa y tengáis algún envase de plástico, lo arrojéis a la basura, porque estos animales no son genios, precisamente —proclamaba la guía con la pasión de un evangelista—; creen que las bolsas de plástico son medusas y…

—Vámonos ya, Marino —murmuré, tirándole de la manga.

—¿Sabe? No visitaba un museo desde que era un crío. Espere un momento… —Con expresión de sorpresa, se corrigió—: No es verdad. ¡Claro, maldita sea! Doris me trajo aquí una vez. Ya decía yo que todo esto me resultaba familiar…

Doris era su ex mujer.

—Acababa de ingresar en el departamento de Policía de Nueva York y Doris estaba embarazada de Rocky. Recuerdo que vimos los monos y gorilas disecados y rellenos y le dije que aquello traía mala suerte. Le dije que el niño acabaría columpiándose de los árboles y comiendo plátanos.

La guía continuaba perorando sin descanso sobre la penosa situación de las tortugas laúd:

—Tenedlo muy presente, por favor. ¡Su número está disminuyendo incesantemente!

Marino siguió con sus reflexiones en voz alta:

—Quizá fue eso lo que le sucedió a Rocky. Quizá fue por haber venido a este lugar.

Rara vez le había oído hacer la menor referencia a su único hijo. De hecho, pese a conocer bien a Marino, de su hijo no sabía nada.

—Ignoraba que su hijo se llamara Rocky —comenté en un susurro mientras reemprendíamos la marcha.

—En realidad se llama Richard. Cuando era pequeño lo llamábamos Ricky y, no sé cómo, acabó por convenirse en Rocky. Incluso hay quien lo llama Rocco. Lo llaman un montón de cosas.

—¿Tiene mucho contacto con él?

—Ahí hay una tienda de recuerdos. Quizá debería comprar un llavero con un tiburón o algo así para Molly.

—Vayamos a ver.

Marino cambió de idea:

—No, mejor será que le lleve unas rosquillas.

No quería presionarlo a hablar de su hijo, pero era él quien había sacado el tema y me daba la impresión de que su mutuo alejamiento era la raíz de muchos de los problemas de Marino.

—¿Dónde está Rocky? —le pregunté con cautela.

—En un pueblo de mala muerte llamado Darien.

—¿En Connecticut? Pero ese sitio no es ningún pueblo de mala muerte.

—El Darien de que hablo está en Georgia.

—Me sorprende no haber sabido eso hasta hoy.

—El chico no hace nada que a usted pueda interesarle. —Marino se inclinó y apoyó el rostro en el cristal mientras contemplaba un par de pequeños tiburones nodriza que nadaban por el fondo de un tanque, fuera de la exposición—. Parecen barbos enormes —comentó mientras los tiburones lo miraban con indiferencia, abanicando el agua en silencio con la cola.

Nos internamos en la exposición y no tuvimos que esperar turno porque, a aquella hora y en pleno día laborable, había pocos visitantes. Pasamos junto a unas figuras de guerreros kiribatis vestidos con fibras de coco entretejidas y ante un cuadro de Winslow Homer que representaba la corriente del Golfo. Había fotos de aviones que llevaban pintada la imagen de un tiburón, y se nos explicó que estos animales pueden detectar olores desde una distancia equivalente a la longitud de un campo de fútbol, así como captar descargas eléctricas de apenas una millonésima de voltio. Los tiburones tienen hasta quince filas de dientes y su silueta aerodinámica les permite desplazarse en el agua con la máxima eficacia.

En una filmación nos mostraron un gran tiburón blanco destrozando una jaula de observación y lanzándose a por un atún atado a una cuerda. El narrador comentó que estos animales son legendarios cazadores de las profundidades, perfectas máquinas de matar, amos de los mares y auténticas fauces de la muerte. Pueden oler una gota de sangre en cien litros de agua y percibir las ondas de presión de otros animales que pasan por sus cercanías. Pueden nadar más deprisa que sus presas y nadie está muy seguro de por qué algunos tiburones atacan a los humanos.

—Salgamos de aquí —dije a Marino cuando terminó la película.

Me abroché el abrigo, me puse los guantes e imaginé a Gault observando a aquellos monstruos mientras desgarraban la carne y la sangre se dispersaba en el agua, oscureciéndola.

Vi su fría mirada y sus ideas tortuosas tras la leve sonrisa. En los recovecos más inquietantes de mi mente, tuve la certeza de que Gault sonreía cuando mataba. Ponía al desnudo su crueldad en aquella sonrisa extraña que había visto en las diversas ocasiones en que había estado cerca de él.

Seguro que Gault había visitado aquella sala oscura con la mujer cuyo nombre aún ignorábamos, y que, sin saberlo, ella había contemplado su propia muerte en la pantalla. Había visto derramarse su propia sangre y desgarrarse su propia carne. Gault le había ofrecido un avance de lo que le reservaba. La exposición había sido su juego introductorio.

Volvimos a la rotonda, donde un grupo de escolares rodeaba un fósil de barosaurus hembra. Los huesos alargados del cuello de ésta se levantaban hacia el altísimo techo en un eterno intento de proteger a su cría del ataque de un allosaurus. Las voces se propagaban y el ruido de las pisadas sobre el mármol resonaba en el recinto. Eché una mirada a mi alrededor. Varios empleados uniformados permanecían quietos tras los mostradores donde expedían las entradas, vigilando que no pasasen los visitantes que no habían pagado. A través de las puertas delanteras de cristal observé la nieve sucia apilada a lo largo de la calle, fría y concurrida.

—La mujer entró para calentarse —dije a Marino.

—¿Qué? —respondió, absorto en los huesos de dinosaurio.

—Quizás entró para resguardarse del frío —insistí—. Una puede quedarse aquí todo el día, mirando estos fósiles. Mientras no pases a las exposiciones, no tienes que pagar nada.

—Entonces, ¿cree que fue aquí donde Gault la vio por primera vez? —dijo él en tono de escepticismo.

—No sé si fue la primera vez que la veía —respondí.

Las chimeneas de ladrillo estaban inactivas y tras las barandas protectoras de la autovía de Queens se sucedían desolados edificios de acero y hormigón.

Nuestro taxi pasó ante deprimentes bloques de apartamentos y tiendas en las que se vendía pescado ahumado y curado, mármol y baldosas. Rizos de alambre de espino remataban las vallas de malla metálica y las aceras y alcorques estaban llenos de basura. Por fin entramos en Brooklyn Heights, camino de la Jefatura de Tráfico de Jay Street.

Un agente con pantalones de uniforme azul marino y jersey de comando nos acompañó al segundo piso, donde nos condujeron al despacho de Frances Penn, en cuya puerta figuraban las tres estrellas de comandante ejecutiva. Penn había tenido el detalle de hacer traer café y unas galletitas de Navidad, que nos esperaban en la mesilla en torno a la cual íbamos a conversar sobre uno de los homicidios más horrendos en la historia de Central Park.

—Buenos días. —Nos recibió con unos firmes apretones de manos—. Tomen asiento, por favor. A esas galletas les hemos quitado las calorías. Siempre lo hacemos. Capitán, ¿toma usted crema y azúcar?

—Sí.

—Supongo que eso significa ambas cosas —comentó con una ligera sonrisa—. Doctora Scarpetta, tengo la sensación de que usted lo toma solo.

—Pues sí —respondí, observándola con creciente curiosidad.

—Y probablemente no come galletas.

—Seguramente no las probaré.

Me quité el abrigo y ocupé una silla. La comandante Penn vestía un traje chaqueta azul marino con botones de peltre y una blusa de seda blanca de cuello alto. No necesitaba el uniforme para resultar imponente, pero no se mostraba severa ni fría. Yo no habría calificado su porte de autoritario, pero sí estaba cargado de dignidad, y creí percibir cierto nerviosismo en sus ojos de color avellana.

—Parece que el señor Gault pudo conocer a la víctima en el museo, contra la teoría de que los dos se conocieran con anterioridad —dijo para empezar.

—Es interesante que mencione eso —intervine—. Acabamos de estar en el museo.

—Según uno de los guardias de seguridad, una mujer cuya descripción encaja con la víctima fue vista rondando por la zona de la rotonda. En algún momento se la vio hablar con un hombre que compró dos entradas para las exposiciones. De hecho, llamaron la atención de varios empleados del museo por su aspecto estrafalario.

—¿Por qué estaba la mujer en el museo? ¿Cuál es su teoría al respecto? —pregunté.

—Quienes la recuerdan tuvieron la impresión de que era una indigente sin techo. Supongo que entró para resguardarse del frío.

—¿Y los guardias? ¿No echan del recinto a esa gente? —preguntó Marino.

—Si pueden. —Penn hizo una pausa—. Intervienen si esos individuos organizan algún altercado, desde luego.

—Pero la mujer no armaba jaleo, supongo —apunté.

La comandante alargó la mano para coger su taza.

—Según parece, estuvo tranquila y no creó problemas. Parecía interesada en los huesos de dinosaurio y daba vueltas y vueltas alrededor de ellos.

—¿Habló con alguien? —pregunté.

—Pidió dónde estaban los servicios de señoras.

—Eso sugiere que no había estado nunca en el edificio —dije—. ¿Tenía algún acento especial?

—Si lo tenía, nadie lo recuerda.

—Entonces, no es probable que fuese extranjera —apunté.

—¿Alguna descripción de sus ropas? —le preguntó Marino.

—Un abrigo. Marrón, o tal vez negro. Corto. Una gorra de béisbol de los Atlanta Braves, negra o quizás azul marino. Posiblemente llevaba pantalones vaqueros y botas. Al parecer, es todo lo que recuerdan quienes la vieron.

Nos quedamos callados, sumidos en reflexiones.

—¿Qué más hay? —dije luego, tras un carraspeo.

—Después fue vista conversando con un hombre y la descripción de la indumentaria de éste es interesante. Según parece, llevaba un sobretodo bastante llamativo. Negro, con el corte y las hechuras de una gabardina larga; una de esas prendas que se asocian a lo que usaban los agentes de la Gestapo durante la Segunda Guerra Mundial. El personal del museo también cree que el tipo llevaba botas.

Pensé en las inhabituales huellas de pisadas en la escena del crimen y en el gabán de cuero negro que había mencionado Eugenio en el Scaletta.

—La pareja fue vista también en otras zonas del museo y, en concreto, en la exposición de tiburones —continuó la comandante Penn—. De hecho, el hombre compró varios libros en la tienda de recuerdos.

—¿Sabe qué clase de libros? —preguntó Marino.

—Sobre tiburones; entre ellos, uno que contenía vívidas fotografías de gente atacada por esos bichos.

—¿Pagó en metálico? —quise saber.

—Me temo que sí.

—A continuación, el tipo deja el museo y se gana una multa en la estación del metro —apuntó Marino.

La comandante asintió.

—Seguro que les interesa la identificación que presentó.

—Sí. Adelante.

—Tenía un permiso de conducir a nombre de Frank Benelli, italiano, de Verona. Treinta y tres años.

—¿De Verona? Qué interesante —comenté—. Mis antepasados son de allí.

Marino y la comandante me contemplaron un instante.

—¿Me está diciendo que esa sabandija hablaba con acento italiano? —preguntó Marino.

—El agente aseguró que tenía un inglés fatal. Hablaba con un acento italiano muy marcado. Supongo que Gault no es de origen italiano, ¿verdad?

—Gault nació en Albany, Georgia —respondí—. Seguro que no tiene sangre italiana, pero eso no significa que no sea capaz de imitar el acento.

Le expliqué a la comandante lo que Wesley y yo habíamos descubierto la noche anterior en el restaurante.

—¿Y su sobrina ha confirmado el robo de la tarjeta de crédito?

—Todavía no he podido hablar con ella.

Penn partió un pedacito de galleta, lo deslizó entre sus labios y comentó:

—Doctora, el agente que extendió la multa creció en una familia italiana aquí, en Nueva York. A su juicio, el acento del tipo era auténtico. Gault debe de ser muy bueno.

—Le aseguro que lo es.

—¿Estudió italiano en el instituto o en la facultad?

—No lo sé —respondí—. Pero no terminó la carrera.

—¿Dónde estudió?

—En una universidad privada de Carolina del Norte llamada Davidson.

—Un establecimiento muy caro y en el que es muy difícil ingresar —comentó la comandante.

—Sí. Su familia tiene dinero y Gault es sumamente inteligente. Según nuestras noticias, sólo estuvo allí un curso.

—¿Lo expulsaron? —dije, percatándome de que la comandante estaba fascinada con el personaje.

—Eso tengo entendido.

—¿Por qué?

—Creo que violó el código de honor.

—Sé que cuesta creerlo —apuntó Marino con cierto sarcasmo.

—¿Y luego, qué? ¿Otra universidad? —preguntó la comandante.

—Que yo sepa, no —respondí.

—¿Alguien ha ido a Davidson a investigar qué sucedió? —preguntó Penn con aire escéptico, como si el encargado de llevar el caso no hubiera trabajado lo suficiente.

—Ignoro si lo ha hecho alguien pero, con franqueza, lo dudo.

—El tipo sólo tiene treinta y pocos años. No hablamos de tanto tiempo. En esa universidad debe de haber gente que se acuerde de él.

Marino había empezado a estrujar su taza de café de poliestireno. Levantó la vista hacia la comandante y preguntó:

—¿Y usted? ¿Ha comprobado al tal Benelli para ver si existe de verdad?

—Estamos en ello. De momento, no tenemos confirmación —replicó Penn—. Esas cosas pueden ser lentas, sobre todo en esta época del año.

—El FBI tiene un agregado jurídico en nuestra embajada en Roma —apunté—. Eso podría acelerar el trámite.

Continuamos la conversación un rato más; luego, la comandante Penn nos acompañó hasta la puerta.

—Doctora Scarpetta —dijo entonces—, me gustaría hablar un momento con usted, antes de que se marche…

Marino nos miró a las dos y, como si las palabras le hubieran sido dirigidas, murmuró:

—Desde luego. Adelante, yo esperaré ahí fuera.

La comandante cerró la puerta.

—Me pregunto si podríamos encontrarnos más tarde —me dijo.

Titubeé antes de responder:

—Supongo que sí. ¿Qué se propone?

—¿Le parece si quedamos para cenar esta noche? ¿Alrededor de las siete, digamos? He pensado que podríamos charlar un poco más y relajarnos —apuntó con una sonrisa.

Aquella noche esperaba cenar con Wesley. Mi respuesta fue:

—Es una gentileza por su parte. Acepto, naturalmente.

Sacó una tarjeta del bolsillo y me la tendió.

—Mi dirección —explicó—. Nos veremos a esa hora, pues.

Marino no preguntó qué me había dicho la comandante, pero era evidente que estaba intrigado y que le molestaba haber sido excluido del diálogo.

—¿Todo en orden? —preguntó ya en el ascensor.

—No —contesté—. No está todo en orden. Si lo estuviera, nosotros no estaríamos en Nueva York en este momento.

—¡Mierda! —masculló él con gesto agrio—. Dejé de hacer vacaciones cuando ingresé en la policía. Las vacaciones no son para gente como nosotros.

—Pues deberían serlo —repliqué, al tiempo que hacía señas a un taxi que ya venía ocupado.

—Bobadas. ¿Cuántas veces la han llamado para un servicio en Nochebuena, Navidad, el día de Acción de Gracias o el fin de semana del Día del Trabajo?

Pasó otro taxi sin detenerse.

—En vacaciones es cuando las sabandijas como Gault no tienen dónde ir o con quién verse y empiezan a entretenerse como él hizo la otra noche. Y del resto de la gente, la mitad se deprime y abandona a su marido, a su mujer, se vuela el cerebro o se emborracha y se mata con el coche.

—Al carajo —murmuré yo mientras seguía oteando en una y otra dirección de la concurrida calzada—. Mire, le agradecería que me ayudara a encontrar un taxi libre. A menos que quiera cruzar a pie el puente de Brooklyn.

Marino bajó de la acera y agitó las manos en plena calle. Al instante, un taxi cambió de carril hacia nosotros y se detuvo. Subimos. El conductor era iraní y Marino no se mostró muy amable con él. Cuando volví a mi habitación, tomé un largo baño caliente e intenté llamar a Lucy otra vez. Por desgracia, respondió a la llamada Dorothy.

—¿Cómo está mamá? —fue lo primero que dije.

—Lucy y yo hemos pasado la mañana con ella en el hospital. Está muy deprimida y tiene un aspecto horrible. Pienso en todos estos años que le he repetido que no fumara, y mírala. Una máquina respira por ella. Le han abierto un agujero en la garganta. Y ayer sorprendí a Lucy fumando un cigarrillo en el patio de atrás.

—¿Cuándo ha empezado a fumar? —le pregunté, consternada.

—No tengo ni idea. Tú la ves más que yo.

—¿Está ahí?

—Espera.

El auricular se estrelló sonoramente contra algo cuando Dorothy lo soltó.

—¡Feliz Navidad, tía Kay!

La voz de Lucy, al otro extremo de la línea, no parecía muy alegre.

—Para mí tampoco han sido unos días muy felices —respondí—. ¿Qué tal la visita a la abuela?

—Se ha echado a llorar y no entendíamos lo que quería decirnos. Después, a mamá le han entrado las prisas por irse porque tenía un partido de tenis.

—¿De tenis? ¿Desde cuándo…?

—Vuelve a estar obsesionada por ponerse en forma.

—Me ha dicho que vuelves a fumar.

—Apenas algún cigarrillo —contestó Lucy con despreocupación, como si mi comentario no fuera nada.

—Tenemos que hablar de eso, Lucy. No necesitas otra adicción.

—No me estoy haciendo adicta.

—Eso mismo pensé yo cuando empecé a fumar, a tu edad. Y dejarlo ha sido lo más difícil que he hecho nunca. Un absoluto infierno.

—Sé perfectamente lo difícil que es dejar algo. No tengo intención de ponerme en una situación que no pueda controlar.

—Bien.

—Mañana tomo el avión de vuelta a Washington —añadió.

—Pensaba que ibas a quedarte en Miami una semana, por lo menos.

—Tengo que volver a Quantico. Sucede algo con el CAIN. Esta tarde me han llamado de la IGI.

La Instalación de Gestión de Ingeniería era el recinto destinado por el FBI a la investigación y diseño de elementos de tecnología de alto secreto, desde aparatos de seguimiento a robots. Era allí donde Lucy había estado desarrollando la Red de Inteligencia Artificial sobre el Crimen, conocida por CAIN.

CAIN era un sistema informático centralizado que conectaba departamentos de policía y otras agencias de investigación con una enorme base de datos mantenida por el VICAP, el programa del FBI para la detención de criminales violentos. El objetivo de CAIN era poner a la policía sobre aviso de que quizá se estaba enfrentando a un delincuente violento que había matado o violado anteriormente. Una vez alertada, la policía podía solicitar, como había hecho esta vez la de Nueva York, la colaboración de la unidad de Wesley.

—¿Hay algún problema? —pregunté con inquietud, pues hacía poco había habido uno muy grave.

—Según el registro de accesos, no. No hay constancia de que haya entrado en el sistema nadie que no deba. Pero parece que CAIN está mandando mensajes para los que no ha sido programado. Hace algún tiempo que viene sucediendo algo extraño, aunque hasta hoy he sido incapaz de concretarlo. Es como si el programa pensara por sí mismo.

—Creí que éste era el objetivo de la inteligencia artificial.

—No exactamente —declaró mi sobrina, que tenía el CI de un genio—. No se trata de mensajes normales.

—¿Puedes ponerme un ejemplo?

—Está bien. Ayer, la policía de Transportes británica introdujo un caso en su terminal VICAP. Se trataba de una violación cometida en uno de los pasos subterráneos del centro de Londres. CAIN procesó la información, comparó los detalles con la base de datos y pidió a la terminal dónde se había registrado el caso. El agente investigador de Londres recibió un mensaje que solicitaba más información sobre la descripción del agresor. En concreto, CAIN quería saber el color del vello púbico del agresor y si la víctima había tenido un orgasmo.

—No lo dirás en serio… —murmuré.

—CAIN no ha sido programado para hacer preguntas ni remotamente parecidas. Es evidente que no forman parte de los protocolos del VICAP. El agente de Londres, desconcertado, informó de lo sucedido a un superintendente ayudante, el cual llamó al director de Quantico, quien mandó intervenir a Benton Wesley.

—¿Y Benton te llamó? —pregunté.

—En realidad, hizo que alguien de Gestión de Ingeniería se pusiera en contacto conmigo. Él también piensa volver a Quantico, mañana.

—Ya veo. —Mi voz se mantuvo firme, sin demostrar que me importara en absoluto que Wesley se marchase al día siguiente y todavía no me hubiese dicho nada—. ¿Estás segura de que el agente de Londres hablaba en serio? No se inventaría algo así para gastarnos una broma, ¿verdad?

—Envió una copia impresa por fax y, según Gestión de Ingeniería, el mensaje parece auténtico. Sólo un programador íntimamente familiarizado con CAIN podría haberse introducido en el sistema y haber fingido una transmisión así. Además, por lo que me han dicho, en el registro de acceso no hay rastro de que nadie haya manipulado nada.

Lucy volvió a explicarme que CAIN funcionaba sobre una plataforma UNIR con redes de área locales conectadas a redes de área generales. Me habló de accesos, puertos y contraseñas que cambiaban automáticamente cada sesenta días. En realidad, solamente los tres superusuarios, uno de los cuales era ella, podían acceder al cerebro del sistema. Los usuarios situados en puntos remotos, como el agente de Londres, no podían hacer otra cosa que introducir sus datos en un terminal o en un PC conectados al servidor, de veinte gigabytes, ubicado en Quantico.

—CAIN es, probablemente, el sistema más seguro de que he oído hablar jamás —añadió Lucy—. Mantenerlo hermético es nuestra principal prioridad.

Pero el hermetismo no se había cumplido siempre. El otoño anterior, la seguridad de las instalaciones había sido violada y no nos faltaban razones para pensar que Gault había tenido que ver con ello. No era necesario que se lo recordara a Lucy. Cuando se produjo el problema, mi sobrina ya se había incorporado al equipo y ahora estaba encargada de reparar los daños causados.

—Escucha, tía Kay —comentó, como si me hubiera leído el pensamiento—. He vuelto del revés todo el CAIN. He revisado cada programa y he reescrito partes considerables de alguno de ellos para asegurarme de que el sistema no se desmande.

—¿Que no se desmande CAIN? —inquirí—. ¿Y si se inmiscuye Gault?

—No entrará nadie en el sistema —declaró ella con rotundidad—. Nadie. No hay modo de hacerlo.

Entonces le conté lo de la tarjeta American Express y su silencio me produjo un escalofrío.

—Oh, no —respondió al fin—. Ni se me pasó por la cabeza.

—¿Recuerdas que te la di en otoño, cuando empezaste tu período de prácticas en Quantico? Te dije que podías usarla para pagar los billetes de tren y los pasajes de avión.

—Pero no llegué a necesitarla porque terminaste prestándome tu coche. Entonces sucedió el accidente y, durante un tiempo, no fui a ninguna parte.

—¿Dónde guardaste la tarjeta? ¿En el billetero?

—No. —Lucy confirmó mis temores—. La dejé en un cajón de mi escritorio, en Quantico, dentro de una carta tuya. Imaginé que era un lugar tan seguro como cualquier otro.

—¿Y la tenías allí cuando quien fuese irrumpió en el edificio?

—Sí. La tarjeta ha desaparecido, tía Kay. Cuanto más pienso en ello, más segura estoy. De lo contrario, la habría visto desde entonces —añadió con un titubeo—. Habría tropezado con ella al buscar cualquier cosa en el cajón. Lo comprobaré otra vez cuando vuelva, pero sé que no la voy a encontrar.

—Es lo que imaginaba —murmuré.

—Lo siento muchísimo, de veras. ¿Te han cargado muchas compras en la cuenta?

—Creo que no.

No le conté a Lucy quién estaba utilizando la tarjeta.

—A estas alturas ya la habrás cancelado, ¿no? —preguntó Lucy.

—Se están ocupando de ello —respondí—. Dile a tu madre que iré a ver a la abuela tan pronto pueda.

—Tan pronto puedas significa que, de momento, no vendrás —replicó mi sobrina.

—Ya lo sé. Soy una hija terrible y una tía fatal.

—No siempre eres tan mala, como tía.

—Muchísimas gracias —musité.

7

La comandante Frances Penn vivía en el lado oeste de Manhattan, desde donde se alcanzaba a ver las luces de Nueva Jersey en la orilla contraria del Hudson. El apartamento estaba en la planta quince de un edificio deslustrado de una zona sucia de la ciudad, pero la dejadez del barrio y de la casa quedaron olvidados al instante cuando se abrió la puerta blanca de la vivienda.

El piso me pareció lleno de luz y de arte e impregnado de la fragancia de alimentos exquisitos. Las paredes, encaladas, estaban decoradas con dibujos a pluma y acuarelas y pasteles abstractos. Una breve mirada a los libros de los estantes y de las mesas me indicó que a Frances Penn le gustaban Ayn Rand y Annie Leibovitz y que leía numerosas biografías y obras de historia.

—Permítame el abrigo —me dijo.

Le entregué el abrigo, los guantes y un chal negro de cachemir que me gustaba mucho porque había sido un regalo de Lucy.

—Se me olvidó preguntarle si hay algo que no puede comer —me dijo desde el armario del vestíbulo, contiguo a la puerta del apartamento—. ¿Puede comer marisco? Si no, tengo pollo…

—El marisco es perfecto —asentí.

—Bien.

Me condujo a la sala de estar, desde la cual se dominaba una vista espléndida del puente de George Washington, que salvaba el río como un collar de brillantes piedras preciosas suspendido en el espacio.

—Creo que bebe usted whisky.

—Sería mejor algo más suave —respondí, y tomé asiento en un mullido sofá de cuero color miel.

—¿Vino, entonces?

Asentí y la comandante desapareció en la cocina el tiempo necesario para servir dos copas de un Chardonnay fresco. Frances llevaba unos pantalones vaqueros negros y un suéter de seda gris con las mangas subidas. Así observé por primera vez las terribles cicatrices de sus antebrazos. Me sorprendió mirándolas.

—Un recuerdo de mis días de juventud más alocados —comentó—. Iba de paquete en una motocicleta y terminé dejándome buena parte de la piel en la carretera.

—Donantecicletas, las llamamos los forenses.

—Era de mi novio. Yo tenía diecisiete años y él, veinte.

—¿Qué le pasó a él?

—Salió despedido hacia el carril contrario y lo mató un coche que venía —explicó Frances con la frialdad de quien hace mucho tiempo que habla con naturalidad de una pérdida—. Fue entonces cuando me interesé por el trabajo policial. —Tomó un sorbo de vino y añadió—: No me pregunte qué relación hay porque no estoy segura de saberlo.

—A veces, cuando a alguien le sobreviene una tragedia, se convierte en un estudioso del tema.

—¿Ésa es la explicación para usted?

Me observaba detenidamente con unos ojos que se perdían pocas cosas y que revelaban aún menos.

—Mi padre murió cuando yo tenía doce años —me limité a decir.

—¿Dónde fue eso?

—En Miami. Era dueño de una pequeña tienda de alimentación de la que terminó encargándose mi madre, porque él estuvo enfermo muchos años hasta que murió.

—Si su madre llevaba la tienda, ¿quién se encargaba de la casa durante la enfermedad de su padre?

—Yo, supongo.

—Ya me lo parecía. Probablemente lo he adivinado antes de que me contara una palabra. Y supongo que es usted la hija mayor, que no tiene hermanos y que siempre ha sido una superejecutiva incapaz de aceptar un fracaso.

La escuché en silencio.

—En consecuencia, las relaciones personales se le resisten porque no se ajustan a sus normas. No consigue establecer una relación amorosa satisfactoria o llegar a un matrimonio feliz. Y si alguien que le importa tiene un problema, siempre cree que debería haberlo prevenido y no duda en intervenir para solucionarlo.

—¿Por qué me está analizando?

Hice la pregunta directamente, pero sin la menor actitud defensiva. Más que otra cosa, estaba fascinada.

—Su historia es la mía —dijo la comandante—. Hay muchas mujeres como nosotras. Pero parece que nunca nos llevamos bien, ¿no se ha dado cuenta de eso?

—Me doy cuenta continuamente —asentí.

—En fin… —Dejó la copa de vino—. En realidad no la he invitado para entrevistarla. Pero faltaría a la verdad si no dijera que deseaba tener la oportunidad de que nos conociéramos mejor.

—Gracias, Frances. Me alegro de que piense así.

—Discúlpeme un momento.

Se levantó y volvió a la cocina. Oí cerrarse la puerta del frigorífico, correr el agua y un ligero ruido de utensilios de cocina. Al cabo de un instante, estaba de vuelta con la botella de Chardonnay en una cubeta con hielo, que colocó sobre el cristal de la mesilla de café.

—El pan está en el horno, los espárragos cociéndose al vapor y lo único que queda es saltear las gambas —anunció, mientras volvía a sentarse.

—Frances, ¿cuánto tiempo lleva conectado con CAIN su departamento? —le pregunté.

—Apenas unos meses. Hemos sido uno de los primeros organismos del país que nos hemos conectado a él.

—¿Y el departamento de Policía Metropolitana?

—Se está poniendo manos a la obra. En Tránsito tenemos un sistema de ordenador más sofisticado y un gran equipo de programadores y analistas, de modo que enseguida nos conectamos *on-line*.

—Gracias a usted —apunté. La comandante sonrió y yo continué—: Sé que el departamento de Policía de Richmond está conectado, igual que Chicago, Dallas, Charlotte, la policía estatal de Virginia y la policía de Transporte británica. Y buen número de departamentos más, tanto en el país como en el extranjero, están en vías de hacerlo.

—¿Qué le ronda por la cabeza? —me preguntó ella.

—Cuéntenme qué sucedió en Nochebuena, cuando fue encontrado el cuerpo de la mujer sin identificar cuyo asesinato hemos atribuido a Gault. ¿Qué intervención tuvo CRIN?

—El cuerpo fue encontrado en Central Park a primera hora de la mañana y, naturalmente, tuve noticia de ello de inmediato. Como ya he mencionado, el *modus operandi* me resultó familiar, de modo que introduje los detalles en CAIN para ver qué salía. Eso debí de hacerlo a última hora de la tarde.

—¿Y qué sucedió?

—CAIN no tardó en contactar con nuestra terminal VICAP para pedir más información.

—¿Recuerda qué clase de información, exactamente?

—Bien, veamos… —La comandante hizo memoria unos instantes—. Se interesó por las mutilaciones; quería saber de qué zonas del cuerpo se había extirpado la piel y qué clase de instrumento cortante se había utilizado. También quería saber si había habido agresión sexual y, en caso afirmativo, si se había producido penetración oral, vaginal, anal u otra. Como todavía no se había realizado la autopsia, algunos de estos detalles estaban por determinar; sin embargo, conseguimos reunir parte de la información llamando al depósito de cadáveres.

—¿Hubo otras preguntas? —insistí—. ¿Alguna de las informaciones que pedía CAIN le pareció extraña o fuera de lugar?

—Que yo recuerde, no. —Frances me miró con aire desconcertado.

—¿La terminal de la policía de Tráfico ha recibido alguna vez mensajes de CAIN que le hayan chocado por extraños o incoherentes?

La comandante reflexionó de nuevo antes de responder:

—Desde que nos conectamos, en noviembre, hemos introducido, como mucho, veinte casos. Violaciones, agresiones y homicidios que he considerado que podían ser importantes para el VICAP porque las circunstancias eran inusuales o porque no había identificación de las víctimas. Respecto a los mensajes de CAIN, los únicos que recuerdo han sido solicitudes rutinarias de más información. Hasta este caso de Central Park no ha habido la menor indicación de urgencia. En esta ocasión, CAIN envió un mensaje de *Pendiente correo urgente* en negrita destacada: el sistema había encontrado algo.

—Bien, Frances. Si recibe algún mensaje que se salga de lo corriente, haga el favor de ponerse enseguida en contacto con Benton Wesley.

—¿Le importaría decirme qué anda buscando?

—En octubre hubo una violación de la seguridad en Quantico, en el edificio de las instalaciones de Gestión de

Ingeniería. Alguien penetró allí sin autorización a las tres de la madrugada y las circunstancias indican que tras el asunto podría encontrarse Gault.

—¿Gault? —La comandante Penn se quedó boquiabierta—. ¿Cómo es posible que...?

—Según se descubrió, una de las analistas de sistemas que trabajaba allí estaba relacionada con una tienda de artificios para espionaje del norte de Virginia que Gault frecuentaba. Sabemos que esta analista estuvo involucrada en la violación de la seguridad y nos tememos que Gault la incitara a participar en ello.

—¿Por qué?

—¿Qué podría gustarle más a él que introducirse en CAIN y tener a su disposición una base de datos que contiene los detalles de los crímenes más horrendos cometidos en el mundo?

—¿Hay algún modo de expulsarlo del sistema y de reforzar la seguridad para que ni él ni nadie más pueda volver a introducirse? —quiso saber Frances.

—Creíamos que nos habíamos ocupado de ello —respondí—. De hecho, mi sobrina, que es la programadora principal, estaba convencida de que el sistema era seguro.

—¡Ah, sí! Creo que he oído hablar de su sobrina. Es la auténtica creadora de CAIN.

—Siempre ha tenido mucho talento para los ordenadores y ha preferido relacionarse con ellos más que con la mayoría de la gente.

—Me parece que no la culpo. ¿Cómo se llama?

—Lucy.

—¿Y qué edad tiene?

—Veintiuno.

Frances se levantó del sofá.

—Bien, puede que la causa de esos mensajes extraños de que habla sea algún mal funcionamiento del programa. Un defecto o un fallo. Lucy lo averiguará.

—Esperemos que así sea.

—Coja su copa de vino y venga a hacerme compañía a la cocina.

Pero en ese momento sonó el teléfono. La comandante respondió a la llamada y vi que de su rostro desaparecía la placidez de la velada.

—¿Dónde? —preguntó secamente. Reconocí la mirada helada. Y conocía muy bien aquel tono de voz. Ya había abierto el armario del vestíbulo para coger mi abrigo cuando la oí añadir—: Voy para allá enseguida.

Cuando llegamos a la estación de metro de la Segunda Avenida, en la sórdida zona del bajo Manhattan conocida como el Bowery, la nieve había empezado a caer como una lluvia de cenizas. El viento ululaba y las luces rojas y azules centelleaban como si la noche estuviera herida. Las escaleras que conducían a aquel agujero repugnante habían sido acordonadas. Los desocupados habían sido alejados, los pasajeros del metro eran desviados y las furgonetas y coches de los noticiarios llegaban en bandadas porque acababa de aparecer muerto un agente de la unidad de Indigentes de la policía de Tráfico.

Se llamaba Jimmy Davila. Tenía veintisiete años. Llevaba uno en la policía.

—Es mejor que se pongan esto.

Un agente de cara pálida y malhumorada me entregó un chaleco reflectante, una mascarilla quirúrgica y unos guantes.

La policía estaba sacando linternas y más chalecos de la parte trasera de una furgoneta, y varios agentes de ojos inquietos, con armas antidisturbios, pasaron a la carrera y desaparecieron escaleras abajo. La tensión era palpable, latía en el aire como un oscuro corazón, y las voces de las legiones que habían acudido en ayuda de su camarada abatido a tiros se confundían con las pisadas apresuradas y con el extraño idioma que emitían las radios. En alguna parte, a lo lejos, ululaba una sirena.

La comandante Penn me entregó una linterna de gran potencia y descendimos, escoltadas por cuatro agentes con chalecos de kevlar y chaquetas reflectantes que los hacían muy corpulentos. Un tren pasó con un silbido, como un chorro de acero líquido, y avanzamos muy despacio por un pasadizo angosto que nos condujo a unas oscuras catacumbas sembradas de ampollas rotas, agujas, desperdicios y suciedad. Las linternas iluminaban campamentos de vagabundos instalados en plataformas de carga y repisas a escasos centímetros de los raíles, y el aire estaba impregnado del hedor fétido a excrementos humanos.

Bajo las calles de Manhattan había veinte hectáreas de túneles en los que, a finales de los ochenta, habían llegado a vivir hasta cinco mil indigentes sin techo. Ahora, la cifra era sustancialmente menor, pero aún se los podía encontrar envueltos en mantas asquerosas, rodeados de pilas de zapatos, ropa y otros cachivaches.

En las paredes, como fetiches, estaban colgados repulsivos animales disecados y falsos insectos peludos. Los ocupantes, a muchos de los cuales la unidad de indigentes conocía por su nombre, habían desaparecido como sombras de su mundo subterráneo; todos, salvo Freddie, que fue despertado del sueño de la droga. El vagabundo se incorporó hasta quedar sentado, cubierto con una manta del ejército, y miró a su alrededor con desconcierto.

—Eh, Freddie, levanta.

Una linterna le enfocó la cara. Se llevó una mano vendada a los ojos y entrecerró los párpados mientras los pequeños soles sondeaban la oscuridad de su túnel.

—Vamos, levanta. ¿Qué te has hecho en la mano?

—Se me congeló —murmuró Freddie, y se puso en pie tambaleándose.

—Tienes que cuidarte. Ya sabes que no puedes estar aquí. Tenemos que llevarte fuera. ¿Quieres ir a un refugio?

—No, joder.

—Freddie —continuó el agente en voz alta—, ¿sabes qué ha pasado aquí abajo? ¿Has oído lo del agente Davila?

—No sé nada.

Freddie estuvo a punto de perder el equilibrio pero se recuperó y fijó la vista en las luces.

—Sé que conocías a Davila. Se hacía llamar Jimbo.

—Jimbo, sí. Está bien.

—No, me temo que no está bien, Freddie. Lo han matado esta noche, aquí abajo. Alguien le ha pegado un tiro y lo ha matado.

Freddie abrió como platos sus ojos amarillentos.

—¡Oh, no, joder!

Miró a su alrededor como si el asesino pudiera estar observando… o como si alguien fuera a acusarle de lo sucedido.

—Freddie, ¿esta noche has visto por aquí a alguien que no conocías? ¿Has visto por aquí a alguien que pudiera hacer una cosa así?

—No, no he visto nada. —De nuevo, estuvo a punto de perder el equilibrio y se apoyó en un pilar de hormigón—. No he visto nada ni a nadie, lo juro.

Otro tren surgió de la oscuridad y pasó zumbando en dirección sur. Se llevaron a Freddie y continuamos adelante, evitando los raíles y los roedores que se afanaban bajo la basura. A Dios gracias, yo calzaba botas. Avanzamos durante diez minutos más, como mínimo. Sudando profusamente bajo la mascarilla, me sentí cada vez más desorientada, hasta el punto de no ser capaz de distinguir si las luces redondas del fondo del túnel eran linternas policiales o faros de trenes que se acercaban.

—Bien, vamos a tener que pasar al otro lado del tercer

raíl —indicó la comandante Penn, que no se había alejado de mi lado.

—¿Cuánto trecho nos queda todavía? —quise saber.

—Sólo hasta donde están esas luces. Ahora vamos a pasar sobre el raíl. Hágalo de lado, despacio. Primero un pie y luego el otro. Y no toque el raíl.

—Eso, no lo toque, a menos que se quiera llevar la mayor descarga de su vida —asintió un agente.

—Sí, seiscientos voltios que no la soltarán —añadió otro en el mismo tono adusto.

Seguimos los raíles internándonos en el túnel. El techo se hizo cada vez más bajo, hasta que alguno de los hombres tuvo que agachar la cabeza para pasar por debajo de un arco. Al otro lado de éste, varios técnicos inspeccionaban la zona mientras una médica forense con guantes y gorro examinaba el cuerpo. En el lugar se habían instalado unos focos, bajo cuya luz brillaban intensamente agujas, ampollas y sangre.

El agente Davila yacía boca arriba y tenía abierta la cremallera de la chaqueta de invierno, dejando a la vista la forma rígida de un chaleco antibalas bajo un suéter de comando azul marino. Le habían disparado en la cabeza con el revólver del 38 que tenía sobre el pecho.

—¿Se lo han encontrado así, exactamente? —pregunté, acercándome.

—Todo está igual —asintió un detective de la policía metropolitana.

—¿Con la chaqueta desabrochada y el revólver en esa posición?

—Nadie ha tocado nada —afirmó el detective, sonrojado y sudoroso. Rehuyó mi mirada.

La forense alzó la vista. No fui capaz de reconocer su rostro, borroso tras la capucha de plástico.

—No podemos descartar la posibilidad del suicidio —indicó.

Me incliné sobre el cuerpo y dirigí la luz de la linterna hacia el rostro del muerto. Tenía los ojos abiertos y la cabeza ligeramente vuelta hacia la derecha. El charco de sangre bajo el cadáver, de un rojo intenso, empezaba a espesarse. Davila era un joven de baja estatura, con el cuello musculoso y el rostro magro de quien trabaja a fondo su forma física. La luz enfocó sus manos, desnudas, y me puse en cuclillas para inspeccionarlas con más detalle.

—No observo residuos de disparos —comenté.

—No se aprecian siempre —indicó la forense.

—El orificio de entrada en la frente indica que el arma no estaba en contacto con la cabeza y me parece que el disparo se produjo en un ligero ángulo.

—Ese ligero ángulo encajaría con la teoría de que se disparó a sí mismo —respondió la médica.

—La trayectoria es descendente. Eso no encaja —repliqué—. ¿Y cómo es que el arma terminó posada sobre su pecho tan limpiamente?

—Quizá la colocó así algún vagabundo de los que rondan por aquí.

—¿Por qué? —pregunté. Empezaba a sentirme irritada.

—Quizás alguien cogió el revólver, pero luego lo pensó mejor y decidió no quedárselo, de modo que lo colocó donde lo hemos encontrado.

—Desde luego, tendríamos que envolverle las manos —apunté.

—Una cosa detrás de otra.

—¿Cómo es que no llevaba guantes? Aquí abajo hace mucho frío… —Levanté la cabeza y entrecerré los ojos bajo el círculo de luces brillantes.

—No hemos terminado de registrarle los bolsillos, señora —dijo la médica forense, una de esas jóvenes rígidas que yo asociaba mentalmente con las autopsias que me ocupaban media jornada.

—¿Quién es usted? —le pregunté.

—La doctora Jonas. Y voy a tener que pedirle que se aparte del cuerpo, señora. Intentamos preservar la escena del crimen y es mejor que no toque ni perturbe nada —me advirtió blandiendo un termómetro.

—Doctora Jonas —intervino la comandante Penn—, le presento a la doctora Kay Scarpetta, forense jefe de Virginia y patóloga forense asesora del FBI. La doctora Scarpetta está totalmente al corriente del procedimiento para preservar la escena de un crimen.

La doctora Jonas levantó la vista y capté un destello de sorpresa tras la mascarilla. También detecté su incomodidad durante el largo momento que necesitó para leer el termómetro químico.

Me incliné aún más sobre el cuerpo y concentré la atención en el costado izquierdo de la cabeza del cadáver.

—Tiene una herida en la oreja izquierda —indiqué.

—Probablemente es consecuencia de la caída —sugirió la doctora.

Eché un vistazo alrededor. Estábamos en una plataforma de cemento, completamente plana. Tampoco había raíles contra los que el agente pudiera haberse golpeado. Barrí los pilares y muros de hormigón con la linterna, buscando restos de sangre en algún saliente contra el cual pudiera haber topado el joven Davila.

Acuclillada junto al cuerpo, examiné más de cerca la oreja herida y la zona tumefacta bajo el lóbulo. Empecé a distinguir las marcas características de una suela de zapato, sinuosas y salpicadas de pequeños agujeros. Bajo el pabellón auditivo se apreciaba la curva del borde de un tacón. Cuando me incorporé, el sudor me corría por el rostro. Todo el mundo me miró mientras fijaba la vista en una luz que se acercaba por el oscuro pasadizo.

—A este hombre le han dado un puntapié en el costado de la cabeza —anuncié.

—No puede estar segura de que el golpe no se lo diera

él solo, al caer —replicó la doctora Jonas con tono defensivo.

Me volví hacia ella.

—Lo estoy —declaré.

—¿Y no lo patearían cuando ya estaba en el suelo? —preguntó uno de los agentes.

—Las lesiones no sugieren que fuera así —fue mi respuesta—. Por lo general, cuando la gente se ensaña a patadas con alguien caído en el suelo, lo hace repetidamente y en otras zonas del cuerpo. También sería de esperar que el cadáver tuviera lesiones en el otro lado de la cara, que estaría apoyada en el cemento al producirse los golpes.

Un nuevo tren suburbano pasó a toda velocidad en un chirriante torbellino de aire caliente. En la oscura lejanía flotaban unas luces y las figuras que las sostenían eran meras sombras cuyas voces llegaban débilmente hasta nosotros.

—El agente fue puesto fuera de combate de una patada y luego fue rematado con su propia arma —resumí.

—Debemos llevarlo al depósito —indicó la forense.

La comandante Penn tenía los ojos muy abiertos y una expresión preocupada y molesta.

—Es cosa de él, ¿verdad? —me dijo al tiempo que echábamos a andar.

—No sería la primera vez que agrede a alguien a patadas —asentí.

—Pero ¿por qué? Gault tiene una pistola, una Glock. ¿Por qué no la usó?

—Lo peor que puede sucederle a un policía es que le disparen con su propia arma.

—¿Entonces, Gault habría hecho eso deliberadamente, por el efecto que produciría en la policía... en nosotros?

—Le parecería divertido —asentí.

Volvimos a cruzar los raíles y a pisar la basura plagada de ratas. Noté que la comandante Penn estaba llorando. Pasaron varios minutos.

—Davila era un buen agente —dijo al fin—. Era muy competente, no se quejaba nunca y su sonrisa… iluminaba cualquier habitación. —Ahora, la voz de Frances estaba cargada de ira—. No era más que un muchacho.

Los agentes de la escolta seguían alrededor de nosotras, pero no demasiado cerca. Cuando contemplé el túnel y los raíles, pensé en la enorme extensión subterránea de vueltas y revueltas de la red de metros. Los indigentes no tenían linternas y no alcancé a comprender cómo eran capaces de ver algo allí abajo. Pasamos junto a otro sórdido campamento donde un individuo, un hombre blanco que me resultó vagamente familiar, estaba sentado fumando crack en un trozo de antena de coche como si no existieran en la tierra cosas tales como la ley y el orden. Cuando me fijé en su gorra de béisbol, en un primer momento no caí en la cuenta de lo que estaba viendo. A continuación, abrí los ojos con asombro.

—Benny, Benny, Benny, qué vergüenza… —oí decir en tono impaciente a uno de los agentes—. Vamos, hombre, ya sabes que eso no se puede hacer. ¿Cuántas veces tendremos que pasar por esto, hombre?

Yo había visto a Benny en la oficina del forense el día anterior, por la mañana. Reconocí sus andrajosos pantalones militares, las botas de vaquero y la chaqueta tejana.

—Entonces, ¿por qué no me encierra? —fue su respuesta, y volvió a encender la improvisada pipa.

—Sí, señor. Eso es lo que voy a hacer. Ya me tienes harto.

Me volví hacia Penn y le susurré:

—La gorra.

Era una gorra de los Atlanta Braves, negra o azul marino.

—Un momento —dijo ella al agente—. ¿De dónde has sacado esa gorra, Benny?

—No sé nada —respondió el aludido, y se la quitó rápidamente, dejando al descubierto una mata de cabellos grises muy sucios.

La nariz de Benny producía la impresión de que alguien la hubiera mascado.

—Claro que sabes —insistió la comandante.

El vagabundo se volvió y le dirigió una mirada de demente.

—Benny, ¿de dónde has sacado esa gorra? —volvió a preguntar ella.

Dos agentes lo pusieron en pie y lo esposaron. Bajo una manta aparecieron varios libros de bolsillo, revistas, encendedores de butano y unas bolsitas de cierre hermético. También había varias barritas energéticas, paquetes de goma de mascar sin azúcar, un silbato de latón y una caja de lengüetas de saxofón. Volví la vista a la comandante y nuestras miradas se encontraron.

—Recójanlo todo —indicó ella a sus agentes.

—No, no podéis llevaros mis cosas. —Benny se resistió a sus captores, pataleando enérgicamente—. No podéis tocar mis cosas, jodidos. ¡Hijos de puta! ¡Cabrones!

—No nos lo pongas más difícil, Benny…

Los policías lo inmovilizaron con más firmeza, uno por cada lado.

—No toquen nada sin guantes —ordenó la comandante.

—No se preocupe.

Los agentes recogieron las pertenencias mundanas de Benny en bolsas de basura y las llevaron al exterior junto con su propietario. Yo los seguí con la linterna. La oscuridad de los pasadizos era un vacío silencioso que parecía tener ojos. Volví la cabeza con frecuencia, pero no vi más que una luz que creí proceder de algún tren hasta que, de pronto, se desvió hacia un lado. Después, se convirtió en un destello que iluminó un arco de hormigón bajo el cual distinguí la figura de Temple Gault. Era una silueta perfectamente recortada, envuelta en un abrigo largo y oscuro; su rostro era una mancha de blancura. Agarré de la manga a la comandante y solté un grito.

8

Durante la noche, bajo el cielo encapotado, más de treinta agentes registraron el Bowery y sus subterráneos. Nadie sabía cómo había entrado Gault en los túneles; sólo estábamos seguros de que no los había abandonado después de matar a Jim Davila. Tampoco teníamos idea de cómo había logrado salir después de que yo le viera, pero lo había conseguido.

La mañana siguiente, Wesley se dirigió al aeropuerto de La Guardia mientras Marino y yo volviamos al depósito. No encontré allí a la doctora Jonas y tampoco estaba el doctor Horowitz, pero me indicaron que había llegado la comandante Penn con uno de sus detectives y que los encontraría en la sala de rayos X.

Marino y yo entramos con el sigilo de una pareja que llega tarde a una película; después, nos perdimos en la oscuridad. Imaginé que Marino había topado con una pared, pues tenía problemas de equilibrio en situaciones así: era fácil, en aquella sala, quedar casi hipnotizado y empezar a tambalearse. Me acerqué a la mesa de acero, donde unas siluetas oscuras rodeaban el cuerpo de Davila mientras un dedo de luz exploraba su maltrecha cabeza.

—Querría uno de los moldes para establecer comparaciones —decía una voz.

—Tenemos fotos de las huellas del zapato. He traído algunas.

Reconocí la voz de la comandante Penn.

—Estupendo.

—Los moldes los tiene el laboratorio.

—¿El de ustedes?

—No; el nuestro no —dijo la comandante—. El de la Policía Metropolitana.

—Esta zona de abrasiones y contusiones con marcas, aquí, es del tacón. —La luz se detuvo bajo la oreja izquierda—. Las líneas onduladas son bastante claras y no veo ningún rastro de incrustaciones en la abrasión. También está esa marca de ahí. No puedo determinar de qué se trata. Esa contusión…, hum, esa especie de roncha con una pequeña cola. No tengo idea de qué puede ser.

—Podemos tratar de intensificar la imagen.

—Bien, bien.

—¿Y en la oreja? ¿También hay marcas?

—No es fácil determinarlo, pero la herida no parece obra de un objeto cortante. Los bordes desgarrados no muestran abrasiones y están conectados por puentes tisulares. Y, si me baso en esta laceración curva de aquí abajo —el dedo enfundado en látex señaló el lugar—, el tacón se estrelló en el pabellón de la oreja.

—Por eso lo tiene partido.

—Sí. Fue un único golpe, propinado con gran fuerza.

—¿Suficiente para matar al agente?

—Tal vez. Ya veremos. Imagino que tendrá fracturas en el parietal izquierdo y una gran hemorragia epidural.

—Eso mismo supongo yo.

Las manos enguantadas manipularon unos fórceps y la luz. Adherido al cuello ensangrentado del suéter, Davila tenía un cabello, negro y de unos quince centímetros. Mientras el posible indicio era recogido y guardado en un sobre, me abrí paso a través de las densas sombras hasta dar con la puerta. Dejé las gafas tintadas en una carretilla y abandoné la sala. Marino salió detrás de mí.

—Si ese cabello es suyo —comentó en el pasillo—, se ha vuelto a teñir.

—Es de esperar que lo haya hecho —asentí.

Evoqué la silueta que había visto la noche anterior. La cara de Gault me había parecido muy blanca, pero no podía decir nada de sus cabellos.

—De modo que ya no es pelirrojo...

—Por lo que sabemos, podría llevar el pelo de color púrpura.

—Si sigue cambiándoselo a este ritmo, puede que se le caiga.

—No es probable —repliqué—. Además, ese cabello tal vez no sea suyo. La doctora Jonas tiene el cabello oscuro y de esa medida, más o menos, y anoche estuvo inclinada sobre el cuerpo un buen rato.

Llevábamos puestos guantes, batas y máscaras y teníamos el aspecto de un grupo de cirujanos a punto de realizar alguna intervención delicada, como un trasplante de corazón. Varios hombres transportaban unas sencillas cajas de pino destinadas a la fosa común y, tras el cristal, habían empezado las autopsias de la mañana. De momento sólo había cinco casos, uno de ellos un niño con evidentes señales de muerte violenta. Marino apartó la mirada.

—Mierda —murmuró, casi amoratado—. Vaya manera de empezar el día.

No respondí.

—Davila sólo llevaba casado un par de meses.

No pude hacer comentario alguno.

—Hablé con un par de tipos que lo conocían.

Los efectos personales del adicto al crack llamado Benny habían sido amontonados sin miramientos sobre la mesa número cuatro y decidí ponerlos más lejos del niño muerto.

—Siempre quiso ser policía. Es lo que oigo cada maldita vez...

De las bolsas de cachivaches de Benny, cerradas con nudos, escapaba un olor pestilente. Empecé a trasladarlas a la mesa ocho.

—¡Dígame por qué ha de querer nadie hacer algo así! —exclamó Marino, cada vez más furioso. Cogió una bolsa y me siguió.

—Nosotros pretendemos marcar una diferencia —respondí—. Queremos, de algún modo, que las cosas sean mejores.

—Exacto —asintió en tono sarcástico—. Fíjese en Davila: ¡vaya si ha marcado una diferencia! ¡Vaya si ha logrado que las cosas sean mejores!

—No le prive de eso, Marino. El bien que hizo en vida y el que pudo haber hecho es lo único que ha dejado.

Se puso en marcha una sierra de Stryker, corrió el agua con un tamborileo y los rayos X desnudaron balas y huesos en aquel teatro de público silencioso cuyos actores eran muertos. Al cabo de un momento, entró la comandante Penn, con una mirada de agotamiento sobre la mascarilla. Iba acompañada de un joven moreno al que presentó como el detective Maier. Éste nos mostró las fotos de las huellas de pisadas obtenidas en la nieve de Central Park.

—Están prácticamente a tamaño real —explicó—. Reconozco que serían mejor los moldes, si pudiéramos tenerlos.

Pero éstos los guardaba la Policía Metropolitana y habría apostado a que nunca llegarían a poder de la Policía de Tráfico. Frances Penn no se parecía en casi nada a la mujer que yo había visitado la noche anterior, y me pregunté cuál habría sido la auténtica razón de que me invitara a su apartamento. ¿Qué confidencia me habría hecho si no nos hubieran llamado urgentemente al Bowery?

Empezamos a desatar las bolsas y colocar el contenido sobre la mesa, salvo las fétidas mantas de lana que habían constituido el hogar de Benny y que procedimos a doblar y apilar en el suelo. El inventario de objetos era una lista extraña que sólo tenía dos posibles explicaciones: o Benny vivía con alguien que poseía un par de botas de hombre del número treinta y nueve, o había adquirido de algún modo las pertenencias de alguien que tenía un par de tales botas de hombre del número treinta y nueve. Según nos dijeron, Benny calzaba un cuarenta y cuatro.

—¿Qué nos cuenta Benny esta mañana? —preguntó Marino.

—Dice que las cosas de esa pila aparecieron sobre sus mantas de repente —fue la respuesta del detective Maier—. Dice que salió a la calle y, cuando volvió, allí estaba todo, dentro de la mochila.

Señaló una mochila de lona verde manchada de tierra que tenía muchas historias que contar.

—¿Cuándo fue eso?

—Verá, Benny no es muy concreto en estas cosas. De hecho, no es muy concreto en nada. Pero cree que fue en estos últimos días.

—¿Vio quién dejaba la mochila? —preguntó Marino.

—Dice que no.

Coloqué una foto junto a la suela de una de las botas para comparar las marcas: el tamaño y el cosido eran idénticos. De algún modo, Benny había adquirido las pertenencias de la mujer atacada salvajemente (creíamos que por Gault) en Central Park. Los cuatro permanecimos un rato en silencio mientras empezábamos a revisar cada uno de los objetos que, a nuestro entender, habían pertenecido a la víctima. Al iniciar la reconstrucción de una vida a partir de un silbato de latón y de unas prendas harapientas, me sentí mareada y agotada.

—¿No podríamos llamarla de alguna manera? —propuso Marino—. Me irrita que no tenga nombre.

—¿Cómo le gustaría llamarla? —preguntó la comandante Penn.

—Jane.

El detective Maier miró a Marino.

—Muy original. ¿Y qué apellido quiere ponerle? ¿Quizás uno igual de corriente?

—¿Hay alguna posibilidad de que las lengüetas de saxofón sean de Benny? —intervine.

—No lo creo —respondió Maier—. Según él, todo eso estaba en la mochila. Y no tengo noticia de que Benny muestre inclinaciones musicales.

—A veces toca una guitarra invisible —apunté.

—Usted también lo haría, si fumara crack. Y es lo único que hace ese tipo: pedir caridad y fumar crack.

—Antes de que se dedicara a eso debía de hacer algo... —apunté.

—Era electricista y su mujer le dejó.

—Eso no es razón para trasladarse a las alcantarillas —dijo Marino, cuya esposa también le había abandonado—. Tiene que haber algo más.

—Drogas. Terminó internado en Bellevue. Allí se desintoxicó y lo soltaron. Siempre lo mismo, una y otra vez.

—¿Es posible que hubiera un saxofón junto a las lengüetas? Tal vez Benny lo llevó a alguna casa de empeños...

—No tengo manera alguna de saberlo —respondió Maier—. Él me ha asegurado que no había nada más.

Pensé en la boca de la mujer que ahora llamábamos Jane y en el desgaste de los dientes incisivos que el dentista forense había atribuido a fumar en pipa.

—Que Jane tuviera un extenso historial de intérprete de clarinete o de saxo —apunté—, quizás explicaría la deformación de sus dientes.

—¿Qué me dice del silbato? —preguntó la comandante Penn.

Se inclinó para examinar más de cerca un silbato de metal dorado con boquilla roja. Era de la marca Generation, hecho en Gran Bretaña, y, por su aspecto, no era nuevo.

—Si lo hacía sonar mucho, es probable que contribuyera al desgaste de los dientes —respondí—. También es interesante que las lengüetas sean de saxo alto. Es posible que nuestra Jane tocara el saxo alto en algún momento de su vida.

—Antes de la lesión en la cabeza, es posible —apuntó Marino.

—Tal vez.

Continuamos revolviendo las cosas de la mujer, interpretando su significado como si fueran hojas de té. Le gustaban la goma de mascar sin azúcar y la pasta de dientes Sensodyne, lo cual resultaba lógico a la vista de sus problemas dentales. Había un par de vaqueros negros de hombre, talla treinta y dos de cintura y treinta y cuatro de largo, que eran viejos y tenían el extremo de las perneras enrollado, lo cual apuntaba a que los había recuperado de la basura o los había conseguido en alguna tienda de ropa de segunda mano. Desde luego, eran desproporcionadamente grandes para la talla que tenía Jane al morir.

—¿Seguro que estos pantalones no son de Benny? —pregunté.

—El tipo asegura que no. Lo que ha reconocido como suyo está en esa bolsa.

Maier señaló una abultada bolsa, tirada en el suelo.

Cuando introduje la mano enguantada en un bolsillo trasero de los tejanos, encontré un distintivo de cartón rojo y blanco idéntico a los que nos habían dado a Marino y a mí cuando visitamos el museo de Historia Natural. Era redondo, del tamaño de un dólar de plata, y llevaba atado un cordel. Por un lado tenía impreso «Colaborador» y por el otro, el logotipo del museo.

—Habría que buscar huellas dactilares en esto —comenté mientras colocaba el resguardo en una bolsa para pruebas—. Probablemente, la mujer lo tocaría. O quizá lo hizo Gault, si es cierto que él pagó la entrada a las exposiciones.

—¿Por qué guardaría el distintivo? —se preguntó Marino—. Normalmente, uno se lo quita de la solapa y lo tira a la basura cuando sale.

—Quizá lo puso en el bolsillo y se olvidó —intervino la comandante Penn.

—Podría ser un recuerdo —apuntó Maier.

—No tenía aspecto de coleccionista de recuerdos —indiqué—. De hecho, parece muy minuciosa respecto a qué guardaba y qué no.

—¿Insinúa que podría haber conservado el cartón para que alguien lo encontrara?

—No lo sé —fue mi respuesta.

Marino encendió un cigarrillo.

—Eso me lleva a preguntarme si ya conocía a Gault —dijo Maier.

—Si es así —repliqué—, y si sabía que corría peligro, ¿por qué accedió a entrar en el parque con él, en plena noche?

—Exacto. Eso no encaja.

Marino, con la mascarilla bajada, exhaló una gran vaharada de humo.

—No encaja si Gault era un completo desconocido para ella —dije.

—Entonces quizá le conocía —comentó Maier.

—Quizás —asentí.

Rebusqué en los demás bolsillos de los pantalones y encontré ochenta y dos centavos, una lengüeta de saxofón con señales de haber sido masticada y varios pañuelos de papel perfectamente doblados. Además de los vaqueros, había una sudadera azul de talla mediana, vuelta del revés y tan descolorida que lo que llevaba escrito en la parte delantera resultaba ilegible.

La mujer también tenía dos pantalones de chándal grises y tres pares de calcetines deportivos a rayas de diferentes colores. En un compartimiento de la mochila había una foto enmarcada de un galgo de pelaje manchado, sentado bajo las sombras moteadas de unos árboles. El perro parecía sonreír a quien estaba tomando la foto mientras, en el fondo de la instantánea, una figura miraba a la cámara.

—Hay que analizar esto para buscar huellas —dije—. De hecho, si se sostiene oblicuamente, se aprecian huellas en el cristal.

—Apuesto a que el perro es de ella —sugirió Maier.

—¿Se puede determinar en qué parte del mundo fue tomada la foto? —intervino la comandante Penn.

Estudié la instantánea con más detenimiento antes de responder:

—Parece un lugar llano. Y soleado. No observo vegetación tropical alguna. Tampoco parece un desierto.

—En otras palabras, podría ser cualquier sitio —dijo Marino.

—Casi —asentí—. No puedo decir nada de esa figura del fondo.

La comandante examinó la fotografía:

—¿Un hombre, tal vez?

—Podría ser una mujer —apunté.

—Sí, creo que es una mujer —corroboró Maier—. Una mujer delgada como un palillo.

—Entonces, quizá sea Jane —indicó Marino—. Le gustaban las gorras de béisbol y la persona de la foto lleva puesto algo que lo parece.

—Agradecería copias de todas las fotografías, incluida ésta —dije a la comandante Penn.

—Se las haré llegar lo antes posible.

Continuamos la indagación sobre aquella mujer, que parecía estar con nosotros en la sala. Percibí su personalidad en sus míseras posesiones y me convencí de que nos había dejado pistas. Al parecer, utilizaba camisetas masculinas de tirantes en lugar de sujetador y encontramos tres pares de leotardos de mujer y varios pañuelos grandes de cabeza, de vivos colores.

Todas sus pertenencias estaban sucias y raídas, pero había cierto asomo de orden en los pulcros remiendos de los desgarrones y en el cuidado con que tenía guardados agujas, hilos y botones sobrantes en una cajita de plástico. Lo único que aparecía hecho un ovillo o del revés eran los vaqueros negros y la sudadera descolorida, y sospechamos que se debía a que éstas eran las prendas que llevaba cuando Gault la había obligado a desnudarse en la oscuridad.

Avanzada la mañana, habíamos inspeccionado cada objeto sin que hubiéramos progresado un milímetro en la identificación de la mujer a la que habíamos empezado a llamar Jane. Sólo nos cabía imaginar que Gault se hubiera deshecho de cualquier señal de identificación que la víctima llevara encima; eso, o Benny se había quedado con el poco dinero que tenía la mujer y había hecho desaparecer, con el resto del contenido, la bolsa en la que lo guardaba. Yo no llegaba a establecer en qué momento Gault habría dejado la mochila sobre la manta de Benny..., si era eso, realmente, lo que había hecho.

—¿En cuáles de estos objetos vamos a buscar huellas? —preguntó Maier.

—Dejando aparte los que ya hemos recogido —apunté—, el silbato tiene una superficie espléndida para recoger huellas. También se podrían buscar indicios en la mochila. Sobre todo el interior de la tapa, que es de piel.

—El problema sigue siendo ella —comentó Marino—. Aquí no hay nada que vaya a decirnos quién era.

—Voy a confesarles algo —intervino el detective

Maier—. No creo que identificar a Jane nos ayude a capturar al tipo que la mató.

Le miré y vi cómo se desvanecía su interés por ella. La chispa de sus ojos se apagó como yo había observado en tantas ocasiones cuando la víctima de una muerte violenta resultaba no ser nadie. El caso de Jane había consumido todo el tiempo que se le iba a dedicar. Irónicamente, aún se le habría dedicado menos de no haber sido un notorio asesino el autor de su muerte.

—¿Cree que Gault le disparó en el parque y luego se dirigió al túnel donde se ha encontrado la mochila de la difunta? —pregunté a Maier.

—Es posible. Sólo tendría que bajar Cherry Hill y tomar el metro en las calles Ochenta y seis u Ochenta y siete, que lo llevaría directamente al Bowery.

—Puestos en eso, también podría haber tomado un taxi —intervino la comandante Penn—. Lo que no haría, seguramente, es ir a pie. Está muy lejos.

—¿Y si la mochila se hubiera quedado en la escena del crimen, justo al lado de la fuente? —apuntó Marino a continuación—. ¿Es posible que Benny la encontrara allí?

—¿Por qué habría de rondar por Cherry Hill a esa hora? Recuerde que hacía un tiempo de perros.

Se abrió una puerta y varios auxiliares entraron con una camilla en la que transportaban el cuerpo de Davila.

—No sé por qué —reconoció Maier. Se volvió a la comandante y le preguntó si la mujer llevaba la mochila en el museo.

—Creo que se menciona que llevaba una bolsa de algún tipo colgada del hombro.

—Podría ser la mochila.

—Es posible.

—¿Benny vende drogas? —quise saber.

—Si uno es comprador, tarde o temprano tiene que ponerse a vender —fue el comentario del detective Maier.

—Podría haber una relación entre Davila y la mujer —apunté. La comandante me miró con interés—. No deberíamos descartar esa posibilidad —continué—. A primera vista parece improbable. Pero Gault y Davila coincidieron en el túnel. ¿Por qué?

Maier desvió la mirada.

—Pura casualidad.

Marino no hizo ningún comentario. Había trasladado su atención hacia la mesa de autopsias número cinco, donde dos forenses fotografiaban desde diferentes ángulos al agente muerto. Un auxiliar, usando una toalla mojada, limpiaba la sangre del rostro de Davila con unos gestos que habrían resultado bruscos de haberlos podido sentir el difunto. Marino no era consciente de que alguien lo mirara y, por un instante, dejó entrever su vulnerabilidad. Vi los estragos de los años de trabajo y del peso que oprimía sus hombros.

—Y Benny también estaba en ese mismo túnel —continué—. Ese vagabundo tuvo que coger la mochila de la escena del crimen, o alguien se la dio. Eso, o la mochila cayó del cielo sobre sus mantas, como insiste en afirmar.

—Con franqueza, no creo que apareciera sin más entre sus cosas —declaró Maier.

—¿Por qué? —le preguntó la comandante.

—¿Por qué Gault habría de llevarla encima desde Cherry Hill? ¿Por qué no dejarla en cualquier rincón y seguir su camino sin más? —fue su réplica.

—Tal vez había algo dentro… —intervine.

—¿Como qué? —dijo Marino.

—No sé, algo que podía ayudar a identificar a la mujer. Tal vez no quería que identificaran a su víctima y necesitaba una oportunidad para inspeccionar sus efectos.

—Podría ser —asintió la comandante—. Desde luego, no hemos encontrado entre sus pertenencias nada que permita identificarla con facilidad.

—Pero parece que a Gault, en anteriores ocasiones, no le ha importado que identificáramos a sus víctimas. ¿Por qué habría de preocuparle ahora? ¿Por qué tendría que preocuparse por esa mujer sin techo y con una lesión cerebral?

La comandante no dio muestras de haberme oído y nadie más respondió. Los forenses habían empezado a desnudar a Davila, que se resistía a colaborar y mantenía los brazos rígidamente cruzados sobre el torso, como un jugador de rugby que se protegiera de los golpes. Los médicos las estaban pasando moradas para quitarle el suéter cuando sonó un buscapersonas. Sin pensarlo, todos nos llevamos la mano a la cintura, pero los pitidos no cesaron y nuestras miradas se concentraron en la mesa sobre la que yacía el cadáver.

—El mío no es —dijo uno de los médicos.

—¡Maldita sea, es el suyo! —añadió su colega.

Un escalofrío me recorrió de arriba abajo mientras el segundo médico extraía el buscapersonas del cinturón de Davila. Todos enmudecimos, incapaces de apartar la vista de la mesa cinco y de la comandante Penn, que se hizo cargo de la situación porque el muerto era uno de sus agentes y alguien intentaba ponerse en contacto con él. El doctor le entregó el aparato y Frances lo levantó para ver la pantalla. Se puso colorada y la vi tragar saliva con esfuerzo.

—Es un código —dijo.

Ni ella ni el doctor habían caído en la cuenta de que no debían tocar el aparato. No se habían percatado de que podía resultar importante.

—¿Un código? —repitió Maier con expresión perpleja.

—Un código policial —la tensa voz de la comandante sonó irritada—. Diez raya siete.

Diez raya siete significaba «Final de servicio».

—Mierda —masculló Maier.

Marino dio involuntariamente un paso, como si se dispusiera a emprender una persecución a pie. Pero no había nadie a la vista tras quien salir corriendo.

—Gault —murmuró, incrédulo. Alzó la voz y continuó—: ¡El hijo de puta debe de haber anotado el número del busca después de esparcir los sesos de Davila por toda la red del metro! ¿Entienden qué significa eso? —Nos miró, fuera de sí—. ¡Significa que nos está observando! ¡Sabe que estamos aquí y lo que hacemos!

Maier miró a su alrededor.

—No sabemos quién envía el mensaje —apuntó el forense, completamente desconcertado.

Pero yo lo sabía. No tenía la menor duda.

—Aunque sea Gault, no es preciso que haya visto lo que hacemos esta mañana para imaginar en qué estaríamos ocupados —razonó Maier—. Habrá deducido que el cuerpo estaría aquí, que nosotros estaríamos aquí.

Una cosa, pensé para mí, sabía Gault con seguridad: que yo iba a estar allí. Respecto a los demás, no tenía que saber necesariamente que me acompañarían en aquel momento.

—Está en alguna parte desde donde puede utilizar un teléfono...

Marino echó una ojeada de preocupación a su alrededor. Era incapaz de quedarse quieto.

—Transmita lo sucedido —ordenó la comandante Penn a Maier—. Mande aviso a todas las unidades. Envíe un teletipo, también.

Maier se quitó los guantes, los dejó caer en un cubo de desperdicios con gesto colérico y salió de la sala precipitadamente.

—Ponga el aparato en una bolsa de guardar pruebas —indiqué—. Habrá que buscar posibles huellas. Ya sé que lo hemos tocado, pero merece la pena probarlo. Por eso Davila tenía abierta la cremallera de la chaqueta.

—¿Eh? —Marino me miró con desconcierto.

—El agente tenía desabrochada la chaqueta y no había razón para ello.

—Sí que había una. Gault buscaba el arma.

—Para cogerla no era preciso tocar la cremallera —repliqué—. En el lateral de la chaqueta, donde está la pistolera, hay una abertura. No; creo que Gault abrió la chaqueta para coger el busca. Y se anotó el número.

Los forenses volvieron a concentrarse en el cuerpo. Procedieron a quitarle las botas y los calcetines y descubrieron, en una funda atada a un tobillo, una Walther del 38 que Davila no debería haber llevado y que no había tenido ocasión de utilizar. También le despojaron del chaleco de kevlar, de una camiseta de la policía azul marino y de un crucifijo de plata colgado de una larga cadena. En el hombro derecho tenía un pequeño tatuaje de una rosa en torno a una cruz. En el billetero llevaba un dólar.

9

Salí de Nueva York aquella tarde en un puente aéreo de USAir y llegué a Washington Nacional a las tres. Lucy no pudo acudir al aeropuerto a buscarme porque no había vuelto a conducir desde el accidente, y yo no tenía ninguna razón para pensar que Wesley pudiera estar esperándome.

Súbitamente, fuera ya del aeropuerto y acarreando con esfuerzo la maleta y el bolso, sentí lástima de mí misma. Estaba cansada y notaba sucia la ropa que llevaba; estaba absolutamente abrumada y, al mismo tiempo, me avergonzaba reconocerlo. Pensé incluso que sería incapaz de tomar un taxi.

Por fin llegué a Quantico en un trasto desvencijado pintado de azul y con los cristales teñidos de un tono púrpura. La ventana trasera de mi lado no bajaba y al taxista vietnamita le fue totalmente imposible comunicar quién era yo al centinela de la entrada de la Academia del FBI.

—Señora doctora —insistía el hombre. Le notaba apabullado por las medidas de seguridad, las púas pinchaneumáticos y el bosque de antenas que remataba los edificios—. Es *okay*.

—No —le dije a su nuca—. *Kay*. Kay Scarpetta. Es mi nombre.

Intenté apearme, pero las puertas estaban cerradas y

faltaban los tiradores. El centinela echó mano a la radio.

—Déjeme salir, por favor —dije al taxista, que tenía la mirada fija en la pistola de nueve milímetros que el guardia llevaba al cinto—. He de apearme.

El hombre se volvió con cara de susto.

—¿Aquí fuera?

—No —respondí mientras el centinela salía de la garita.

El taxista abrió los ojos todavía más. Yo le expliqué:

—Mire, tengo que bajar aquí, pero sólo un momento. Para comunicarle quién soy al guardia. —Señalé a éste y seguí hablando muy despacio—: Él no lo sabe porque no puede verme a través de la ventanilla y no consigo bajar el cristal.

El taxista asintió repetidamente.

—Tengo que apearme —insistí en tono firme y enfático—. Ábrame la puerta.

El hombre quitó los seguros. Me apeé y entrecerré los ojos bajo el fuerte sol. Mostré mi identificación al centinela, un joven de porte marcial.

—Con esos cristales teñidos no podía verla —explicó—. La próxima vez, bastará con que baje el cristal de la ventanilla.

El vietnamita había empezado a descargar el portaequipajes y a depositar mis cosas en el asfalto. No dejaba de mirar a su alrededor, alarmado por las explosiones de artillería y los disparos que procedían de los campos de tiro del cuerpo de Marines y del FBI.

—¡No, no, no! —Le indiqué por gestos que volviera a poner la maleta en el portaequipajes—. Lléveme allí, por favor —dije señalando el Jefferson, un edificio alto, de ladrillo, situado al otro lado de un aparcamiento.

Era evidente que el tipo no quería llevarme a ninguna parte, pero volví a subir al taxi antes de que pudiera escapar. Oí cerrarse el portaequipajes de un fuerte golpe y el centinela nos permitió el paso. El aire era frío y el cielo tenía un azul luminoso.

En el vestíbulo del edificio Jefferson, una pantalla de vídeo sobre el mostrador de recepción me dio la bienvenida a Quantico y me deseó unas felices y tranquilas fiestas. Una joven pecosa me inscribió y me entregó una tarjeta magnética para abrir las puertas de las instalaciones de la Academia.

—¿Santa Claus se ha portado bien con usted, doctora Scarpetta? —preguntó la muchacha con tono alegre, mientras revolvía un puñado de llaves de habitación.

—Este año debo de haberme portado mal —respondí—. Me ha dejado los calcetines vacíos.

—¡No puede ser! Si usted siempre es encantadora —murmuró—. La hemos puesto en la planta de seguridad, como de costumbre.

—Gracias —dije. No lograba recordar cómo se llamaba la muchacha y tuve la sensación de que ella se daba cuenta.

—¿Cuántas noches estará con nosotros?

—Sólo una. —Pensé que su nombre podía ser Sarah y, por alguna razón, me pareció muy importante recordarlo.

Me entregó dos llaves, una de plástico y otra metálica.

—Es usted Sarah, ¿verdad? —me arriesgué a preguntarle.

—Sally. Me llamo Sally.

Parecía dolida.

—Eso es, Sally —asentí, desconsolada—. Por supuesto. Lo siento. Usted siempre me ha tratado muy bien y se lo agradezco.

Sally me dirigió una mirada dubitativa.

—Por cierto, doctora, su sobrina ha llegado hace media hora, más o menos.

—¿Hacia dónde ha ido?

La muchacha señaló las puertas de cristal que desde el

vestíbulo daban paso hacia el centro del edificio y, sin darme tiempo a introducir la tarjeta, abrió la cerradura desde el control. Lucy tal vez se dirigía a la cantina, o a la oficina de correos, o a la sala de sesiones o a las instalaciones de Gestión de Ingeniería. También cabía que se encaminara a su cuarto, que estaba en el edificio, aunque en otra ala.

Intenté imaginar dónde podía estar a aquella hora de la tarde, pero la encontré en el último lugar donde la habría buscado. Estaba en mi suite.

—¡Lucy! —exclamé cuando abrí la puerta y la vi allí dentro—. ¿Cómo has entrado?

—Igual que tú —dijo sin gran entusiasmo—. Tengo una llave.

Llevé el equipaje a la sala de estar y lo dejé en un rincón.

—¿Por qué? —pregunté, estudiando su rostro.

—Mi habitación está a este lado; la tuya, en ése.

La planta de seguridad era para los testigos bajo protección, espías y cualquier otra persona que, a juicio del departamento de Justicia, necesitara una protección especial. Para entrar en las habitaciones había que pasar dos juegos de puertas, el primero de los cuales precisaba marcar un código en un teclado digital que era alterado cada vez que se utilizaba. El segundo juego de puertas requería una tarjeta magnética que también se cambiaba a menudo. Siempre estuve convencida de que habían puesto escuchas en todos los teléfonos.

Me habían asignado a aquella zona hacía más de un año, pues Gault no era la única preocupación de mi vida. En cambio, me dejó anonadada que Lucy, ahora, también estuviera alojada allí.

—Creía que estabas en el dormitorio Washington —murmuré.

Lucy pasó al salón y tomó asiento.

—Allí estaba —asintió—. Y desde esta tarde, estoy aquí.

Me senté en el sofá frente a ella. Unas flores de seda decoraban la estancia y las cortinas abiertas enmarcaban una ventana llena de cielo. Mi sobrina vestía pantalones de entrenamiento, zapatillas de correr y una sudadera oscura del FBI, con capucha. Llevaba el cabello pelirrojo bastante corto y nada deslucía la lisura de su rostro de facciones angulosas salvo la llamativa cicatriz de la frente. Lucy estaba ya avanzada en sus estudios en la universidad de Virginia, era guapa y brillante, y la nuestra siempre había sido una relación muy intensa.

—¿Te han puesto aquí porque iba a venir yo? —pregunté, empeñada en comprender qué sucedía.

—No.

—No me has dado un abrazo cuando he entrado —se me ocurrió reprocharle, al tiempo que me levantaba del sofá. Le di un beso en la mejilla, pero se puso tensa y se apartó de mi abrazo—. Has estado fumando —dije, y volví a sentarme.

—¿Quién te lo ha dicho?

—No es preciso que nadie me lo diga. Lo noto en tus cabellos.

—Me has dado un beso porque querías comprobar si olía a cigarrillos…

—Y tú no te has acercado porque sabías que notaría el olor a tabaco.

—No me sermonees.

—¡Pues claro que no te sermoneo! —repliqué.

—Sí que lo haces. Eres peor que la abuela…

—¡… que está en el hospital porque fumaba! —exclamé, y sostuve su intensa mirada verde.

—Ya que conoces mi secreto, al menos puedo encender un cigarrillo ahora.

—Esta habitación es de no fumadores. De hecho, en esta habitación no se permite nada —declaré.

Lucy no pestañeó.

—¿Nada?

—Absolutamente nada.

—Pero tú bebes café, aquí. Lo sé muy bien. Te he oído meterlo en el microondas en cuanto has entrado.

—El café está tolerado.

—¡Has dicho «nada»! Para mucha gente de este planeta, el café es un vicio. Y apuesto a que aquí también bebes alcohol.

—Por favor, Lucy, no fumes.

Sacó de un bolsillo un paquete de Virginia Slim mentolado.

—Lo encenderé fuera —dijo.

Abrí las ventanas para que pudiera fumar allí, incapaz de creer que mi sobrina hubiera adoptado un hábito que a mí me había costado tanto esfuerzo desterrar. Lucy era una chica atlética y estaba en una forma física soberbia. Le dije que no entendía lo que hacía.

—Estoy coqueteando con el tabaco. No me excedo.

—¿Quién te ha trasladado a mi suite? Volvamos a hablar de eso —dije mientras ella soltaba una bocanada de humo.

—Ellos.

—¿Quiénes son «ellos»?

—Según parece, la orden vino de arriba.

—¿De Burgess?

Me refería al director adjunto, responsable de la Academia.

—Sí —asintió cabeceando.

—¿Y qué razón tendría para hacerlo? —murmuré, ceñuda.

Lucy hizo caer la ceniza del cigarrillo en el cuenco de su mano.

—Nadie me ha dado ninguna. Sólo puedo suponer que tiene relación con CAIN, con Gestión de Ingeniería.

—Tras una pausa, añadió—: Ya sabes, los mensajes extraños y todo eso…

—Lucy, ¿qué es lo que sucede, exactamente?

—No lo sabemos —respondió con llaneza—. Pero algo pasa.

—¿Gault?

—No hay pruebas de que alguien haya entrado en el sistema. Alguien que no esté autorizado a hacerlo.

—Pero tú crees que sí han entrado.

Aspiró profundamente una calada del cigarrillo, como los fumadores habituales.

—CAIN no está haciendo lo que le decimos que haga. Hace otras cosas, siguiendo instrucciones procedentes de otra parte.

—Tiene que haber un modo de seguir la pista de lo que sucede.

Sus ojos centellearon cuando respondió:

—Créeme, tía, estoy poniendo todo mi empeño en ello.

—No dudo ni de tus esfuerzos ni de tu capacidad.

—No hay rastro —continuó Lucy—. Si alguien se ha colado ahí dentro, no deja el menor indicio. Y esto no es posible. Una no puede introducirse en el sistema y decirle que envíe mensajes o que haga cualquier otra cosa sin que se refleje en el registro de accesos. Y tenemos una impresora que funciona mañana, tarde y noche y que recoge todas las pulsaciones de teclas que hace cualquiera por cualquier razón.

—¿A qué viene ese tono de enfado? —pregunté.

—A que estoy harta de que me culpen de todos los problemas. Que alguien se colara en las instalaciones no fue culpa mía. No tenía la menor idea de que alguien que trabajaba justo a mi lado… —dio otra chupada al cigarrillo—. Si dije que lo arreglaría fue sólo porque me lo pidieron. Porque me lo pidió el senador. O, más exactamente, porque te lo pidió a ti…

—Lucy, no me consta que nadie te considere responsable de los problemas con CAIN —respondí con suavidad; pero el destello de cólera en sus ojos se hizo aún más intenso.

—Si no me creyeran responsable, no me habrían destinado a una habitación en esta planta. En la práctica, esto constituye un arresto domiciliario.

—Tonterías. Yo me alojo aquí cada vez que vengo a Quantico y, desde luego, no estoy bajo arresto domiciliario, como dices.

—A ti te ponen aquí por motivos de seguridad y para que tengas intimidad —le replicó Lucy—. En cambio, yo no estoy aquí por eso. Me cargan la culpa otra vez. Me vigilan. Lo noto en cómo me trata cierta gente, allí. —Volvió la cabeza en dirección al edificio que albergaba Gestión de Ingeniería, situado al otro lado de la calle, frente a la Academia.

—¿Qué ha sucedido hoy? —quise saber.

Mi sobrina entró en la cocina, dejó correr el agua sobre la colilla del cigarrillo y echó ésta al cubo de basura. Regresó a la habitación y después de sentarse guardó silencio. La observé y me sentí aún más inquieta. Ignoraba la razón de su enfado y, como sucedía cada vez que Lucy actuaba de un modo que no entendía, volvió a asaltarme el miedo.

El accidente de coche que había sufrido habría podido ser fatal. La herida en la cabeza podía haberla privado de su talento más notable, y me asaltaron imágenes de hematomas y de un cráneo fracturado como un huevo duro. Pensé en la mujer a la que llamábamos Jane, con la cabeza afeitada y las cicatrices, e imaginé a Lucy en lugares donde nadie conocía ni el nombre de mi sobrina.

—¿Qué tal te has sentido últimamente? —le pregunté.

Se encogió de hombros.

—¿Esos dolores de cabeza?

—Todavía los tengo. —La suspicacia ensombreció su mirada—. A veces, el Midrin me alivia. Otras veces, sólo me hace vomitar. Lo único que funciona de verdad es el Fiorinal, pero no tengo.

—No necesitas tomar nada de eso.

—No es a ti a quien le duele la cabeza.

—Al contrario, tengo jaqueca muchas veces —repliqué—. No necesitas tomar barbitúricos. ¿Duermes y comes bien? ¿Haces ejercicio?

—¿Qué es esto, una consulta médica?

—En cierto modo sí, ya que da la casualidad de que soy médico. Digamos que no habías concertado una cita, pero soy tan amable que te recibo de todos modos.

Una sonrisa asomó en la comisura de sus labios.

—Me porto bien —murmuró, en tono menos defensivo.

—Hoy ha sucedido algo… —repetí.

—Supongo que no has hablado con la comandante Penn.

—Desde esta mañana, no. No sabía que la conocías.

—Su departamento está conectado con nosotros, con CAIN. A las doce de hoy, CAIN ha llamado al terminal de VICAP de la Policía de Tráfico. Supongo que tú ya habías salido hacia el aeropuerto.

Asentí y noté un nudo en el estómago cuando recordé los pitidos del buscapersonas de Davila en el depósito.

—¿Y cuál ha sido el mensaje esta vez? —pregunté.

—Lo tengo aquí, si quieres verlo.

—Sí.

Lucy entró en su habitación y volvió con un maletín. Lo abrió, sacó un fajo de papeles y me entregó uno que era una impresión sacada del terminal de VICAP situado en la unidad de Comunicaciones, que estaba bajo el mando de Frances Penn. En el papel se leía:

MENSAJE PQ21 96701 001145 INICIO

    DE: CAIN

    A: TODAS LAS UNIDADES Y MANDOS

    ASUNTO: POLICÍAS MUERTOS

    A TODOS LOS MANDOS INTERESADOS:

COMO MEDIDA DE SEGURIDAD, CUANDO INTERVENGAN O PATRULLEN LOS TÚNELES DEL METRO, LOS AGENTES LLEVARÁN CASCO.

MENSAJE PQ21 96701 001145 FINAL

Contemplé el escrito unos instantes, desconcertada y enfurecida. Por fin, pregunté:

—¿No hay un nombre de usuario asociado con la persona que utilizó la red para escribir eso?

—No.

—¿Y no existe ningún modo de seguir el rastro?

—Por medios convencionales, no.

—¿Qué opinas de esto, Lucy?

—Opino que, cuando entraron en las instalaciones, quienquiera que se introdujera en CAIN le implantó un programa.

—¿Como un virus?

—Sí, una especie de virus —continuó Lucy—, y lo adjudicó a un archivo que no se nos ha ocurrido examinar. Es una especie de programa que permite a alguien moverse por nuestro sistema sin dejar rastro.

Evoqué la silueta de Gault recortada por la luz de su linterna la noche anterior, en el túnel, entre unos raíles interminables que se internaban más y más en la oscuridad y en el morbo. Gault se desplazaba con toda facilidad por unos terrenos que la mayoría de la gente no alcanzaba ni a ver. Andaba ágilmente sobre el acero engrasado, sobre agujas hipodérmicas y sobre los fétidos cubiles de humanos y de ratas.

Gault era un virus que, de algún modo, se había introducido en nuestros cuerpos, en nuestros edificios y en nuestra tecnología.

—En resumen —musité—, CAIN está infectado por un virus.

—Uno muy inusual. No es un virus destinado a reventar el disco duro o a falsear los datos. Y no es un virus genérico, sino específico para la Red de Inteligencia Artificial sobre el Crimen, porque su propósito es permitir el acceso a las bases de datos de CAIN y del VICAP. Es una especie de llave maestra que abre todas las habitaciones de la casa.

—Y está fijado a un programa ya existente.

—Sí. Se podría decir que CAIN tiene un huésped. Está en algún programa que se utiliza normalmente. Un virus no puede causar daño a menos que el ordenador ejecute una rutina o una subrutina que provoque la lectura del programa huésped.

—Entiendo. Y este virus no está en ninguno de los archivos que se leen cuando se despide el ordenador, por ejemplo.

Lucy cabeceó para corroborarlo.

—¿Y cuántos archivos de programa hay en CAIN? —pregunté.

—¡Oh, Dios mío! —fue su respuesta—. Miles. Y algunos son tan largos que podrían dar la vuelta a este edificio. Y el virus podría estar en cualquier parte. El hecho de que haya habido otros programadores además de mí no hace sino complicar la situación. No estoy muy familiarizada con los archivos escritos por otros.

Con aquel «otros» se refería a Carrie Grethen, que había sido compañera de programación e íntima amiga de Lucy. Carrie también estaba en contacto con Gault y era la responsable de la entrada del intruso en las instalaciones, el otoño anterior. Lucy no hablaba nunca de ella e incluso evitaba pronunciar su nombre.

—¿Es posible que ese virus sólo esté unido a programas escritos por Carrie? —pregunté.

Lucy no cambió de expresión.

—Sí, puede estar en uno de los programas que no he elaborado yo, pero también puede esconderse en uno de los míos. No lo sé. Lo estoy mirando, pero quizá me lleve mucho tiempo comprobarlo.

Sonó el teléfono.

—Probablemente es Jan. —Se levantó y se dirigió a la cocina.

Consulté el reloj. Me esperaban en la unidad dentro de media hora. Lucy, cubriendo con la mano el aparato, se volvió hacia mí.

—¿Te importa si Jan se pasa por aquí? Iremos a correr.

—No me importa en absoluto —respondí.

—Pregunta si querrás correr con nosotras.

Sonreí y moví la cabeza negativamente. Yo no mantendría el ritmo de Lucy aunque mi sobrina fumara dos paquetes al día, y Janet podría pasar por atleta profesional. Las dos juntas me producían la vaga impresión de ser vieja y estar guardada en el cajón equivocado.

—¿Te apetece beber algo? —Lucy había colgado el teléfono y estaba junto al frigorífico.

—¿Qué me ofreces? —Observé su esbelta figura inclinada hacia delante; con un brazo mantenía abierta la puerta del frigorífico mientras con la otra mano tanteaba entre unas latas en las bandejas.

—Pepsi Diet, Zima, Gatorade y Perrier.

—¿Zima?

—¿No lo has probado?

—No bebo cerveza.

—No es cerveza. Te gustará.

—No sabía que aquí hubiera servicio de habitaciones —comenté con una sonrisa.

—He comprado unas cuantas cosas en la cantina.

—Tomaré una Perrier.

Lucy volvió al salón con las bebidas.

—¿No hay programas antivirus? —pregunté.

—Esos programas sólo descubren virus como el Viernes 13, la Ameba Maltesa, el Colocado o el Miguel Ángel. Lo que tenemos aquí es un virus creado específicamente para CAIN. Fue un trabajo hecho desde dentro y no existe programa antivirus para él, a menos que yo me ocupe de crearlo.

—Y no podrás ponerte a ello hasta que hayamos encontrado el virus, ¿no es esto?

Lucy bebió un largo sorbo de su Gatorade.

—¿Crees que habría que cancelar CAIN? —insistí.

Ella se encogió de hombros.

—Voy a ocuparme de Jan —respondió poniéndose en pie—. No puede cruzar las puertas exteriores y dudo de que la oigamos llamar.

Yo también me levanté y llevé el equipaje al dormitorio, decorado sin pretensiones y dotado de un sencillo armario de pino. A diferencia de otras habitaciones, la suite de seguridad tenía cuartos de baño privados. Al otro lado de las ventanas se extendía un panorama de campos nevados que daban paso a bosques inacabables. Lucía un sol tan radiante que parecía un día de primavera y lamenté no tener tiempo de darme un baño. Deseaba quitarme de encima Nueva York.

Lucy llamó a la puerta mientras me cepillaba los dientes.

—¿Tía Kay? Nos vamos…

Me enjuagué la boca rápidamente y volví a la sala de estar. Lucy se había calzado unas Oakley y estaba haciendo estiramientos junto a la puerta. Su amiga se anudaba el cordón de una zapatilla con el pie sobre una silla.

—Buenas tardes, doctora Scarpetta —me saludó Janet, incorporándose rápidamente—. Espero que no le importe encontrarme aquí. No querría molestarla.

Pese a mis esfuerzos por tranquilizarla, la muchacha siempre actuaba como un cabo sorprendido por la súbita presencia del general Patton. Era una agente recién ingresada y yo había reparado en ella por primera vez durante mi intervención como conferenciante invitada, el mes anterior. En aquella ocasión, mientras pasaba diapositivas sobre muertes violentas y preservación de la escena del crimen, sus ojos no se habían apartado de mí desde el fondo de la sala. En la penumbra, yo había notado cómo me estudiaba desde su asiento y me había llamado la atención que, durante los descansos, no hablara con nadie y desapareciese escaleras abajo.

Más tarde supe que Lucy y ella eran amigas y tal vez eso y la timidez explicaban su actitud hacia mí. Bien formada gracias a horas de gimnasio, Janet tenía una melena rubia hasta los hombros y unos ojos azules casi violeta. Si todo iba bien, se graduaría en la Academia en menos de dos meses.

—Si alguna vez le apetece correr con nosotras, doctora, será bien recibida.

—Eres muy amable —respondí con una sonrisa—. Y me halaga que pienses que podría hacerlo.

—Por supuesto que podría.

—Seguro que no. —Lucy apuró su Gatorade y dejó el envase vacío sobre el aparador—. Detesta correr. Mientras lo hace sólo tiene pensamientos negativos en la cabeza.

Cuando hubieron salido, regresé al baño, me lavé la cara y me miré en el espejo. Mis cabellos rubios parecían más grises que por la mañana y el corte de pelo se había estropeado un poco. No llevaba maquillaje y mi cara parecía recién salida de la secadora y necesitada de plancha. Lucy y Janet tenían el rostro inmaculado, terso y brillante, como si la naturaleza se complaciera en esculpir y pulir sólo a los jóvenes. Volví a cepillarme los dientes y eso me hizo pensar en Jane.

La unidad de Benton Wesley había cambiado de nombre muchas veces y ahora formaba parte del Equipo de Rescate de Rehenes, pero su ubicación seguía estando a veinte metros bajo la Academia, en un sótano sin ventanas que en un tiempo había sido el refugio antiaéreo de Hoover. Encontré a Wesley en su despacho, hablando por teléfono. Me dirigió una breve mirada mientras pasaba las hojas de un grueso expediente.

Esparcidas delante de él había unas fotografías de un caso reciente que no tenía que ver con Gault. La víctima era un hombre que había recibido ciento veintidós puñaladas. El individuo fue además estrangulado con una soga y su cuerpo había aparecido boca abajo sobre la cama, en una habitación de un motel de Florida.

—Es un crimen con firma —decía Wesley a su interlocutor— Bueno, está el flagrante exceso de cuchilladas y la inusual configuración de las ataduras. Exacto: una lazada en torno a cada muñeca, al estilo de unas esposas.

Tomé asiento. Wesley llevaba puestas las gafas de leer y noté que se había peinado con los dedos. Parecía cansado. Mis ojos se posaron en los bellos óleos de las paredes y en los libros autografiados de las vitrinas. A menudo acudían a visitarle escritores de novelas y guionistas, pero no se vanagloriaba de relacionarse con celebridades. Creo que lo encontraba embarazoso y de mal gusto. Para mí que, si la decisión dependiera de él completamente, no habría recibido a nadie.

—Sí, fue un método de ataque muy sangriento, por no decir más. Los otros también lo fueron. Hablamos de un caso de dominación, de un ritual impulsado por la rabia.

Observé que tenía sobre la mesa varios manuales del FBI, de tapas azul celeste, que procedían de Gestión de Ingeniería. Uno de ellos era un manual de instrucciones de CAIN en cuya redacción había intervenido Lucy y que estaba marcado en numerosos lugares con papel autoadhesivo. Me pregunté si las marcas serían cosa suya o de Lucy e intuí la respuesta mientras notaba una opresión en el pecho. Me dolía el corazón, como cada vez que Lucy tenía problemas.

—Amenazaba su sentido de dominio. —Wesley buscó mi mirada—. Sí, la reacción ha de ser de rabia. Con alguien así, siempre sucede.

Llevaba una corbata negra con rayas de un dorado pálido y, como de costumbre, una camisa blanca y almidonada. Lucía unos gemelos del departamento de Justicia, el anillo de boda y un discreto reloj de oro con una correa de piel negra que Connie le había regalado en el vigésimo quinto aniversario de su matrimonio. Tanto él como su mujer venían de familias adineradas y llevaban una vida de discreta comodidad.

Colgó el teléfono y se quitó las gafas.

—¿Qué sucede? —pregunté, y me enojó comprobar que su presencia me aceleraba el pulso. Wesley recogió las fotos y las guardó en un sobre.

—Otra víctima en Florida —dijo.

—¿La zona de Orlando, de nuevo?

—Sí. Te haré llegar los informes tan pronto como los tengamos.

Asentí y cambié de tema.

—Supongo que te has enterado de lo sucedido en Nueva York.

—Lo del buscapersonas, ¿no?

Asentí otra vez.

—Me temo que estoy al corriente —dijo Wesley, frunciendo el entrecejo—. Quiere provocarnos, mostrarnos su desprecio. Sigue con sus juegos, sólo que el asunto se pone cada vez más serio.

—Sí, mucho más serio. Pero no deberíamos concentrarnos sólo en él —apunté.

Wesley me escuchó con la mirada fija en mis ojos y las manos unidas sobre el expediente del caso de asesinato que momentos antes comentaba por teléfono.

—Sería muy fácil dejarse obsesionar por Gault hasta el punto de no investigar a fondo ciertos elementos. Por ejemplo, es muy importante identificar a esa mujer de Central Park a la que creemos que mató.

—Yo diría que todo el mundo lo considera importante, Kay.

—Todo el mundo «dice» que lo considera importante —repliqué, al tiempo que empezaba a crecer en mí una cólera sorda—, pero lo que la policía y el FBI quieren de verdad es capturar a Gault, e identificar a esa indigente no es una prioridad. La mujer no es más que otro de esos pobres sin nombre que los presos enterrarán en la fosa común.

—Pero para ti, evidentemente, sí es una prioridad.

—Desde luego.

—¿Por qué?

—Porque creo que todavía tiene algo que decirnos.

—¿Acerca de Gault?

—Sí.

—¿En qué te basas para afirmarlo?

—En mi intuición —respondí—. Y también es una prioridad porque estamos obligados, moral y profesionalmente, a hacer todo lo que podamos por ella. Tiene derecho a ser enterrada con un nombre.

—Por supuesto. Y todos, el departamento de Policía de Nueva York, la Policía de Tráfico y el FBI... todos queremos descubrir su identidad.

Pero no di crédito a sus palabras.

—En realidad, a ninguno nos importa —repliqué llanamente—. Ni a la policía, ni a los forenses, ni a esta unidad. Ya sabemos quién la mató y, por lo tanto, nos da igual lo que sea de ella. Así son las cosas cuando una habla de una jurisdicción tan agobiada por la violencia como la de Nueva York.

Wesley desvió la mirada y deslizó sus esbeltos dedos por la estilográfica Mont Blanc.

—Me temo que hay algo de verdad en lo que dices. —Me miró de nuevo—. Pero si no nos ocupamos de eso es porque no podemos, no porque no queramos. Quiero capturar a Gault antes de que vuelva a matar. Eso es lo fundamental.

—Como debe ser. Y no sabemos si esa mujer nos puede ayudar en ello. Tal vez pueda.

Leí la mueca de depresión en su rostro y la noté en su voz fatigada:

—Se diría que su único vínculo con Gault es que coincidieron en el museo. Hemos inspeccionado los efectos personales de la chica y no hay nada que pueda conducirnos a él. Por eso me pregunto qué más podrías averiguar de ella que nos ayude a atraparlo.

—No lo sé —respondí—. Pero cuando en Virginia tengo una víctima sin identificar, no descanso hasta que he hecho todo lo posible por resolver el caso. Esta vez es Nueva York, pero estoy involucrada porque trabajo en tu unidad y me has invitado a participar en la investigación. —Hablé con convicción, como si el caso del horrendo asesinato de Jane estuviera siendo juzgado en aquella sala—. Si no puedo llevar las cosas a mi manera, no continuaré como asesora del FBI ni un minuto más.

Wesley escuchó mi declaración con preocupación y paciencia. Me di cuenta de que sentía casi la misma frustración que yo, pero había una diferencia. Él no había crecido en la pobreza y, en nuestras peores disputas, yo siempre utilizaba tal argumento contra él.

—Si la muerta fuera una persona importante, le preocuparía a todo el mundo —afirmé. Wesley guardó silencio—. Cuando una es pobre —añadí—, no hay justicia. A menos que alguien presione.

Me miró fijamente.

—Pues bien, Benton, en este caso presiono yo —añadí.

—Explícame qué pretendes hacer —dijo él.

—Quiero hacer cuanto sea preciso para descubrir quién era Jane. Y quiero tu apoyo para ello.

Me estudió durante unos momentos. Estaba reflexionando.

—¿Por qué esta víctima? —quiso saber.

—Creo habértelo explicado.

—Ten cuidado. No vaya a ser que tengas motivos personales...

—¿Qué insinúas?

—Lucy...

Noté un escalofrío de irritación.

—Lucy podría haber sufrido una lesión en la cabeza tan grave como la de esa mujer —continuó—. Lucy siempre ha sido una especie de huérfana y no hace tanto estuvo desaparecida, vagando por Nueva Inglaterra, y tuviste que ir a buscarla.

—Me estás acusando de proyectar...

—No te acuso. Exploro esa posibilidad contigo.

—Sólo trato de hacer mi trabajo —repliqué—. Y no tengo el menor deseo de que me psicoanalicen.

—Entiendo. —Titubeó—. Bien, haz lo que debas. Te ayudaré en todo lo que pueda y estoy seguro de que Pete también.

Tras esto, pasamos a tratar el tema, más espinoso, de Lucy y CAIN. Wesley se mostraba reacio a hablar de ello. Se levantó a servir unos cafés al mismo tiempo que sonaba el teléfono del antedespacho y su secretaria tomaba otro mensaje. El aparato no había dejado de sonar desde mi llegada y yo sabía que siempre era así. Su despacho era como el mío. El mundo estaba lleno de desesperados que tenían nuestro número y nadie más a quien llamar.

—Sólo dime qué crees que ha hecho Lucy —dije cuando volvió con los cafés.

—Hablas como su tía —comentó mientras dejaba una taza ante mí.

—No. Ahora hablo como su madre.

—Preferiría que tratáramos el tema como dos profesionales.

—Muy bien —asentí—. Puedes empezar por ponerme al corriente.

—El espionaje que empezó en octubre pasado con el intruso que penetró en Gestión de Ingeniería todavía está en marcha —me confió—. Alguien se ha colado en CAIN.

—Eso ya lo sé.

—Pero ignoramos quién —dijo él.

—Suponemos que fue Gault, ¿no? —respondí.

Wesley levantó su taza y me miró a los ojos.

—Desde luego, no soy un experto en ordenadores. Pero hay algo que debes ver.

Abrió una delgada carpeta y extrajo de ella una hoja de papel. Cuando me la entregó, observé que era una copia impresa de una pantalla de ordenador.

—Es una página del registro de entradas de CAIN en el momento exacto en que se recibió el mensaje más reciente en la terminal del VICAP de la unidad de Comunicaciones de la Policía de Tráfico. ¿Notas algo fuera de lo corriente? —me preguntó.

Pensé en la copia impresa que Lucy me había mostrado, con el malévolo mensaje sobre los «policías muertos». Tuve que mirar un minuto las anotaciones de entradas y salidas, las identificaciones, las fechas y las horas para darme cuenta del problema. Entonces sentí miedo.

La identificación de usuaria de Lucy no era la tradicional. No estaba formada por la inicial del nombre y las siete primeras letras del apellido, sino que utilizaba la clave LUCYTALK y, según el registro, constaba como la supcrusuaria cuando CAIN había enviado el mensaje a Nueva York.

—¿La has interrogado sobre esto? —pregunté a Wesley.

—La han interrogado y no le ha dado importancia al tema porque, como observarás en ese papel, Lucy entra y sale del sistema durante todo el día y, en ocasiones, también fuera del horario.

—Pues está preocupada. No sé qué te diría, Benton, pero cree que la han trasladado a la planta de seguridad para poder vigilarla.

—Es cierto, está bajo vigilancia.

—Que estuviera trabajando en el momento en que el mensaje fue enviado a Nueva York no significa que lo enviase ella —insistí.

—Me doy cuenta. En el registro no hay nada que indique que lo envió ella. En verdad, no hay nada que indique que nadie lo enviara.

—¿Quién te ha llamado la atención sobre esto? —pregunté entonces, pues sabía que Wesley no tenía por costumbre estudiar los registros de entradas.

—Burgess.

—Entonces, alguien de Gestión de Ingeniería se lo presentaría a él primero.

—Evidentemente.

—Por ahí todavía hay gente que desconfía de Lucy por lo sucedido el pasado otoño.

Con mirada firme, Wesley replicó:

—No puedo hacer nada respecto a eso, Kay. Tu sobrina tendrá que demostrar su inocencia. No podemos hacerlo por ella. Ni siquiera tú.

—No intento hacer nada por ella —proclamé con vehemencia—. Lo único que pido es ecuanimidad. No se puede achacar a Lucy que CAIN tenga un virus. No lo ha introducido ella. Está intentando precisamente neutralizarlo y, con franqueza, si ella no puede, no creo que nadie sea capaz. Todo el sistema estará corrompido.

Wesley levantó su taza pero lo pensó mejor y volvió a dejarla.

—Y no creo —continué— que la hayáis colocado en la planta de seguridad porque alguien sospeche que es ella quien ha saboteado el CAIN. Si de verdad pensaras eso, la habrías despedido. Lo último que harías sería mantenerla aquí.

—No necesariamente —objetó Wesley.

Pero no consiguió engañarme, de modo que insistí:

—Dime la verdad.

Le vi pensar rápidamente, improvisar una respuesta.

—Trasladar a Lucy a la planta de seguridad ha sido cosa tuya, ¿no? —continué—. No ha sido Burgess. Ni ha sido por ese papel que acabas de enseñarme. Eso es una excusa.

—No. Para cierta gente, no lo es —dijo entonces—. Por ahí, alguien ha levantado una bandera roja y me ha pedido que me deshiciera de Lucy. Le he dicho que, ahora, no. Primero la someteremos a vigilancia.

—¿Me estás diciendo que crees que la propia Lucy es el virus? —No daba crédito a mis oídos.

—No. —Wesley se inclinó hacia delante en su silla—. Creo que el virus es Gault. Y quiero que Lucy nos ayude a seguir su rastro.

Le miré como si acabara de sacar una pistola y disparar al aire.

—¡No! —exclamé con vehemencia.

—Kay, escúchame…

—Rotundamente, no. Déjala fuera de este asunto. ¡Lucy no es agente del FBI, maldita sea!

—No te pongas así…

Pero no le permití continuar.

—¡Es una universitaria, maldita sea! No tiene nada que hacer en… —Se me quebró la voz—. La conozco. Intentará comunicarse con él. ¿No lo ves? —Lo miré con ferocidad—. ¡Tú no la conoces!

—Me parece que sí.

—No permitiré que la utilices así.

—Deja que te explique…

—Deberías cancelar CAIN —declaré.

—No puedo hacer eso. Quizá sea el único rastro que deje Gault. —Hizo una pausa y continué mirándole con furia—. Hay vidas en juego. Gault no ha terminado de matar.

—¡Por eso, precisamente, no quiero que Lucy piense siquiera en él!

Wesley calló. Volvió la vista hacia la puerta cerrada y me miró de nuevo.

—Él ya la conoce —murmuró.

—No sabe casi nada de ella.

—Ignoramos cuánto sabe pero, cuando menos, es probable que conozca su fisonomía.

—¿Cómo…? —articulé, incapaz de pensar.

—De cuando te robaron la tarjeta oro de American Express —me explicó Wesley—. ¿No te lo ha contado Lucy?

—¿Contarme qué?

—Las cosas que guardaba en el escritorio…

Cuando Wesley vio que no sabía de qué me hablaba, calló bruscamente. Deduje que se le había escapado mencionar un asunto del cual no quería hablar.

—¿Qué cosas? —pregunté.

—Verás… Lucy guardaba una carta en su mesa de trabajo… una carta tuya. La que llevaba dentro la tarjeta de crédito.

—Eso ya lo sé.

—Bien —continuó Wesley—. Pues dentro del sobre

había también una foto: tú y Lucy, juntas en Miami. Al parecer, estáis sentadas en el patio trasero de la casa de tu madre.

Cerré los ojos un instante y respiré profundamente mientras él proseguía, inflexible:

—Gault también sabe que Lucy es tu punto más vulnerable. Yo tampoco quiero que se fije en ella, pero lo que intento hacerte ver es que, probablemente, ya lo ha hecho. Ha irrumpido en un mundo donde ella es dios. Se ha apoderado de CAIN.

—Entonces, por eso la has trasladado —musité.

Wesley me contempló mientras se esforzaba en encontrar un modo de ayudarme. Vi el infierno que se ocultaba tras su frialdad y su reserva y percibí su dolor terrible. Benton tenía hijos.

—La has trasladado a la planta de seguridad, conmigo —insistí—. Temes que Gault pueda venir tras ella.

Continuó en silencio.

—Quiero que vuelva a la universidad, a Charlottesville. Quiero que regrese allí mañana —exigí con una ferocidad que no sentía.

Lo que quería de verdad era que Lucy no conociera en absoluto mi mundo, pero eso ya no sería posible nunca más.

—No puede ser —se limitó a responder Wesley—. Y tampoco puede quedarse contigo en Richmond. Para serte franco, en este momento no puede quedarse en ningún sitio salvo aquí. Es donde estará más segura.

—¡Pero no puede quedarse aquí el resto de su vida! —protesté.

—Hasta que lo capturemos...

—¡Quizá no lo atrapemos nunca, Benton!

—Entonces —respondió él con una mirada cansada—, puede que las dos terminéis en nuestro programa de protección de testigos.

—No renunciaré a mi identidad. A mi vida. ¿Qué diferencia hay entre eso y estar muerta?

—Hay mucha diferencia —dijo Benton con voz pausada, y supe que estaba viendo cuerpos molidos a golpes, decapitados y con heridas de bala.

—¿Qué puedo hacer con la tarjeta de crédito robada? —pregunté, aturdida, poniéndome ya en pie.

—Cancélala —me aconsejó—. Esperaba que podríamos usar fondos de bienes decomisados y de batidas antidroga, pero no podemos hacerlo... —Se interrumpió, y yo moví la cabeza con incredulidad—. No es decisión mía. Ya conoces los problemas de presupuesto. Tú también los tienes.

—¡Señor! —exclamé—. Creía que querías seguir a Gault.

—No es probable que la tarjeta nos indique dónde está; sólo nos dirá dónde ha estado.

—¡No puedo creerlo!

—Échales la culpa a los políticos.

—¡No quiero saber nada de problemas de presupuesto o de políticos! —exclamé.

—Kay, últimamente el FBI apenas alcanza a pagar la munición para las prácticas de tiro. Y ya conoces los problemas de personal. Yo mismo, en estos momentos, estoy trabajando en ciento treinta y nueve casos. El mes pasado se jubilaron dos de mis mejores agentes. Ahora, la unidad ha quedado reducida a nueve. ¡Nueve! Eso significa que un total de diez de nosotros debe intentar cubrir todo Estados Unidos, más los casos que nos envíen del extranjero. ¡Pero si la única razón de que contemos contigo es que no te pagamos!

—No hago esto por dinero.

—Cancela la tarjeta —insistió Wesley, agotado—. Yo lo haría de inmediato.

Me quedé mirándole largo rato y salí.

10

Cuando regresé a la habitación, Lucy ya había terminado de correr y se había duchado. La cena se servía en la cafetería, pero ella estaba en Gestión de Ingeniería, trabajando.

—Esta noche vuelvo a Richmond —le dije por teléfono.

—Pensaba que te quedarías a pasar la noche —respondió, y detecté en su voz cierta decepción.

Marino viene a buscarme.

—¿Cuándo?

—Está en camino. Podríamos cenar juntas antes de que me marche.

—Bien. Me gustaría que viniera Jan.

—De acuerdo —acepté—. Pero deberíamos contar también con Marino. Ya viene hacia aquí.

Lucy permaneció callada.

—¿Por qué no hacemos primero un recorrido, tú y yo solas? —sugerí.

—¿Por las instalaciones?

—Sí. Estoy autorizada, siempre que me ayudes a cruzar todos esos sensores, puertas cerradas, máquinas de rayos X y misiles termodirigidos.

—Muy bien, tendré que comprobar la autorización. Aunque la fiscal general aborrece que la llame a casa.

—Voy enseguida.

La Sede de Investigaciones de Ingeniería constaba de tres edificios de hormigón y cristal rodeados de árboles y no se podía acceder al aparcamiento sin detenerse ante una garita instalada a no más de veinte metros de la ubicada a la entrada de la Academia. Las instalaciones albergaban la sección más secreta del FBI y sus empleados tenían que dejar que unas escotillas biométricas comprobaran sus huellas dactilares antes de que las puertas de plexiglás les franquearan el paso. Lucy estaba esperándome ante ellas. Eran casi las ocho de la tarde.

—Hola —me dijo.

—He visto una decena de coches, por lo menos, en el aparcamiento —comenté—. ¿Es habitual que se trabaje hasta tan tarde?

—Aquí la gente entra y sale a todas horas. Aunque la mayor parte del tiempo no veo a nadie.

Avanzamos por una extensión enorme de alfombras y paredes beis y pasamos ante puertas cerradas que conducían a unos laboratorios en los que científicos e ingenieros trabajaban en proyectos de los cuales no podían hablar. Yo sólo tenía una vaga idea de lo que se cocía allí, aparte del trabajo de Lucy con CAIN, pero sabía que la misión de aquellas instalaciones era prestar apoyo tecnológico a cualquier trabajo que pudiera ejecutar un agente especial, desde el seguimiento de sospechosos a filmar o a descender en rappel de un helicóptero, o a utilizar un robot en una redada. Que Gault hubiera entrado allí era lo mismo que si vagara libremente por la NASA o por una central nuclear: impensable.

—Benton me ha hablado de la fotografía que tenías en tu mesa de trabajo —dije a Lucy mientras tomábamos un ascensor.

Mi sobrina pulsó el botón de la segunda planta.

—Gault ya conoce tu aspecto, si es eso lo que te preocupa —respondió—. Ya te ha visto dos veces, por lo menos.

—Me desagrada la perspectiva de que ahora también te conozca a ti —subrayé.

—Das por descontado que él tiene esa foto —dijo ella.

Entramos en una conejera gris de cubículos llenos de instrumentos diversos, especialmente impresoras, y pilas de papel. La unidad central de CAIN se hallaba tras los cristales en un espacio con aire acondicionado, repleto de monitores, módems y kilómetros de cable ocultos bajo el suelo.

—Tengo que comprobar una cosa —murmuró Lucy, y mostró su huella dactilar ante el visor del sistema de seguridad que abría la puerta del recinto.

La seguí a la atmósfera helada del interior, cargada con la electricidad estática de un tráfico invisible que circulaba a velocidades increíbles. Las luces de los módems emitían su parpadeo rojo y verde y una pantalla de vídeo de dieciocho pulgadas anunciaba CAIN en unas letras brillantes con tantas crestas y verticilos como la impronta dactilar de la persona que accedía a la sala.

—La foto estaba en el sobre con la tarjeta de American Express que, al parecer, tiene ahora Gault —dije a mi sobrina—. Por pura lógica, ha de tener ambas cosas, ¿no crees?

—Puede que estén en otras manos. —Lucy contempló atentamente los módems; luego, volvió la mirada a la pantalla y tomó unas notas—. Depende de quién registró mi mesa, realmente.

En todo momento habíamos dado por sentado que Carrie estaba sola cuando entró clandestinamente y cogió lo que quería, fuera lo que fuese. Pero ahora ya no estaba yo tan segura.

—Puede que Carrie no estuviera tan sola —apunté.

Lucy no respondió. Añadí:

—De hecho, no creo que Gault pudiera resistirse a la tentación de entrar. Yo diría que estuvo aquí con ella.

—Sería correr un riesgo terrible cuando a uno lo buscan por asesinato.

—Lucy, ya es un riesgo terrible el mero hecho de colarse aquí.

Ella continuó tomando notas mientras los colores de CAIN giraban en la pantalla y las luces se encendían y apagaban alternativamente. CAIN era un calamar de la era espacial cuyos tentáculos ponían en conexión a las fuerzas del orden del país y del extranjero; su cabeza era una caja vertical de color beis con varios botones y ranuras. Entre el ronroneo del aire acondicionado, casi me pregunté si la máquina sabría de qué estábamos hablando.

—¿Qué otra cosa pudo haber desaparecido de tu despacho? —pregunté a continuación—. ¿Has echado en falta algo más?

Lucy estudiaba, ausente, el centelleo de la luz de un módem. Con la misma expresión perpleja levantó la vista hacia mí y declaró:

—Tiene que entrar a través de uno de estos módems.

Tomó asiento ante un teclado, pulsó la barra espaciadora y el protector de pantalla de CAIN se desvaneció. Lucy se registró y empezó a teclear mandos de UNIX que no tenían el menor sentido para mí. A continuación desplegó el menú de Administración de Sistema y entró en el registro de accesos.

—He entrado aquí continuamente para comprobar el tráfico de los módems —comentó mientras escudriñaba la pantalla—. A menos que esa persona se encuentre físicamente en este edificio y conectada al sistema, tiene que acceder por módem.

—No hay otro medio —asentí.

—Bueno… —Respiró profundamente y continuó—:

En teoría se podría utilizar un receptor para recoger la actividad del teclado mediante la radiación de Van Eck. No hace mucho, algunos agentes soviéticos se dedicaban a ello.

—Pero con eso no entrarías de verdad en el sistema —apunté.

—No, aunque sí podrías conseguir contraseñas y otras informaciones que te darían acceso si tuvieras el número al cual llamar.

—¿Se cambiaron esas contraseñas después de lo sucedido?

—Desde luego. He cambiado todo lo que se me ha ocurrido y, de hecho, los números de acceso se han vuelto a cambiar más adelante. Además, tenemos módems para confirmación de llamadas. Tú llamas a CAIN y él te vuelve a llamar para confirmar que estás autorizada. —Lucy parecía desanimada y enfadada.

—Si añades un virus a un programa —planteé en un intento de ser útil—, ¿no cambia eso las dimensiones del archivo? ¿No puede ser ése un modo de descubrir dónde está el virus?

—Tienes razón, eso cambia el tamaño del archivo —respondió—, pero el problema es que el programa UNIX utilizado para explorar archivos y localizar algo así, que se llama *checksum*, no es seguro desde el punto de vista criptográfico. Pienso que quien ha hecho esto ha incluido un *checksum* compensador que haga desaparecer los bytes del programa virus.

—Así pues, ¿el virus es invisible?

Lucy asintió con aire distraído y supe que pensaba en Carrie. A continuación, tecleó un mandato para ver qué cuerpos de seguridad había conectados en aquel momento. Estaba Nueva York, y también Charlotte y Richmond. Lucy me indicó los módems correspondientes. Las luces titilaban en los frontales de los aparatos conforme recogían los datos trasmitidos por la línea telefónica.

—Deberíamos ir a cenar —sugerí con suavidad a mi sobrina.

—En este momento no tengo hambre —fue su respuesta, mientras seguía tecleando órdenes.

—Lucy, no puedes dejar que esto absorba tu vida.

—¡Mira quién habla!

En eso, Lucy tenía razón.

—Se ha declarado la guerra —añadió—. Esto es una guerra.

—No se trata de Carrie —apunté, en referencia a la mujer que, según mis sospechas, había sido algo más que amiga de Lucy.

—No importa de quién se trate —replicó sin dejar de teclear.

Pero importaba. Carrie Grethen no asesinaba gente ni mutilaba los cuerpos de sus víctimas. Temple Gault, sí. Probé de nuevo:

—¿Echaste en falta algo más en tu mesa de trabajo, después del incidente?

Lucy dejó lo que estaba haciendo y me miró con un destello en los ojos.

—Sí, ya que quieres saberlo. Tenía un sobre grande de papel manila que no quería dejar en mi habitación de la universidad ni en la de aquí, porque las compañeras de cuarto y otras personas entran y salen sin parar. Era un asunto personal y me pareció más seguro guardarlo en el escritorio, aquí.

—¿Qué había en el sobre?

—Cartas, anotaciones y otras cosas. Algunas eran tuyas, como la carta con la foto y la tarjeta de crédito; la mayoría, de ella. —Lucy se sonrojó—. También había unas cuantas notas de la abuela.

—¿Cartas de Carrie? No lo entiendo. ¿Por qué había

de escribirte? Las dos estabais aquí, en Quantico, y no os conocisteis hasta el otoño pasado.

—En cierto modo, sí nos conocíamos —respondió ella, y su rostro adquirió un tono aún más encendido.

—¿Cómo? —exclamé, perpleja.

—Nos conocimos a través de un tablón de anuncios informático, Prodigy, durante el verano. Guardé todas las copias impresas de las notas que enviamos.

Mi incredulidad fue en aumento.

—¿Intentaste deliberadamente arreglar las cosas de modo que pudierais estar juntas en el trabajo?

—Carrie ya estaba en vías de ser contratada por el FBI —contestó Lucy—. Me animó a intentar conseguir aquí una beca.

Mi silencio se hizo ominoso.

—¿Cómo iba a saber...? —añadió.

—Supongo que no podías —respondí—. Pero ella te tendió una trampa. Quería tenerte aquí, Lucy. Todo esto se urdió mucho antes de que os conocierais a través de Prodigy. Probablemente Carrie ya había conocido a Gault en esa tienda de artículos para espías del norte de Virginia y luego decidieron que ella se pusiera en contacto contigo.

Lucy desvió la mirada con gesto irritado. No dijo una palabra.

—¡Señor! —exclamé yo con un sonoro suspiro—. Y caíste en el engaño sin sospechar nada. —Aparté también la mirada y, casi mareada, añadí—: Y no fue sólo por lo buena que eres en tu trabajo. También fue por mi causa.

—No intentes convertir esto en culpa tuya. Detesto que lo hagas.

—Eres mi sobrina. Y Gault hace tiempo que lo sabe, probablemente.

—También soy bastante conocida en el mundo de los ordenadores —me replicó con una mirada desafiante—.

Otras personas han oído hablar de mí en este mundo. No todo ha de suceder porque tú seas mi tía.

—¿Benton sabe cómo conociste a Carrie?

—Se lo conté hace mucho tiempo.

—¿Cómo es que no me has dicho nada?

Lucy rehuyó mi mirada.

—No quería hacerlo —afirmó—. Ya me siento suficientemente mal. Es un asunto personal. Tenía que quedar entre el señor Wesley y yo. Pero, ya que hablamos de ello, yo no hice nada malo.

—¿Quieres decir que ese sobre grande de papel manila desapareció después del incidente del intruso?

—Sí.

—¿Y quién querría robarlo?

—Ella —respondió Lucy con acritud—. Dentro había cosas que ella me había escrito.

—¿Ha intentado ponerse en contacto contigo desde entonces?

—No —respondió, como si odiara a Carrie Grethen.

—Ven —dije con el tono firme de una madre—. Vamos a buscar a Marino.

Éste estaba en la cantina, donde yo pedí una Zima y él, otra cerveza. Lucy se marchó a buscar a Janet y ello nos dejó a Marino y a mí unos minutos para hablar.

—No sé cómo soporta ese brebaje —murmuró, dedicando una mirada de desdén a mi bebida.

—Yo tampoco sé cómo me sentará, porque es la primera vez que lo tomo.

Probé un sorbo. En realidad era muy agradable, y así se lo dije.

—Debería probarlo antes de juzgar —añadí.

—Yo no bebo cerveza de maricas. Y hay muchas cosas que no necesito probar para saber que no son para mí.

—Supongo que una de las principales diferencias entre nosotros, Marino, es que yo no tengo esa constante preocupación de que la gente pueda tomarme por homosexual.

—Pues hay gente que cree que lo es —fue su respuesta.

—¡Vaya! —exclamé, divertida—. En cambio, tenga la seguridad de que, de usted, nadie lo piensa. Lo único que la mayoría de la gente opina de usted es que es intolerante.

Marino bostezó sin cubrirse la boca. Estaba fumando y bebía una Budweiser directamente de la botella. Tenía unas marcadas ojeras y, aunque no había empezado aún a divulgar detalles íntimos de su relación con Molly, reconocí en él los síntomas de un hombre en celo. Había momentos en que parecía haber pasado semanas seguidas sin acostarse y haciendo ejercicios atléticos.

—¿Se encuentra bien? —le pregunté.

Dejó la botella en la mesa y miró a su alrededor. La cantina estaba llena de nuevos agentes y de veteranos que bebían cerveza y comían palomitas ante un televisor a todo volumen.

—Estoy rendido —respondió, pareciendo muy alterado.

—Le agradezco que haya venido a recogerme.

—De acuerdo, pero déme un codazo si empiezo a dormirme al volante. Aunque podría conducir usted. De todos modos, eso que bebe no debe de llevar una gota de alcohol.

—Lleva suficiente. No me apetece conducir y, si tan cansado está, quizá deberíamos quedarnos aquí.

Se levantó para pedir otra cerveza y lo seguí con la mirada. Aquella noche Marino iba a mostrarse difícil. Yo percibía sus frentes de borrasca mejor que cualquier meteorólogo.

—Tenemos un informe de laboratorio procedente de Nueva York que podría resultar interesante —anunció cuando volvió a sentarse—. Se refiere al cabello de Gault.

—¿El cabello que encontramos en la fuente?

—Sí. Pero no tengo esos detalles científicos que tanto le gustan, ¿está claro? Si los quiere saber, tendrá que llamar allí usted misma, pero lo fundamental es que han encontrado drogas en ese cabello. Dicen que, para que aparecieran en el cabello, el tipo tenía que abusar de la bebida y de la coca.

—¿Han encontrado etileno de coca? —apunté.

—Creo que ése era el nombre. Estaba en todo el cabello, desde la raíz hasta la punta, lo cual significa que lleva una temporada dándole a la botella y a los polvos.

—En realidad, no podemos estar seguros de cuánto tiempo lleva haciéndolo —puntualicé.

—El hombre con el que he hablado decía que la muestra de cabello correspondía a cinco meses de crecimiento —dijo Marino.

—Los análisis de presencia de drogas en los cabellos son objeto de controversia. No es seguro que ciertos resultados positivos por cocaína en el cabello no se deban a contaminación externa. Por ejemplo, al humo de los fumaderos de crack que es absorbido por el cabello como el humo de los cigarrillos. No siempre resulta fácil distinguir entre lo que se ha absorbido y lo que se ha ingerido.

—Es decir, que ese tipo podría estar contaminado, ¿no? —reflexionó Marino.

—Sí, pero eso no significa que él no esté también bebiendo y drogándose. De hecho, seguro que lo hace. El etileno de coca se produce en el hígado.

Marino encendió otro cigarrillo, pensativo.

—¿Qué hay del hecho de que ande tiñéndose los cabellos continuamente?

—Eso también podría afectar a los resultados de la prueba. Ciertos agentes oxidantes podrían destruir parte de la droga.

—¿Oxidantes?

—Como los peróxidos, por ejemplo.

—Entonces, es posible que parte de ese etileno de coca se haya destruido —reflexionó en voz alta—. Según esto, también cabe la posibilidad de que el nivel de droga fuera, en realidad, más alto de lo que parece.

—Cabe la posibilidad.

—Entonces tiene que proveerse de droga en alguna parte.

La mueca de su rostro se hacía cada vez más tensa. Le pregunté qué pensaba.

—Le diré lo que pienso —respondió de inmediato—. Esta conexión con la droga hace aún más delicada la posición de Jimmy Davila.

—¿Por qué? ¿Tenemos los resultados de toxicología del agente? —pregunté, desconcertada.

—Son negativos. —Hizo una pausa—. Benny ha empezado a cantar. Dice que Davila traficaba.

—Me parece que la gente debería tener en cuenta la fuente, en este caso. Benny no me parece precisamente un narrador de fiar.

—Estoy de acuerdo —asintió Marino—, pero hay quien intenta hacer aparecer a Davila como un mal policía. Corre el rumor de que quieren cargarle el asesinato de la mujer del parque.

—Es ridículo —murmuré, sorprendida—. No tiene pies ni cabeza.

—¿Recuerda esa sustancia que nuestra Jane tenía en la mano y que brillaba bajo la luz de la Luma-Lite?

—Sí.

—Cocaína.

—¿Y el análisis toxicológico de Jane?

—Negativo. Lo cual resulta extraño. —Marino parecía frustrado—. Pero lo otro que dice Benny, ahora, es que fue Davila quien le dio la mochila.

—¡Oh, vamos! —exclamé con irritación.

—Yo sólo se lo cuento.

—Ese cabello que encontramos en la fuente no era de Davila.

—No podemos determinar cuánto tiempo llevaba allí. Y no sabemos con certeza que sea de Gault.

—El análisis del ADN determinará que es suyo —declaré con convencimiento—. Y Davila llevaba una 380 y una 38. A Jane la mataron con una Glock.

—Escuche, doctora… —Marino se inclinó hacia delante y apoyó los brazos en la mesa—. No he venido para discutir con usted. Sólo le digo que las cosas no pintan bien. Los políticos de Nueva York quieren ver resuelto el caso y una buena manera de hacerlo es adjudicarle el crimen a un muerto. Lo entiende, ¿verdad? Se ensucia el nombre de Davila y nadie siente lástima de él. A nadie le importa.

—¿Y qué hay de la muerte del agente?

—Esa estúpida forense que acudió a la escena del crimen todavía piensa que podría tratarse de un suicidio.

Me volví hacia Marino como si se hubiera vuelto loco.

—¿Se dio una patada en la cabeza él mismo? ¿Y luego se disparó entre los ojos?

—Estaría de pie cuando se disparó con su propia arma y, al caer, se golpeó con el cemento o con algo.

—La reacción vital a las lesiones demuestra que primero recibió el golpe en la cabeza —repliqué, cada vez más furiosa—. Y haga el favor de explicarme cómo es que el revólver terminó tan perfectamente colocado sobre su pecho.

—Usted no lleva el caso, doctora. —Marino me miró a los ojos y añadió—: Eso es lo que cuenta. Usted y yo somos simples observadores. Somos invitados.

—Davila no se suicidó. Y el doctor Horowitz no permitirá que salga de su despacho una cosa así.

—Quizá no tendrá que hacerlo. Quizá se limitarán a decir que Davila era un corrupto y que se lo cargó otro camello. Y la mujer terminaría en una caja de pino en la fosa común. Fin de la historia. Central Park y el metro vuelven a ser lugares seguros.

Pensé en la comandante Penn y me sentí inquieta. Pregunté por ella a Marino.

—No sé qué tiene que ver con todo esto —fue su respuesta—. Acabo de hablar con algunos de los muchachos, pero la comandante está ante un dilema. Por un lado, no querría que nadie pensara que tenía a sus órdenes un mal policía. Por otro, no desea que la gente crea que hay un loco asesino múltiple corriendo por los túneles del metro.

—Ya veo —asentí.

Pensé en la enorme presión que Frances Penn debía de estar soportando, porque era competencia de su departamento recuperar el metro de manos de los delincuentes. La ciudad había adjudicado decenas de millones de dólares a la Policía de Tránsito para que lo consiguiera.

—Además —añadió Marino—, fue un maldito periodista quien encontró el cuerpo de la mujer en Central Park. Y ese tipo es más insistente que un martillo neumático, por lo que he oído. Quiere ganar un premio Nobel.

—No es probable —murmuré, irritada.

—Nunca se sabe —respondió Marino, que solía hacer predicciones respecto a quién ganaría un premio Nobel: a aquellas alturas, yo había ganado ya siete, según él.

—Ojalá supiéramos si Gault sigue en Nueva York —dije.

Marino apuró su segunda cerveza y consultó el reloj.

—¿Dónde está Lucy?

—Lo último que me ha dicho es que iba a buscar a Janet.

—¿Qué tal es esa Janet?

Yo sabía muy bien lo que le interesaba averiguar.

—Es una chica encantadora —respondí—. Brillante, pero muy tranquila. —Cuando vi que no decía nada, comenté—: Marino, han trasladado a Lucy a la planta de seguridad.

Él se volvió hacia el mostrador como si pensara pedir otra cerveza.

—¿Quién lo ha ordenado? ¿Benton?

—Sí.

—¿Por el asunto del ordenador?

—Sí.

—¿Quiere usted otra Zima?

—No, gracias. Y usted no debería tomar otra cerveza, ya que va a conducir. De hecho, es probable que lleve un coche de la policía, así que no debería haber tomado ni la primera...

—Esta noche he traído mi furgoneta.

No me alegró oír aquello, y él se dio cuenta.

—Bien, de acuerdo, no lleva el maldito airbag —dijo—. Lo siento, ¿vale? Pero un taxi o una limusina tampoco lo llevarían.

—Marino...

—Le compraré a usted el maldito airbag, uno bien grande, para que lo lleve a todas partes como su globo personal.

—Cuando se coló el intruso en las instalaciones, el pasado otoño, desapareció algo del escritorio de Lucy.

—¿Algo? ¿Qué?

—Un sobre con correspondencia personal.

Le conté lo de Prodigy y cómo se habían conocido Lucy y Carrie.

—¿Se conocían antes de Quantico?

—Sí. Y me parece que Lucy cree que fue Carrie quien se llevó el sobre del cajón de su mesa.

Marino miró a su alrededor mientras, con gesto nervioso, movía la botella de cerveza vacía en pequeños círculos sobre la mesa.

—Parece obsesionada con Carrie y no es capaz de ver nada más —continué—. Me preocupa.

—¿Dónde está Carrie actualmente?

—No tengo la más remota idea —respondí.

Como no se había podido demostrar que hubiera sido ella quien entró irregularmente en las instalaciones o que hubiera robado propiedades del FBI, había sido despedida pero no procesada. Carrie no había pasado un solo día encerrada.

Marino reflexionó unos instantes.

—En fin, no es de esa zorra de quien Lucy debe preocuparse, sino de él.

—Desde luego, quien me preocupa a mí es él —corroboré.

—¿Cree que Gault tiene ese sobre?

—Es lo que temo.

Noté una mano en mi hombro y me volví.

—¿Nos sentamos aquí o vamos a otra parte? —preguntó Lucy.

Se había cambiado de ropa y llevaba unos pantalones caqui y una camiseta de algodón con el logotipo del FBI bordado. Calzaba unas botas de montaña y lucía un recio cinturón de cuero. Lo único que le faltaba era una gorra y una pistola.

Marino estaba más interesado en Janet, que llenaba una camiseta de polo de un modo que resultaba cautivador.

—Bien, hablemos de lo que contenía ese sobre —me dijo, incapaz de apartar sus ojos del pecho de la muchacha.

—Aquí no.

La furgoneta de Marino era una gran Ford azul que él mantenía mucho más limpia que el coche policial. En ella había una radio de baterías, una pistolera y, salvo las colillas que llenaban el cenicero, no se apreciaba suciedad alguna. Me senté delante, donde los ambientadores suspendidos del espejo retrovisor aportaban a la oscuridad un potente aroma a pino.

—Dime exactamente qué había en el sobre —dijo Marino a Lucy, que iba detrás con su amiga.

—No puedo precisarlo exactamente. —Lucy se inclinó hacia delante y apoyó una mano en el respaldo de mi asiento.

La furgoneta dejó atrás la garita del centinela y cambió de marcha. El motor mostró sonoramente su interés por cobrar vida. Marino alzó la voz:

—Piensa.

Janet dijo algo a Lucy en voz baja y las dos conversaron unos instantes en murmullos. La estrecha carretera estaba oscura; los campos de tiro, inusualmente tranquilos. Yo no había montado nunca en la furgoneta de Marino y me pareció un símbolo descarado de su machismo.

Lucy se decidió a hablar:

—Había algunas cartas de la abuela, de tía Kay, y correo electrónico de Prodigy.

—De Carrie, quieres decir —apuntó Marino.

Lucy titubeó.

—Sí —asintió por fin.

—¿Qué más?

—Felicitaciones de cumpleaños.

—¿De quién?

—De los mismos de antes.

—¿Y de tu madre?

—No.

—¿Qué hay de tu padre?

—No tengo nada de él.

—Su padre murió cuando era muy pequeña —le recordé a Marino.

—Cuando escribió usted a Lucy, ¿puso remitente? —me preguntó él.

—Sí. Está impreso en mi papel de carta.

—¿Un apartado de correos?

—No. El correo personal lo recibo en casa. Todo lo demás va al despacho.

—¿Qué intenta usted averiguar? —preguntó Lucy con un asomo de enojo.

—Está bien —respondió Marino mientras conducía a través del oscuro paisaje—, repasemos lo que el ladrón conoce de ti hasta ahora. Sabe dónde estudias, dónde vive tu tía en Richmond y dónde vive tu abuela en Miami. Conoce tu cara y sabe cuándo naciste. También está al corriente de tu amistad con Carrie por ese asunto del correo electrónico. —Echó un breve vistazo por el espejo retrovisor—. Y eso es lo mínimo que ese sapo conoce de ti. No he leído las cartas y notas y no sé qué más habrá descubierto.

—De todos modos, ella conocía la mayor parte de esas cosas —afirmó Lucy con irritación.

—¿Ella? —preguntó Marino, sarcástico.

Lucy calló. Fue Janet quien le dijo en tono apaciguador:

—Vamos, tienes que sobreponerte. Tienes que olvidarlo.

—¿Qué más? —preguntó Marino a mi sobrina—. Intenta recordar el menor detalle. ¿Qué más había en el sobre?

—Unos cuantos autógrafos y unas monedas antiguas. Cosas de cuando era niña. Cosas que no tendrían valor para nadie más. Una concha que recogí en la playa una vez, cuando estuve allí con mi tía Kay, siendo muy pequeña. —Permaneció pensativa unos instantes—. El pasaporte. Y unas cuantas páginas que escribí en el instituto.

El dolor que expresaba su voz me encogió el corazón y deseé abrazarla, pero cuando Lucy estaba triste rechazaba a todo el mundo, se resistía.

—¿Por qué guardabas todo eso en el sobre? —preguntó Marino.

—Tenía que guardarlo en alguna parte. Eran mis cosas, ¿no? Si las dejaba en Miami, seguro que mi madre las tiraría a la basura.

—Eso que escribiste en el instituto... —intervine—. ¿De qué trataba, Lucy?

La furgoneta quedó en silencio, no se oían más rumores que los del propio vehículo. El ronroneo del motor aumentaba y disminuía con las aceleraciones y los cambios de marcha. Así llegamos a la pequeña población de Triangle. Los restaurantes de carretera estaban llenos de luces y sospeché que muchos de los coches aparcados delante iban conducidos por marines.

—Bueno, resulta un tanto irónico. Uno de los papeles era un ejercicio práctico sobre seguridad en UNIX. Mi interés se centraba sobre todo en las contraseñas; ya sabe, qué puede suceder si el usuario escoge una contraseña poco segura. De modo que hablaba de la subrutina de codificación en las bibliotecas que...

—¿Y de qué trataba el otro papel? —la interrumpió Marino—. ¿De cirugía cerebral?

—¿Cómo lo ha adivinado? —replicó ella con el mismo tono altanero.

—¿De qué trataba? —pregunté yo.

—De Wordsworth.

Cenamos en el Globe and Laurel y, al contemplar los manteles a cuadros escoceses, los motivos decorativos policiales y los picheles de cerveza colgados sobre la barra, pensé en mi vida. Mark y yo solíamos comer aquí antes de que, en Londres, estallara una bomba cuando él pasaba junto al artefacto. En otra época, yo había frecuentado el local con Wesley, pero luego empezamos a conocernos demasiado bien y ya no volvimos a aparecer en público casi nunca.

Todos tomamos sopa de cebolla a la francesa y filete. Janet permaneció taciturna como de costumbre y Marino no paró de mirarla y de hacer comentarios provocadores. Lucy estaba cada vez más furiosa con él y a mí también me sorprendió su comportamiento. Marino no era ningún estúpido. Sabía muy bien lo que hacía.

—Tía Kay —dijo Lucy—, quiero pasar el fin de semana contigo.

—¿En Richmond? —pregunté.

—Todavía vives allí, ¿no?

Lo dijo sin el menor asomo de sonrisa. Yo vacilé.

—Creo que debes quedarte donde estás ahora.

—No estoy en una cárcel. Puedo hacer lo que quiera.

—Claro que no estás en una cárcel —respondí con calma—. Déjame hablar con Benton, ¿de acuerdo?

Lucy no respondió.

—Bien, dime qué opinas de la Signueve —decía Marino a los senos de Janet.

Ella le miró abiertamente a los ojos y respondió:

—Preferiría una Colt Python con cañón de seis pulgadas. ¿Usted no, capitán?

Durante la cena el ambiente siguió deteriorándose y el viaje de vuelta a la Academia transcurrió en un tenso silencio, salvo los incansables intentos de Marino para entablar diálogo con Janet. Cuando ella y Lucy se apearon de la furgoneta, me volví hacia él y estallé:

—¡Por el amor de Dios! ¿Qué le ha dado?

—No sé de qué me habla.

—Ha estado detestable. Absolutamente detestable. Y sabe muy bien a qué me refiero.

Marino aceleró en la oscuridad de la avenida J. Edgar Hoover, en dirección a la interestatal, mientras buscaba un cigarrillo en el salpicadero.

—Seguro que Janet no quiere volver a verle nunca más —continué—. Yo no censuraría a Lucy si le evitara. Y es una lástima, porque se habían hecho amigos.

—Que le haya dado lecciones de tiro no significa que

seamos amigos —respondió—. Por lo que a mí respecta, su sobrina sigue siendo la chiquilla malcriada de siempre. Y una sabionda. Por no hablar de que no es mi tipo y que, desde luego, no entiendo cómo le permite hacer las cosas que hace.

—¿Qué cosas? —quise saber, cada vez más molesta con él.

—¿Ha salido alguna vez con un chico? ¿Ha salido una sola vez?

—Su vida privada no es de su incumbencia —repliqué—. Y no tiene que ver con la conducta de usted esta noche.

—Bobadas. Probablemente, si Carrie no hubiera sido la amiguita de Lucy, nadie se habría colado en las instalaciones y ahora no tendríamos a Gault infiltrado en el ordenador.

—Lo que dice es ridículo. No tiene el menor fundamento —repliqué—. Sospecho que Carrie habría completado su misión tanto si Lucy entraba en sus planes como si no.

—Escúcheme bien. —Marino expulsó el humo hacia su ventanilla, ligeramente abierta—: los invertidos están llevando a la ruina el planeta.

—¡Que Dios nos ayude! —masculló con disgusto—. Dice lo mismo que mi hermana.

—Creo que debería usted enviar a Lucy a algún sitio donde puedan ayudarla.

—¡Basta ya, Marino! Sus opiniones se basan en la ignorancia y son aborrecibles. Dígame una cosa, por favor: ¿por qué considera tan amenazador para usted que mi sobrina prefiera a las mujeres en lugar de a los hombres?

—¿Amenazador? ¡En absoluto! ¡Sencillamente, es antinatural! —Arrojó la colilla por la ventana, como un pequeño misil que la noche apagó—. Aunque, eso sí, no piense que no lo entiendo. Es un hecho conocido que muchas mujeres se lían entre ellas porque es lo mejor que pueden hacer.

—Ya —respondí—. Un hecho conocido. —Hice una pausa—. Entonces, dígame, ¿sería éste el caso de Lucy y Janet?

—Por eso recomiendo que alguien las ayude: porque aún hay esperanza. No tendrían problemas para intimar con hombres. Sobre todo Janet, con el cuerpo que luce. Si no estuviera tan liado, puede que yo mismo me animara a proponerle una cita.

—Déjelas en paz —insistí. Ya estaba harta de oírle—. Se está ganando su rechazo y su desprecio. Conseguirá quedar como un condenado estúpido. Las Janet del mundo no van a salir con usted.

—Ellas se lo pierden. Si pasaran por la experiencia adecuada, probablemente cambiarían de actitud. Para mí, lo que las mujeres hacen entre ellas es un sucedáneo. No tienen idea de lo que se pierden.

La noción de que Marino se considerase un experto en lo que necesitaba una mujer en la cama era tan absurda que me olvidé de sentirme molesta. Me eché a reír.

—Lucy me inspira un sentimiento de protección, ¿de acuerdo? —continuó él—. Me siento una especie de tío y el problema es que siempre se ha visto privada de una presencia masculina. Su padre murió, usted está divorciada, Lucy no tiene hermanos y su madre vive y duerme a copia de pastillas.

—En eso tiene razón —reconocí—. Ojalá Lucy hubiera recibido una influencia masculina positiva.

—Le garantizo que, de haberla tenido, no se habría vuelto bollera.

—No emplee esa palabra —le advertí—. Y, en realidad, no sabemos por qué la gente se vuelve como se vuelve.

—Entonces, dígamelo usted. —Se volvió a mirarme—. Explíqueme qué funcionó mal.

—En primer lugar, no acepto que algo funcionase mal. Es posible que la orientación sexual de una persona tenga un componente genético. O puede que no. Pero lo que cuenta es que no importa.

—De modo que le da igual, ¿no?

Reflexioné un momento antes de responder:

—No, no me da igual porque es una manera de vivir más dura.

—¿Y ya está? —insistió con tono escéptico—. ¿Quiere decir que no preferiría que Lucy estuviera con un hombre?

Titubeé de nuevo.

—Supongo que, a estas alturas, sólo deseo que esté con buenas personas.

Marino continuó conduciendo sin decir palabra. Por fin murmuró:

—Lamento lo de esta noche. Sé que he hecho el imbécil.

—Agradezco que se disculpe —dije yo.

—Bien, la verdad es que, en el terreno personal, las cosas no me van muy bien últimamente. Molly y yo nos entendíamos bastante bien hasta hace una semana, cuando llamó Doris.

La revelación no me sorprendió demasiado. Las ex esposas y las antiguas amantes siempre acaban por reaparecer.

—Parece que se enteró de lo de Molly porque Rocky le dijo algo. Ahora, de repente, quiere volver a casa. Quiere volver conmigo.

Cuando Doris se marchó, Marino quedó destrozado. Sin embargo, a aquellas alturas de mi vida tenía la creencia, algo cínica tal vez, de que las relaciones rotas no podían repararse y curarse como si fueran huesos. Él encendió otro cigarrillo mientras un camión se nos acercaba por detrás y nos pasaba a toda velocidad.

—A Molly no le ha gustado nada la perspectiva —continuó con dificultad—. La verdad es que desde entonces saltan chispas entre nosotros y ha sido un acierto que no hayamos pasado juntos las Navidades. También creo que ha empezado a pegármela. Ese sargento que conoció... Quién iba a imaginarlo. Yo mismo los presenté una noche en la Asociación Fraternal.

—Lo siento muchísimo. —Observé su expresión y creí que iba a echarse a llorar—. ¿Todavía quiere a Doris? —le pregunté con suavidad.

—No lo sé. ¡Demonios, no sé nada! Para mí, las mujeres podrían ser de otro planeta. Como esta noche, ¿sabe? Todo lo que hago está mal.

—No es verdad. Usted y yo somos amigos desde hace años. Algo debe de hacer bien...

—Usted es la única amiga que tengo —respondió—. Pero parece más bien un hombre.

—¡Vaya, gracias!

—Quiero decir que puedo hablar con usted como con un hombre. Y usted sabe lo que hace. No ha llegado donde está porque sea mujer. Maldita sea... Marino miró por el retrovisor, entrecerró los párpados y movió el espejo para reducir los reflejos—. Ha llegado donde está a pesar de serlo.

Volvió a mirar por el espejo. Yo me giré. Un coche estaba tocando prácticamente nuestro parachoques y nos deslumbraba con las luces largas. Íbamos a más de cien por hora.

—Qué raro —comenté—. Tiene mucho espacio para adelantarnos.

La Interestatal 95 llevaba poco tráfico. No había motivo para que alguien nos siguiera tan de cerca, y pensé en el accidente de Lucy el otoño anterior, cuando había estrellado mi Mercedes. En aquella ocasión alguien se había pegado también a su parachoques. El miedo me atenazó.

—¿Distingue qué clase de coche es? —pregunté a Marino.

—Parece un Z. Quizás un viejo 280, o algo parecido.

Se llevó la mano al interior de la chaqueta y desenfundó una pistola. Se colocó el arma en el regazo y continuó mirando los retrovisores. Volví la cabeza otra vez y observé la silueta oscura de una cabeza. Creí ver que se trataba de un hombre. El conductor nos miraba fijamente.

—Muy bien —gruñó Marino—. Ya me estoy hartando de esto.

Pisó enérgicamente el freno. El coche nos esquivó y pasó a nuestro lado con un largo e irritado alarido del claxon. Era un Porsche y al volante iba un negro.

—No llevará todavía esa pegatina con la bandera confederada en el parachoques, ¿verdad? —pregunté a Marino—. ¿Esa que brilla cuando la iluminan los faros?

—Sí, la llevo.

Devolvió el arma a su funda.

—Tal vez debería pensar en quitarla.

El Porsche ya era un par de minúsculos pilotos posteriores en la lejanía. Recordé la amenaza del jefe Tucker de enviar a Marino al curso sobre diversidad cultural. No estaba segura de que sirviera de mucho hacerlo, aunque Marino asistiera al curso el resto de su vida.

—Mañana es martes —dijo—. Tengo que ir a la comisaría Central a ver si alguien se acuerda de que todavía trabajo para la ciudad.

—¿Qué hay del comisario Santa Claus? —La vista preliminar está señalada para la próxima semana.

—Supongo que lo han metido entre rejas —apunté.

—No. Está en libertad bajo fianza. ¿Cuándo empieza usted a ejercer como jurado?

—El lunes.

—Quizá podría librarse de esa obligación.

—No puedo pedir tal cosa —repliqué—. Alguien

convertiría la cuestión en un gran debate y, aunque no lo hiciera nadie, sería una demostración de hipocresía. Se supone que me importa la justicia.

—¿Cree que debería verme con Doris?

Ya estábamos en Richmond, y teníamos a la vista la silueta de los edificios del centro.

Observé el perfil de Marino, sus cabellos cada vez más escasos, sus orejas grandes y sus facciones marcadas y el modo en que sus manazas cubrían casi por entero el volante. Aquel hombre ya no recordaba cómo era su vida antes de tener esposa. Hacía tiempo que su relación matrimonial había dejado atrás la etapa del ardor sexual y se había trasladado a una órbita de estabilidad, segura pero aburrida. Para mí que se habían separado porque ambos tenían miedo de envejecer.

—Sí, creo que debería verse con ella —le respondí.

—Entonces, ¿debo ir a Nueva Jersey?

—No. Fue Doris quien se marchó. Debería ser ella quien viniera.

11

Windsor Farms estaba a oscuras cuando doblamos la esquina de Cary Street, y Marino no quiso que entrara en casa sola. Detuvo la furgoneta en el enladrillado camino particular y se quedó mirando la puerta del garaje, cerrada e iluminada por los faros.

—¿Tiene el mando automático para abrir? —preguntó.

—Está en el coche.

—¿Y de qué coño sirve, si el coche está en el garaje y la puerta cerrada?

—Si me hubiera dejado en la puerta principal, como le he pedido, podría haber entrado por allí —dije.

—No. Se le ha acabado caminar sola trechos largos y desprotegidos, doctora.

Lo dijo en tono muy autoritario, y yo sabía que, cuando se ponía de aquel modo, era inútil discutir. Le entregué las llaves.

—Entonces, entre usted y abra la puerta del garaje. Yo esperaré aquí.

Marino abrió la portezuela de su lado.

—Tengo un arma entre los asientos.

Deslizó la mano para enseñarme un fusil Benelli negro de calibre doce con un cargador de ocho balas. Me vino a la mente que Benelli, fabricante italiano de excelentes escopetas de caza, era también el apellido del permiso de conducir falso de Gault.

—El seguro está aquí —me indicó Marino—. Sólo tiene que quitarlo, cargar y disparar.

—¿Hay alguna revuelta popular inminente de la que no he sido informada?

Marino se apeó de la furgoneta y cerró las puertas con seguro. Abrí la ventanilla.

—Convendría que supiera usted el código de mi alarma contra ladrones —apunté.

—Ya lo conozco. —Echó a andar por la hierba helada—. Su fecha de nacimiento.

—¿Cómo lo ha adivinado?

—Es usted predecible —le oí decir antes de que desapareciera detrás de un seto.

Unos minutos más tarde empezó a levantarse la puerta del garaje y en el interior se encendió una luz, que iluminó las herramientas de jardín pulcramente alineadas en las paredes, una bicicleta que rara vez utilizaba, y el coche. Siempre que veía el Mercedes nuevo no podía evitar pensar en el que Lucy había destrozado.

El 500E que tenía antes era estilizado y rápido, con un motor diseñado en parte por Porsche. Ahora, yo prefería algo más grande y tenía un S500 negro que probablemente resistiría el impacto con un camión de cemento o incluso con todo un trailer. Marino se quedó cerca del coche y me miró como si deseara que me diera prisa. Hice sonar el claxon para recordarle que estaba encerrada en su furgoneta.

—¿Por qué todo el mundo intenta encerrarme dentro de su vehículo? —le dije cuando me dejó salir—. Esta mañana, un taxista; ahora, usted.

—Porque cuando anda suelta no está segura. Quiero echar un vistazo a su casa antes de marcharme.

—No es necesario.

—No se lo pido. La informo de que voy a inspeccionar —respondió.

—Muy bien. Usted mismo.

Entró en la casa detrás de mí. Pasé directamente a la sala de estar y encendí la chimenea de gas. Luego abrí la puerta principal y entré el correo y varios periódicos que uno de mis vecinos no había recogido. Para cualquiera que observara mi bella casa de ladrillos, resultaría evidente que había estado fuera por Navidad.

Cuando volví a la sala miré en torno para comprobar si había algo desordenado, aunque sólo fuera ligeramente. Me preguntaba si alguien habría pensado en introducirse en la casa, qué ojos se habrían posado en ella, qué oscuros pensamientos habrían envuelto el lugar donde yo vivía.

El barrio era uno de los más ricos de Richmond y, desde luego, había habido problemas en algunas ocasiones, sobre todo con gitanos, aunque éstos comparecían en las casas de día, cuando estaban presentes sus habitantes. A mí no me preocupaban porque nunca dejaba las puertas sin cerrar y la alarma estaba activada continuamente. A quien temía era a un criminal de una casta muy diferente; alguien que no estaba interesado en lo que yo poseía, sino en mí misma y en lo que era. En la casa guardaba muchas armas, en lugares donde pudiera echarles mano con facilidad.

Me senté en el sofá. Las sombras que creaban las llamas se movían sobre los cuadros colgados en las paredes. El mobiliario era europeo contemporáneo y, durante el día, la casa se llenaba de luz. Al inspeccionar el correo, descubrí un sobre rosa parecido a otros que había visto anteriormente. Tenía un tamaño corriente y el papel no era de buena calidad: la clase de papel y de sobre que se podían comprar en una tienda no especializada. Esta vez, el matasellos era de Charlottesville y la fecha, 23 de diciembre. Lo abrí con un cortapapeles. Como las otras, la nota estaba escrita a mano con tinta negra de estilográfica.

> *Querida doctora Scarpetta:*
> *¡Espero que tenga una Navidad muy especial!*
>
> CAIN

Con cuidado, dejé la nota sobre la mesilla de café.

—Marino.

Gault había escrito la nota antes de asesinar a Jane. Pero el correo era lento. Yo acababa de recibirla.

—¡Marino!

Me puse en pie. Oí sus pasos, rápidos y sonoros, en la escalera. Entró en la sala como una exhalación, pistola en mano.

—¿Qué…? —exclamó jadeante, mientras miraba a un lado y otro—. ¿Está usted bien?

Señalé la nota. Su mirada se posó en el sobre rosa y el papel a juego.

—¿De quién es?

—Mírelo.

Se sentó a mi lado y, al instante, se levantó de nuevo.

—Primero voy a conectar la alarma otra vez.

—Buena idea.

Cuando regresó, volvió a sentarse.

—Déjeme un par de bolígrafos. Gracias. —Utilizó los bolígrafos para mantener desplegada la nota y leerla sin poner en peligro las huellas dactilares que yo no hubiera destruido ya.

—¿Es la primera vez que recibe una nota de éstas? —me preguntó.

—No.

Marino me lanzó una mirada acusadora:

—¿Y no ha dicho nada?

—No es la primera nota, pero es la primera que viene firmada por «CAIN» —respondí.

—¿Cómo iban firmadas las otras?

—Sólo ha habido dos más con esos sobres rosa. Y no llevaban firma.

—¿Las ha guardado?

—No. No creí que fueran importantes. Tenían matasellos de Richmond y eran notas excéntricas, pero no alarmantes. Suelo recibir un correo bastante especial.

—¿Enviado a su casa?

—Normalmente, al despacho. Mi dirección particular no está en la guía.

—¡Mierda, doctora! —Marino se puso en pie y empezó a caminar por la sala—. ¿Y no la inquietó recibir notas así en su casa, que no consta en la guía?

—Desde luego, la situación de mi casa no es ningún secreto. Ya sabe cuántas veces hemos pedido a los medios de comunicación que no la filmen ni la fotografíen, pero lo hacen a pesar de todo.

—Cuénteme qué decían las otras notas.

—Eran cortas, como ésta. Una me preguntaba cómo estaba y si todavía trabajaba tanto. Me parece que la otra iba más en la línea de que me echaba de menos.

—¿Que la echaba de menos?

Hurgué en mi memoria.

—Algo así: «Ha pasado demasiado tiempo. Es imperioso que nos veamos».

—Y está segura de que era la misma persona… —Volvió a clavar la mirada en el papel rosa de la mesilla.

—Eso creo. Evidentemente, Gault tiene mi dirección, como usted predijo.

—Es probable que haya explorado su guarida. —Dejó de deambular y me miró—. ¿Se da cuenta de lo que ello significa?

No respondí.

—Digo que Gault ha visto dónde vive. —Marino se pasó los dedos por los cabellos—. ¿Entiende lo que le estoy diciendo? —insistió.

—Mañana por la mañana, lo primero que hay que hacer es llevar esto al laboratorio —apunté.

Pensé en las dos primeras notas. Si también eran de Gault, las había echado al correo en Richmond. Había estado en la ciudad.

—No puede quedarse aquí, doctora.

—Que analicen el sello. Si lo lamió para pegarlo, dejaría saliva adherida. Podemos utilizar la reacción en cadena de la polimerasa para conseguir el ADN.

—No puede quedarse aquí —repitió Marino.

—Claro que puedo.

—Le digo que no puede.

—Tengo que hacerlo, Marino —insistí con terquedad—. Aquí es donde vivo.

Pero él movía la cabeza:

—No. Ni hablar. O yo me instalo con usted.

Marino me caía bien pero no podía soportar la idea de tenerlo en casa. Lo imaginé limpiándose los zapatos en las alfombras orientales y dejando cercos en los muebles de madera de tejo y caoba. Seguro que miraría la lucha libre arrellanado delante del fuego y bebería Budweiser directamente de la lata.

—Llamaré a Benton ahora mismo —continuó—. Y él le dirá lo mismo que yo.

Se dirigió al teléfono.

—¡Marino! —le dije—. No meta a Benton en esto.

El capitán se acercó al fuego y, en lugar de llamar, tomó asiento en la piedra arenisca de la base de la chimenea. Apoyó la cabeza en las manos y, cuando alzó la vista hacia mí, su rostro reflejaba agotamiento.

—¿Sabe, doctora, cómo me sentiría si le sucediese algo?

—¿No muy bien...? —apunté, incómoda.

—Eso me mataría. Acabaría conmigo, lo juro.

—Se está poniendo sensiblero, capitán.

—No sé qué significa «sensiblero». Lo que sí sé es que Gault tendrá que pasar por encima de mi cadáver, ¿me oye?

Me lanzó una intensa mirada y yo aparté la mía. Noté que la sangre afluía a mis mejillas.

—Usted es como todo el mundo —continuó—. La pueden matar como a cualquiera, ¿sabe? Como a Eddie, como a Susan, como a Jane, como a Jimmy Davila... Gault la tiene en su punto de mira, maldita sea. Y probablemente es el peor asesino de este jodido siglo. —Hizo una pausa y me observó—. ¿Oye lo que le digo?

Levanté la vista hasta sus ojos.

—Sí —respondí—. Le oigo. Oigo perfectamente lo que me dice.

—Y tiene que hacerlo por Lucy, también por Lucy. No debe venir más a visitarla aquí. Si a usted le sucede algo, ¿qué cree que le va a pasar a ella?

Cerré los ojos. Amaba aquella casa. Me había esforzado para tenerla. Había trabajado intensamente e intentado ser una buena profesional en mi campo. Pero se estaba cumpliendo la predicción de Wesley. Si quería protección, tendría que ser a costa de mi identidad y de todo lo que poseía.

—Entonces, ¿qué? ¿Debo trasladarme a otra parte y gastarme todos mis ahorros? ¿Abandonar todo esto sin más? —Hice un ademán que abarcaba la sala—. ¿Tengo que conceder a ese monstruo semejante poder?

—Y tampoco volverá a conducir su coche —continuó Marino, pensando en voz alta—. Tiene que cambiarlo. Puede utilizar mi furgoneta, si quiere.

—¡Ni hablar! —repliqué.

Marino se mostró dolido.

—Que le ofrezca mi furgoneta a alguien es una gran cosa. Nunca se la presto a nadie.

—No se trata de eso. Quiero seguir mi vida. Quiero tener la tranquilidad de que Lucy está segura. Quiero vivir en mi casa y conducir mi coche.

Él se levantó y me ofreció su pañuelo.

—No estoy llorando —le dije.

—Le falta poco.

—No es verdad.

—¿Quiere una copa? —me preguntó.

—Sí, whisky.

—Creo que yo tomaré un poco de bourbon.

—No puede. Tiene que conducir.

—No —replicó mientras se detenía detrás del mueble bar—. Voy a acampar en su sofá.

Cerca de medianoche, fui por una almohada y ropa de cama y le ayudé a instalarse. Marino habría podido dormir en una habitación de invitados, pero quiso quedarse allí, con el fuego del hogar al mínimo.

Me retiré a mi dormitorio, en el piso de arriba, y leí hasta que no pude seguir enfocando la vista. Agradecía la presencia de Marino en la casa. No recordaba haber estado nunca tan asustada. Hasta entonces, Gault se había salido siempre con la suya; hasta entonces había alcanzado todos los perversos objetivos que se había propuesto. Si Gault deseaba verme muerta, yo sabía que no me libraría. Y si él decidía acabar con Lucy, también estaba segura de que lo conseguiría.

Esto último era lo que más me aterrorizaba. Había visto la obra de Gault. Sabía lo que hacía a sus víctimas. Podía bosquejar cada fragmento de hueso quebrado y cada zona de piel extirpada. Observé el negro metal de la pistola de nueve milímetros colocada en la mesilla de noche y me pregunté qué sería lo que haría yo. ¿Alcanzaría a empuñar el arma a tiempo? ¿Salvaría mi propia vida o la de otros? Mientras contemplaba mi dormitorio y el estudio anejo, comprendí que Marino tenía razón. No podía quedarme allí a solas.

Me dormí dándole vueltas a todo aquello y tuve un sueño perturbador. Una figura con una larga túnica negra y un rostro como un globo blanco me lanzaba una insípida sonrisa desde un espejo antiguo. Cada vez que pasaba ante el espejo, la figura me miraba con su sonrisa gélida. El rostro estaba vivo y muerto a la vez y parecía no tener sexo. A la una de la madrugada, desperté bruscamente. Agucé el oído, pendiente de si captaba ruidos extraños en la oscuridad. Me levanté, bajé la escalera y oí roncar a Marino.

Le llamé en voz baja. El ritmo de los ronquidos no se perturbó.

—¿Marino? —susurré, acercándome más.

Se incorporó de pronto y lo oí buscar el arma a tientas.

—¡Por el amor de Dios, no vaya a disparar!

—¿Eh? —Miró a su alrededor, y yo escudriñé sus facciones pálidas a la luz mortecina del fuego. Marino reconoció dónde estaba y dejó la pistola en la mesa—. No vuelva a acercarse de esa manera.

—¿De qué manera?

—Tan furtivamente.

Me senté a su lado en el sofá. Reflexioné que sólo llevaba puesto el camisón y que Marino no me había visto nunca así, pero no le di importancia.

—¿Algo va mal? —preguntó.

—No hay apenas nada que ande bien, me temo —respondí con una risilla pesarosa.

Su mirada empezó a vagar y percibí la batalla que libraba en su interior. Siempre había sabido que Marino tenía un interés por mí que yo no podía corresponder. Aquella noche la situación era más difícil porque no podía refugiarme tras los muros de las batas de laboratorio, el instrumental, los trajes sastre y los títulos. Llevaba un camisón de amplio escote, de suave franela, del color de la arena. Era medianoche y Marino estaba durmiendo en mi casa.

—No puedo pegar ojo —añadí.

—Pues yo dormía como un tronco. —Tumbado boca arriba, colocó las manos detrás de la cabeza y me observó.

—La semana que viene debo presentarme para formar parte de un jurado. —Marino no hizo el menor comentario—. Y en los próximos días he de declarar en varios casos ante los tribunales. Y tengo un despacho del que ocuparme. No puedo hacer la maleta y marcharme de la ciudad como si tal cosa.

—Lo de las declaraciones no es problema —respondió él—. Nos ocuparemos de que no tenga que presentarse.

—No quiero que hagan tal cosa.

—Y respecto al jurado, la van a impugnar de todos modos —continuó—. Ningún abogado defensor la admitirá en su juicio.

No dije nada.

—Puede marcharse de permiso. De los casos de los tribunales se encargará otro. Quizá le gustaría evadirse un par de semanas. A esquiar. A algún lugar del Oeste.

Cuanto más hablaba él, más trastornada me sentía.

—Tendrá que usar un nombre falso—continuó—. Y deberá disponer de protección. No puede marcharse a una estación de esquí sin protección.

—Mire —repliqué—, nadie me va a asignar un agente del FBI o del Servicio Secreto, si es eso lo que está pensando. Los derechos sólo se exaltan cuando ya han sido violados. A la mayoría de la gente no se le asigna agentes o guardias hasta que ya ha sido agredida o asesinada.

—Puede contratar a alguien que también podría hacer de chófer, pero no debe utilizar su coche. —Se interrumpió unos instantes, pensativo, con la mirada fija en el techo—. ¿Cuánto hace que lo tiene?

—Ni dos meses.

—Es de McGeorge, ¿verdad? —Se refería al concesionario Mercedes de la ciudad.

—Sí.

—Se lo llevaré y veré si le prestan temporalmente algo menos llamativo que ese enorme «nazimóvil» negro que tiene en el garaje.

Furiosa, me levanté del sofá y me acerqué al fuego.

—¿Y a qué demonios más debería renunciar? —masculle con tono agrio, mientras contemplaba las llamas que envolvían los troncos artificiales. Marino no respondió y me lancé a una diatriba.

»No dejaré que Gault me convierta en otra Jane. Es como si ese cerdo me estuviera preparando para hacerme lo mismo que a ella. Intenta quitarme todo lo que tengo. Incluso el nombre. Dice usted que debería usar uno falso. Y que debería ser menos conspicua. O menos característica. No podría vivir en ninguna otra parte, ni conducir, ni decirle a nadie dónde localizarme.

»Los hoteles y la seguridad privada son muy caros, así que, tarde o temprano, se acabarían mis ahorros. Soy la forense jefe de Virginia y ya me podría considerar sin empleo. El gobernador me despediría. Poco a poco, iría perdiendo todo lo que tengo y todo lo que he sido. Por culpa de él.

Marino siguió sin responder, y entonces me di cuenta de que se había dormido. Una lágrima resbaló por mi mejilla mientras le tapaba hasta la barbilla con la ropa de cama. Luego volví a mi habitación.

12

Aparqué detrás del edificio a las siete y cuarto y me quedé un rato en el coche contemplando el asfalto cuarteado, el estuco deslustrado y la valla de tela metálica medio hundida que rodeaba el aparcamiento.

Detrás de mí quedaban las vías del tren y el paso elevado de la I-95 y, más allá, los límites exteriores de un centro urbano degradado y azotado por el crimen. Allí no había árboles ni plantas, y muy poca hierba. En mi nombramiento para aquel cargo no se había previsto en absoluto que gozara de una buena panorámica, pero en aquel momento no me importaba. Echaba de menos mis oficinas y a mi equipo, y todo lo que abarcaba mi vista resultaba reconfortante.

Ya en el depósito, me detuve en el despacho para comprobar los casos del día. Había que estudiar un suicidio, junto con el caso de una anciana de ochenta años que había fallecido en casa debido a un carcinoma de pecho sin tratar. Una familia entera había muerto la tarde anterior al ser arrollado su coche por un tren; cuando leí los nombres, se me encogió el corazón. Decidí ocuparme de los preliminares mientras esperaba a mis ayudantes y abrí la sala frigorífica y las puertas que conducían al recinto de autopsias.

Las tres mesas estaban bruñidas y relucientes y el

suelo de baldosas, limpísimo. Mis ojos recorrieron las casillas abarrotadas de formularios, los instrumentos y tubos de ensayo pulcramente ordenados en los carritos, y los estantes de acero donde se guardaban el equipo de filmación y la película. En el vestuario comprobé los paños y las almidonadas batas de laboratorio mientras me colocaba una de ellas y un delantal de plástico; después, salí al pasillo y me acerqué a un carretón que contenía mascarillas quirúrgicas, fundas para los zapatos y protecciones faciales.

Me puse los guantes y continué la inspección al tiempo que entraba en el frigorífico para sacar el primer caso. Los cuerpos esperaban en bolsas negras sobre las camillas; el aire estaba adecuadamente enfriado a un grado centígrado y convenientemente desodorizado, habida cuenta de que teníamos la cámara al completo. Leí las etiquetas atadas al dedo gordo de cada pie hasta que encontré la que buscaba y saqué la camilla.

Tardaría más de una hora en presentarse alguien más y disfruté del silencio. Ni siquiera tuve necesidad de cerrar las puertas de la sala de autopsias, porque era demasiado pronto para que el ascensor del otro lado del pasillo estuviera ya lleno de científicos forenses que subían a las plantas superiores. No encontré la documentación del caso de suicidio y busqué otra vez en el despacho. El informe había ido a parar a la cesta que no debía. Los datos garabateados en él se equivocaban de dos días y gran parte del formulario estaba por rellenar. La única información adicional que ofrecía era el nombre del difunto y el dato de que el cuerpo había sido entregado a las tres de la madrugada por la Funeraria Sauls, lo cual me cogió de nuevas.

Mi despacho utilizaba tres servicios de recogida para el traslado y entrega de los cadáveres. Estas tres funerarias locales estaban de guardia las veinticuatro horas del día, de modo que en esa zona central de Virginia cualquier caso destinado al forense pasaba por una de las tres empresas. Por eso me resultaba sorprendente que el cuerpo del suicida hubiera sido entregado por una funeraria con la que no teníamos contrato, y el hecho de que el conductor no hubiera firmado la entrega. Me encendí de irritación. Sólo había estado ausente unos días y el sistema ya se desmoronaba. Acudí al teléfono y llamé al guardia de seguridad de noche, cuyo turno no terminaba hasta media hora más tarde.

—Soy la doctora Scarpetta —dije cuando contestó.

—Sí, señora.

—¿Con quién hablo, por favor?

—Evans.

—Señor Evans, esta madrugada, a las tres, han traído un presunto suicida.

—Sí, señora. Yo admití el cuerpo.

—¿Quién hizo el transporte?

Tras una pausa, el hombre respondió:

—Hum..., creo que fue Sauls.

—Aquí no trabajamos con Sauls.

Evans enmudeció.

—Creo que será mejor que venga —le dije.

—¿Al depósito?

Noté que titubeaba.

—Es donde estoy.

Calló otra vez. Percibí su fuerte resistencia. Muchos de los que trabajaban en el edificio no tragaban el depósito de cadáveres. No querían ni acercarse, y aún no había contratado a un solo guardia de seguridad que se atreviera a asomar la cabeza en el interior de la cámara frigorífica. Ni los guardias ni los empleados de la limpieza trabajaban mucho tiempo para mí.

Mientras esperaba a aquel intrépido guardia, Evans, descorrí la cremallera de la bolsa negra, nueva a juzgar por su aspecto. La víctima tenía la cabeza cubierta con una bolsa de basura negra, atada en torno al cuello con un cordón de zapato. Vestía un pijama empapado en sangre y llevaba una gruesa pulsera de oro y un reloj Rolex. Del bolsillo superior del pijama asomaba lo que parecía un sobre rosa.

Di un paso atrás y me fallaron las rodillas.

Corrí hasta las puertas, las cerré de golpe y encajé los pestillos. Enseguida, busqué el revólver en el bolso. La barra de labios y el cepillo para los cabellos cayeron al suelo. Mientras marcaba un número en el teléfono con manos temblorosas, pensé en el vestuario, en otros lugares donde podía esconderse alguien. Según la ropa que llevara, incluso podía esconderse en la cámara frigorífica, me dije frenética, y recordé las numerosas camillas y las bolsas negras con los cuerpos colocadas sobre aquéllas. Marqué el número del buscapersonas de Marino y, mientras esperaba su llamada, eché una nueva carrera hasta la gran puerta de acero y cerré con un chasquido el candado del tirador.

El teléfono sonó a los cinco minutos, en el momento en que Evans llamaba, titubeante, a las puertas de la sala de autopsias.

—¡Espere! —le grité—. ¡Quédese ahí!

Descolgué el teléfono.

—Soy yo —dijo Marino al otro lado de la línea.

—Venga aquí ahora mismo. —Me esforcé por que la voz no me temblara mientras asía con fuerza la empuñadura del revólver.

—¿Qué sucede? —preguntó él, alarmado.

—¡Dése prisa!

Colgué y marqué el 911. Después hablé con Evans a través de la puerta.

—La policía viene hacia aquí —le dije, casi a gritos.

—¿La policía? —preguntó elevando el tono.

—Tenemos un problema terrible aquí dentro. —Mi corazón no se calmaba—. Vaya usted arriba y espere en la sala de conferencias, ¿está claro?

—Sí, señora. Voy para allá enseguida.

Un mostrador de formica bordeaba la mitad de la longitud de la pared y me encaramé encima, colocada de tal modo que quedaba cerca del teléfono y tenía a la vista todas las puertas. Empuñé la Smith & Wesson del 38 y deseé tener allí mi Browning o el Benelli de la furgoneta de Marino. Contemplé la bolsa negra de la camilla como si pudiera moverse. Sonó el teléfono y di un respingo. Descolgué el auricular.

—Depósito —dije con voz temblorosa.

Silencio.

—¿Diga? —pregunté en tono más enérgico.

No respondió nadie.

Colgué y salté del mostrador. Me invadió una cólera que pronto se transformó en rabia y ésta disipó mi miedo como el sol dispersa la niebla. Abrí las dobles puertas que conducían al pasillo y entré otra vez en el despacho del depósito. En la pared, sobre el teléfono, alguien había arrancado la lista de números telefónicos internos dejando solamente cuatro tiras de cinta adhesivas y unas esquinas de papel rotas. En aquella lista estaba el número del depósito y el de la línea directa de mi despacho de arriba.

—¡Maldito sea! —exclamé para mí—. ¡Maldito, maldito, maldito sea!

Oí sonar el zumbador de la entrada de ambulancias mientras me preguntaba qué más habría tocado o se habría llevado. Salí y pulsé un botón de la pared al tiempo que pensaba en mi despacho del piso de arriba. El portalón se abrió con un chirrido. Al otro lado estaba Marino, de uniforme, con dos patrulleros y un detective. Todos entraron apresuradamente en la sala de autopsias con las fundas de las pistolas desabrochadas. Fui tras ellos y dejé el revólver en el mostrador, convencida de no necesitarlo ya.

—¿Qué demonios sucede? —Marino contempló con expresión de desconcierto el cuerpo que yacía dentro de la bolsa abierta. Los otros agentes avanzaron, miraron en derredor y no parecieron ver nada anormal. Después me miraron a mí y se fijaron en el revólver que acababa de soltar.

—Doctora Scarpetta, ¿cuál es el problema? —preguntó el detective, a quien no conocía.

Expliqué lo de la funeraria y el traslado del cuerpo y me escucharon con cara absolutamente inexpresiva.

—Y el cuerpo ingresó con lo que parece una nota en el bolsillo. ¿Qué investigador de la policía permitiría tal cosa? Por cierto, ¿qué departamento de policía se encarga de esto? Aquí no consta ninguno —continué. Después agregué que el muerto venía con la cabeza cubierta por una bolsa de basura atada al cuello con un cordón de zapato.

—¿Qué dice la nota? —preguntó el detective, que llevaba un abrigo oscuro con cinturón, botas vaqueras y un Rolex de oro, sin duda falso.

—No la he tocado. Me pareció mejor esperar a que llegaran ustedes.

—Será mejor que echemos un vistazo —dijo el hombre.

Con las manos enguantadas, saqué el sobre del bolsillo de la chaqueta del pijama, tocando el papel lo menos posible. Me sobresaltó ver mi nombre y mi dirección particular pulcramente escritos con tinta de estilográfica. El sobre también llevaba sello. Lo trasladé al mostrador, lo abrí con cuidado empleando un escalpelo y desdoblé una única hoja de aquel papel de carta que ya me resultaba escalofriantemente familiar. La nota decía:

—¿Quién es CAIN? —preguntó un agente mientras yo desataba el cordón y quitaba la bolsa de plástico que envolvía la cabeza del cadáver.

—¡Oh, mierda! —dijo el detective retrocediendo un paso.

—¡Dios santo…! —exclamó Marino.

Al comisario Santa Claus le habían disparado un tiro entre los ojos. En la oreja izquierda tenía encajado un casquillo de nueve milímetros; a juzgar por la huella del percutor, el arma utilizada era una Glock. Me senté y miré a mi alrededor. Nadie parecía saber qué hacer. Nunca había sucedido nada comparable. La gente no cometía un homicidio y luego enviaba el cadáver al depósito.

—El guardia de seguridad del turno de noche está arriba —indiqué haciendo un esfuerzo por recobrar el aliento.

—¿Estaba él aquí cuando entregaron esto? —Marino encendió un cigarrillo mirando sin cesar de un lado a otro.

—Eso parece.

—Voy a hablar con él.

Era lógico que Marino estuviera al mando, pues nos hallábamos en su zona. Se volvió a sus agentes y añadió:

—Ustedes registren esta planta y la entrada de ambulancias. A ver qué encuentran. Informen por radio sin despertar la atención de los periodistas. Gault ha estado aquí. Quizás esté por la zona todavía. —Consultó el reloj y me miró—. ¿Cómo se llama el tipo de arriba?

—Evans.

—¿Le conoce?

—Apenas.

—Vamos —indicó.

Me volví hacia el detective y los dos agentes uniformados.

—¿Alguien se encargará de vigilar esta sala?

—Yo lo haré —dijo uno de ellos—. Pero supongo que no querrá dejar su arma ahí...

Guardé el revólver en el bolso, que me colgué del hombro. Marino aplastó la colilla del cigarrillo en un cenicero y tomamos el ascensor del otro lado del pasillo. Tan pronto se cerraron las puertas, su rostro se encendió y perdió su compostura de capitán.

—¡No puedo creerlo! —Me miró con ojos llenos de rabia—. ¡Esto no puede pasar! ¡No puede pasar!

Las puertas se abrieron y Marino recorrió con aire irritado el pasillo de la planta en la que yo había pasado tanto tiempo de mi vida.

—El guardia debería estar en la sala de conferencias —apunté.

Pasamos ante mi despacho y apenas eché una mirada al interior. En aquel momento no tenía tiempo para investigar si Gault había estado allí. Le habría bastado con tomar el ascensor o subir por la escalera para poder colarse. A las tres de la madrugada, ¿quién iba a vigilarlo?

Evans esperaba en la sala de conferencias, sentado muy erguido en una de las sillas, colocada a medio camino de uno y otro extremo de la mesa. Desde las paredes, numerosas fotografías de anteriores jefes me observaron mientras tomaba asiento frente al guardia de seguridad que había permitido que mi lugar de trabajo se convirtiera en escenario de un crimen. Evans era un hombre ya mayor, negro, que necesitaba el empleo. Llevaba un uniforme caqui con tapas marrones en los bolsillos y portaba un arma, aunque me pregunté si sabría utilizarla.

—¿Está usted al corriente de lo que sucede? —le preguntó Marino al tiempo que acercaba una silla.

—No, señor. Le aseguro que no —contestó el hombre con una mirada de temor.

—Alguien ha hecho una entrega que no debería. —Marino sacó de nuevo sus cigarrillos—. Ha ocurrido durante su turno.

Evans frunció el entrecejo. Parecía genuinamente sorprendido.

—¿Un cadáver, se refiere?

—Escuche —intervine—. Conozco bien los trámites normales. Todos los conocemos. Cuando hemos hablado por teléfono, le he comentado algo del caso de suicidio...

—Ya le he dicho que yo me encargué de la admisión —me interrumpió el guardia.

—¿A qué hora? —quiso saber Marino.

Evans levantó la vista al techo.

—Calculo que serían las tres de la madrugada. Yo estaba ahí fuera, en el mostrador, como siempre, y llegó el coche de la funeraria.

—¿Llegó adónde?

—Ahí, detrás del edificio.

—Si estaba detrás, ¿cómo pudo verlo? El puesto de guardia está en el vestíbulo de la entrada principal del edificio —replicó Marino con sequedad.

—No llegué a ver el coche —continuó el vigilante—. Pero el tipo se acercó y lo vi a través del cristal. Salí a preguntar qué quería y me dijo que tenía una entrega.

—¿Traía la documentación? —pregunté—. ¿No le enseñó los papeles?

—Dijo que la policía no había terminado el informe y le habían ordenado que se llevara el difunto, que ellos lo traerían todo más tarde.

—Entiendo.

—El hombre dijo que tenía el coche fúnebre aparcado frente a la puerta de atrás —repitió Evans—. También dijo que se le había estropeado una rueda de la camilla y me preguntó si podía utilizar una de las nuestras.

—¿Conocía a ese individuo? —proseguí, conteniendo la cólera.

Evans dijo que no con la cabeza.

—¿Puede describirlo? —pregunté entonces.

Evans permaneció pensativo unos momentos.

—A decir verdad no me fijé mucho. Pero me parece que tenía la piel clara y los cabellos blancos.

—¿Tenía los cabellos blancos?

—Sí, señora. De eso estoy seguro.

—¿Era viejo, pues?

—No, señora. —Evans frunció de nuevo el entrecejo.

—¿Cómo iba vestido?

—Me parece que llevaba un traje negro y corbata. Ya sabe, como suelen vestir esos tipos de las funerarias.

—¿Era gordo, delgado, alto, bajo…?

—Delgado. De estatura mediana.

—¿Qué sucedió luego? —intervino Marino.

—Le dije que llevara el coche a la entrada de ambulancias y que le abriría. Crucé el edificio como siempre hago y abrí la puerta. En el pasillo había una camilla; el hombre la cogió, salió y volvió con el cuerpo. Firmó el ingreso —Evans desvió la vista—, llevó el cuerpo a la cámara frigorífica y se marchó.

El vigilante seguía rehuyendo nuestra mirada. Hice una suave y profunda inspiración y Marino exhaló una bocanada de humo.

—Señor Evans —dije a éste—, sólo quiero la verdad. —Me observó a hurtadillas—. Tiene que contarnos qué sucedió cuando le dejó entrar. Es lo único que me interesa. De verdad.

Esta vez Evans me miró abiertamente, con ojos muy brillantes.

—Doctora Scarpetta, no sé qué ha sucedido, pero me

doy cuenta de que es algo malo. Por favor, no se enfade conmigo. No me gusta andar ahí abajo, de noche. Mentiría si dijera lo contrario. Pero intento cumplir bien mi trabajo.

—Usted dígame qué sucedió. —Medí mis palabras—. No quiero nada más.

—Yo... cuido de mi madre, ¿sabe? —El hombre estaba al borde de las lágrimas—. Soy lo único que tiene y está enferma del corazón. Voy a verla cada día y le hago la compra, desde que murió mi mujer. Tengo una hija que saca adelante sola a sus tres pequeños...

—Señor Evans, no va usted a perder el empleo —le aseguré, aunque se lo merecía.

Su mirada se cruzó brevemente con la mía.

—Gracias, doctora. A usted la creo. Pero lo que me preocupa es lo que dirán otros.

—Señor Evans —esperé hasta que volvió a mirarme a los ojos—, yo soy la única persona que ha de preocuparle.

El hombre se enjugó una lágrima.

—No entiendo qué ha pasado, pero lo siento mucho. Si he causado perjuicios a alguien, no sé qué voy a hacer.

—No ha causado usted nada —dijo Marino—. Quien lo ha hecho es ese hijo de puta de cabellos blancos.

—Háblenos de él —insistí—. ¿Qué pasó, exactamente, cuando usted le franqueó la entrada?

—Como he dicho, entró la camilla con el cuerpo y la dejó aparcada en el vestíbulo, delante de la cámara frigorífica. Tuve que abrir el cerrojo, ¿sabe?, y le dije que podía dejar allí el cuerpo. Así lo hizo y, a continuación, le llevé al despacho del depósito y le mostré lo que tenía que rellenar. Le indiqué que anotara los kilómetros para que se los reembolsaran, pero no prestó atención a eso.

—¿Le acompañó hasta la puerta cuando se marchó? —pregunté.

—No, doctora —reconoció Evans con un suspiro—. No voy a engañarla.

—¿Qué hizo, pues? —quiso saber Marino.

—Le dejé ahí abajo, ocupado en el papeleo. La cámara frigorífica volvía a estar bien cerrada y no tenía que preocuparme de cerrar la puerta de ambulancias cuando se marchara. El hombre no aparcó en la zona de ambulancias porque allí está una de esas furgonetas de ustedes…

—¿Qué furgoneta? —pregunté, tras unos instantes de reflexión.

—Ésa, la azul.

—No hay ninguna furgoneta en donde usted dice —apuntó Marino.

Evans me miró, demudado.

—¡Pues a las tres estaba ahí, se lo aseguro! Me ocupé de mantener abierta la puerta para que el hombre entrara la camilla con el cuerpo y la vi perfectamente.

—Espere un momento —le interrumpí—. ¿Qué vehículo conducía ese hombre de cabellos blancos?

—Un coche fúnebre.

Me di cuenta de que no lo sabía con certeza.

—¿Lo vio usted?

Evans exhaló un bufido de frustración.

—No, no lo vi. Me lo dijo él y supuse que lo tenía en el aparcamiento, junto a la puerta de ambulancias.

—Así, cuando pulsó el botón para abrir esa puerta, no esperó a ver entrar el coche, ¿es eso?

El vigilante bajó la mirada a la mesa.

—¿Y esa furgoneta azul? ¿Estaba ya aparcada ahí cuando usted salió a pulsar el botón de la pared? Antes de que el hombre entrara el cadáver, me refiero —pregunté yo.

Evans reflexionó un momento y su expresión se hizo aún más pesarosa.

—Maldita sea, no me acuerdo —bajó la vista—. No

miré. Abrí la puerta del pasadizo, pulsé el botón de la pared y volví dentro. No miré. Puede que entonces no estuviera allí fuera.

—¿Así, la entrada de ambulancias podía haber estado vacía en ese momento?

—Sí, doctora. Supongo que sí.

—Y unos minutos más tarde, cuando sostenía abierta la puerta para que el hombre entrara la camilla con el cuerpo, ¿no observó que hubiera una furgoneta en el exterior?

—Sí, fue entonces cuando reparé en ella. Parecía una de las de ustedes. Ya sabe, azul marino y sin ventanillas, salvo delante.

—Volvamos a lo que contaba. El individuo entró el cuerpo en la cámara frigorífica y usted la cerró —intervino Marino—. ¿Entonces, qué?

—Supuse que se marcharía cuando hubiese terminado el papeleo —dijo Evans— y volví al otro lado del edificio.

—Antes de que el hombre abandonara el depósito de cadáveres...

Evans agachó la cabeza otra vez.

—¿Tiene idea de cuándo se marchó?

—No, señor —respondió en un susurro el guardia de seguridad—. Supongo que ni siquiera podría jurar que se fuera.

Los tres enmudecimos, como si Gault pudiera irrumpir allí en aquel mismo instante. Marino echó la silla hacia atrás y contempló el hueco de la puerta.

El siguiente en decir algo fue Evans.

—Si la furgoneta era de ese hombre, supongo que cerraría la puerta él mismo. Sé que a las cinco estaba cerrada porque a esa hora he hecho una ronda por el edificio.

—Bueno, no se necesita ser un astrofísico para una cosa así —apuntó Marino con aspereza—. Sacas el vehículo, vuelves adentro y pulsas el condenado botón. Después, sales andando por la puerta de peatones.

—Una cosa es segura: ahora mismo, la furgoneta no está ahí detrás —dije yo—. Alguien se la ha llevado.

—Y nuestras dos furgonetas, ¿están ante la entrada principal? —preguntó Marino.

—Cuando he llegado, lo estaban —asentí.

—Si viera a ese hombre en una rueda de sospechosos —preguntó Marino a Evans—, ¿podría reconocerlo?

El guardia de seguridad alzó la vista, aterrorizado.

—¿Qué ha hecho?

—¿Podría reconocerlo? —insistió Marino.

—Creo que sí. Sí, señor. Desde luego lo intentaría.

Me puse en pie y salí al pasillo. Avancé con paso rápido y, al llegar a mi despacho, me detuve en el umbral y lo inspeccioné meticulosamente, como había hecho la noche anterior al entrar en casa. Intenté percibir el menor cambio en el ambiente: una alfombra algo movida, un objeto fuera de sitio, una lámpara encendida que no debería estarlo…

En la mesa tenía cuidadosamente apilado un considerable papeleo que esperaba a que le echara un vistazo, y la pantalla del ordenador me indicó, al conectarla, que tenía correo pendiente. La cesta de «entradas» estaba llena, la de «salidas», vacía y el microscopio tenía puesta la funda de plástico, pues la última vez que lo utilicé me disponía a volar a Miami para pasar allí una semana.

Aquello quedaba increíblemente lejano y me dejó pasmada pensar que el comisario Santa Claus había sido detenido en Nochebuena. ¡Cómo había cambiado el mundo, desde entonces! Gault había torturado a la desconocida que llamábamos Jane. Había asesinado a un joven agente de policía. Había matado al comisario Santa Claus y había irrumpido en mi depósito de cadáveres. Y todo eso lo había hecho en cuatro días. Me acerqué más a la mesa y, al aproximarme a la terminal del ordenador, casi pude oler una presencia, o percibirla, como un campo eléctrico.

No tuve que tocar el teclado para saber que él también lo había hecho. Contemplé el pausado destello verde del mensaje que anunciaba que tenía correo esperando. Pulsé varias teclas para entrar en un menú que me mostrara los mensajes, pero no apareció el menú, sino un salvapantallas. Era un fondo negro con el rótulo CAIN en letras rojas brillantes que goteaban como si sangraran. Volví al pasillo.

—Marino, venga aquí, por favor.

Marino dejó a Evans y me siguió al despacho. Señalé el ordenador y él lo contempló con expresión pétrea. En las axilas de la camisa blanca de uniforme se veían sendos dos círculos húmedos y me llegó su olor a transpiración. Cuando se movió, el cuero negro y rígido emitió unos crujidos. Marino se ajustaba una y otra vez el cinturón, cargado con el equipo completo, bajo su vientre prominente, como si todo lo que había llegado a tener en su vida fuese un estorbo.

—¿Sería muy difícil hacer eso? —preguntó mientras se secaba el rostro con un pañuelo sucio.

—No mucho, si se tiene un programa a punto para ser cargado.

—¿Y de dónde diablos sacaría el programa?

—Eso es lo que más me preocupa —murmuré, pensando en una pregunta que no llegamos a plantear.

Volvimos a la sala de conferencias. Evans estaba allí, de pie, contemplando las fotos de la pared con aire aturdido.

—Señor Evans —le dije—, ¿ese hombre de la funeraria habló con usted?

El vigilante se volvió, sobresaltado.

—No, doctora. No mucho.

—¿No mucho? —repetí, perpleja.

—No, doctora.

—Entonces, ¿cómo le explicó lo que quería?

—Me dijo lo imprescindible. —Evans hizo una pausa—. Era un tipo muy taciturno. Y hablaba en voz muy baja. —Se pasó las manos por el rostro y continuó—: Cuanto más lo pienso, más extraño resulta todo. Ese tipo llevaba gafas de sol y, a decir verdad… En fin, me dio la impresión de…

Dejó la frase a medias.

—¿Qué impresión le dio? —insistí.

—Para mí que tal vez era homosexual.

—Marino —dije a éste—, vamos a dar un paseo.

Escoltamos a Evans hasta la puerta del edificio y esperamos a que hubiera doblado la esquina porque no queríamos que viese lo que hacíamos a continuación. Las dos furgonetas estaban aparcadas en sus lugares de costumbre, no lejos de mi Mercedes. Sin tocar la puerta ni el cristal, miré por la ventanilla del conductor de la más próxima a la entrada y observé claramente que el plástico de la columna de dirección había desaparecido y los cables estaban al aire.

—Le han hecho un puente —señalé.

Marino cogió el emisor-receptor y se lo acercó a la boca.

—Unidad 800.

—Ochocientas —llegó la respuesta.

—Comuníqueme con 711.

La emisora llamó al detective que había acompañado a Marino, cuyo número de unidad era 711. A continuación oí que Marino decía:

—Después preparen un diez veinticinco para sacarme de aquí.

—Entendido.

La siguiente petición del capitán fue una grúa. Había que investigar la furgoneta por si conservaba huellas en los tiradores de las puertas. Después, el vehículo iba a ser retirado y examinado minuciosamente, por dentro y por fuera.

Quince minutos más tarde el detective 711 aún no había aparecido por la puerta trasera.

—Es más estúpido que un saco de patatas —se lamentó Marino mientras rodeaba la furgoneta con el radioemisor en la mano—. Ese maldito holgazán. ¿Qué le habrá pasado, mierda? ¿Se habrá perdido en los servicios de caballeros?

Esperé en el asfalto, aterida de frío porque seguía con la indumentaria verde de quirófano y no llevaba abrigo. También yo di varias vueltas en torno a la furgoneta, impaciente por echar una ojeada a la parte trasera. Transcurrieron cinco minutos más y Marino hizo que el agente de la emisora llamara a los otros policías que estaban en el edificio. Éstos respondieron de inmediato.

—¿Dónde está Jakes? —les preguntó Marino con un gruñido tan pronto cruzaron la puerta.

—Dijo que iba a echar un vistazo —contestó uno de los agentes.

—Hace veinte minutos que le llamé para que se presentara aquí fuera. Pensaba que estaba con alguno de ustedes.

—No, señor. No le hemos visto desde hace media hora, por lo menos.

De nuevo, Marino intentó comunicarse con el detective pero no obtuvo respuesta. En sus ojos había un destello de temor.

—Tal vez está en alguna parte del edificio desde la que no puede captarnos —sugirió el agente, al tiempo que alzaba la vista hacia las ventanas.

Su compañero empuñaba el arma y también miraba a su alrededor.

Marino pidió refuerzos por la radio. El personal ya empezaba a acceder al aparcamiento y a entrar en el edificio. Muchos de los científicos, cargados con sus maletines y arrebujados en sus abrigos para protegerse del tiempo frío y desapacible, pasaron sin prestarnos la menor atención. Al fin y al cabo, los coches de policía y sus conductores eran cosa habitual. Marino intentó una vez más establecer contacto por radio con el detective, pero éste seguía sin responder.

—¿Dónde le vieron ustedes? —preguntó a los agentes.

—Le vimos tomar el ascensor.

—¿Dónde?

—En la segunda planta.

Marino se volvió hacia mí.

—No puede haber subido, ¿verdad?

—No —respondí—. El ascensor necesita una llave de seguridad para subir a cualquier planta por encima de la segunda.

—Entonces, ¿bajó otra vez al depósito? —Marino se mostraba cada vez más agitado.

—Yo estuve allí unos minutos más tarde y no lo vi —apuntó uno de los agentes.

—El crematorio —indiqué—. Puede que haya bajado a ese nivel.

—Está bien. Ustedes busquen en el depósito —dijo Marino a los agentes—. Y no se separen. La doctora y yo echaremos un vistazo al crematorio.

En la zona de admisión de ambulancias, al lado del muelle de carga, había un viejo ascensor que conducía a un nivel inferior en el que, en otro tiempo, los cuerpos donados a la ciencia eran embalsamados, almacenados y, por último, una vez utilizados exhaustivamente por los estudiantes de medicina, incinerados. Era posible que Jakes hubiera entrado allí a mirar. Pulsé el botón para descender. El ascensor llegó de abajo entre muchos chirridos y gemidos. Agarré el tirador y abrí de un empujón las pesadas puertas, llenas de desconchados. Entramos.

—Maldita sea, esto no me gusta nada —dijo Marino.

Mientras descendíamos, soltó el cierre de la funda que llevaba al cinto. Ya tenía la pistola en la mano cuando el ascensor se detuvo con un bote y las puertas se abrieron frente a la zona que menos me agradaba del edificio. Aunque reconocía su importancia, aquel espacio sin ventanas y débilmente iluminado no era de mi gusto. Desde el traslado de la división de Anatomía a MCV, habíamos empezado a utilizar el incinerador para deshacernos de los desperdicios biológicos que entrañaban algún riesgo. Yo también empuñé el revólver.

—Quédese detrás de mí —murmuró Marino mientras lanzaba una mirada escrutadora a un lado y a otro.

La espaciosa sala estaba en silencio, salvo por el rugido del horno que se oía a través de una puerta situada en mitad de una pared. En silencio y sin movernos de donde estábamos, observamos unas camillas abandonadas, medio cubiertas por bolsas de guardar cadáveres, y unos barriles azules que en otro tiempo habían contenido el formol utilizado para llenar las cubas donde se almacenaban los cuerpos. Vi que los ojos de Marino se posaban en los raíles montados en el techo, en las recias cadenas y ganchos que habían servido para levantar las sólidas tapas de las cubas y los cuerpos guardados bajo ellas.

Noté su respiración acelerada y le vi sudar profusamente cuando se acercó a una sala de embalsamamiento y asomó la cabeza. Me quedé cerca de él mientras inspeccionaba los despachos abandonados. Me miró y se enjugó la frente con la manga.

—Debemos de estar a cincuenta grados —murmuró mientras cogía la radio del cinturón.

Me volví hacia él, sobresaltada.

—¿Qué sucede? —dijo al ver mi expresión.

—El horno no debería estar encendido. —Miré hacia la puerta cerrada del crematorio y di unos pasos hacia ella—. Que yo sepa, no tenemos desperdicios de los que deshacernos y va contra todas las normas que el horno funcione sin vigilancia.

Frente a la puerta, oíamos el infierno al otro lado. Puse la mano en el tirador. Estaba muy caliente.

Marino se situó delante de mí, movió el tirador y abrió la puerta con el pie. Sostenía la pistola con ambas manos, en posición de combate, como si el horno fuera un enemigo al que quizá tendría que disparar.

—¡Dios santo! —exclamó.

En el interior del crematorio las llamas asomaban por los resquicios en torno a la monstruosa puerta de hierro de la caldera, y el suelo de ésta estaba sembrado de fragmentos de hueso chamuscados y calcinados. Muy cerca había aparcada una camilla. Cogí una larga vara de hierro con un gancho en el extremo y pasé éste a través de un aro de la puerta de la caldera.

—Retírese —dije a Marino.

Nos golpeó una oleada de calor y el rugido que la acompañó sonó como una ventolera malévola. Tras aquella boca cuadrada se abría el infierno, ciertamente, y el cuerpo que ardía en el interior no llevaba mucho rato allí. La ropa se había incinerado, pero no las botas vaqueras de cuero. Éstas humeaban en los pies del detective Jakes mientras las llamas le arrancaban la piel a lametazos e inhalaban sus cabellos. Cerré la puerta de golpe.

Salí a toda prisa y encontré unas toallas en la sala de embalsamamiento. Marino vomitaba en aquel momento junto a un montón de bidones metálicos. Tapándome la boca con las manos, contuve el aliento y volví al crematorio para cerrar la llave de paso del gas. Las llamas se apagaron de inmediato y salí corriendo del recinto. Mientras Marino seguía vomitando, le arrebaté su radio.

—¡Socorro! —chillé por el aparato—. ¡Socorro!

13

Pasé el resto de la mañana trabajando en dos casos de homicidio con los que no había contado. Mientras tanto, un equipo de asalto recorría el edificio. La policía buscaba la furgoneta azul con el puente, que había desaparecido en el intervalo en que todos buscábamos al detective Jakes.

Los rayos X revelaron que éste había muerto de un golpe que le había hundido el pecho. Tenía el esternón y varias costillas fracturados, con rotura de aorta, y una medición del monóxido de carbono pulmonar revelaba que ya no respiraba cuando le habían prendido fuego.

Al parecer, Gault había lanzado uno de sus golpes de karate, pero no sabíamos dónde se había producido la agresión. Tampoco dábamos con una teoría que explicara razonablemente cómo había podido una sola persona levantar el cuerpo y colocarlo en la camilla. Jakes pesaba noventa kilos y medía casi uno ochenta, y Temple Brooks Gault no era un hombre fornido.

—No veo cómo pudo hacerlo —dijo Marino.

—Yo tampoco —asentí.

—Tal vez le obligó a tumbarse en la camilla a punta de pistola.

—Si hubiera estado tumbado, Gault no podría haberle pegado una patada así.

—Tal vez le dio con la mano.

—Fue un golpe tremendo.

—Bien, es más probable que no estuviera solo —apuntó Marino tras una pausa.

—Eso me temo.

Era casi mediodía y nos dirigíamos a casa de Lamont Brown, el difunto «comisario Santa Claus», ubicada en el tranquilo barrio de Hampton Hills. La casa estaba en Cary Street, frente al Country Club de Virginia, que no habría aceptado como miembro al señor Brown.

—Supongo que a los comisarios les pagan mucho más que a mí —comentó Marino con ironía mientras aparcaba el coche patrulla.

—¿Es la primera vez que ve su casa? —pregunté.

—He pasado por delante cuando patrullaba por la zona, pero no he estado nunca dentro.

Hampton Hills era una combinación de mansiones lujosas y chalés modestos entre arboledas. La casa de ladrillo del comisario Brown tenía dos pisos y un tejado de pizarra, garaje y piscina. El Cadillac y el Porsche 911 todavía estaban aparcados en el camino particular, junto a varios vehículos policiales. Me fijé en el Porsche: era verde oscuro y antiguo, pero bien conservado.

—¿Cree que es posible…? —empecé a decirle a Marino.

—Es extraño —respondió.

—¿Recuerda la persecución de ayer? ¿Se fijó en la matrícula?

—No. Maldita sea…

—Pudo ser él… —añadí, pensando en el negro que nos había seguido en un Porsche la noche anterior.

—Carajo, no sé.

Marino se apeó del coche.

—¿Reconocería la furgoneta? —pregunté.

—Desde luego, si quería enterarse podía saber que era mía.

—Y si lo sabía quizás intentaba hostigarle —apunté mientras recorríamos una acera de losas—. Quizá se trató de eso, simplemente.

—No tengo ni idea.

—O tal vez sólo fue culpa de la pegatina racista del parachoques. Una coincidencia, ¿Qué más sabemos de él?

—Divorciado, con hijos mayores.

Un agente de Richmond con uniforme azul oscuro muy pulcro y atildado abrió la puerta y entramos en un vestíbulo recubierto de maderas nobles.

—¿Está Neils Vander? —pregunté.

—No ha llegado todavía. Arriba están los de Identificación —dijo el agente refiriéndose a la Unidad de Identificación del departamento de Policía, que era responsable de la recogida de pruebas e indicios.

—Quiero la fuente de luz alterna —declaré.

—Sí, señora.

Marino habló con tono áspero, pues había trabajado en Homicidios demasiado tiempo como para tener paciencia con las normas de otros.

—Necesitamos más respaldo. Cuando la prensa husmee el asunto, esto va a ser un infierno. Quiero más coches delante y que se acordone un perímetro amplio. Hay que poner la cinta de la barrera policial en la entrada del camino de la casa. No quiero a nadie en el camino: ni peatones, ni coches. Y la cinta debe rodear también el jardín trasero. Debe considerarse como escena del crimen toda esta jodida casa.

—Sí, señor, capitán. —El agente empuñó su radio.

La policía llevaba horas trabajando allí, aunque no le había ocupado mucho tiempo determinar que a Lamont Brown le habían disparado en la cama de la suite principal, en el piso de arriba. Seguí a Marino por una estrecha escalera cubierta con una alfombra china hecha a máquina y unas voces nos guiaron por el pasillo. Dos detectives se encontraban en un dormitorio de paredes recubiertas de pino nudoso teñido de oscuro. Las cortinas de la ventana y la ropa de cama recordaban un burdel. El comisario era amante del rojo oscuro y del dorado, de las borlas y del terciopelo, y de los espejos en el techo.

Marino miró a su alrededor sin hacer comentarios. Tiempo atrás ya se había formado un juicio sobre aquel hombre. Me acerqué más a la cama, tamaño extragrande.

—¿Han cambiado algo de lo que hay aquí? —pregunté a uno de los detectives. Me puse los guantes y Marino me imitó.

—En realidad, no. Lo hemos fotografiado todo y hemos mirado bajo las sábanas, pero lo que se ve es prácticamente lo que encontramos.

—¿Las puertas estaban cerradas cuando llegaron? —preguntó Marino.

—Sí. Tuvimos que romper el cristal de la trasera.

—Es decir, no había ningún signo de que se hubiera forzado la entrada de la manera que fuese.

—Ninguno. Hemos encontrado restos de coca en un espejo del salón, abajo. Pero podrían llevar allí algún tiempo.

—¿Qué más han descubierto?

—Un pañuelo de seda blanco con algo de sangre —dijo el detective, que vestía un traje de *tweed* y mascaba chicle—. Estaba justo ahí, en el suelo, a un metro de la cama. Y parece que el cordón de zapato utilizado para atar la bolsa de plástico en torno a la cabeza de Brown pertenecía a una zapatilla deportiva guardada ahí, en el vestidor. —Hizo una pausa—. He oído lo de Jakes.

—Es una verdadera desgracia —dijo Marino, que continuaba trastornado.

—¿No estaría vivo cuando…?

—No. Tenía el pecho aplastado.

El detective dejó de mascar.

—¿Han recuperado el arma? —pregunté mientras observaba la cama.

—No. Decididamente, no estamos ante un suicidio.

—Desde luego —añadió el otro detective—. Es un poco difícil que uno se suicide y luego se lleve a sí mismo al depósito.

La almohada estaba empapada de sangre marrón rojiza, coagulada y separada del suero en los bordes. La sangre había rebasado el costado del colchón pero no vi una sola gota en el suelo. Pensé en la herida de arma de fuego que Brown presentaba en la frente. Era un agujero de bala de medio centímetro, con el borde quemado, lacerado y escoriado. Al examinar el cadáver, había encontrado humo y hollín en la herida y pólvora quemada y sin quemar en el tejido cutáneo, en el hueso y en las meninges. El disparo se había efectuado a quemarropa y el cuerpo no presentaba otras lesiones que indicaran un gesto defensivo o la menor resistencia.

—Creo que, cuando le dispararon, estaba tumbado en la cama, boca arriba —comenté a Marino—. De hecho, es casi como si hubiera estado dormido.

—Bueno —dijo él, acercándose más a la cama—, sería bastante difícil ponerle el cañón de un arma entre los ojos a alguien despierto sin que reaccionara.

—Pues no hay ningún indicio de que Brown reaccionara en absoluto. El orificio está perfectamente centrado. Quien lo hizo apoyó cómodamente la pistola sobre su piel y no parece que el comisario hiciera el menor movimiento.

—Tal vez estaba sin sentido —apuntó Marino.

—Tenía una tasa de alcohol en sangre de 1,6. Puede que estuviera inconsciente, pero no necesariamente. Tenemos que inspeccionar la habitación con el Luma-Lite para ver si descubrimos restos de sangre que se nos hayan pasado por alto. Pero da la impresión de que el cadáver fue trasladado directamente de la cama a la bolsa. —Mostré a Marino los regueros de sangre del costado del colchón—. Si lo hubieran transportado más lejos, habría más sangre por la casa.

—Cierto.

Investigamos el dormitorio palmo a palmo. Marino empezó a abrir cajones que ya habían sido inspeccionados. Al comisario Brown le gustaba la pornografía y mostraba una especial predilección por las fotos de mujeres en situaciones degradantes que implicaran sumisión y violencia. En un estudio, al fondo del pasillo, encontramos dos armeros llenos de escopetas, rifles y varios fusiles de asalto.

Debajo de los armeros había una cómoda; el mueble había sido forzado y era difícil determinar cuántas pistolas o cajas de munición faltaban, ya que ignorábamos cuántas se guardaban allí anteriormente. Las que quedaban eran una nueve milímetros, una diez milímetros y varias 44 y Magnum 357. El comisario Brown poseía también una colección de pistoleras, cargadores de repuesto y esposas, así como un chaleco antibalas de *kevlar*.

—Estaba en esto a lo grande —comentó Marino—. Debía de tener conexiones importantes en Washington, Nueva York y tal vez Miami.

—Quizás había drogas en esa cómoda —apunté—. Puede que no fueran armas lo que Gault buscaba.

—Sigo pensando que esto es cosa de varias personas —dijo Marino—. A menos que admitamos que Gault fue capaz de manejar sin ayuda esa bolsa con el cuerpo. ¿Cuánto pesaba Brown?

—Unos noventa kilos —respondí.

Vi aparecer en la esquina a Neils Vander, cargado con la Luma-Lite. Un ayudante lo seguía con las cámaras y el resto del equipo. Vander llevaba una bata de laboratorio demasiado grande para él y unos guantes de algodón blancos, ridículamente incongruentes con los pantalones de lana y las botas de nieve. Como de costumbre, me miraba como si no me hubiese visto nunca. Aquel hombre era el prototipo del científico chiflado, calvo como una bombilla, siempre con prisas y siempre acertado. Yo era una acérrima admiradora suya.

—¿Dónde quieren que instale esto? —preguntó sin dirigirse a nadie en particular.

—En el dormitorio —respondí—. Y luego en la cocina.

Volvimos a la alcoba del comisario para contemplar cómo Vander movía su varita mágica. Apagamos las luces, nos pusimos las gafas, y la sangre de la cama emitió su brillo mortecino, pero no apareció nada más de importancia hasta varios minutos después. Vander programó la Luma-Lite en su haz más amplio y el aparato tomó la apariencia de un foco encendido en aguas profundas. El foco barrió la estancia.

A cierta altura por encima de una cómoda, un punto de la pared emitía una luminiscencia en forma de pequeña luna irregular. Vander se acercó y miró con atención.

—Que alguien encienda las luces, por favor —se limitó a decir.

El dormitorio se iluminó y nos quitamos las gafas tintadas. Vander, de puntillas junto a la pared, observaba con interés un agujero en un nudo de la madera.

—¿Qué diablos es eso? —preguntó Marino.

—¡Vaya, esto es interesante! —murmuró Vander, quien rara vez se entusiasmaba con nada—. Hay algo al otro lado.

—¿Al otro lado de dónde? —Marino se colocó junto a él y alzó la mirada con aire ceñudo—. Yo no veo nada.

—Sí, sí. Hay algo —insistió Vander—. Y alguien tocó esa zona del panel con unos dedos que tenían alguna clase de residuos.

—¿Drogas? —apunté.

—Desde luego, podría ser alguna droga.

Todos contemplamos el panel de madera, que tenía un aspecto muy normal cuando no lo iluminaba la Luma-Lite. Pero cuando acerqué una silla y me subí a ella, vi a qué se refería Vander. El pequeño agujero del centro del nudo era perfectamente circular. Había sido abierto con un taladro. Al otro lado de la pared estaba el estudio del comisario, que acabábamos de inspeccionar.

—Resulta extraño —dijo Marino cuando los dos salimos del dormitorio.

Vander, que no era amante de la aventura, reanudó lo que estaba haciendo, mientras que Marino y yo nos encaminamos al estudio y nos acercamos a la pared donde debía estar el agujero. El lugar lo ocupaba un mueble que contenía un equipo audiovisual y ya lo habíamos inspeccionado antes. Marino abrió de nuevo las puertas y extrajo el televisor. También apartó los libros de las estanterías situadas encima, sin ver nada.

—Vaya... —murmuró mientras estudiaba el mueble—. Esto está separado de la pared unos quince centímetros. Muy interesante...

—Sí. Movámoslo —propuse.

Lo apartamos un poco más y descubrimos, justo en línea con el agujero taladrado en la madera, una minúscula cámara de vídeo con una lente de gran angular. La cámara estaba posada en un estrecho estante y de ella salía un cable que llegaba hasta la base del mueble, desde donde podía ser activada por un control remoto que parecía pertenecer al televisor. Experimentamos un poco y descubrimos que la cámara era completamente invisible desde el dormitorio de Brown, a menos que uno pegara el ojo al agujero y la cámara estuviera conectada, con el piloto rojo encendido.

—Tal vez tomaba unas rayas de coca y decidió echar un polvo con alguien —apuntó Marino—. Y en algún momento se acercó a mirar por el agujero para asegurarse de que la cámara estaba en marcha.

—Tal vez —respondí—. ¿Podemos pasar deprisa la cinta?

—No quiero hacerlo aquí.

—Lo entiendo. De todos modos, la cámara es tan pequeña que no veríamos gran cosa.

—La llevaré a la división de Inteligencia tan pronto terminemos.

Quedaba poco que hacer en la escena del crimen. Como esperaba Marino, Vander encontró restos significativos en el armero, pero no había sangre en ningún otro lugar de la casa. Las viviendas contiguas a la propiedad del comisario Brown quedaban ocultas entre los árboles y los vecinos no habían visto ni oído la menor actividad durante la madrugada o las primeras horas del día.

—Podría dejarme junto a mi coche —dije a Marino cuando nos marchamos en el coche patrulla.

Me miró con suspicacia y me preguntó adónde iba.

—A Petersburg.

—¿Qué va a hacer allí?

—Tengo que hablar de botas con un amigo.

Había muchos camiones y muchas construcciones en aquel tramo de la I-95 Sur, que siempre había encontrado desolado. Incluso la factoría de Philip Morris, con su paquete de Merit del tamaño de una casa, me pareció opresiva, pues la fragancia del tabaco fresco me resultaba insufrible. Echaba de menos los cigarrillos desesperadamente, sobre todo conduciendo sin compañía en un día como aquél. Tensa y alterada, volvía constantemente los ojos hacia los retrovisores en busca de una furgoneta azul marino.

El viento barría árboles y ciénagas y arrastraba los copos de nieve. Ya en las cercanías de Fort Lee, empecé a ver barracones y almacenes donde una vez se habían construido parapetos con cadáveres durante la página más cruel de la historia del país. Al pensar en los cenagales de Virginia, en los bosques y en los muertos desaparecidos, aquella lejana guerra me pareció muy próxima. No pasaba año sin que tuviera que examinar huesos, botones viejos y balas cónicas enviados al laboratorio para su análisis. Así pues, había tocado las telas y los rostros de la antigua violencia y percibido la diferencia con lo que llegaba actualmente a mis manos. En mi opinión, el mal había mutado y alcanzaba hoy nuevas cotas extremas.

El museo de Intendencia del Ejército estaba situado en Fort Lee, en un edificio contiguo al Hospital Militar Kenner. Conduje despacio entre oficinas, aulas ubicadas en filas de remolques blancos y pelotones de hombres y mujeres jóvenes con indumentaria de camuflaje y de gimnasia. El edificio que buscaba era de ladrillo, con el techo azul y columnas y un escudo heráldico, en el que figuraban un águila y una llave y una espada cruzadas, justo a la izquierda de la puerta. Aparqué y entré en busca de John Gruber.

El museo era el desván del cuerpo de Intendencia, a su vez encargado de aprovisionar al ejército desde la guerra de la Independencia. Las tropas eran vestidas, alimentadas y albergadas por el cuerpo de Intendencia, que también había suministrado espuelas y sillas de montar a los soldados de Buffalo y megáfonos al general Patton para su jeep. Yo conocía el museo porque Intendencia también tenía a su cargo la recogida, identificación y entierro de los militares fallecidos. Fort Lee poseía la única sección de Registro de Sepulturas del país y sus oficiales se turnaban en pasar por mi consulta con regularidad.

Dejé atrás las exposiciones de uniformes de campaña y de equipos de combate, así como una reproducción de una trinchera de la Segunda Guerra Mundial con sacos terreros y granadas. Me detuve ante los uniformes de la

Guerra Civil, que sabía auténticos, y me pregunté si los desgarrones de la tela serían consecuencia del paso del tiempo o de la metralla. También me pregunté por los hombres que los habían llevado puestos.

—¿Doctora Scarpetta?

Me volví.

—Doctor Gruber —dije con voz cálida—. Estaba buscándole. Hábleme del silbato.

Señalé una vitrina llena de instrumentos musicales.

—Eso es un pífano de la guerra de Secesión —me explicó—. La música era muy importante. La utilizaban para anunciar la hora.

El doctor Gruber, conservador del museo, era un hombre ya mayor de cabellos canosos e hirsutos y facciones talladas en granito, amante de los pantalones anchos y de las corbatas de pajarita. Él me consultaba cuando había alguna exposición relacionada con muertos en guerra y yo le visitaba cada vez que aparecía en un cadáver algún objeto militar inusual, pues era capaz de identificar de un vistazo casi cualquier cosa, hebilla, botón o bayoneta.

—Supongo que trae algo para que le eche una ojeada, ¿no? —dijo a continuación, señalando mi maletín con un gesto de cabeza.

—En efecto. Las fotos de que le hablé por teléfono.

—Vamos al despacho. A menos que quiera volver a ver la sala, claro. —Sonrió como un abuelo tímido que hablara con su nieta—. Tenemos una exposición muy completa sobre la Tormenta del Desierto. Y el uniforme de campaña del general Eisenhower. No creo que lo tuviéramos en su última visita.

—Doctor Gruber, por favor, dejémoslo para la próxima vez.

No estaba para fingimientos o excusas. Mi expresión le mostraba cómo me sentía.

Me dio unas palmaditas en el hombro y me guió hasta

una puerta trasera que nos condujo, fuera del museo, a una zona de carga donde estaba aparcado un viejo remolque pintado de color verde oliva.

—Perteneció a Eisenhower —comentó Gruber mientras caminábamos—. Vivió ahí en ocasiones y no estaba del todo mal, salvo durante las visitas de Churchill. Puede imaginárselo: esos habanos…

Cruzamos una calle estrecha. El viento impulsaba la nieve con más fuerza. Empezaron a llorarme los ojos mientras evocaba de nuevo el pífano de la vitrina y pensaba en la mujer a la que habíamos llamado Jane. Me pregunté si Gault habría estado allí alguna vez. Al parecer, le gustaban los museos; sobre todo, aquellos que exhibían artilugios violentos. Seguimos una acera hasta un pequeño edificio beis en el que ya había estado antes. Durante la Segunda Guerra Mundial había sido una estación de aprovisionamiento del ejército. Ahora era el almacén de los archivos de Intendencia.

El doctor Gruber abrió una puerta y entramos en una sala repleta de mesas y de maniquíes que lucían uniformes de tiempos remotos. Las mesas estaban cubiertas con la documentación necesaria para la catalogación de las adquisiciones. Al fondo había una gran zona de almacenaje sin calefacción, cuyos pasillos estaban flanqueados por grandes armarios que contenían ropa, paracaídas, equipos de campaña, gafas protectoras y demás. Lo que buscábamos estaba en unas grandes cajas de madera, junto a una de las paredes.

—¿Me deja ver lo que ha traído? —me pidió Gruber al tiempo que encendía más luces—. Lamento lo de la temperatura, pero tenemos que mantener fresco el local.

Abrí el maletín y saqué un sobre, del cual extraje varias fotos en blanco y negro, tamaño veinte por veinticinco, de las huellas de pisadas encontradas en Central Park. Sobre todo, me interesaban las que creíamos que había dejado Gault. Enseñé las fotografías al doctor Gruber y éste las acercó a una luz.

—Sé que son bastante difíciles de ver porque están marcadas en la nieve —comenté—. Ojalá hubiera un poco más de sombra para aumentar el contraste.

—Así está muy bien —respondió—. Dan una idea bastante aproximada. Decididamente, se trata de material militar. Y lo que me fascina es el logotipo.

Me indicó una zona circular en el tacón que tenía un apéndice en un lado.

—Además, fíjese en esta zona de rombos sobresalientes, aquí abajo, con dos agujeros, ¿los ve? —El doctor Gruber los señaló—. Podrían ser relieves en las suelas que facilitaran trepar a los árboles. El diseño me resulta muy familiar —añadió, al tiempo que me devolvía las fotos.

Se acercó a un armario y abrió las puertas, dejando a la vista filas de botas militares dispuestas en estantes. De una en una, fue levantándolas para mirar las suelas. Después, pasó al armario contiguo, abrió las puertas y continuó. Finalmente, del fondo del mueble sacó una bota con caña de lona verde, refuerzos de cuero marrones y dos tiras del mismo material y color con hebillas en la parte superior. La volvió boca abajo y me pidió si podía ver las fotos otra vez.

Aproximé las fotografías a la bota. Ésta tenía una suela de caucho negro con diversos dibujos: de claveteado, de puntadas, de surcos ondulados y de gravilla. En la puntera había una gran zona ovalada con huellas en forma de rombo y los agujeros que tan claramente se veían en las fotos. En el tacón había una corona con una cinta que parecía encajar con el apéndice apenas visible en la nieve y con la marca que Davila tenía en el costado de la cabeza, donde creíamos que Gault le había descargado la patada.

—¿Qué me puede decir de esa bota? —pregunté.

Gruber la sostenía en sus manos y le daba vueltas, examinándola.

—Es de la Segunda Guerra Mundial y fue probada precisamente aquí, en Fort Lee. En estas instalaciones se desarrollaron y probaron muchos diseños de suelas.

—Ha pasado mucho tiempo desde la Segunda Guerra Mundial —señalé—. ¿Cómo podría alguien tener unas botas de ésas, hoy día? ¿Es posible, siquiera, que alguien las lleve en la actualidad?

—Desde luego que sí. Este calzado dura toda la vida. Se puede encontrar en cualquier tienda de excedentes militares. O podría haber pertenecido a alguien de la familia.

Devolvió la bota al atestado armario donde, sospeché, volvería a quedar en un larguísimo olvido. Cuando salimos del edificio y el doctor Gruber cerró la puerta, me detuve en una acera cubierta de nieve. Alcé la vista al cielo gris plomizo y contemplé el tráfico lento de las calles. Los coches llevaban encendidos los faros y el día era tranquilo. Ahora sabía qué clase de botas llevaba Gault, pero no estaba segura de que esto importara.

—¿Puedo invitarla a café, querida? —dijo el doctor. Sufrió un ligero resbalón y le cogí por el brazo—. ¡Oh, vaya!, esto va a ponerse mal otra vez —comentó—. Han predicho que caerán quince centímetros.

—Tengo que volver al depósito —le dije, apretándole el brazo con el mío—. No sé cómo darle las gracias… —Gruber me palmeó afectuosamente la mano—. Quiero describirle a un hombre y preguntarle si recuerda haberle visto aquí en alguna ocasión.

El doctor me escuchó mientras describía a Gault y sus muchos colores de cabello. Mencioné sus facciones angulosas y sus ojos, de un azul tan pálido como los de un perro malamute. Asimismo, su extraña indumentaria y la creciente evidencia de que le gustaban la ropa militar o los diseños que la sugerían, como las botas o el largo abrigo de cuero negro que le habían visto llevar en Nueva York.

—Bueno, a veces tenemos tipos así, ya sabe —respondió mientras abría la puerta trasera del museo—. Pero me temo que...

Sobre la casa móvil de Eisenhower, la nieve se helaba. Sentí las manos y los cabellos mojados y los pies muy fríos.

—¿Sería mucho pedir que me consulte un nombre en los archivos? —le pregunté—. Me gustaría saber si un tal Peyton Gault perteneció alguna vez al cuerpo de Intendencia.

El doctor Gruber titubeó.

—Cree que estuvo en el ejército, ¿no es eso?

—No creo nada. Pero sospecho que tiene edad suficiente como para haber servido en la Segunda Guerra Mundial. Sólo puedo aportarle un dato más: ese hombre vivió en Albany, Georgia, en una plantación de pacanas.

—No se pueden consultar los registros a menos que se trate de un pariente o se tenga un poder legal. Tendría que obtenerlo en Saint Louis. Y lamento decirle que los registros de la A a la J quedaron destruidos en un incendio a principios de los ochenta.

—Magnífico —musité con desánimo.

Gruber titubeó de nuevo:

—Pero aquí, en el museo, tenemos nuestra propia lista informatizada de veteranos. —Percibí un hálito de esperanza—. Los veteranos que desean consultar su propio expediente pueden hacerlo a cambio de una donación de veinte dólares.

—¿Y si alguien quiere consultar el expediente de otro?

—No se puede.

—Doctor Gruber... —Me eché hacia atrás el pelo mojado—. Por favor. Hablamos de un hombre que ha matado con alevosía a nueve personas, por lo menos. Matará a muchas más si no lo detenemos.

Él contempló la nieve que caía.

—¿Por qué demonios tenemos esta conversación aquí fuera, querida? —dijo—. Vamos a pillar una pulmonía. Supongo que Peyton Gault es el padre de ese horrible individuo.

Le di un beso en la mejilla.

—Tiene usted el número de mi buscapersonas —le dije, y me encaminé hacia el coche.

Mientras conducía bajo una ventisca, la radio no dejaba de hablar de los asesinatos del depósito de cadáveres. Cuando llegué al despacho, encontré un cerco de furgonetas de televisión y equipos de reporteros en torno al edificio e intenté tomar una decisión. Tenía que entrar.

—¡Al carajo! —mascullé, y giré hacia el aparcamiento.

Al instante, mientras me apeaba del Mercedes negro, una bandada de periodistas corrió hacia mí. Avancé con determinación entre los flashes de las cámaras, con la mirada fija al frente. Desde todos los ángulos aparecían micrófonos y la gente gritaba mi nombre. Me apresuré a abrir la puerta trasera del edificio y volví a cerrarla a mi espalda.

Me encontré a solas en el recinto de llegada de ambulancias, silencioso y vacío, y caí en la cuenta de que probablemente todo el personal se habría marchado a casa debido al mal tiempo.

Como sospechaba, la sala de autopsias estaba cerrada y, cuando tomé el ascensor y llegué arriba, los despachos de mis ayudantes estaban vacíos y los empleados y recepcionistas se habían ido. Me encontraba completamente sola en la segunda planta y empecé a asustarme. Cuando entré en mi despacho y vi el nombre de CAIN en letras rojas goteantes en la pantalla del ordenador, me sentí aún peor.

—Muy bien —me dije en voz alta—. En este momento no hay nadie por aquí. No hay motivo para tener miedo.

Me senté tras la mesa y coloqué el 38 al alcance de la mano.

—Lo que sucedió antes ya es pasado —seguí diciéndome—. Debo dominarme. Estoy al borde de un ataque cardíaco.

Tomé aire otra vez con una profunda inspiración. No podía creer que estuviera hablando conmigo misma. No era propio de mí, y la cuestión me inquietó también cuando empecé a dictar los resultados de las autopsias de la mañana. Los corazones, hígados y pulmones de los policías muertos eran normales. Las arterias eran normales. Los huesos y los cerebros y las constituciones eran normales.

—Dentro de los límites normales —dije al magnetófono—. Dentro de los límites normales.

Lo repetí una y otra vez. Lo único anormal era lo que les habían hecho, porque Gault no era normal. Gault no tenía límites.

A las cinco menos cuarto llamé a la oficina de American Express y tuve la suerte de que Brent no se hubiera marchado ya.

—Debería salir pronto para casa —le dije—. Las carreteras se están poniendo mal.

—Tengo un Range Rover.

—La gente de Richmond no sabe conducir con nieve —insistí.

—Doctora Scarpetta, ¿en qué puedo servirla? —preguntó él.

Brent era un joven muy competente y en otras ocasiones me había ayudado en muchos problemas.

—Necesito un control especial de mi cuenta de American Express. ¿Puede hacerlo?

Brent titubeó.

—Quiero que me notifique cada transacción. Cuando se produzca, me refiero; no puedo esperar hasta que reciba el extracto.

—¿Hay algún problema?

—Sí —dije—, pero no puedo comentarlo con usted. Lo único que necesito que haga por mí en estos momentos es lo que acabo de pedirle.

—Espere.

Oí que pulsaba unas teclas.

—Muy bien. Tengo su número de cuenta. ¿Recuerda que la tarjeta caduca en febrero?

—Espero que para entonces ya no sea necesario seguir con esto.

—Hay muy pocos movimientos desde octubre —dijo Brent—. Casi ninguno, en realidad.

—Me interesan los más recientes.

—Hay cinco, desde el doce hasta el veintiuno de este mes. Un local de Nueva York llamado Scaletta. ¿Quiere las cantidades?

—¿Cuál es el promedio?

—Hum, el promedio es… Déjeme ver… Calculo que unos ochenta dólares por factura. ¿Qué es, un restaurante?

—Continúe.

—Los más recientes… —Hizo una pausa—. Los más recientes son de Richmond.

Se me aceleró el pulso.

—¿De qué fecha?

—Hay dos, del viernes veintidós.

Eso era dos días antes de que Marino y yo repartiéramos mantas a los pobres y el comisario Santa Claus matara a tiros a Anthony Jones. Pensar que Gault pudiera haber estado también en la ciudad me dejó conmocionada.

—Por favor, detálleme los movimientos de Richmond —dije a Brent a continuación.

—Doscientos cuarenta y tres dólares en una galería de Shockhoe Slip.

—¿Una galería? —repetí, perpleja—. ¿Una galería de arte, se refiere?

Shockhoe Slip estaba casi a la vuelta de la esquina de mi despacho. No podía creer que Gault hubiera tenido el atrevimiento de utilizar allí mi tarjeta. Muchos comerciantes me conocían.

—Sí, una galería de arte. —Me dio el nombre y la dirección.

—¿Puede decirme en qué consistió la compra?

Se produjo una pausa; luego, Brent preguntó:

—Doctora Scarpetta, ¿está segura de que no hay ningún problema en el que pueda ayudarla?

—Ya lo está haciendo. Me está ayudando mucho.

—Veamos. No, aquí no indica qué se compró. Lo siento. —A juzgar por su tono de voz, estaba más decepcionado que yo.

—¿Y el otro movimiento?

—Con USAir. Un billete de avión por quinientos catorce dólares. Un viaje de ida y vuelta de La Guardia a Richmond.

—¿Tenemos las fechas?

—Sólo de la transacción. Tendrá que pedir las fechas reales de ida y de vuelta a la compañía aérea. Tome nota del número de billete.

Le pedí que se pusiera en contacto conmigo inmediatamente si aparecían más movimientos en su ordenador. Eché un vistazo al reloj y busqué apresuradamente en la guía de teléfonos. Cuando marqué el número de la galería, el timbre sonó mucho rato hasta que me di por vencida.

Después llamé a USAir y les di el número de billete que Brent me había facilitado. Gault había salido de La Guardia a las siete de la mañana del viernes, 22 de diciembre. Había regresado en el vuelo de las 6.50 de la madrugada siguiente. Me quedé anonadada. Había pasado un día entero en Richmond. ¿Qué había hecho en este tiempo, además de visitar una galería de arte?

—¡Condenado! —murmuré mientras pensaba en las leyes de Nueva York. Me pregunté si Gault habría venido a Richmond a comprar un arma y llamé de nuevo a la compañía aérea.

—Disculpe —dije, y me identifiqué otra vez—. ¿Hablo con Rita?

—Sí.

—Acabo de llamarla. Soy la doctora Scarpetta.

—Sí, señora. ¿En qué puedo ayudarla?

—Ese billete del que hablábamos… ¿Puede decirme si se facturaron maletas?

—Espere un momento, por favor. —Escuché el rápido tecleo de Rita—. Sí, señora. En el vuelo de regreso a La Guardia se facturó una maleta.

—Pero en el vuelo de ida, no.

—No. En el vuelo de La Guardia a Richmond no se facturó equipaje.

Gault había cumplido condena en una prisión que tiempo atrás estaba ubicada en dicha ciudad. No había forma de saber a quién conocía, pero estaba segura de que, si quería comprar una Glock de nueve milímetros en Richmond, lo conseguiría. Los delincuentes de Nueva York solían acudir allí a comprar armas. Gault pudo colocar la pistola en la maleta que facturó y, la noche siguiente, disparar con ella contra nuestra Jane.

Esto sugería una premeditación que nunca habíamos previsto. Todos suponíamos que Jane era alguien a quien Gault había conocido casualmente y había decidido matar, como hiciera con sus otras víctimas.

Me preparé un tazón de té caliente e intenté tranquilizarme. En Seattle sólo era media tarde. Cogí de un estante el directorio de teléfonos de la Academia Nacional de Médicos Forenses y lo hojeé hasta encontrar el nombre y el número del forense jefe de Seattle.

—¿Doctor Menendez? Soy la doctora Scarpetta, de

Richmond —me presenté cuando Menendez atendió la llamada.

—¡Ah! —exclamó el hombre, sorprendido—. ¿Cómo está usted? Feliz Navidad.

—Gracias. Lamento molestarle pero necesito su ayuda.

El hombre titubeó:

—¿Le sucede algo? Parece muy nerviosa.

—Tengo una situación muy difícil. Un asesino en serie fuera de control. —Inspiré aire profundamente—. Uno de los casos ha tenido como víctima a una mujer muy joven, sin identificar, con numerosas restauraciones dentales con pan de oro.

—Eso que dice es muy curioso —comentó el doctor Menendez en tono pensativo—. ¿Sabe usted que por ahí hay algunos dentistas que todavía trabajan con oro?

—Por eso le llamo. Tengo que hablar con alguien. Con quien presida su organización, tal vez.

—¿Quiere que haga algunas gestiones?

—Me atrevo a rogarle que compruebe si, por algún pequeño milagro, ese grupo de odontólogos está en alguna red de ordenadores. Parece ser una asociación pequeña e inusual. Tal vez estén conectados a través del correo electrónico o de una publicación o boletín. Quizás algo parecido a Prodigy. ¿Quién sabe? Pero tengo que encontrar la manera de establecer contacto con ellos inmediatamente.

—Ahora mismo pongo a trabajar en ello a varios de mis empleados. ¿Cuál es el mejor modo de comunicarme con usted? —preguntó mi colega.

Le di mis números y colgué. Pensé en Gault y la furgoneta azul desaparecida. Me pregunté de dónde habría sacado la bolsa en la que había metido al comisario Brown, y entonces caí en la cuenta. Siempre guardábamos una bolsa de reserva en cada furgoneta. De modo que primero había venido a robar el vehículo y luego había acudido a casa de Brown. Repasé otra vez la guía telefónica para ver si constaba el número particular del comisario, pero no lo encontré.

Descolgué el teléfono, marqué al número de consultas y pedí el número de Lamont Brown. El telefonista me lo facilitó y llamé para ver qué sucedía.

«En este momento no puedo atender la llamada porque estoy fuera, repartiendo regalos en mi trineo… —La voz del difunto comisario sonaba firme y saludable en el contestador—. ¡Jo! ¡Jo! ¡Jo! ¡Feliiices Pascuas!»

Apabullada, me levanté para ir a los lavabos, revólver en mano. Circulaba armada porque Gault había violado aquel lugar, en el que siempre hasta entonces me había sentido segura. Antes de salir al pasillo miré a izquierda y derecha. Los suelos grises mostraban una acumulación quizás excesiva de cera y las paredes eran de un blanco mate. Agucé el oído, pendiente de cualquier ruido. Él había entrado allí una vez. Podía volver a hacerlo.

El miedo me atenazó con fuerza y, cuando me lavé las manos en el lavabo, me temblaban visiblemente. Estaba empapada en sudor y mi respiración era entrecortada. Anduve con paso rápido hasta el otro extremo del corredor y eché un vistazo por una ventana. Vi mi coche cubierto de nieve y una sola furgoneta. La otra seguía desaparecida. Volví al despacho y continué dictando.

En alguna parte sonó un teléfono y me sobresalté. El crujido de mi propia silla me hizo dar un respingo. Cuando oí el ascensor al otro lado del pasillo, empuñé el revólver y me quedé sentada, muy quieta, pendiente de la puerta, mientras el corazón me latía aceleradamente. Escuché unas pisadas rápidas y firmes, más sonoras conforme se acercaban. Levanté el arma con ambas manos en la empuñadura.

Era Lucy.

—¡Dios santo! —exclamé, con el dedo en el gatillo—.

¡Lucy, por Dios! —Dejé el arma sobre la mesa—. ¿Qué haces aquí? ¿Por qué no has llamado primero? ¿Cómo has entrado?

Ella me miró, se fijó en el revólver y puso cara de extrañeza.

—Me trajo Jan, y tengo llave. Me diste una llave de este edificio hace mucho tiempo. Y he llamado antes, pero no estabas.

—¿A qué hora has llamado? —Me sentía aturdida.

—Hace un par de horas. Has estado a punto de disparar.

—No. —Intenté respirar hondo—. No he estado a punto de disparar.

—No tenías el dedo al lado del guardamonte, como deberías, sino en el gatillo. Pero me alegro de que al menos no tuvieras tu Browning, en lugar de un arma que dispara tiro a tiro.

—Basta ya, por favor, basta —musité, y noté un dolor en el pecho.

—Hay más de cinco centímetros de nieve, tía Kay.

Lucy no había pasado de la puerta, como si dudase de algo. Iba vestida como de costumbre, con pantalones de campaña, botas y un anorak de esquí.

Una mano de hierro me oprimía el corazón y mi respiración se hizo trabajosa. Me quedé sentada, inmóvil, mirando a mi sobrina mientras el frío invadía mi rostro.

—Jan está en el aparcamiento —dijo Lucy.

—Ahí atrás esperan los periodistas.

—No he visto a ninguno. Pero, en cualquier caso, estamos en el aparcamiento de pago, al otro lado de la calle.

—Allí ha habido varios asaltos —le dije—. Y un tiroteo. Hace unos cuatro meses.

Lucy contempló mi rostro y observó mis manos mientras éstas guardaban el revólver en el bolso.

—Estás temblando —murmuró, alarmada—. Tía Kay,

estás blanca como una sábana. —Se acercó más a la mesa—. Te llevaré a casa.

El dolor me oprimió el pecho y, en un gesto involuntario, llevé hasta él una mano crispada.

—No puedo…

Apenas era capaz de hablar. El dolor era tan agudo que casi me impedía respirar.

Lucy intentó ayudarme, pero me sentía demasiado débil. Mis manos se entumecían, tenía calambres en los dedos y, con los ojos cerrados e inclinada hacia delante en la silla, quedé bañada en un profuso sudor frío. La respiración se me aceleró, jadeante y superficial.

A Lucy le entró pánico.

Apenas me di cuenta de que hablaba a gritos por teléfono. Intenté decirle que no pasaba nada, que necesitaba una bolsa de papel, y no conseguí articular palabra. Sabía lo que me sucedía, pero no podía comunicárselo. A continuación, noté que Lucy me enjugaba la frente con un paño húmedo y frío y me daba masaje en los hombros, tranquilizándome, mientras yo contemplaba con mirada nublada mis manos, cerradas como zarpas en el regazo. Sabía, sí, lo que iba a pasar, pero estaba demasiado agotada como para resistirme a ello.

—Llama a la doctora Zenner —conseguí articular en el instante en que, de nuevo, el dolor me atravesaba el pecho—. Dile que nos espere allí.

—¿Dónde es allí? —Lucy, aterrorizada, me daba más palmaditas en las mejillas.

—En la Escuela de Medicina de Virginia.

—Te pondrás bien.

No dije nada.

—No te preocupes.

Me fue imposible extender las manos, y tenía tanto frío que me recorría el cuerpo un escalofrío incesante.

—Te quiero, tía Kay —gimoteó Lucy.

14

El otoño anterior, la Escuela de Medicina de Virginia le había salvado la vida a mi sobrina, pues ningún hospital de la zona era más experto atendiendo a los accidentados de gravedad en los momentos críticos. Lucy fue trasladada allí después de estrellarse con mi coche y yo estaba convencida de que habría sufrido daños cerebrales permanentes de no haber mediado la gran pericia de los médicos de la unidad de Traumatología.

Yo había estado en la sala de urgencias de ese hospital muchas veces, pero nunca como paciente hasta aquella noche. A las nueve y media me hallaba ya descansando tranquilamente en una pequeña habitación privada de la cuarta planta. Marino y Janet estaban en el pasillo, junto a la puerta; Lucy, al lado de la cama, me cogía la mano.

—¿Ha sucedido algo más en relación con CAIN? —le pregunté.

—Deja de pensar en eso ahora —me ordenó ella—. Tienes que descansar y estar tranquila.

—Ya me han dado algo para que esté tranquila. Y lo estoy.

—Estás fatal —discrepó Lucy.

—No es verdad.

—Al borde de una crisis cardíaca.

—Ha sido sólo un episodio de espasmos musculares e

hiperventilación —repliqué—. Sé perfectamente lo que me ha pasado. He revisado el cardiograma. No ha sucedido nada que no hubiera podido arreglar una bolsa de papel cubriéndome la cabeza y un buen baño caliente.

—Lo que tú digas, pero no van a dejar que salgas de aquí hasta que estén seguros de que no sufres más espasmos. Con dolores en el pecho no se va una de juerga.

—A mi corazón no le pasa nada. Y dejarán que me marche cuando yo lo pida.

—Eres una mala paciente.

—La mayoría de los médicos lo es.

Lucy clavó la mirada en la pared. Desde que entrara en la habitación no había tenido el menor gesto de ternura.

—¿En qué piensas? —le pregunté, insegura respecto a la razón de su enfado.

—Van a establecer un puesto de mando —me informó—. Les he oído comentarlo en el pasillo.

—¿Un puesto de mando?

—En la central de la policía —explicó—. Marino ha estado yendo y viniendo de la cabina de teléfonos para hablar con el señor Wesley.

—¿Dónde está?

—¿Quién? ¿El señor Wesley o Marino?

—Benton.

—Viene hacia aquí —dijo mi sobrina.

—Sabe que estoy aquí… —murmuré.

Lucy me miró. No era tonta.

—Viene de camino —repitió, en el momento en que entraba en la habitación una mujer alta de cabellos cortos, canosos, y ojos penetrantes.

—¡Vaya, vaya, Kay! —exclamó la doctora Anna Zenner, inclinándose para abrazarme—. Así que ahora tengo que hacer visitas a domicilio.

—Ésta no es una visita a domicilio, precisamente —respondí—. Esto es un hospital. ¿Recuerdas a Lucy?

—Desde luego.

La doctora Zenner dirigió una sonrisa a mi sobrina.

—Esperaré fuera —dijo Lucy.

—Olvidas que no vengo al centro si no es imprescindible —continuó la doctora—. Sobre todo cuando nieva como hoy.

—Te lo agradezco, Anna. Sé que no haces visitas a domicilio, ni hospitalarias, ni de ninguna clase —reconocí sinceramente mientras se cerraba la puerta—. Me alegro mucho de tenerte aquí.

La doctora se sentó al borde de la cama y yo percibí al instante su energía: con su sola presencia dominaba la habitación sin esfuerzo. A sus setenta y pocos años, estaba en una forma envidiable y era una de las mejores personas que conocía.

—¿Qué te has hecho a ti misma? —me preguntó, con su acento alemán que el tiempo apenas había suavizado.

—Me temo que, finalmente, me está afectando —contesté—. Son esos casos...

—No oigo hablar de otra cosa —asintió ella—. Cada vez que abro un periódico o pongo la tele.

—Esta noche, por poco le pego un tiro a mi sobrina —confesé mirándola a los ojos.

—¿Cómo ha sido eso?

Se lo conté.

—Pero no llegaste a disparar.

—A punto estuve de hacerlo.

—No salió ninguna bala, ¿verdad?

—No.

—Entonces no estuviste tan cerca de hacerlo —concluyó ella.

—Habría sido el final de mi vida. —Noté que los ojos se me llenaban de lágrimas y los cerré.

—Kay, también habría sido el final de tu vida si hubiese sido otro el que entraba por esa puerta. Otro a quien tenías razones para temer, ¿entiendes a qué me refiero? Has reaccionado lo mejor que podías.

Tomé aliento con una inspiración profunda y trémula.

—Y el resultado no es tan malo —continuó ella—. Lucy está bien. Acabo de verla y es una muchacha sana y hermosa.

Me cubrí el rostro con las manos y me eché a llorar como no lo había hecho en mucho tiempo. Anna Zenner me acarició la espalda y sacó unos pañuelos de papel de una caja, pero no intentó librarme de la depresión hablando: permaneció callada y me dejó llorar.

—Qué vergüenza… —murmuré por fin entre sollozos.

—No debes avergonzarte —respondió—. A veces, hay que soltar lo que una lleva dentro. Tú no lo haces lo suficiente y entiendo lo que te pasa.

—Mi madre está muy enferma y no he ido a Miami a verla. Ni una sola vez. —Era incapaz de sentir consuelo—. Soy una extraña en mi despacho. No puedo estar en ninguna parte, ni en mi propia casa, sin medidas de seguridad.

—Sí, he visto mucha policía a la puerta de la habitación —comentó la doctora Zenner.

Abrí los ojos y la miré.

—Ese hombre se está descontrolando —musité. Anna Zenner clavó su mirada en la mía—. Eso es bueno, así debo creerlo. Significa que se vuelve más atrevido, que corre más riesgos. Es lo que hizo Bundy, al final.

Mi interlocutora optó por lo más adecuado: escuchar. Yo continué hablando:

—Cuanto más se descontrole, más probabilidades hay de que cometa un error y lo cojamos.

—Y me imagino que, en estos momentos, también es más peligroso que nunca —apuntó ella—. No tiene ningún freno. Incluso mató a Santa Claus…

—Mató a un comisario que hacía de Santa Claus una vez al año. Y ese comisario también estaba profundamente implicado en una red de drogas. Quizás era ésa la conexión entre ellos.

—Háblame de ti.

Aparté la mirada e hice otra profunda inspiración. Por fin estaba más tranquila. Anna era una de las pocas personas de este mundo en cuya presencia tenía la sensación de que no necesitaba llevar la iniciativa. La doctora Zenner era psiquiatra; la conocía desde mi traslado a Richmond y me había ayudado durante la separación de Mark y, más tarde, cuando éste murió. Anna tenía el corazón y las manos de un músico.

—Me sucede lo que a él. Me estoy descontrolando —confesé con frustración.

—Tienes que contarme más cosas.

—Por eso estoy aquí. —Volví la mirada hacia ella—. Por eso llevo este camisón y por eso estoy en esta cama. Por eso he estado a punto de disparar contra mi sobrina, y por eso ahí fuera hay tanta gente preocupada por mí. Hay gente recorriendo las calles y vigilando mi casa, preocupada por mí. Por todas partes hay gente preocupada por mí.

—A veces tenemos que pedir refuerzos…

—No quiero refuerzos —respondí con impaciencia—. Lo que quiero de una vez es que me dejen en paz.

—¡Ja! Yo creo que necesitas todo un ejército. Nadie puede enfrentarse a solas con ese hombre.

—Tú eres psiquiatra. ¿Por qué no analizas sus actos?

—No me ocupo de los trastornos de personalidad —fue su respuesta—. Se trata de un sociópata, desde luego. —Se acercó a la ventana, separó las cortinas y miró al exterior—. ¿Qué te parece? Todavía está nevando. Quizá tenga que pasar la noche aquí, contigo. A lo largo de los años he tenido pacientes que casi no eran de este mundo y siempre he intentado desembarazarme de ellos rápidamente.

»Es lo que sucede con esos criminales que entran en la leyenda. Acuden a los dentistas, a los psiquiatras o a los estilistas del cabello. No podemos evitar encontrárnoslos, igual que nos encontramos a cualquiera. Una vez, en Alemania, traté a un hombre durante un año hasta que supe que había ahogado a tres mujeres en la bañera. Era su especialidad. Les servía vino y las bañaba. Cuando llegaba a los pies, las agarraba por los tobillos y tiraba bruscamente. En esas bañeras grandes, si a una la agarran así y le levantan los pies en el aire, una no se puede incorporar. —Hizo una pausa y añadió—: No soy psiquiatra forense.

—Ya lo sé.

—Pude haberlo sido. Lo pensé muchas veces, ¿también lo sabías?

—No.

—Pues voy a decirte por qué evité esa especialidad —me confió—. No puedo perder tanto tiempo estudiando monstruos. Vosotros, los que os ocupáis de las víctimas, ya lo pasáis suficientemente mal. Pero sentarme en la misma habitación que los Gault del mundo… creo que eso me emponzoñaría el alma. —Hizo una pausa—. Tengo que confesarte algo terrible. —Volvió la cabeza y me miró con un destello en los ojos—: No me importa en absoluto por qué esa gente hace lo que hace. Yo los haría colgar a todos.

—Y yo no defendería lo contrario —murmuré.

—Pero eso no significa que no tenga una intuición acerca de ese individuo concreto. Yo lo llamaría una intuición femenina, en realidad.

—¿Acerca de Gault?

—Sí. ¿Conoces a mi gato, *Chester*?

—¡Ah, sí! Es el gato más gordo que he visto nunca —bromeé.

Ella no sonrió.

—Cuando *Chester* sale y caza un ratón, juega con él hasta que lo mata. Es un comportamiento de lo más sádico. Por fin, cuando ya lo ha matado, ¿qué hace? Lo trae a casa, lo sube al dormitorio y lo deja en mi almohada. Es un regalo para mí.

—¿Qué insinúas, Anna? —Me sentía de nuevo helada.

—Creo que ese hombre tiene una extraña relación simbólica contigo. Como si fueras la madre y él te trajera las piezas que cobra.

—Eso es inconcebible —protesté.

—Supongo que le excita acaparar tu atención. Quiere impresionarte. Cuando mata a alguien, es un regalo que te hace. Y sabe que tú lo estudiarás muy detenidamente e intentarás descubrir cada detalle, casi como una madre que contempla los dibujos que su chiquitín trae de la escuela. Esas muertes terribles son su arte, ¿comprendes?

Pensé en el pago que Gault había realizado con la tarjeta en la galería de Shockhoe Slip. Me pregunté qué clase de obra de arte habría comprado.

—Tu hombre sabe que estarás analizándole y pensando en él continuamente, Kay.

—Anna, ¿estás insinuando que esas muertes pueden ser culpa mía?

—¡No digas tonterías! Si empiezas a creer tal cosa, es que tengo que empezar a verte en la consulta. Regularmente.

—¿Qué grado de peligro corro?

—En esto, debo ser prudente —dijo, y se detuvo a reflexionar—. Ya sé lo que opinarán otros. Por eso hay tanta policía aquí.

—¿Y tú, qué opinas?

—Personalmente, no creo que corras un gran peligro físico. Por lo menos, de momento. Pero me parece que toda esa gente que te rodea piensa lo contrario. Ya ves, ese hombre está haciendo tuya su realidad.

—Explícate, por favor.

—Él no tiene a nadie. Y querría que tú tampoco tuvieras a nadie.

—No tiene a nadie a causa de lo que hace —murmuré, irritada.

—Lo único que puedo decir es que, cada vez que asesina a alguien, está más aislado. Y ahora tú también lo estás. Sigue un patrón definido, ¿lo ves?

—No estoy segura.

La doctora Zenner se había situado a mi lado y posó una mano en mi frente.

—No tienes fiebre —dijo.

—El comisario Brown me detestaba.

—¿Lo ves? Otro regalo. Gault pensó que te complacería. Mató el ratón para ti y te lo trajo al depósito.

La idea me provocó náuseas.

Anna sacó un estetoscopio de un bolsillo de la chaqueta y se lo colgó del cuello. Me entreabrió el camisón y me auscultó el corazón y los pulmones con expresión grave.

—Respira profundamente, por favor. —Desplazó el extremo del estetoscopio hasta la espalda—. Otra vez.

Me tomó la presión y me palpó el cuello. Era una médica poco común, de la vieja escuela. Anna Zenner trataba la persona completa, no sólo la mente.

—Tienes la presión baja —comentó.

—No es ninguna novedad.

—¿Qué te dan aquí?

—Atrivan.

El brazal del manómetro sonó como si se rasgara cuando me lo quitó del brazo.

—El Atrivan está bien. No tiene efectos apreciables en los sistemas respiratorio y cardiovascular. Te ayudará. Puedo hacerte una receta.

—No.

—Me parece que en este momento está muy indicado un ansiolítico.

—Anna —le dije—, no son drogas precisamente lo que necesito ahora.

—No estás descompensada —respondió, y me dio unas palmaditas en la mano. Se levantó y se puso el abrigo.

—Anna, tengo que pedirte un favor. ¿Qué tal es tu casa de Hilton Head?

Con una sonrisa, ella contestó:

—Es el mejor agente ansiolítico que conozco. ¿Cuántas veces te lo he comentado?

—Esta vez puede que te haga caso —le dije—. Quizá tenga que visitar un lugar cerca de allí y me gustaría estar lo más aislada posible.

La doctora Zenner sacó un llavero del bolso y extrajo una llave. Después anotó algo en una receta en blanco y dejó el papel y la llave sobre una mesa, junto a la cama.

—No tienes que hacer nada —se limitó a decir—, pero te dejo la llave e instrucciones. Si sientes el impulso de ir a mi casa en plena noche, no tienes que decírmelo siquiera.

—Eres muy amable. No creo que la necesite durante mucho tiempo.

—Pues deberías quedarte allí una temporada. Está junto al océano, en Palmetto Dunes; es una casa pequeña y modesta, cerca del Hyatt. No voy a utilizarla próximamente y no creo que te moleste nadie. De hecho, puedes ser tú la doctora Zenner —sugirió con una risilla—. Allí ni siquiera me conocen.

—La doctora Zenner… —murmuré secamente—. De modo que ahora soy alemana…

—¡Oh!, tú eres siempre alemana. —Abrió la puerta—. No importa lo que te hayan contado de tu familia.

Salió y me senté más erguida, despierta y enérgica. Me levanté de la cama y estaba en el cuarto de baño cuando oí abrirse la puerta. Salí, esperando encontrar a Lucy, pero quien estaba en la habitación era Paul Tucker. Allí descalza, sin más ropa que un camisón que apenas cubría nada, la sorpresa impidió que me sintiera azorada.

Tucker apartó la mirada mientras yo volvía a la cama y me tapaba con la sábana.

—Lo siento. El capitán Marino me ha dicho que podía entrar… —se excusó el jefe de policía de Richmond, que no parecía lamentarlo demasiado, dijera lo que dijese.

—Marino debería haberme consultado primero —declaré, y le miré directamente a los ojos.

—Bueno, todos conocemos los modales del capitán. ¿Le importa? —Señaló una silla con un gesto de cabeza.

—Haga el favor. Está claro que tendré que escucharle por fuerza.

—Tendrá que escucharme por fuerza porque en estos momentos la mitad de mi departamento de policía está cuidando de usted.

Lo observé detenidamente. Su expresión era adusta.

—Me han informado de lo sucedido en el depósito esta mañana. —En sus ojos había un destello de cólera—. Doctora Scarpetta, está usted en grave peligro. He venido aquí para intentar convencerla. Quiero que se tome en serio la situación.

—¿Y cómo puede pensar que no me la tomo en serio? —repliqué con amargura.

—Empecemos por esto. No debería haber vuelto a su despacho, esta tarde. Dos agentes de las fuerzas del orden acababan de ser asesinados, uno de ellos mientras usted estaba en el edificio.

—No tenía más remedio que volver al despacho, coronel Tucker. ¿Quién supone usted que se encargó de la autopsia de esos agentes?

Se quedó callado. Luego preguntó:

—¿Cree que Gault ha dejado la ciudad?

—No.

—¿Por qué?

—No sé por qué, pero creo que no se ha marchado.

—¿Cómo se encuentra?

Intuía que Tucker trataba de sonsacarme algo, pero no lograba imaginar qué.

—Me encuentro bien. De hecho, tan pronto salga usted, voy a vestirme y a marcharme de aquí.

El coronel iba a decir algo; pero no lo hizo.

Le observé un momento. Vestía un mono deportivo azul marino de la Academia Nacional del FBI y unas botas de cuero para prácticas de cross. Me pregunté si estaría haciendo ejercicio en el gimnasio cuando alguien le había hablado de mí. De pronto, caí en la cuenta de que éramos vecinos. Tucker y su mujer vivían también en Windsor Farms, a unas pocas calles de mi domicilio.

—Marino me aconsejó que evacuara la casa —dije en un tono casi acusador—. ¿Está enterado de eso?

—Estoy enterado.

—¿Qué ha tenido que ver usted con el consejo?

—¿Por qué cree que he tenido que ver con lo que Marino le haya dicho? —replicó él con parsimonia.

—Usted y yo somos vecinos. Es probable que pase por delante de mi casa cada mañana.

—No lo hago. Pero sí, sé dónde vive, Kay.

—No me llame Kay, por favor.

—¿Si fuera blanco, me permitiría llamarla Kay? —soltó él con desenvoltura.

—No. Tampoco se lo permitiría.

No se mostró ofendido. Tucker sabía que no me fiaba de él. Sabía que le tenía un poco de miedo; en aquel momento se lo tenía a todo el mundo, probablemente. Me estaba poniendo paranoica.

—Doctora… —Se levantó de la silla—. He tenido su casa bajo vigilancia desde hace semanas.

Hizo una pausa y bajó la vista hasta mí.

—¿Por qué? —pregunté.

—El comisario Brown.

—¿De qué me habla? —pregunté notándome la boca seca.

—Estaba muy metido en una compleja red de tráfico de drogas que se extiende de Nueva York a Miami. Algunos de los pacientes de usted estaban implicados en ella. Ocho, por lo menos, de los que tengamos noticia en este momento.

—Muertos en tiroteos por droga.

El coronel asintió y volvió la vista hacia la ventana.

—Brown no la soportaba a usted.

—Eso estaba muy claro. La razón, no.

—Digamos, simplemente, que usted hacía su trabajo demasiado bien. Varios compinches de Brown tenían encima largas condenas por culpa de usted. —Hizo una pausa antes de proseguir—. No nos faltaban razones para temer que proyectara hacerla eliminar.

Le miré, perpleja.

—¿Qué? ¿Qué razones?

—Soplos.

—¿Más de uno?

—Brown ya había ofrecido dinero a alguien a quien debíamos tomar muy en serio —explicó Tucker.

Alargué la mano y cogí el vaso de agua. El coronel añadió:

—Eso fue a principios de mes. Hace tres semanas, más o menos. —Recorrió la habitación con la mirada.

—¿A quién contrató? —quise saber.

—A Anthony Jones.

Tucker me miró y mi asombro creció aún más, pero lo siguiente que dijo me dejó anonadada:

—La persona que estaba previsto que muriese en Nochebuena no era Anthony Jones, sino usted.

No pude articular palabra.

—Toda esa comedia de equivocarnos de casa en Whitcomb Court tenía por objeto no exponerla. Pero cuando el comisario desapareció por la cocina y salió al patio trasero, él y Jones tuvieron una discusión. Y ya sabe lo que pasó. Ahora, el comisario también ha muerto y, con franqueza, es usted afortunada.

—Coronel Tucker...

Se acercó a los pies de la cama. Yo añadí:

—Coronel, ¿estaba usted al corriente de todo eso antes de que sucediera?

—¿Me pregunta si tengo dotes de clarividencia? —replicó con expresión ceñuda.

—Me parece que ya sabe a qué me refiero.

—La teníamos vigilada, pero no. No hemos sabido hasta después que era en Nochebuena cuando estaba previsto matarla. Evidentemente, de haberlo sabido, no le habríamos permitido andar por ahí repartiendo mantas.

Bajó la mirada al suelo, meditabundo, y luego volvió a hablar:

—¿Está segura de que se encuentra en condiciones de dejar el hospital?

—Sí.

—¿Adónde piensa ir esta noche?

—A casa.

Tucker hizo un gesto de negativa con la cabeza.

—Ni hablar. Y tampoco le recomiendo ningún hotel de la ciudad.

—Marino ha accedido a quedarse conmigo.

—¡Ah! Entonces, seguro que estará usted a salvo —fue su sarcástico comentario, al tiempo que abría la puerta—. Vístase, doctora. Tenemos que asistir a una reunión.

No mucho después, cuando asomé la cabeza por la puerta de la habitación, me acogieron varias miradas y unas pocas palabras. Lucy y Janet estaban allí con Marino; Paul Tucker esperaba aparte, enfundado en un chaquetón de goretex.

—Doctora, usted viene conmigo. —Le hizo una señal a Marino—. Usted síganos con las señoritas.

Avanzamos por un pasillo de un blanco brillante en dirección a los ascensores, y descendimos. Por todas partes había agentes uniformados y, cuando se abrieron las puertas de cristal de la sala de urgencias, aparecieron tres de ellos para escoltarnos hasta los coches. Marino y el jefe habían aparcado en plazas para vehículos policiales y, cuando vi el coche privado de Tucker, noté otro espasmo en el pecho. El coronel conducía un Porsche 911 negro. No era nuevo, pero estaba en unas condiciones excelentes.

Marino también vio el coche y guardó silencio mientras abría la cerradura de su Crown Virginia.

—¿Estuvo anoche en la 95 Sur? —pregunté a Tucker tan pronto entramos en el coche.

Él se colocó el cinturón de seguridad y puso en marcha el motor.

—¿Por qué me lo pregunta? —No lo dijo a la defensiva. Sólo era curiosidad.

—Volvía a casa desde Quantico y un coche parecido a éste nos siguió.

—¿«Nos»?

—Iba con Marino.

—Ya veo. —Al salir del aparcamiento tomó a la derecha, dirigiéndose hacia la central—. De modo que eran ustedes los de esa Grand Dragon.

—Entonces, era usted… —murmuré mientras los limpiaparabrisas apartaban la nieve del cristal.

Las calles estaban resbaladizas y noté que el coche patinaba cuando Tucker frenó en un semáforo.

—Anoche vi una pegatina de la bandera confederada

en un parachoques y expresé mi desagrado —reconoció.

—La furgoneta que la lucía es de Marino.

—Me importa un bledo de quién sea.

Me volví y lo miré fijamente.

—¡Marino se lo merece! —añadió él con una carcajada.

—¿Siempre actúa tan agresivamente? —pregunté—. Porque es un buen sistema para que alguien le pegue un tiro.

—Que lo intenten, si quieren.

—No le recomiendo que vaya por ahí persiguiendo y provocando a un enemigo de los negros.

—Por lo menos, reconoce usted que Marino lo es.

—Hablo en general —respondí.

—Doctora, usted es una mujer inteligente y refinada. No consigo entender qué ve en él.

—Hay mucho que ver en él, si una se toma la molestia de mirar.

—Es un racista, un machista y no soporta a los homosexuales. Es uno de los seres humanos más ignorantes que he conocido nunca. ¡Ojalá yo no tuviera nada que ver con él!

—Marino no se fía de nada ni de nadie —expliqué—. Es cínico, y no le faltan razones para serlo, estoy segura.

Tucker guardó silencio.

—Usted no le conoce —añadí.

—Ni quiero conocerle. Lo que querría es que desapareciera.

—Por favor, no se equivoque —le recomendé de corazón—. Cometería un gran error.

—El capitán es una pesadilla política —insistió el jefe—. Jamás deberían haberle puesto al frente de la Primera Comisaría.

—Entonces, trasládelo otra vez a la división de detectives, al Escuadrón A; ése es su auténtico sitio.

Tucker continuó conduciendo en silencio. No quería hablar más de Marino.

—¿Por qué no me han dicho en ningún momento que alguien quería matarme? —pregunté entonces. Mis propias palabras me sonaron raras; no podía creer del todo lo que significaban—. Quiero saber por qué no me dijo que estaba bajo vigilancia.

—Hice lo que creí más conveniente.

—Debería haberme informado.

Tucker miró por el retrovisor para comprobar que Marino seguía detrás de nosotros cuando doblamos la esquina para dirigirnos a la parte trasera de la sede central del departamento de Policía de Richmond.

—Creí que decirle lo que habían revelado nuestros confidentes no haría sino ponerla en más peligro. Temí que se pusiera usted... —hizo una ligera pausa—, en fin, nerviosa. O agresiva. No quería que cambiara de forma apreciable su comportamiento normal, que pasara usted a la ofensiva y agravara, quizá, la situación.

—Creo que no tenía derecho a ser tan reservado —insistí acaloradamente.

—Doctora Scarpetta —prosiguió el coronel con la mirada fija al frente—, le seré sincero. No me importaba lo que usted pensara, y sigue sin importarme. Lo único que me importa es salvarle la vida.

En la entrada del aparcamiento, dos agentes con sendos rifles de repetición montaban guardia. Sus uniformes negros contrastaban con la nieve. Tucker detuvo el coche y bajó la ventanilla.

—¿Cómo va eso? —preguntó.

Un sargento, firme y con el arma apuntando al cielo, contestó:

—Todo está tranquilo, señor.

—Bien. Muchachos, tengan cuidado.

—Sí, señor. Lo tendremos.

El coronel cerró la ventanilla y continuamos la marcha. Aparcó a la izquierda de la doble puerta de cristal que conducía al vestíbulo y a los calabozos del gran complejo de hormigón que él dirigía. Observé la escasa presencia de coches patrulla y vehículos camuflados en el aparcamiento y supuse que en una noche como aquélla, con las calles tan deslizantes, habría muchos accidentes de que ocuparse; el resto de los agentes de servicio estaba buscando a Gault. Para las fuerzas del orden, Gault había entrado en una nueva categoría. Ahora era un asesino de policías.

—Usted y el comisario Brown tenían coches similares —comenté mientras me quitaba el cinturón de seguridad.

—Y ahí terminan las semejanzas —respondió Tucker, saliendo del Porsche.

Su despacho estaba al fondo de un pasillo deprimente, varias puertas más allá de la correspondiente al Escuadrón A, donde tenían su cubil los detectives de homicidios. Las dependencias del jefe eran sorprendentemente sencillas, con un mobiliario robusto pero utilitario. Allí no había lámparas refinadas ni alfombras lujosas, ni las fotografías de Tucker en compañía de políticos o de celebridades que yo esperaba encontrar colgadas de las paredes. Tampoco vi certificados o diplomas que indicaran dónde había estudiado o qué méritos se le habían reconocido.

Tucker consultó el reloj y nos condujo a una pequeña sala de reuniones anexa. La estancia, carente de ventanas y enmoquetada en azul marino, estaba amueblada con una mesa y ocho sillas. También había un televisor y un aparato de vídeo.

—¿Qué hay de Lucy y Janet? —pregunté, esperando que el jefe las excluiría de la reunión.

—Ya sé quiénes son —respondió él mientras se acomodaba en una silla giratoria como si se dispusiera a contemplar la final de fútbol—. Son agentes.

—Yo no lo soy —le corrigió Lucy con tono respetuoso.

El coronel la miró:

—Usted ha escrito el programa CAIN.

—No lo hice yo sola.

—Bien, sea como sea, CAIN tiene que ver con todo esto; no estará de más que se quede usted.

—Su departamento está conectado con el programa —afirmó Lucy sosteniendo la mirada de Tucker—. De hecho, fue el primero en conectarse.

La puerta de la sala se abrió y, al volver la cabeza, vimos entrar a Benton Wesley. Vestía unos pantalones de pana y un suéter y tenía el aspecto ajado de quien, de puro agotado, no puede conciliar el sueño.

—Supongo que ya conoces a todos los presentes, Benton —comentó Tucker como si él y Wesley fueran grandes amigos.

—Sí. —Wesley ocupó un asiento con aire serio y concentrado—. Llego tarde gracias a tu buen trabajo —comentó a Tucker, quien puso cara de perplejidad—. Me han parado en dos controles.

—¡Ah! —El coronel mostró una expresión complacida—. Tenemos a todo el mundo ahí fuera. Y es una gran suerte que haga este tiempo.

No lo decía en broma.

Marino dio explicaciones a Lucy y a Janet:

—La nieve retiene en casa a la mayoría de la gente. Y cuanta menos gente sale, más fácil lo tenemos nosotros.

—Salvo que Gault tampoco ronde por ahí fuera —apuntó Lucy.

—Ha de estar en alguna parte —intervino Marino—. Esa sabandija no tiene aquí una casa de vacaciones, que yo sepa.

—No sabemos lo que pueda tener —replicó Wesley—. Quizá conozca a alguien hospitalario.

—¿Dónde calculas que habrá ido después de salir del depósito de cadáveres esta mañana? —le preguntó Tucker a Wesley.

—No creo que haya abandonado la zona.

—¿Por qué? —insistió Tucker.

Wesley me dirigió una mirada.

—Me da la impresión de que quiere estar donde estemos nosotros.

—¿Qué hay de su familia? —preguntó el coronel a continuación.

—Sus padres viven cerca de Beauford, Carolina del Sur, donde hace poco compraron una plantación de pacanas bastante extensa. No espero que Gault aparezca por allí.

—Me parece que debemos esperar cualquier cosa —señaló Tucker.

—Está enemistado con su familia.

—No del todo. Gault obtiene dinero de alguna parte.

—Sí —dijo Wesley—. Sus padres quizá le envíen dinero para que se mantenga lejos de ellos. Están ante un dilema. Si no le ayudan, puede presentarse en su casa; y si le ayudan, sigue por ahí matando gente.

—Parece que se trata de dos probos ciudadanos —comentó Tucker, sarcástico.

—No nos ayudarán —sentenció Wesley—. Ya lo hemos intentado. ¿Qué más estáis haciendo los de Richmond?

—Todo lo que podemos —fue la respuesta de Tucker—. Ese cabrón se dedica a matar policías.

—No creo que los policías sean su objetivo principal —declaró Wesley sin inmutarse—. No creo que le interesen.

—En cualquier caso —replicó el coronel acaloradamente—, él ha disparado el primer tiro; el próximo lo dispararemos nosotros.

Wesley se limitó a mirarle.

—Tenemos a los agentes por parejas en los coches patrulla —continuó Tucker—. Hay centinelas en el aparcamiento, sobre todo para el cambio de turno. Cada coche lleva una foto de Gault que también hemos repartido en los comercios locales. En todos los que hemos encontrado abiertos.

—¿Se han establecido vigilancias?

—Sí, en varios lugares donde podría estar. —El coronel se volvió hacia mí—. Entre ellos su casa, doctora, y la mía. Y el despacho del forense. Si se te ocurren otros sitios donde pueda estar —añadió, mirando de nuevo a Wesley—, haz el favor de decírmelo.

—No puede haber muchos —contestó Wesley—. Ese tipo tiene la desagradable costumbre de matar a sus amigos. —Apartó la mirada y añadió—: ¿Qué hay de los helicópteros y avionetas de la policía estatal?

—Saldrán cuando cese la nevada —dijo Tucker.

—No comprendo cómo puede escabullirse con tal facilidad —comentó Janet, quien muy probablemente pasaría el resto de su vida laboral haciéndose preguntas parecidas—. Ese hombre no tiene un aspecto muy normal. ¿Cómo es que la gente no se fija en él?

—Gault es sumamente astuto —le dije.

Tucker se volvió hacia Marino.

—¿Tiene esa cinta?

—Sí, señor, pero no estoy seguro de que... —no terminó la frase.

Tucker alzó ligeramente el mentón.

—¿De qué no está seguro, capitán?

—No estoy seguro de que ellas deban verla. —Marino dirigió una mirada a Janet y Lucy.

—Por favor, capitán, proceda —se limitó a responder el jefe.

Marino introdujo la cinta en el aparato de vídeo y apagó las luces.

—Dura media hora, más o menos —anunció mientras en la pantalla del televisor aparecían números y líneas—. ¿Le molesta a alguien que encienda un cigarrillo?

—Me molesta a mí —declaró Tucker—. Según parece, esto es lo que encontramos en esa cámara de vídeo, en casa del comisario Brown. Yo tampoco la he visto todavía.

La cinta se puso en marcha.

—Bien, eso de ahí es el dormitorio de Lamont Brown, en el piso alto de la casa —empezó a narrar Marino.

La cama que habíamos inspeccionado horas antes aparecía en la imagen en perfecto orden y, de fondo, se oía el ruido de alguien que se movía.

—Creo que aquí estaba asegurándose de que la cámara funcionaba como era debido —continuó Marino—. Tal vez fue en ese momento cuando dejó aquel rastro en la pared. Ahora viene un salto.

Pulsó el botón de pausa y contemplamos una imagen borrosa del dormitorio, desierto.

—¿Sabemos ya si Brown dio positivo en la prueba de cocaína? —preguntó el jefe desde la penumbra.

—Es demasiado pronto para saber si tenía en el cuerpo restos de cocaína o de su metabolito, la benzoileconina —respondí—. De momento, lo único que tenemos es la tasa de alcoholemia.

Marino reanudó su comentario:

—Parece que conectó la cámara, la desconectó y volvió a encenderla. Si se fijan, la hora de la grabación ha cambiado. Al principio eran las diez y cinco de la noche. Ahora, de repente, son las diez y veinte.

—Está claro que esperaba a alguien —apuntó Tucker.

—Quizás ese alguien había llegado ya y estaba abajo, preparando unas rayas de coca. Vamos allá. —Marino pulsó el botón de avance—. Aquí es donde empieza lo bueno.

La penumbra de la sala de conferencias quedó en completo silencio, salvo los crujidos de una cama y unos gemidos que más parecían de dolor que de pasión. El comisario Brown aparecía desnudo y boca arriba. En la imagen, de espaldas, vimos a Temple Gault. Llevaba unos guantes quirúrgicos en las manos y nada más. Cerca de él, en la cama, había amontonadas unas ropas oscuras. Marino no hizo más comentarios.

Miré a mi alrededor. Lucy y Janet observaban con rostro inexpresivo y Tucker parecía muy tranquilo. Wesley estaba a mi lado y analizaba las imágenes fríamente.

Gault mostraba en su cuerpo una blancura enfermiza y bajo su piel quedaban claramente marcadas cada vértebra y cada costilla. Daba la impresión de haber perdido mucho peso y tono muscular, y pensé en la cocaína detectada en sus cabellos, que esta vez eran blancos; pero entonces cambió de posición y dejó a la vista unos pechos voluminosos, de mujer.

No era Gault. Parecía imposible, disparatado, pero aquella persona era Carrie Grethen. Mis ojos se volvieron velozmente hacia el otro lado de la mesa y vi que Lucy se ponía tensa.

Noté que Marino me miraba mientras, en el televisor, Carrie Grethen se afanaba en llevar al éxtasis a su cliente. Sin embargo, parecía que las drogas habían frustrado sus esfuerzos pues, hiciera lo que hiciese la mujer, el comisario Brown era incapaz de animarse a amortizar lo que iba a resultar el precio más alto que había pagado nunca por el placer. Lucy mantuvo la vista fija en la pantalla con aire resuelto. Estupefacta, contempló cómo su ex amante llevaba a cabo un acto lascivo tras otro sobre aquel hombre barrigón y embriagado.

El final parecía fácil de predecir. Carrie sacaría un arma y le pegaría un tiro. Pero no fue así. Cuando llevaban transcurridos dieciocho minutos en el vídeo, se oyeron unas pisadas en el dormitorio de Brown y entró el cómplice de la mujer. Temple Gault, ahora sí, iba vestido con un traje negro y también llevaba guantes. No parecía sospechar en absoluto que una cámara recogía cada uno de sus movimientos y sonidos, hasta el menor pestañeo. Se detuvo al pie de la cama y contempló la escena. Brown tenía los ojos cerrados. No podía decirse si estaba consciente o no.

—Ya es hora —dijo Gault con tono impaciente.

Sus intensos ojos azules dieron la impresión de penetrar la pantalla y asomarse directamente a nuestra sala de conferencias. No se había teñido el pelo. Seguía llevándolo de color zanahoria, largo y engominado, peinado hacia atrás desde la frente y hasta detrás de las orejas. Vimos cómo se desabrochaba la chaqueta, sacaba una pistola Glock de nueve milímetros y, con aire indiferente, se acercaba a la cabecera de la cama.

Carrie miraba a Gault mientras éste colocaba la boca del cañón de la pistola entre los ojos del comisario. A continuación, ella se llevó las manos a los oídos y yo noté un nudo en el estómago y cerré los puños. Cuando Gault apretó el gatillo, el arma retrocedió como espantada de lo que acababa de hacer. Estupefactos, asistimos a los espasmos agónicos del comisario hasta que cesaron. Carrie descabalgó de aquel cuerpo ahora inerte.

—¡Oh! —exclamó Gault, bajando la vista hacia su pecho—. Me he salpicado, maldita sea.

Ella sacó el pañuelo del bolsillo de la chaqueta de su cómplice y le restregó con él las manchas del cuello y de las solapas.

—No se notará. Menos mal que vas vestido de negro.

—Ve a ponerte algo —indicó él, como si le disgustara la desnudez de la mujer.

Gault tenía una voz adolescente y desigual, que apenas levantaba. Se desplazó hasta el pie de la cama y recogió las ropas oscuras allí colocadas.

—¿Qué me dices del reloj? —preguntó Carrie—. Es un Rolex auténtico, nene. De oro. Y la pulsera también es auténtica.

—Vístete de una vez —replicó Gault.

—No quiero ensuciarme —protestó ella, y dejó caer el pañuelo ensangrentado que la policía encontraría más tarde en el suelo.

—Entonces, trae las bolsas —le ordenó él.

Dio la impresión de que Gault hacía algo con la ropa de Carrie mientras la colocaba sobre la cómoda, pero el ángulo de la cámara no nos permitía verlo con claridad. Carrie regresó con las bolsas.

Entre los dos, colocaron el cuerpo de Brown en una posición que parecía minuciosamente premeditada. En primer lugar, por alguna razón que no alcanzamos a comprender, lo vistieron con un pijama. La sangre se derramó por la chaqueta de éste mientras Gault cubría la cabeza del comisario con la bolsa de la basura y la ataba en torno al cuello del cadáver con un cordón de zapato procedente de unas zapatillas de entrenamiento que el difunto tenía en el armario.

También entre los dos, bajaron el cuerpo de la cama a la bolsa negra colocada en el suelo. Gault sostenía a Brown por las axilas y Carrie, por los tobillos. Cuando lo tuvieron dentro, cerraron la cremallera. Vimos cómo se llevaban al muerto y los oímos en la escalera. Unos minutos después, Carrie apareció de nuevo en la imagen, cogió la ropa y salió. Tras esto, el dormitorio quedó desierto.

La voz de Tucker sonó en medio de la tensión:

—Desde luego, no podríamos pedir mejores pruebas. ¿Aquellos guantes procedían del depósito de cadáveres?

—Muy probablemente estaban en la furgoneta que nos robaron —respondí—. Guardamos una caja de guantes en cada vehículo.

—El espectáculo no ha terminado todavía —anunció Marino.

Hizo avanzar la filmación, pasando a gran velocidad la escena fija del dormitorio vacío hasta que, de pronto, apareció una figura. Marino volvió atrás y la figura retrocedió aceleradamente hasta desaparecer de la habitación.

—Observen lo que sucede una hora y once minutos más tarde, exactamente. —Pulsó de nuevo el botón y reprodujo la secuencia.

Carrie Grethen entró en el dormitorio, vestida como Gault. De no ser por los cabellos blancos, la habría tomado por él.

—¿Cómo? ¿Ella lleva su ropa, ahora? —exclamó Tucker, perplejo.

—No —respondí—. Viste muy parecido, pero no es la misma ropa que llevaba Gault.

—¿Cómo estás tan segura? —preguntó el coronel.

—Tiene un pañuelo en el bolsillo del pecho. Antes cogió el de Gault para limpiarle la sangre. Y si retrocedemos, comprobaremos que la chaqueta de Gault no tenía solapas en los bolsillos laterales; en cambio, la de ella sí.

—Cierto —confirmó Marino—. La doctora tiene razón.

Carrie paseó la mirada por la estancia, por el suelo y por la cama, como si hubiera perdido algo. Se la veía agitada e irritada y tuve la certeza de que estaba en plena borrachera de coca. Continuó buscando unos instantes más y, por último, se marchó.

—Me pregunto a qué vendría todo eso —comentó Tucker.

—Espere —le dijo Marino.

Avanzó la cinta y reapareció Carrie. La vimos insistir en la búsqueda con expresión ceñuda, apartar las sábanas de la cama y mirar bajo la almohada ensangrentada. A gatas, miró también bajo la cama. Cuando se incorporó, sin dejar de recorrer la habitación con la mirada, escupió una sarta de obscenidades.

—Date prisa —se oyó la voz impaciente de Gault, fuera de la estancia.

Carrie se detuvo ante el espejo de la cómoda y se arregló los cabellos. Por un instante, quedó en primer plano frente a la cámara y me asombró su deterioro. En otro tiempo la había juzgado muy guapa, con su tez clara, sus facciones perfectas y su larga melena de color castaño. La criatura que teníamos ante nosotros en aquel momento estaba demacrada y mostraba una mirada sin brillo y unos ásperos cabellos blancos. Finalmente, se abrochó la chaqueta y se marchó.

—¿Qué piensa de eso, capitán? —preguntó Tucker a Marino.

—No sé. He pasado la cinta una decena de veces y no se me ocurre nada.

—La mujer ha perdido algo —apuntó Wesley—. Eso parece evidente.

—Quizás era sólo una última comprobación —dijo Marino—. Para asegurarse de que no cometían algún descuido.

—Como no descubrir la cámara de vídeo —terció con sarcasmo Tucker.

—No creo que a Carrie le preocupase que se dejaran algo —insistió Wesley—. No hizo nada por recoger el pañuelo ensangrentado de Gault que encontramos en el suelo.

—Pero los dos llevaban guantes —señaló Marino—. Yo diría que demostraban bastante cautela.

—¿Se echó en falta dinero en la casa? —quiso saber Wesley.

Marino asintió:

—No sabemos cuánto, pero a Brown le limpiaron la cartera. Probablemente se llevaron también armas, drogas, más dinero…

—Espere un momento —le interrumpí—. El sobre.

—¿Qué sobre? —preguntó Tucker.

—No hemos visto que lo pusieran en el bolsillo de

Brown. Hemos visto que vestían el cadáver y lo introducían en la bolsa, pero no aparecía ningún sobre. Rebobine la cinta, Marino —pedí a éste—. Vuelva a esa parte para asegurarnos de que estoy en lo cierto.

Marino rebobinó la cinta y volvió a pasar la parte en que Carrie y Gault sacaban el cadáver de la habitación. Era indudable que Brown había sido encerrado en la bolsa sin la nota en papel rosa que yo encontré en el bolsillo de su pijama. Pensé en otras notas que había recibido y en todos los problemas que tenía Lucy con CAIN. El sobre con la nota iba dirigido a mí y llevaba sello, como si la intención de su autor fuera enviarlo por correo.

—Puede ser eso lo que Carrie no encontraba —apunté—. Tal vez ha sido ella quien me ha enviado las notas. Y también tenía intención de enviarme esta última, lo cual explicaría por qué el sobre llevaba la dirección y el sello. Pero Gault, sin que ella lo supiera, lo colocó en el bolsillo del pijama de Brown.

—¿Por qué habría de hacer tal cosa? —murmuró Wesley.

—Quizá porque sabía el efecto que eso produciría —respondí—. Yo lo encontraría en el depósito y sabría al instante que Brown había sido asesinado y que era cosa suya.

—Pero lo que está diciendo es que Gault no es CAIN. Según esto, CAIN es Carrie Grethen —apuntó Marino.

Fue Lucy quien respondió:

—Ninguno de ellos es CAIN. Los dos son espías.

Todos guardamos un instante de silencio.

—Está claro —dije luego— que Carrie ha continuado ayudando a Gault con el ordenador del FBI. Forman un equipo. Pero sigo pensando que Gault cogió la nota que ella me había escrito. Y que lo hizo sin decírselo. Creo que era eso lo que Carrie buscaba.

—¿Y por qué había de buscarlo en el dormitorio de Brown? —se preguntó Tucker—. ¿Tenía alguna razón para pensar que se lo había dejado allí?

—Desde luego —respondí—. Carrie se había desnudado en el cuarto. Quizá llevaba el sobre en un bolsillo. Marino, por favor, pase esa parte en la que Gault recoge la ropa de la cama.

Marino volvió a la escena indicada y, aunque no alcanzamos a ver nítidamente que Gault sacara el sobre del bolsillo, quedaba claro que algo había hecho con la ropa de Carrie. Desde luego, podía haberse quedado el sobre en aquel momento. Y podía haberlo colocado en el bolsillo de Brown más tarde, en la parte de atrás de la furgoneta o tal vez en el depósito.

—Entonces, ¿de veras cree que es ella quien le ha estado enviando las notas? —preguntó Marino, escéptico.

—Me parece probable.

—Pero ¿por qué? —Tucker estaba desconcertado—. ¿Por qué habría de hacerle esto, doctora Scarpetta? ¿Conoce usted a esa mujer?

—No —respondí—. Sólo me he cruzado con ella, pero nuestro último encuentro fue bastante desagradable. Además, las notas nunca me han parecido cosa de Gault.

—Esa mujer desea destruirte —dijo Wesley con voz pausada—. Querría destruiros a las dos, a ti y a Lucy.

—¿Por qué? —intervino Janet.

—Porque Carrie Grethen es una psicópata —sentenció Wesley—. Ella y Gault son almas gemelas. Es interesante que ahora vistan igual. Parecen idénticos.

—No entiendo lo que hizo Gault con el sobre —dijo Tucker—. ¿Por qué no pedírselo a Carrie, en lugar de cogerlo sin decírselo?

—¿Pretendes que te diga cómo funciona la mente de Gault? —fue la respuesta de Wesley.

—Pues sí.

—No tengo ni idea.

—Pero debe de significar algo.

—Sí —dijo Wesley.

—¿Qué? —preguntó Tucker.

—Significa que Carrie piensa que tiene una relación con él. Piensa que puede confiar en él, y se equivoca. Significa que él terminará por matarla, si puede —sentenció Wesley mientras Marino encendía las luces.

Todos entrecerramos los ojos. Me volví hacia Lucy, que no tenía nada que decir, y percibí su angustia en un pequeño detalle: se había puesto las gafas, cuando no las necesitaba salvo para trabajar con el ordenador.

—Es evidente que actúan en equipo —comentó Marino.

—¿Y quién lleva la voz cantante? —intervino de nuevo Janet.

—Gault —respondió el capitán, terminante—. Por eso es él quien empuña el arma y ella quien actúa en la cama.

Tucker echó su silla hacia atrás.

—Esa pareja conocía a Brown —dijo—. Gault y la mujer no aparecieron en su casa por las buenas.

—¿El comisario habría identificado a Gault? —preguntó Lucy.

—Tal vez no —contestó Wesley.

—Pienso que se pusieron en contacto con él…, bueno, por lo menos la mujer, para conseguir drogas.

—Su número de teléfono no está en la guía, pero no es secreto —dije yo.

—En el contestador no había ningún mensaje de interés —añadió Marino.

—Pues quiero saber qué relación había entre ellos —exigió Tucker—. ¿Cómo conocieron esos dos al comisario?

—Yo diría que por asuntos de drogas —expuso Wesley—. También podría ser que Gault se interesara por el comisario a causa de la doctora Scarpetta. Brown mató a alguien en Nochebuena y los medios de comunicación se ocuparon de la noticia *ad infinitum.* No era ningún secreto que la doctora estuvo presente en los hechos y que terminaría testificando. Es más, cabía la posibilidad de que terminara en el estrado del jurado ya que, irónicamente, Brown la había convocado para formar parte de uno de ellos.

Recordé lo que había dicho Anna Zenner respecto a que Gault me traía regalos.

—Y Gault estaría al corriente de todo ello —asintió Tucker.

—Probablemente —continuó Wesley—. Si alguna vez descubrimos dónde vive, quizá comprobemos que recibe el periódico de Richmond por correo.

Tucker permaneció pensativo unos instantes; luego, me miró.

—Entonces, ¿quién mató al agente en Nueva York? ¿La mujer de cabellos blancos?

—No —respondí—. Ella no podría darle un golpe como ése. A menos que sea cinturón negro de karate.

—Y esa noche, en el túnel, ¿también actuaban en equipo?

—No sé si la mujer estaba allí —dije.

—Bien, usted sí que estaba.

—Sí. Y vi una sola persona.

—¿Una persona con los cabellos blancos o pelirrojos?

Evoqué la figura iluminada en el arco. Recordé el largo abrigo oscuro y la cara pálida. No había alcanzado a ver sus cabellos.

—Sospecho que quien estaba allí abajo aquella noche era Gault —respondí—. Y, aunque no puedo demostrarlo, tampoco hay nada que apunte a que tuviera un cómplice cuando asesinó a Jane.

—¿A Jane? —preguntó Tucker.

—Hemos dado ese nombre a la desconocida que mató en Central Park.

Tucker continuó sus esfuerzos por encajar las piezas:

—Entonces, cabe deducir que no estableció esa asociación criminal con la tal Carrie Grethen hasta que volvió a Virginia, después de Nueva York.

—No lo sabemos con seguridad —reconoció Wesley—. Esto nunca será una ciencia exacta, Paul. Sobre todo cuando tratamos con delincuentes violentos que se corroen el cerebro con drogas. Cuanto más se descontrolan, más extraña es su conducta.

El jefe de policía se inclinó hacia delante, miró con severidad a Wesley y murmuró:

—Haz el favor de decirme qué deduces de todo esto, Benton.

—Gault y Carrie ya se conocían previamente. Sospecho que entraron en contacto a través de una tienda de artículos para espías del norte de Virginia —respondió Wesley—. Fue así como se vio comprometido el programa CAIN. Ahora parece que su relación ha pasado a otro nivel.

—Sí —comentó Marino—. Bonnie ha encontrado a su Clyde.

15

Nos dirigimos a mi casa por calles apenas holladas por el tránsito. La noche, ya avanzada, estaba en absoluta calma. La nieve cubría la tierra como algodón y absorbía los sonidos. Los árboles desnudos recortaban sus perfiles, negro contra blanco. La luna era una cara borrosa tras la bruma. Tuve ganas de salir a pasear, pero Wesley no me lo permitió.

—Es tarde y has tenido un día traumático. —Estábamos sentados en su BMW, aparcado frente a mi casa, detrás del coche de Marino—. ¿Qué necesidad tienes de andar de paseo por ahí, a estas horas?

—Podrías acompañarme. —Me sentía vulnerable y muy cansada, pero no quería que se marchara.

—¿Qué necesidad tenemos cualquiera de los dos de dar ese paseo? —insistió mientras Marino, Janet y Lucy desaparecían tras la puerta de mi casa—. Lo que te conviene ahora es entrar ahí y dormir un poco.

—¿Qué harás tú?

—Tengo una habitación.

—¿Dónde? —le pregunté, como si tuviera derecho a saberlo.

—En Linden Row. En el centro. Ve a acostarte, Kay, por favor. —Hizo una pausa, con la mirada fija en el parabrisas—. Ojalá pudiera hacer algo más, pero no puedo.

—Ya lo sé. No te pido que hagas nada. Claro que no puedes; yo tampoco podría, si fueras tú quien necesitara consuelo. Si necesitaras a alguien. Por eso detesto quererte. Lo aborrezco. Sobre todo, cuando tengo necesidad de ti. Como ahora. —Luché por contenerme—. ¡Ah, maldita sea!

Benton me abrazó y me enjugó las lágrimas. Me acarició los cabellos y me cogió la mano como si fuera algo muy precioso y muy querido.

—Puedo llevarte conmigo al centro, si es eso lo que quieres de verdad.

Benton sabía que rechazaría la propuesta, porque era imposible.

—No —respondí, pues, con un profundo suspiro—. No quiero, Benton.

Me apeé del coche y cogí un puñado de nieve. Me froté el rostro con ella mientras me encaminaba a la puerta principal. No deseaba que nadie advirtiera que había estado llorando en la oscuridad con Benton Wesley.

Él no se marchó hasta que me hube atrincherado en casa con Marino, Janet y Lucy. Tucker había ordenado tenerme bajo protección policial las veinticuatro horas del día. Marino se encargaría de ello. Y el capitán no confiaría nuestra seguridad a unos agentes uniformados aparcados en alguna parte en un coche patrulla o en una furgoneta. Nos aleccionó como si fuéramos guerrilleras o Boinas Verdes.

—Muy bien —dijo cuando entrábamos en la cocina—. Sé que Lucy sabe disparar. Y tú, Janet, será mejor que también sepas hacerlo, si deseas graduarte en la Academia algún día.

—Ya sabía disparar antes de mi ingreso —respondió la muchacha con su flema de costumbre.

—¿Doctora?

En aquel momento yo estaba inspeccionando el contenido del frigorífico.

—Puedo hacer pasta con un poco de aceite de oliva, queso parmesano y cebolla. Tengo queso en lonchas, si alguien quiere un bocadillo. Y, si me dan tiempo para descongelarlos, tengo *piccage col pesto di ricotta* y *tortellini verdi*. Creo que habrá suficiente para los cuatro, si lo caliento todo.

Nadie me hizo caso. Yo ardía en deseos de hacer algo normal.

—Lo siento —dije con desánimo—. No he pasado por la tienda, últimamente.

—Tengo que abrir su armero, doctora —indicó Marino.

—Tengo roscas de pan.

—¡Eh! ¿Alguien tiene hambre? —preguntó él.

Nadie respondió. Cerré el frigorífico. El armero estaba en el garaje.

—Vamos —le dije.

Me siguió y procedí a abrirlo como me había pedido.

—¿Le importaría decirme qué pretende? —le pregunté.

—Que nos armemos todos —respondió mientras examinaba una pistola tras otra y contemplaba mi surtido de munición—. ¡Carajo!, debe usted tener acciones en Green Top.

Green Top era una armería de la zona que no vendía a maleantes, sino a ciudadanos normales que disfrutaban con los deportes y querían seguridad en su hogar. Se lo recordé a Marino, aunque era innegable que, en comparación con la media, yo tenía demasiadas armas y demasiada munición.

—No sabía que guardara todo esto —continuó Marino, con medio cuerpo dentro del armero, grande y sólido—. ¿Cuándo lo compró? Yo no iba con usted...

—De vez en cuando salgo de compras sola, ¿sabe? —repliqué, incisiva—. Aunque no lo crea, soy perfectamente capaz de comprar comida, ropa y armas sin ayuda de nadie. Y estoy muy cansada, Marino. Dejemos el tema.

—¿Dónde tiene las armas largas?

—¿Cuáles quiere?

—¿Cuáles tiene?

—Varias Remington. Una Marine Magnum. Una 850 Express Security.

—Eso bastará.

—¿Quiere que vea si encuentro unos cuantos explosivos plásticos? Quizá podría conseguir un lanzagranadas —sugerí.

Marino tomó una Glock nueve milímetros.

—Así que también es socia de un «club Tupperware» de armas.

—He usado el lanzagranadas en la galería cubierta para hacer pruebas de tiro —respondí—. La mayoría de las armas que guardo aquí son para eso. Tengo que presentar varios informes en diversas reuniones. Todo esto me está sacando de quicio. ¿Qué se propone ahora? ¿Buscar en los cajones de la cómoda?

Marino guardó la Glock en la parte trasera de sus pantalones.

—Veamos… También voy a coger la Smith & Wesson nueve milímetros de acero inoxidable y el Colt. A Janet le gustan los Colt.

Cerré el armero e hice girar el tambor de la combinación con gesto irritado. Volvimos a la casa y subí al piso de arriba porque no quise ver a Marino repartiendo armas y munición. No podía soportar la idea de que Lucy estuviera en el piso de abajo con un rifle de repetición en las manos y me pregunté si habría algo capaz de atemorizar o detener a Gault. Empezaba a pensar en él como en un muerto viviente a quien ninguna de nuestras armas podía atajar.

Ya en el dormitorio, apagué las luces y me quedé de pie ante la ventana. Mi aliento se condensó en el cristal mientras contemplaba la noche iluminada por la nieve. Recordé cuando, en mis primeros tiempos en Richmond, despertaba a veces en un mundo silencioso y blanco como el que tenía ahora ante mí. En ocasiones, la ciudad quedaba paralizada y yo no podía acudir al trabajo. Entonces salía a pasear por el vecindario y me dedicaba a levantar la nieve a puntapiés y a arrojar bolas del blanco elemento a los troncos de los árboles. Recordé todo aquello y evoqué la imagen de los chiquillos tirando de los trineos por las calles.

Limpié el vaho del cristal y me sentí demasiado triste como para compartir mis sentimientos con nadie. A lo largo de la calle, las velas navideñas ardían con brillo mortecino en las ventanas de todas las casas, salvo la mía. La calle estaba radiante, pero vacía. No circulaba un solo coche. Sabía que Marino se quedaría levantado la mitad de la noche junto a su «equipo especial» femenino. Pero se llevarían una decepción. Gault no se presentaría.

Empezaba a intuir algo acerca de él. Lo que Anna Zenner me había dicho de Gault era cierto, probablemente.

Me acosté y leí hasta quedarme dormida. Desperté a las cinco. Sin hacer ruido, bajé al piso inferior pensando si sería mi sino morir de un disparo en mi propia casa, pero la puerta de una de las habitaciones de invitados estaba cerrada y Marino roncaba en el sofá. Me colé sigilosamente en el garaje y saqué el Mercedes. El coche maniobró de maravilla sobre la nieve lisa y seca. Me sentí como un pájaro y eché a volar.

Conduje a buena marcha por Cary Street y, cuando el coche coleó al patinar, lo encontré divertido. No había nadie más a la vista. Puse una marcha más corta y avancé entre montones de nieve hasta el aparcamiento de International Safeway. La tienda de alimentación estaba abierta las veinticuatro horas y entré a comprar zumo de naranja recién exprimida, queso cremoso, tocino y huevos. Llevaba puesto un gorro y nadie me prestó la menor atención.

Cuando regresé al coche, me sentía contenta como no lo había estado en muchas semanas. Tarareé las canciones de la radio durante todo el camino de vuelta y, cuando pude hacerlo sin riesgos, provoqué nuevos patinazos del coche. Al entrar en el garaje, encontré allí a Marino con su rifle Benelli, negro y plano.

—¿Qué demonios anda usted haciendo? —exclamó mientras yo cerraba la puerta del garaje.

Mi euforia se desvaneció.

—He ido a comprar provisiones.

—¡Virgen Santísima! ¡No me lo puedo creer! —exclamó a gritos.

Al oír aquello perdí la paciencia.

—¿Por quién me toma? ¿Cree que soy Patty Hearst? ¿Acaso estoy secuestrada? ¿Piensa encerrarme en un armario?

—Entre en la casa.

Marino estaba muy trastornado. Le dirigí una fría mirada y repliqué:

—Ésta es mi casa. No la suya, ni la de Tucker, ni la de Benton. ¡Es mi casa, maldita sea! Y entraré cuando me dé la gana.

—Muy bien. Y puede morir en ella igual que en cualquier otra parte.

Entré en la cocina detrás de él. Saqué los artículos de la bolsa de la tienda y los dejé sobre la mesa con gestos enérgicos. Casqué unos huevos en un cuenco y tiré las cáscaras a la basura. Encendí la cocina de gas y batí con rabia los huevos para hacer unas tortillas con cebolla y queso fundente. Preparé café y masculló un juramento porque había olvidado la crema de leche baja en grasas. También había olvidado las servilletas, de modo que las sustituí por unas hojas de papel de cocina.

—Puede poner la mesa en el salón y encender el fuego —dije a Marino mientras añadía un poco de pimienta recién molida a los huevos espumeantes.

—El fuego lleva encendido desde anoche.

—¿Lucy y Janet están despiertas? —pregunté. Empezaba a sentirme mejor.

—No tengo ni idea.

—Entonces, vaya a llamar a su puerta. —Cogí una sartén y la unté de aceite de oliva.

—Es que las dos duermen en la misma habitación...

—¡Oh, por el amor de Dios, Marino...!

Me volví en redondo y le dirigí una mirada de exasperación.

Desayunamos a las siete y media y eché una ojeada al periódico, que estaba húmedo.

—¿Qué vas a hacer hoy? —me preguntó Lucy como si estuviéramos de vacaciones, tal vez en algún encantador hotelito de los Alpes.

Iba vestida con la misma ropa de faena y estaba sentada en una otomana frente al fuego. Cerca de ella, en el suelo, tenía la Remington de cachas niqueladas. El arma estaba cargada con siete balas.

—Tengo que hacer varios recados y llamadas telefónicas —respondí.

Marino se había puesto unos pantalones tejanos y una sudadera y me observó con suspicacia mientras tomaba el café a sorbos.

—Me voy al centro —añadí clavando la mirada en sus ojos; pero él no se inmutó.

—Benton ya se ha marchado —se limitó a decir. Noté que se me encendían las mejillas—. He intentado llamarle y ya había dejado el hotel. —Consultó el reloj y añadió—: Eso debió de ser hace un par de horas, alrededor de las seis.

—Cuando digo que voy «al centro», me refiero a mi despacho —respondí sin alzar la voz.

—Lo que debe hacer, doctora, es ir a Quantico y alojarse en la planta de seguridad durante un tiempo. Lo digo en serio. Por lo menos, el fin de semana.

—Estoy de acuerdo —dije—. Pero no lo haré hasta haberme ocupado de algunos asuntos aquí.

—Entonces, lleve a Lucy y a Janet consigo.

Lucy estaba contemplando el panorama tras las puertas correderas de cristal y Janet seguía aún enfrascada en la lectura del periódico.

—No —respondí—. Ellas pueden quedarse aquí hasta que salgamos hacia Quantico.

—No es una buena idea.

—Escuche, Marino: a menos que esté detenida por alguna razón que ignoro, dentro de menos de media hora saldré de casa e iré a mi despacho. Y pienso ir sola.

Janet bajó el periódico y dijo a Marino:

—Llega un momento en que una tiene que seguir su vida.

—Esto es una cuestión de seguridad —respondió Marino, sin tomarse en serio el comentario.

Janet no cambió de expresión.

—No, no lo es —se limitó a decir—. La cuestión, aquí, es que usted se comporta como todos los hombres.

Marino la miró, desconcertado.

—Es excesivamente protector —añadió ella, muy sensata—. Y quiere encargarse de todo y controlarlo todo.

Marino no se mostró enfadado gracias a que ella hablaba en un tono muy suave.

—¿Se te ocurre una idea mejor? —le preguntó.

—La doctora Scarpetta puede cuidar de sí misma —contestó Janet—. Pero no debería quedarse sola en esta casa por las noches.

—Gault no vendrá aquí —dije a esto.

Janet se puso en pie y se desperezó.

—Es probable que él, no —asintió—. Pero Carrie, tal vez sí.

Lucy se volvió y dio la espalda a las puertas correderas. Tras los cristales, la mañana era cegadora y el agua goteaba del alero.

—¿Por qué no puedo ir contigo al despacho? —quiso saber mi sobrina.

—Allí no hay nada para ti —respondí—. Te aburrirías.

—Puedo trabajar con el ordenador.

Finalmente, llevé a Lucy y a Janet a trabajar conmigo y las dejé en el despacho con Fielding, mi ayudante jefe. A las once de la mañana, las calles del Slip estaban llenas de nieve sucia y pisada y los comercios empezaban a abrir, con notable retraso. Enfundada en unas botas impermeables y una chaqueta larga, esperé en una acera para cruzar Franklin Street. Las brigadas urbanas rociaban el asfalto con sal y el tráfico era escaso en aquel viernes previo a Nochevieja.

La galería James ocupaba el piso superior de un antiguo almacén de tabaco, cerca de un local de Laura Ashley y de una tienda de discos. Entré por una puerta lateral, seguí un pasillo apenas iluminado y tomé un ascensor en el que no cabían más de tres personas de mi tamaño. Pulsé el botón de la tercera planta y el camarín no tardó en abrirse ante otro pasillo en penumbra, en el fondo del cual había unas puertas acristaladas con el nombre de la galería pintado en letras negras de caligrafía.

James había abierto la galería después de trasladarse de Nueva York a Richmond. En una ocasión yo le había comprado una litografía y una talla de un pájaro, y las figuras de cristal de mi comedor también procedían de su tienda. Pero hacía más o menos un año había dejado de comprar allí, después de que un artista local creara en mi honor unas nada apropiadas batas de laboratorio con estampados hechos a mano que reproducían escenas de crímenes, sangre y huesos. Además, cuando le pedí a James que no las expusiera, amplió su pedido.

Vi al galerista tras una vitrina, ordenando una bandeja llena de lo que parecían pulseras. Cuando llamé al timbre, levantó los ojos, movió la cabeza en gesto de negativa y leí en sus labios, inaudible, el mensaje de que el local no estaba abierto. Me quité el gorro y las gafas de sol y llamé al cristal con los nudillos. El hombre me miró inexpresivamente hasta que saqué mis credenciales y le enseñé la placa.

Cuando se dio cuenta de que era yo, se sobresaltó y se quedó perplejo. James, que insistía en que le llamaran así porque su nombre de pila era Elmer, se acercó a la puerta. Una vez allí, echó otro vistazo a mis facciones y oí el tintineo de unas campanillas contra el cristal mientras el hombre hacía girar la llave.

—¿Qué quiere? —preguntó al franquearme el paso.

—Usted y yo tenemos que hablar —respondí mientras me desabrochaba el abrigo.

—Ya he agotado las batas de laboratorio.

—Me encanta oír eso.

—Yo también estoy encantado —dijo él, con su habitual displicencia—. Vendí la última por Navidad. Vendí más de esas estúpidas batas de laboratorio que ninguna otra cosa de la galería. Ahora pensamos en serigrafiar delantales de esos que ustedes llevan cuando hacen una autopsia.

—Eso no es una falta de respeto hacia mí, sino hacia los muertos. Y usted no será nunca yo, pero seguro que un día morirá. Quizá debería pensar un poco en ello.

—El problema de usted es que no tiene sentido del humor.

—No estoy aquí para hablar de cuál le parece que es mi problema —repliqué con calma.

James, un hombre alto y quisquilloso de cortos cabellos grises y bigote, se había especializado en pinturas, bronces y mobiliario minimalistas, en piezas de joyería insólitas y en caleidoscopios. Desde luego, tenía preferencia por lo irreverente y lo extravagante, y nada de lo que vendía era una ganga. Además, trataba a los clientes como si éstos fueran muy afortunados al poder gastarse el dinero en su galería. De hecho, estaba segura de que James no trataba bien a nadie.

—¿Qué hace aquí? —me preguntó—. Me he enterado de lo sucedido en su oficina.

—Por supuesto que se ha enterado —respondí—. No se me ocurre cómo podría ignorarlo nadie.

—¿Es cierto que a uno de los policías lo metieron en…?

Le dirigí una mirada feroz. James volvió a situarse tras el mostrador en el que, según pude ver ahora, había estado colocando minúsculas etiquetas con el precio en unas pulseras de oro y plata con forma de serpientes, de anillas de lata de refresco, de trenzas e incluso de esposas.

—Especiales, ¿verdad? —comentó con una sonrisa.

—Diferentes.

—Mi preferida es ésta. —Levantó una pulsera formada por una cadena de manos en oro mate.

—Hace varios días, alguien visitó su galería y utilizó mi tarjeta de crédito —le dije.

—Sí. Su hijo. —James devolvió la pulsera a la bandeja.

—¿Mi qué?

El galerista alzó la vista.

—Su hijo —repitió—. Veamos… creo que se llama Kirk.

—No tengo ningún hijo —respondí—. Y la tarjeta oro de American Express me la robaron hace varios meses.

—Vaya, ¿y por qué no la canceló enseguida?

—No me he dado cuenta de que no la tenía hasta hace muy poco. Y no he venido a hablar de esto —respondí—. Necesito que me cuente qué sucedió, exactamente.

James acercó un taburete y tomó asiento. A mí no me ofreció una silla.

—Vino el viernes antes de Navidad —me dijo a continuación—. Sobre las cuatro de la tarde, calculo.

—¿Y era un hombre, dice?

James me dirigió una mirada de desdén.

—Sí, un hombre. Todavía sé distinguirlos, ¿sabe?

—Descríbalo, por favor.

—Un metro setenta y pico, delgado, con facciones angulosas. Las mejillas un poco hundidas. Pero, a decir verdad, lo encontré bastante extravagante.

—¿Y los cabellos?

—Llevaba una gorra de béisbol, de modo que apenas se los vi, pero tuve la impresión de que los llevaba teñidos de un rojo realmente terrible. Un color zanahoria subidísimo. No puedo imaginar quién se lo hizo, pero deberían demandarlo por incompetencia.

—¿Qué me dice de sus ojos?

—Llevaba gafas de sol. Estilo Armani. Me sorprendió mucho que usted tuviera un hijo así —añadió con un tonillo burlón—. Yo habría imaginado que su chico llevaría traje caqui y corbatas estrechas, y que estudiaría en el MIT…

—James, esta conversación no tiene nada de divertida… —le interrumpí bruscamente.

De pronto, comprendió a qué venía el comentario. Se le iluminó el rostro y los ojos se le abrieron como platos.

—¡Oh, Dios mío! ¿Era el hombre del que hablan? ¿Ese que…? ¡Dios mío! ¿Dice que él estuvo en mi galería?

No hice el menor comentario.

—¿Se da cuenta de lo que significa eso? —James parecía eufórico—. Cuando la gente sepa que compró aquí…

Continué callada.

—¡Será fabuloso para el negocio! Vendrán clientes de todas partes. Mi galería entrará en las rutas de las visitas turísticas.

—Tiene razón —dije por fin—. Asegúrese de hacer publicidad de una cosa así y pronto tendrá cola en la puerta, tipos con trastornos de personalidad llegados de todas partes. Empezarán a tocar sus valiosos cuadros, los bronces y los tapices, y tendrá que responder a sus innumerables preguntas. Y no le comprarán nada.

James enmudeció.

—Ese hombre… —continué—, ¿qué hizo cuando estuvo aquí?

—Echó un vistazo. Dijo que buscaba un regalo de última hora.

—¿Cómo era su voz?

—Tranquila. Un poco aguda. Le pregunté para quién era el regalo y dijo que para su madre. Dijo que era doctora. Entonces le enseñé la aguja que terminó por comprar. Un caduceo con dos serpientes en oro blanco enroscadas en torno a una varilla alada de oro natural. Los ojos de las serpientes eran rubíes. Estaba hecho a mano y era absolutamente espectacular.

—¿Y eso fue lo que compró por doscientos cincuenta dólares?

—Sí. —James me estudió detenidamente, con un dedo doblado bajo la barbilla—. Realmente, es usted. Ese caduceo es exactamente usted. ¿No le gustaría que encargara al orfebre otro igual?

—¿Qué sucedió cuando hubo hecho la compra?

—Le pregunté si quería que la envolviese para regalo y dijo que no. Sacó la tarjeta de crédito y entonces comenté: «Vaya, vaya, qué pequeño es el mundo. Su madre trabaja aquí al lado.» Él no dijo nada, así que le pregunté si había venido a pasar las vacaciones en casa y sonrió.

—No dijo nada…

—Ni una palabra. Era como querer sacarle información a una piedra. No resultaba nada amistoso. Pero estuvo correcto.

—¿Recuerda cómo iba vestido?

—Llevaba un abrigo largo de cuero negro. Lo llevaba abrochado y con cinturón, de modo que no puedo decirle más. Pero pensé que daba cierta mala espina.

—¿Y el calzado?

—Me parece que llevaba botas.

—¿Se fijó en algún detalle más?

James reflexionó unos instantes, con la mirada en la puerta que quedaba a mi espalda, y respondió:

—Ahora que lo menciona, tenía en los dedos algo que parecían quemaduras. Pensé que era un poco repulsivo.

—¿Qué me dice de su higiene? —pregunté a continuación, pues cuanto más adicto se hace un consumidor de crack, menos se preocupa de su indumentaria y de su aseo.

—Me pareció que iba bastante limpio. Pero, en realidad, no me acerqué a él.

—¿Y no compró nada más?

—Por desgracia, no. —Elmer James apoyó un codo en la vitrina y posó la mejilla en el puño cerrado, con un suspiro—. Me pregunto cómo daría conmigo...

Volví al despacho evitando los charcos de aguanieve de las calles y los vehículos que pasaban por ellos sin ningún miramiento. Uno de los coches me salpicó. Cuando llegué a la oficina, Janet estaba en la biblioteca, observando un vídeo pedagógico de una autopsia, y Lucy trabajaba en la sala de ordenadores. Dejé que siguieran con lo que hacían y bajé al depósito para ver cómo estaba mi equipo.

Fielding, en la primera mesa, se ocupaba de una mujer joven a quien habían encontrado muerta en la nieve bajo la ventana de su cuarto. Observé el tono rosado del cuerpo y me llegó el olor del alcohol en sangre. En el brazo derecho llevaba un vendaje escayolado en el que había garabateados mensajes y autógrafos.

—¿Qué tenemos aquí? —pregunté.

—Tiene una tasa de alcohol de 2,3 —explicó mi ayudante mientras examinaba una sección de aorta—, de modo que no va a ser ésa la causa. Me parece que va a resultar una muerte por congelación.

—¿Qué se sabe de las circunstancias? —pregunté, recordando a pesar mío a Jane.

—Según parece, estuvo bebiendo con unos amigos y cuando la llevaron a casa, hacia las once, nevaba intensamente. La dejaron ante la puerta y no esperaron a ver cómo entraba. La policía cree que se le cayeron las llaves y que iba demasiado bebida como para encontrarlas. —Depositó la sección de aorta en un frasco de formalina—. Entonces, la mujer intentó entrar por una ventana rompiendo el cristal con la escayola. Pero no lo consiguió. —Fielding retiró el cerebro de la báscula—. La ventana estaba demasiado alta y con un solo brazo no habría podido encaramarse a ella, de todos modos. Al final, perdió el conocimiento.

—¡Vaya amigos! —comenté, y me retiré de la mesa.

La doctora Anderson, nueva en el empleo, estaba fotografiando a una anciana de noventa y un años con una fractura de cadera. Recogí los papeles de un escritorio cercano y eché un rápido vistazo al caso.

—¿Hay que hacer la autopsia? —pregunté.

—Sí —respondió ella.

—¿Por qué?

La doctora Anderson dejó lo que estaba haciendo y me miró a través de la careta protectora. Vi cierto desafío en sus ojos.

—La fractura es de hace dos semanas. El forense de Albemarle sospecha que la muerte pudo deberse a complicaciones de un accidente.

—¿Cuáles son las circunstancias de su muerte?

—Presentaba derrame pleural e insuficiencia respiratoria.

—No veo ninguna relación directa entre eso y una

fractura de cadera —comenté. La doctora Anderson descansó sus manos enguantadas en el borde de la mesa de acero inoxidable—. La voluntad divina puede llevársenos en cualquier momento —añadí—. Puede dejar eso. No es un caso para un forense.

—Doctora Scarpetta —dijo Fielding por encima del gemido de la sierra de Stryker—, ¿sabe que la reunión del Consejo de Trasplantes es el jueves?

—Tengo que presentarme ante el tribunal. —Me volví hacia la doctora Anderson—. ¿Tiene usted comparecencias el jueves?

—Por fuerza. No dejan de enviarme citaciones, aunque mi testimonio ya esté estipulado.

—Pídale a Rose que se encargue de ello. Si está libre y no tenemos exceso de trabajo, puede acompañar usted a Fielding a la reunión.

Me pregunté si faltaría alguna caja de guantes más y registré carretillas y cajones, pero parecía que Gault sólo se había llevado los que había en la furgoneta. A continuación, me pregunté qué más habría encontrado en mi despacho y mis pensamientos tomaron un tinte sombrío.

Fui directamente al despacho, sin cruzar palabra con ninguna de las personas que me encontré por el camino, y abrí la puerta del buró sobre el cual tenía el microscopio. En el fondo del primer cajón había guardado un excelente juego de cuchillas de disección que Lucy me había regalado por Navidad. Fabricadas en Alemania, eran de acero inoxidable con empuñaduras lisas y livianas; unos instrumentos caros e increíblemente afilados. Aparté álbumes de diapositivas, periódicos, pilas y bombillas de microscopio y resmas de papel impreso. Las cuchillas habían desaparecido.

Rose estaba al teléfono en su despacho, contiguo al mío. Fui a verla y esperé junto a su mesa.

—... Pero si ya se ha fijado su comparecencia —decía

en aquel momento—. Si ya se ha fijado su comparecencia, es evidente que no hay necesidad de enviarle citaciones para que declare…

Me miró y puso los ojos en blanco. A Rose empezaba a notársele la edad, pero estaba tan alerta y tan firme como siempre. Nevara o hiciera sol, nunca abandonaba su puesto.

—Sí, sí. Ahora empezamos a entendernos… —Garabateó algo en un bloc de notas—. Le prometo que la doctora Anderson estará muy agradecida. Desde luego. Buenos días.

Mi secretaria colgó y me miró.

—Hay demasiados asuntos en marcha, doctora, se lo aseguro.

—¡Dígamelo a mí! —respondí.

—Será mejor que tenga cuidado. Un día de éstos quizá me encuentre trabajando para otro.

—No la culparía si lo hiciera —dije. Me sentía demasiado cansada para bromear.

Rose me miró como una madre perspicaz que supiera que su hija había estado bebiendo, o fumando a escondidas, o que había salido sin permiso.

—¿Qué sucede, doctora?

—¿Ha visto mis cuchillas de disección?

Rose no sabía de qué le hablaba.

—Las que me regaló Lucy. Un juego de tres cuchillas en una caja de plástico duro. De tres tamaños distintos.

—¡Ah, sí! Ahora me acuerdo. Creía que las guardaba en sus cajones.

—Pues no están —dije.

—Vaya. Espero que no haya sido la brigada de la limpieza. ¿Cuándo las vio por última vez?

—Probablemente, justo después de que Lucy me las diera, y eso fue antes de Navidad, sin duda, porque me comentó que no pensaba llevarlas a Miami. Le enseñé a usted el juego completo, ¿recuerda? Y luego lo guardé en el cajón porque no quería dejarlas abajo.

Rose me miró con expresión ceñuda.

—Ya sé lo que está pensando, doctora. ¡Uf, qué idea tan siniestra! —musitó con un estremecimiento.

Acerqué una silla y me senté.

—Sólo imaginar que ese hombre pueda hacer algo así con mis…

—No piense en esas cosas, doctora —me interrumpió—. No tiene usted ningún control sobre lo que él haga.

Aparté la mirada.

—Me preocupa Jennifer —dijo entonces mi secretaria.

Jennifer era una de las empleadas de la oficina. Su principal responsabilidad era seleccionar fotos, atender los teléfonos e introducir casos en nuestra base de datos.

—Está traumatizada —añadió Rose.

—Por lo que acaba de suceder, supongo.

—Sí. Hoy se ha pasado el día en el cuarto de baño, llorando. Desde luego, lo sucedido es terrible y circulan muchos comentarios, pero esa chica está más perturbada que nadie. He intentado hablar con ella. Me temo que va a renunciar al empleo. —Apuntó el ratón en el icono de WordPerfect y pulsó—. Imprimiré los protocolos de las autopsias para que usted los revise.

—¿Ya los ha pasado al ordenador?

—Esta mañana he llegado temprano. Tengo un coche con tracción en las cuatro ruedas.

—Hablaré con Jennifer —dije.

Salí al pasillo y eché una ojeada a la sala de ordenadores. Lucy estaba como hipnotizada ante el monitor y no la molesté. En el vestíbulo de la sección, Tamara atendía una llamada mientras sonaban otras dos líneas y alguien más recibía la frustrante señal de ocupado. Cleta hacía fotocopias mientras Jo, en una terminal, introducía datos de los certificados de defunción.

Volví sobre mis pasos por el corredor y abrí la puerta del lavabo de señoras. Jennifer estaba inclinada sobre una de las piletas y se mojaba la cara con agua fría.

—¡Oh! —exclamó al verme en el espejo—. Hola, doctora —añadió, apurada y abatida.

Era una joven sencilla que debería batallar toda su vida con las calorías y con la ropa capaz de ocultarlas. Tenía los ojos hinchados, unos dientes saltones y los cabellos lacios. Llevaba demasiado maquillaje incluso en ocasiones como aquélla, en las que el aspecto no debería importar.

—Siéntate, haz el favor —le dije con tono cariñoso, conduciéndola hacia una silla de plástico roja, cerca de las taquillas.

—Lo siento —murmuró Jennifer—. Ya sé que hoy no he hecho nada...

Acerqué otra silla y me senté a su lado para que no tuviera que alzar la cabeza al mirarme.

—Estás muy alterada —comenté.

Jennifer se mordió el labio inferior para evitar que le temblara y los ojos se le llenaron de lágrimas.

—¿Qué puedo hacer para ayudarte? —pregunté.

Ella movió la cabeza y estalló en sollozos.

—No puedo parar —balbució—. No puedo dejar de llorar. Y basta con que alguien arrastre una silla por el suelo para que me sobresalte. —Con manos inseguras se enjugó las lágrimas en una toallita de papel—. Me siento a punto de volverme loca.

—¿Cuándo empezó todo esto?

—Ayer. —Se sonó la nariz—. Después de que encontraran al comisario y al policía. He oído lo del que descubrieron abajo. ¡Dicen que incluso las botas se quemaron!

—Jennifer, ¿recuerdas los folletos que os repartí acerca del síndrome de estrés postraumático?

—Sí, doctora.

—Es algo de lo que todos debemos preocuparnos en un lugar como éste. Todos. Incluso yo.

—¿Usted? —preguntó, boquiabierta.

—Desde luego. Debo tenerlo en cuenta más que nadie.

—Yo creía que usted ya estaba acostumbrada.

—Quiera Dios que ninguno de nosotros se acostumbre a estas cosas.

—Me refiero a que… —Bajó la voz como si estuviéramos hablando de sexo—. ¿Se pone usted como yo en estos momentos? —Enseguida se apresuró a añadir—: Seguro que no.

—Seguro que sí —contesté—. En ocasiones me siento muy alterada.

Jennifer volvía a tener los ojos llenos de lágrimas. Inspiró profundamente y me confió:

—Eso hace que me sienta mucho mejor, ¿sabe, doctora? Cuando era pequeña, mi padre no cesaba de decirme lo tonta y gorda que era. No creía que alguien como usted pudiera sentirse nunca como yo.

—Pues nadie debería hablarte de ese modo —respondí con vehemencia—. Eres una persona encantadora, Jennifer, y es una suerte para todos nosotros contar contigo.

—Gracias —musitó la muchacha, bajando la vista.

—Bien —le dije al tiempo que me ponía en pie—, creo que deberías tomarte libre el resto del día y disfrutar de un largo y agradable fin de semana. ¿Qué me dices a eso?

Jennifer continuó con la mirada fija en el suelo.

—Creo que lo vi —me confió, y de pronto se mordió el labio inferior.

—¿Qué viste?

—A ese hombre. —Levantó la vista hacia mí—. Cuando vi las imágenes en televisión, no podía creerlo. No dejo de pensar que podría habérselo dicho a alguien. Si lo hubiera hecho…

—¿Dónde creíste verlo?

—En Rumors.

—¿El bar?

Jennifer asintió.

—¿Cuándo fue eso? —seguí preguntando.

—El martes.

—¿El martes pasado? ¿El día después de Navidad?

Examiné a Jennifer detenidamente. Aquella noche, Gault estaba en Nueva York. Yo misma le había visto en el túnel del metro; al menos, creía haberle visto.

—Sí, doctora. Eran las diez, más o menos, y yo estaba bailando con Tommy —me explicó. Yo no tenía idea de quién era el tal Tommy—. Le vi allí, apartado de todos. No pude dejar de reparar en él por sus cabellos blancos. No estoy acostumbrada a ver a alguien de su edad con un pelo tan blanco. Recuerdo que iba vestido con un traje negro muy llamativo y debajo llevaba una camiseta negra. Imaginé que era de fuera de la ciudad. Quizá de un sitio grande, como Los Ángeles o algo así.

—¿Le viste bailar con alguien?

—Sí, doctora. Bailó con un par de chicas y las invitó a una copa, ya sabe. Cuando me volví a fijar en él, ya se marchaba.

—¿Se marchó solo?

—Me pareció que iba con él una chica.

—¿Sabes quién? —pregunté con un mal presagio: esperaba que la mujer, quienquiera que fuese, hubiera sobrevivido.

—No la conocía —respondió Jennifer—. Sólo recuerdo que ese hombre estaba bailando con ella. Debió de sacarla a bailar tres veces y, al final, dejaron la pista juntos, cogidos de la mano.

—Describe a la mujer —le pedí.

—Era negra y estaba muy guapa con su vestidito rojo, muy corto y con un escote muy pronunciado. Recuerdo que llevaba un carmín de labios rojo subido y un peinado de esos de mil pequeñas trenzas con abalorios brillantes en las puntas.

—¿Y estás segura de que dejaron el bar juntos? —insistí.

—Bueno, lo cierto es que no volví a ver a ninguno de los dos durante el resto de la noche, y Tommy y yo estuvimos en el local hasta las dos.

—Bien —dije a la muchacha—, quiero que llames al capitán Marino y le cuentes lo que acabas de explicarme.

Jennifer se levantó de la silla sintiéndose importante.

—Lo haré ahora mismo.

Volví al despacho en el instante en que Rose salía por la puerta.

—Tiene que llamar al doctor Gruber —me dijo.

Marqué el número del museo de Intendencia, pero el doctor había salido. Un par de horas más tarde me llamó él.

—¿Qué tal la nevada en Petersburg? —le pregunté.

—¡Ah!, las calles están mojadas y peligrosas.

—¿Cómo van nuestros asuntos?

—Tengo algo para usted —respondió—. Y lamento tener que decírselo.

Esperé un instante y, como Gruber no decía nada más, insistí:

—¿Qué es lo que lamenta, exactamente?

—He recurrido al ordenador y he investigado el nombre que le interesaba. No debería haberlo hecho.

Gruber enmudeció de nuevo.

—Doctor Gruber —le dije—, estamos buscando a un asesino múltiple.

—No ha estado nunca en el ejército.

—Se refiere usted a su padre, ¿no? —apunté, decepcionada.

—Ninguno de los dos —respondió el doctor—. Ni Temple, ni Peyton Gault.

—¡Oh! Así pues, lo más probable es que esas botas procedan de una tienda de excedentes militares.

—Sí, pero también es posible que tenga un tío…

—¿Quién tiene un tío?

—Temple Gault. Pero no puedo asegurarlo. Hay un Gault en el ordenador, pero se llama Luther. Luther Gault. Sirvió en Intendencia durante la Segunda Guerra Mundial. —Hizo una pausa—. De hecho, estuvo destinado aquí mismo, en Fort Lee, durante varios años.

Era la primera vez que oía hablar del tal Luther Gault.

—¿Vive todavía? —pregunté.

—No. Murió en Seattle unos cinco años atrás.

—¿Y qué le hace sospechar que ese hombre pueda ser pariente de Temple Gault? Su familia procede de Georgia, y Seattle está en el otro extremo del país.

—La única relación real que puedo establecer es el apellido y el hecho de que estuviera destinado en Fort Lee.

—¿Y las botas de campaña? ¿Cree posible que pertenecieran a ese tal Luther?

—Bueno, proceden de la Segunda Guerra Mundial y fueron probadas aquí, en Fort Lee, que es donde Luther Gault estuvo destinado la mayor parte de su carrera militar. Normalmente, se pedía a los soldados e incluso a algunos oficiales que probaran las botas y otras piezas del equipo antes de que se enviaran a los chicos de las trincheras.

—¿Qué fue de Luther Gault al abandonar el ejército?

—No tengo más información de él desde que fue licenciado, excepto que murió a los setenta y ocho años de edad. —El doctor Gruber hizo una pausa antes de continuar—: Pero quizá le interese saber que era un militar de carrera. Pasó a la reserva con el rango de general de división.

—¿Y usted no había oído hablar de él hasta hoy?

—Yo no he dicho tal cosa. —Gruber hizo una pausa—. Estoy seguro de que el ejército tiene un expediente considerable acerca de Luther Gault, pero no sé cómo podría usted hacerse con esa documentación.

—¿Sería posible que me enviase usted una fotografía de ese hombre?

—Tengo una en el ordenador. La típica foto de cuerpo entero para los archivos.

—¿Puede enviármela por fax?

El doctor titubeó de nuevo, pero accedió a hacerlo.

Colgué el teléfono al tiempo que Rose entraba con los protocolos de las autopsias del día anterior. Los revisé e hice algunas correcciones mientras esperaba a que sonara la máquina de fax. Sólo tuve que aguardar unos instantes y la imagen en blanco y negro de Luther Gault se materializó en mi despacho. El hombre posaba gallardamente con el uniforme de media gala, pantalones y chaqueta corta, oscura, con cordoncillos y botones dorados y solapas satinadas. El parecido existía. Temple Gault tenía los mismos ojos.

Llamé a Wesley.

—Puede que Temple Gault tuviera un pariente en Seattle —le dije—. Un tío que era general de división del ejército.

—¿Cómo lo has averiguado? —me preguntó.

No me gustó el tono frío de su voz.

—Eso da igual —contesté—. Lo importante es que creo que debemos investigar todo lo que podamos al respecto.

Wesley mantuvo sus reservas:

—No me parece pertinente.

Al oír aquello, perdí la paciencia.

—¿Qué es pertinente, pues, cuando se trata de detener a un tipo como él? Cuando no se tiene nada, debe investigarse todo.

—Claro, claro —dijo Wesley—. No hay problema, pero no podemos ocuparnos de ello ahora mismo. Tú tampoco.

Colgó, y yo me quedé sentada ante el teléfono, desconcertada y con el corazón contraído de dolor. Benton jamás me había rechazado de aquella manera. Debía de estar con alguien en su despacho. Cuando salí del mío a buscar a Lucy, la paranoia se me había disparado.

—Hola —me saludó Lucy antes de que pudiera pronunciar palabra. Probablemente me había visto reflejada en la pantalla del monitor.

—Tenemos que irnos —le dije.

—¿Por qué? ¿Vuelve a nevar?

—No. Ha salido el sol.

—Casi he terminado ya... —anunció, sin dejar de pulsar teclas.

—¿Dónde está Janet? Tengo que llevaros a las dos de vuelta a Quantico.

—Deberías llamar a la abuela —dijo ella—. Se siente abandonada.

—Ella se siente abandonada y yo, culpable —respondí.

Lucy se volvió a mirarme cuando mi buscapersonas emitió un aviso.

—¿Dónde está Janet? —insistí.

—Creo que ha ido al piso de abajo.

Pulsé el botón correspondiente y apareció en el busca el número privado de Marino.

—Bien, ve con ella. Nos encontraremos abajo dentro de un momento.

Regresé al despacho y esta vez cerré las puertas. Cuando llamé a Marino, éste estaba tan excitado que me produjo la impresión de que había tomado anfetaminas.

—¡Se han ido! —me informó.

—¿Quién se ha ido?

—Descubrimos dónde se alojaban. En el motel Hacienda, en la US 1. Un nido de cucarachas que no queda lejos de donde usted compra todas sus armas y municiones. Fue allí donde esa zorra llevó a su amiguita.

—¿Qué amiguita? —Seguía sin saber de qué me hablaba. Entonces recordé lo que me había contado Jennifer—. ¡Ah! ¿La mujer que Carrie se ligó en ese bar, Rumors?

—Sí. —Marino mostraba la misma agitación que si estuviera lanzando una petición de auxilio—. Se llama Apollonia y...

—¿Sigue viva? —le interrumpí.

—Sí, desde luego. Carrie la llevó al motel y las dos se estuvieron divirtiendo.

—¿Quién conducía?

—Apollonia.

—¿Encontraron mi furgoneta en el aparcamiento del motel?

—No cuando hemos irrumpido en el tugurio, hace un rato. Y las habitaciones estaban desocupadas y en orden. Es como si nunca se hubieran alojado allí.

—Entonces, Carrie no estaba en Nueva York el martes pasado...

—No —respondió Marino—. Estuvo aquí, divirtiéndose, mientras Gault mataba a Jimmy Davila en aquellos túneles. Y supongo que Carrie se ocuparía de tenerle preparado un escondite y, probablemente, de ponerse en contacto con él dondequiera que estuviese.

—Dudo que Gault volara de Nueva York a Richmond —apunté—. Habría sido demasiado arriesgado.

—Yo, personalmente, creo que voló a Washington el miércoles...

—Marino... —le interrumpí—, yo hice ese vuelo, el miércoles.

—Ya lo sé. Quizá viajaron los dos en el mismo avión.

—No le vi.

—No sabe si le vio o no. Pero la cuestión es que, si ambos volaron en el mismo avión, puede apostar seguro a que él sí la vio.

Recordé la salida de la terminal, cuando había tomado aquel taxi desvencijado que tenía averiadas las cerraduras y las ventanillas. Me pregunté si Gault habría estado observándome.

—¿Carrie tiene coche? —pregunté.

—Tiene un Saab descapotable registrado a su nombre, pero seguro que últimamente no lo utiliza.

—No me explico por qué ligó con esa Apollonia —comenté—. ¿Y cómo hicieron ustedes para encontrarla?

—Muy fácil. Apollonia trabaja en Rumors. No sé exactamente lo que hace, pero no es sólo vender tabaco.

—Maldita sea —murmuré.

—Supongo que la conexión es la coca —explicó Marino—. Y quizá le interese saber que Apollonia conocía al comisario Brown. De hecho, se podría decir que estaban liados.

—¿Cree que esa individua puede haber tenido algo que ver con el asesinato?

—Sí. Probablemente fue ella quien condujo a Gault y a Carrie hasta Brown. Empiezo a pensar que el comisario fue un factor imprevisto. Sospecho que Carrie le preguntó a Apollonia dónde podían conseguir un poco de coca y el nombre surgió en la conversación. A partir de ahí, Carrie se lo comentó a Gault y éste orquestó otra de sus impetuosas pesadillas.

—Lo que dice es muy posible —asentí—. ¿Apollonia sabía que Carrie era una mujer?

—Sí. No le importaba.

—Maldita sea —repetí—. Estábamos tan cerca…

—Ya lo sé. Y no puedo creer que hayan escapado de la red de esta manera. Salvo la Guardia Nacional, tenemos tras ellos a todos los efectivos. Incluso helicópteros; toda la escuadrilla. Pero en este momento me da en la nariz que ya han abandonado la zona.

—Acabo de llamar a Benton y me ha colgado —dije entonces.

—¿Qué? ¿Se han peleado?

—Marino, hay algo que no anda nada bien. He tenido la sensación de que había alguien en su despacho y que Benton no quería que el visitante supiera que estaba hablando conmigo.

—Quizás era su mujer.

—Ahora salgo para allá con Lucy y Janet.

—¿Y se quedará a pasar la noche allí?

—Eso depende.

—Bien, preferiría que no condujera. Y si alguien intenta detenerla por la razón que sea, no le haga caso. No se pare por una sirena, por unas luces o por ninguna otra cosa. No se pare como no sea junto a un coche patrulla con las insignias bien visibles. —Marino continuó recitándome uno de sus discursos—. Y guarde la Remington entre los asientos de delante.

—Gault no va a dejar de matar —comenté. Al otro extremo de la línea telefónica, Marino no dijo nada. Yo añadí—: Cuando estuvo en mi despacho, se llevó mi juego de cuchillas de disección.

—¿Seguro que no fue alguien de la brigada de limpieza? Esas cuchillas serían perfectas para cortar pescado en filetes.

—Sé que fue Gault quien lo hizo —respondí.

16

Llegamos de regreso a Quantico poco después de las tres y, cuando intenté ponerme en contacto con Wesley, no le encontré en el despacho. Le dejé un mensaje de que estaría en Gestión de Ingeniería, donde pensaba pasar las horas siguientes con mi sobrina.

En la planta de ordenadores no había ingenieros ni científicos porque era un fin de semana largo, de modo que pudimos trabajar a nuestro aire, solas y en silencio.

—Decididamente, podría enviar una nota por correo electrónico global —apuntó Lucy, sentada a su mesa. Echó una ojeada al reloj e insistió—: Escucha, tía, ¿por qué no lanzamos algo ahí fuera y vemos quién pica?

—Déjame probar otra vez con el caballero de Seattle.

Tenía anotado el número en un pedazo de papel y lo marqué. Me dijeron que había salido y que no volvería.

—Es muy importante que me comunique con él —expliqué a mi interlocutora—. ¿Cree que podría encontrarlo en su casa?

—No estoy autorizada a decírselo. Pero si me deja su número, cuando él llame para recoger los mensajes pendientes, yo le…

—Imposible —respondí con creciente frustración—. No estoy en un lugar fijo. Lo que voy a hacer es darle el número de mi buscapersonas. Por favor, dígale que me llame y yo me pondré en contacto.

No dio resultado. Una hora más tarde, mi busca seguía callado.

—Probablemente la telefonista se equivocó al poner los signos de separación entre los prefijos —dijo Lucy mientras navegaba por los programas de CAIN.

—¿Hay algún mensaje extraño en alguna parte? —le pregunté.

—No. Es viernes por la tarde y mucha gente se ha ido de vacaciones. Creo que deberíamos enviar algo a través de Prodigy y ver qué nos llega.

Me senté a su lado.

—¿Cuál es el nombre de esa asociación? —preguntó Lucy.

—Academia Americana de Aplicadores de Pan de Oro.

—¿Y su máxima concentración de miembros se da en el estado de Washington?

—Sí, pero no estaría de más extender el mensaje a toda la Costa Oeste.

—Bueno, esto se recibirá en todo el país —explicó Lucy al tiempo que escribía *Prodigy* y facilitaba su identificación y su contraseña—. Creo que la mejor manera de llevar el asunto es mediante el correo electrónico. —Abrió una ventana de mensajes en la pantalla y se volvió hacia mí—. ¿Qué quieres que diga?

—¿Qué te parece esto? «A todos los miembros de la Academia Americana de Aplicadores de Pan de Oro. Patóloga forense necesita desesperadamente su ayuda lo antes posible.» Y luego dales la información para ponerse en contacto con nosotras.

—Muy bien. Les pondré un buzón aquí y enviaré una copia a tu buzón electrónico de Richmond. —Escribió los datos en el teclado y añadió—: Las respuestas pueden llegar durante cierto tiempo. Quizá te encuentres con un montón de dentistas como corresponsales.

Pulsó una tecla y apartó la silla de la mesa.

—Ya está —anunció—. Ya ha salido. En este momento, todos los suscriptores de Prodigy deben de tener un mensaje de *Correo Nuevo* en sus ordenadores. Esperemos que alguno de ellos esté conectado en este momento y pueda ayudarnos.

No había terminado de hablar cuando, de repente, la pantalla se quedó en negro y empezaron a fluir por ella unas brillantes letras verdes. Una impresora se puso en funcionamiento.

—¡Qué rapidez! —empecé a decir.

Pero Lucy ya había saltado de la silla. Corrió a la sala donde residía CAIN y presentó la huella digital al lector para acceder al recinto. La puerta de cristal se abrió con un seco chasquido y entré con ella. En el monitor del sistema fluía el mismo mensaje y Lucy cogió un pequeño mando a distancia de la mesa y pulsó un botón. Echó una mirada a su Breitling y activó el cronómetro.

—¡Vamos, vamos, vamos! —masculló.

Se sentó delante de CAIN y contempló fijamente la pantalla mientras aparecía el mensaje. Era un breve párrafo, repetido una y otra vez. Decía así:

MENSAJE PQ43 76301 001732 INICIO

A: TODOS LOS POLICÍAS

DE: CAIN

SI CAÍN MATÓ A SU HERMANO, ¿QUÉ PIENSAS QUE HARÁ CONTIGO?

SI TU BUSCAPERSONAS SUENA EN EL DEPÓSITO DE CADÁVERES, ES EL SEÑOR QUIEN LLAMA.

MENSAJE PQ43 76301 001732 FINAL

Miré los estantes de módems que llenaban una pared y me fijé en las luces destellantes. Aunque no era una experta en ordenadores, no dejé de notar que no había relación entre su actividad y lo que estaba sucediendo en la pantalla. Seguí mirando y vi una clavija telefónica bajo la mesa. Un cable conectado a ella desaparecía bajo la tarima de la sala, lo cual me extrañó.

¿Por qué habría de guardarse bajo el suelo un aparato conectado a una clavija telefónica? Los teléfonos estaban sobre las mesas y los módems, en estantes. Me agaché y levanté un panel que cubría un tercio del estrado en la sala que albergaba a CAIN.

—¿Qué haces? —exclamó Lucy sin apartar los ojos de la pantalla.

El módem que encontré bajo el suelo parecía un pequeño dado con luces que parpadeaban aceleradamente.

—¡Mierda! —exclamó mi sobrina.

Levanté la cabeza y la vi mirar el cronómetro y escribir algo. La actividad de la pantalla había cesado. Las luces del módem se apagaron.

—¿He hecho algo? —pregunté, consternada.

—¡Hijo de puta! —Lucy descargó un puñetazo en la mesa y el teclado saltó—. Casi te tenía. ¡Una vez más y te habría cogido!

—Espero no haber desconectado nada —murmuré mientras me incorporaba.

—No, no. ¡Maldita sea! Ha desconectado él. Ya le tenía —repitió, mirando todavía el monitor como si las letras verdes pudieran empezar a fluir otra vez.

—¿Gault?

—El impostor de CAIN. —Exhaló un profundo suspiro y bajó la vista hacia las tripas expuestas del aparato al que se había dado el nombre del primer asesino de la historia—. Lo has encontrado —añadió sin énfasis—. Excelente.

—Es así como ha estado entrando en el sistema, ¿no? —pregunté.

—Sí. Es tan evidente que nadie se dio cuenta.

—Tú, sí.

—Al principio, no —dijo Lucy.

—Carrie lo puso ahí antes de marcharse, el otoño pasado —deduje.

Lucy asintió.

—Como todos, yo buscaba algo más refinado, más intrincado tecnológicamente, pero la idea era brillante en su simplicidad. Escondió su propio módem privado y el acceso es un número de una línea de diagnósticos que no se utiliza casi nunca.

—¿Cuánto hace que lo sabes?

—Me di cuenta tan pronto empezaron los mensajes extraños.

—Pero tenías que seguirle el juego —deduje, molesta—. ¿Te das cuenta de lo peligroso que es?

Lucy empezó a pulsar teclas.

—Lo ha intentado cuatro veces. ¡Ah, qué cerca hemos estado!

—Durante un tiempo, pensaste que era Carrie quien hacía eso —apunté.

—Ella lo instaló, pero no creo que sea quien establece los contactos.

—¿Por qué?

—Porque he estado siguiendo al intruso día y noche. Esto lo hace alguien poco experto. —Por primera vez en meses, pronunció el nombre de su antigua amiga—. Sé cómo funciona la cabeza de Carrie. Y Gault es demasiado narcisista como para dejar que CAIN sea alguien distinto de él.

—Yo he recibido una nota, probablemente de Carrie, que venía firmada por CAIN —le revelé.

—Y yo apostaría a que Gault no supo que la enviaba. Y también apuesto a que, si lo descubrió, la privó de ese pequeño placer.

Pensé en la nota en papel rosa que Gault, según sospechábamos, le había quitado a Carrie en secreto en casa del comisario Brown. Al colocar la nota en el bolsillo de la ensangrentada chaqueta del pijama, Gault no había hecho sino reafirmar su posición dominante. Gault utilizaba a Carrie. En cierto sentido, ella siempre esperaba en el coche, salvo cuando él necesitaba su colaboración para trasladar un cuerpo o para realizar algún acto degradante.

—¿Y qué acaba de suceder aquí? —pregunté a Lucy.

Mi sobrina respondió sin mirarme:

—Encontré el virus y he introducido el mío. Cada vez que él intenta enviar un mensaje a cualquier terminal conectada con CAIN, hago que el mensaje se reproduzca en su pantalla. Es como si le rebotase en la cara en lugar de viajar a alguna parte. Y, al mismo tiempo, recibe un aviso que dice *Inténtelo de nuevo, por favor*. Entonces, él vuelve a probar. La primera vez que se encontró con eso, el icono del sistema le dio la conformidad al segundo intento y él pensó que el mensaje estaba enviado.

»La vez siguiente sucedió lo mismo, pero le forzamos a hacer un tercer intento. Nuestro objetivo es mantenerlo en la línea el tiempo suficiente como para rastrear la llamada.

—¿«Nuestro» objetivo?

Lucy señaló el pequeño mando a distancia beis que le había visto utilizar hacía un rato.

—Es mi botón de urgencia. Llega directamente al equipo de Rescate de Rehenes.

—Supongo que Wesley ha conocido la existencia de este módem oculto desde que lo descubriste.

—Así es.

—Explícame una cosa —le dije.

—Desde luego. —Lucy me miró atentamente.

—Aunque Gault o Carrie tuvieran ese módem y ese número secretos, ¿qué hay de tu contraseña? ¿Cómo podría cualquiera de los dos acceder como superusuario? ¿Y no hay unos mandos de UNIX que cuando los manejas te dicen si está conectado otro usuario u otro aparato?

—Carrie programó el virus para que capturase mi nombre y contraseña de usuaria cada vez que los cambiase. Las fórmulas codificadas eran invertidas y enviadas a Gault vía correo electrónico. Entonces él podía acceder como si fuera yo, y el virus no le permitía hacerlo a menos que yo también estuviera conectada.

—De modo que se esconde detrás de ti, ¿no es eso?

—Como una sombra. Ha utilizado mi propio nombre y contraseña de usuaria. Deduje lo que estaba pasando el día que ejecuté un comando WHO y mi nombre de usuaria apareció dos veces.

—Si CAIN se protege con una llamada inversa al usuario para verificar su legitimidad, ¿por qué no ha aparecido el número de teléfono de Gault en la factura mensual del equipo de Rescate de Rehenes?

—Es parte del virus. Da instrucciones al sistema de llamadas de comprobación para que cargue la llamada a una tarjeta de crédito de la AT&T. Así, las llamadas no aparecían en ninguna factura del FBI. Se registraban en las del padre de Gault.

—Asombroso —murmuré.

—Según parece, Gault conoce el número de la tarjeta telefónica de su padre y la clave privada.

—¿Sabe el padre que su hijo los ha estado empleando?

Sonó un teléfono y Lucy descolgó.

—Sí, señor —dijo—. En efecto, hemos estado cerca. Desde luego, le traeré las copias impresas ahora mismo. —Colgó y respondió a mi pregunta—: No creo que se lo haya dicho nadie.

—O sea, que nadie de aquí se lo ha comunicado a Peyton Gault.

—Exacto. Orden del señor Wesley.

—Tengo que hablar con él. ¿Confías en mí como para que le lleve yo esas copias impresas?

Lucy volvía a estar pendiente del monitor. Había reaparecido el salvapantallas y unos triángulos brillantes se cruzaban y se rodeaban unos a otros, deslizándose lentamente, como figuras geométricas haciendo el amor.

—Puedes llevárselas —respondió. Escribió *Prodigy* en el teclado—. Antes de que te vayas... ¡Eh!, tienes correo nuevo esperando.

—¿Cuánto? —Me acerqué a ella.

—¡Hum...! Un mensaje, de momento.

Abrió el buzón. Decía: «*¿Qué es "pan de oro"?*»

—Probablemente vamos a tener muchos de ésos —dijo Lucy.

Cuando entré en el vestíbulo de la Academia, Sally volvía a estar a cargo del mostrador de recepción y me franqueó el paso sin los trámites del registro y del pase de visitante. Avancé con determinación por el largo pasillo de color tostado, rodeé la oficina postal y crucé la sala de limpieza de armas. Siempre me ha encantado el olor a Hoppes Número 9.

Un hombre solitario en traje de faena introducía aire comprimido en el cañón de un fusil. Observé las filas de largos pupitres negros, desiertos y perfectamente limpios, y recordé mis años de estudio, los hombres y mujeres que había conocido y las veces que había estado ante uno de aquellos pupitres limpiando mi propia arma. Había visto llegar y marcharse a nuevos agentes. Los había visto correr, luchar, disparar y sudar. Les había instruido y me había cuidado de ellos.

Pulsé el botón del ascensor, lo tomé y bajé al nivel inferior. Varios de los expertos estaban en sus despachos y me saludaron cuando pasé ante ellos. La secretaria de

Wesley estaba de vacaciones; pasé de largo ante su mesa y llamé a la puerta con los nudillos. Oí la voz de Wesley, el ruido de una silla al desplazarse y sus pasos hasta la puerta.

—¡Hola! —exclamó al abrir, sorprendido.

—Éstas son las copias impresas que le has pedido a Lucy —dije, y se las entregué.

—Gracias. Entra, por favor.

Benton se colocó las gafas de leer y echó un vistazo al mensaje que había enviado Gault.

Se había quitado la chaqueta y llevaba una camisa blanca, arrugada bajo los tirantes de cuero trenzado. Había estado sudando y necesitaba un afeitado.

—¿Has perdido más peso? —le pregunté.

—Nunca subo a una báscula. —Me miró por encima de las gafas y tomó asiento tras el escritorio.

—No tienes buen aspecto.

—Gault se está descontrolando cada vez más —dijo él—. Se puede apreciar en el mensaje. Se hace cada vez más atrevido, más descuidado. Calculo que al concluir el fin de semana lo tendremos localizado.

—Y entonces, ¿qué? —pregunté, no muy convencida.

—Llamaremos al grupo de Rescate de Rehenes.

—Ya —repliqué secamente—. Y se descolgarán de los helicópteros y volarán el edificio.

Wesley me miró de nuevo y dejó los papeles sobre el escritorio.

—Estás enfadada —dijo.

—No, Benton. No «estoy enfadada» en general. Lo estoy contigo.

—¿Por qué?

—Te pedí que no metieras en esto a Lucy.

—No teníamos alternativa —respondió.

—Siempre hay alternativas. No me importa lo que diga nadie.

—En este momento, si queremos localizar a Gault, ella es nuestra única esperanza real. —Benton hizo una pausa y me miró a los ojos—. Lucy tiene mucha iniciativa.

—Sí, desde luego. A eso me refiero. Lucy no tiene un botón de desconexión. No siempre entiende dónde está el límite.

—No le permitiremos hacer nada que pueda ponerla en peligro —afirmó Wesley.

—¡Ya la has puesto en peligro! —repliqué.

—Tienes que dejarla crecer, Kay. —Le miré fijamente. Él insistió—: Se graduará en la universidad la próxima primavera. Ya es una mujer adulta.

—No quiero que vuelva aquí —dije.

Benton sonrió levemente, pero sus ojos estaban tristes y fatigados.

—Y yo espero que vuelva. Necesitamos agentes como ella y Janet. Necesitamos todos los que podamos conseguir.

—Lucy me oculta muchos secretos. Parece que los dos conspiráis contra mí y conseguís dejarme a oscuras. Ya es bastante malo que…

Me contuve. Wesley me miraba a los ojos:

—Kay, esto no tiene nada que ver con mi relación contigo.

—Desde luego, eso espero.

—Quieres saber todo lo que hace Lucy, ¿no? —me dijo.

—¡Naturalmente!

—¿Le cuentas tú todo lo que haces, cuando trabajas en un caso?

—¡Por supuesto que no!

—Ya.

—¿Por qué me has colgado el teléfono hace un rato?

—Me has pillado en un mal momento —fue su respuesta.

—No me habías colgado nunca, por terrible que fuera el momento —le reprendí.

Se quitó las gafas y las plegó cuidadosamente. Alargó la mano, cogió su taza de té, miró el interior y vio que estaba vacía. La sostuvo con ambas manos.

—Tenía a alguien en el despacho y no quería que esa persona supiera que hablaba contigo —me confió.

—¿Qué persona era? —quise saber.

—Alguien del Pentágono. No voy a decirte el nombre.

—¿Del Pentágono? —repetí, perpleja.

Benton guardó silencio.

—¿Y por qué te habría de preocupar que alguien del Pentágono supiera que hablabas conmigo? —pregunté a continuación.

—Parece que has creado un problema —se limitó a decir, dejando la taza sobre la mesa—. Ojalá no hubieras metido las narices en Fort Lee.

De nuevo me quedé perpleja.

—Tu amigo, el doctor Gruber, se juega que lo despidan. Te aconsejo que evites seguir contactando con él.

—Esto tiene que ver con Luther Gault, ¿verdad?

—Sí —respondió él—. Con el general Gault.

—¡No le pueden hacer nada al doctor Gruber! —protesté.

—Me temo que sí pueden. El doctor Gruber ha efectuado una indagación no autorizada en una base de datos militar. Te ha proporcionado información reservada.

—¿Reservada? —repliqué—. ¡Absurdo! Es una página de información rutinaria que se puede ver durante la visita al museo de Intendencia previo pago de veinte dólares. No es lo mismo que pedir un maldito informe del Pentágono.

—Pero esos veinte dólares sólo permiten ver el expediente de alguien si lo solicita uno mismo o una persona con poderes legales para hacerlo.

—Benton, estamos hablando de un asesino en serie. ¿Acaso todo el mundo ha perdido el juicio? ¿A quién le importa un historial genérico archivado en un ordenador?

—Al ejército.

—¿Es un asunto de seguridad nacional?

Wesley no respondió. Al ver que no decía nada más, insistí:

—Muy bien. Os podéis guardar vuestros secretillos. Estoy harta de secretillos. Mi único interés es evitar más muertes. No estoy segura de cuál es el vuestro.

Le lancé una mirada dolida e implacable.

—¡Por favor! —estalló Wesley, exasperado—. ¿Sabes?, hay días en que me gustaría fumar como lo hace Marino. El general Gault no importa en esta investigación. No es preciso que su nombre se vea involucrado.

—Pues yo creo que todo lo que sepamos de la familia de Temple Gault puede tener importancia. Y me resisto a creer que no lo veas como yo. Los antecedentes son fundamentales para establecer perfiles y predecir conductas.

—Te repito que el general queda fuera de la investigación.

—¿Por qué?

—Por respeto.

—¡Dios mío, Benton! —Me incliné hacia delante en la silla—. Gault puede haber matado a dos personas utilizando unas jodidas botas militares de su tío. ¿Cómo se lo va a tomar el ejército cuando esto aparezca publicado en *Time* y en *Newsweek*?

—Déjate de amenazas.

—Ni lo sueñes. Y haré algo más que amenazar si no se actúa como es debido en este asunto. Háblame del general. Ya sé que su sobrino ha heredado sus ojos. Y que el general tenía algo de pavo real, dada su preferencia por fotografiarse en un espléndido uniforme de media gala como el que podría haber lucido Eisenhower.

—Quizá pecaba de egocéntrico pero, según todas las referencias, era un hombre excelente, magnífico —comentó Wesley.

—Entonces, ¿era el tío de Gault, realmente? ¿Lo confirmas?

Tras una ligera vacilación, Wesley asintió:

—Sí, Luther Gault era el tío de nuestro hombre.

—Cuéntame más.

—Nació en Albany y se graduó en la Ciudadela en 1942. Dos años más tarde, siendo capitán, su división fue trasladada a Francia, donde él se comportó heroicamente en la batalla de las Ardenas. Ganó la Medalla de Honor y un ascenso. Después de la guerra fue enviado a Fort Lee como oficial encargado de la sección de investigaciones sobre uniformes del cuerpo de Intendencia.

—Entonces, las botas eran de su tío —murmuré.

—Podrían serlo, desde luego.

—¿El general era un hombre corpulento?

—Me han asegurado que su sobrino tiene la misma constitución, más o menos, que el general cuando era joven.

Evoqué la fotografía del general con el traje de media gala. En la imagen, era delgado y no muy alto. Su rostro expresaba firmeza y sus ojos no vacilaban, pero no parecía una persona desagradable.

—Luther Gault sirvió también en Corea —continuó Wesley—. Durante un tiempo estuvo destinado en el Pentágono como jefe adjunto del Estado Mayor y después volvió a Fort Lee como subdirector. Terminó su carrera en CAM-V.

—No sé qué significan esas siglas —respondí.

—Significan Comando de Asistencia Militar, Vietnam.

—Tras lo cual, ya retirado, se estableció en Seattle, ¿no es eso?

—Sí —respondió Wesley—. Su esposa y él se trasladaron allí.

—¿Hijos?

—Dos chicos.

—¿Qué relaciones mantenía el general con su hermano?

—No lo sé. El general ya ha fallecido y su hermano no quiere hablar con nosotros.

—De modo que no sabemos cómo puede Gault haber conseguido las botas de su tío…

—Kay, existe un código para los condecorados con la Medalla de Honor. Forman una casta aparte: el ejército les concede un tratamiento especial y gozan de una estricta protección.

—¿Y ésa es la causa de tanto secretismo?

—El ejército es reacio a que el mundo sepa que un general de dos estrellas, condecorado con la Medalla de Honor, es el tío de uno de los psicópatas más notorios que ha visto nuestro país. Y al Pentágono tampoco le entusiasma, precisamente, la perspectiva de que se haga público que ese asesino, como acabas de señalar, puede haber matado a varias personas a puntapiés con las botas del general Gault.

Me levanté de la silla y respondí:

—Estoy harta de los hombres y sus códigos de honor. Estoy harta de secretos y de maniobras machistas. No somos niños que juegan a indios y vaqueros. No somos críos de barrio que juegan a guerras. —Me sentía agotada—. Pensaba que tú habías superado esa etapa hace tiempo.

Él también se puso en pie. En aquel instante, sonó la alarma de mi buscapersonas.

—Estás tomándote muy mal todo este asunto —murmuró Wesley.

Miré la pantalla del busca. El número que aparecía en

ella tenía el código de zona de Seattle y me apresuré a utilizar el teléfono del despacho sin pedir permiso.

—¿Diga? —Respondió una voz que no conocía.

—Acaban de llamar a mi avisador desde este número... —expuse, algo desconcertada.

—Yo no he llamado a nadie. ¿Desde dónde llama usted?

—Desde Virginia —respondí, dispuesta a colgar.

—¿Virginia? Acabo de comunicarme con Virginia. Espere un momento... ¿Llama usted por lo de Prodigy?

—¡Oh! ¿Tal vez ha hablado usted con Lucy? —pregunté a mi interlocutor.

—¿Con LUCYTALK?

—Sí.

—Hace un momento hemos intercambiado correo. Está relacionado con ese tema del pan de oro. Ejerzo de dentista en Seattle y soy miembro de la Academia de Aplicadores de Pan de Oro. ¿Es usted la patóloga forense?

—Sí —le respondí—. Muchas gracias por responder. Estoy tratando de identificar el cadáver de una mujer joven con numerosas reparaciones dentales efectuadas con ese material.

—Descríbame esas reparaciones, por favor.

Le informé sobre los empastes dentales de nuestra Jane y de las características de su dentadura.

—Es posible que tocara un instrumento musical —añadí—. Quizás el saxofón.

—Por aquí había una mujer que se ajusta mucho a esa descripción.

—¿Ahí, en Seattle?

—Exacto. En nuestra asociación todo el mundo la conocía porque tenía una boca increíble. Las diapositivas de las anomalías dentarias y las reparaciones con pan de oro de esa mujer se utilizaron en las presentaciones de casos clínicos en varias de nuestras reuniones.

—¿Recuerda cómo se llamaba?

—Lo siento mucho, pero no era paciente mía. De todos modos, creo recordar que se decía que había sido música profesional hasta que sufrió un terrible accidente que no puedo precisar. Fue a partir de éste cuando empezaron sus problemas dentales.

—La mujer a la que me refiero presenta una marcada pérdida de esmalte —apunté—. Probablemente por exceso de cepillado.

—Sí, eso es. Lo mismo que la de aquí.

—Pero no da la impresión de que esa paciente de Seattle fuera una indigente sin techo...

—Claro que no. Alguien le pagó las reparaciones.

—La mujer que intentamos identificar era una vagabunda cuando murió en Nueva York —le expuse.

—Vaya, cuánto lamento oírlo. Supongo que, fuera quien fuese, no era capaz de ocuparse de sí misma.

—¿Cómo se llama usted?

—Soy Jay Bennett.

—Doctor Bennett, ¿recuerda que se comentara algo más de interés en esas presentaciones de casos clínicos?

Un largo silencio siguió a mi pregunta.

—Pues sí, aunque es algo muy vago —dijo por último y, tras un nuevo titubeo, añadió—: ¡Ah, eso es! La mujer estaba relacionada con alguien importante. De hecho, debía de ser la persona con quien vivía aquí, antes de desaparecer.

Le di a mi comunicante más datos para que pudiera volver a llamarme. Colgué y encontré a Wesley mirándome fijamente.

—Creo que Jane es la hermana de Gault —afirmé.

—¿Qué? —exclamó él con genuina sorpresa.

—Creo que Temple Gault mató a su hermana —repetí—. Por favor, Benton, dime que eso no lo sabías.

Wesley se mostró preocupado.

—Tengo que verificar la identidad de la mujer —añadí. En aquel momento no quedaba dentro de mí la menor emoción.

—¿No bastará con sus registros dentales?

—Si los encontramos. Si todavía existen radiografías. Y si el ejército no se entromete.

—El ejército no sabe nada de ella. —Wesley hizo una pausa y, por un instante, en sus ojos brillaron unas lágrimas. Rápidamente, apartó la mirada—. Pero Gault, al enviar su último mensaje por CAIN, acaba de confesarnos lo que hizo.

—Es cierto —asentí—. El mensaje dice que CAIN mató a su hermano. Y la descripción que tenemos de Gault con ella en Nueva York sugiere que más parecían dos hombres que un hombre y una mujer. ¿Tiene más hermanos? —pregunté tras una pausa.

—Sólo una hermana. Sabemos que vivió en la Costa Oeste pero no hemos podido localizarla porque, al parecer, no conduce. En los archivos de Tráfico no hay registro de un permiso de conducir a su nombre. La verdad es que nunca hemos tenido la certeza de que esté viva.

—Ya no lo está —le recordé.

Wesley frunció el entrecejo.

—Nuestra Jane no tenía domicilio fijo; por lo menos, no lo tuvo en los últimos años —continué, pensando en sus míseras pertenencias y en su cuerpo desnutrido—. Llevaba mucho tiempo en la calle. De hecho, diría que sobrevivió allí sin problemas hasta que su hermano apareció en la ciudad.

—¡Ah! —A Wesley se le quebró la voz cuando, con aire de completo abatimiento, exclamó—: ¿Cómo puede nadie hacer algo así?

Le rodeé con mis brazos. No me importaba quién pudiera entrar. Le abracé como a un amigo.

—Benton —le susurré—. Vete a casa.

17

Pasé el fin de semana y el Año Nuevo en Quantico y, aunque recibí bastantes correos electrónicos, la verificación de la identidad de la mujer no avanzaba.

El dentista que la había tratado estaba jubilado desde el año anterior y las radiografías de sus archivos habían sido destruidas para recuperar la plata. Naturalmente, la pérdida de las placas fue la mayor decepción, pues en ellas habrían aparecido antiguas fracturas, configuraciones de senos maxilares y anomalías óseas que quizás habrían permitido una identificación positiva. Respecto a las fichas, cuando toqué el tema, el dentista (que vivía en Los Ángeles) se mostró evasivo.

—Las tiene usted, ¿verdad? —le pregunté directamente el martes por la tarde.

—Tengo millones de cajas en el garaje.

—Dudo que tenga millones.

—Bueno, muchas.

—Por favor. Hablamos de una mujer a la que no conseguimos identificar. Todos los seres humanos tienen derecho a ser enterrados con su nombre.

—Voy a mirar, ¿de acuerdo?

Minutos más tarde informé a Marino y le dije:

—Nos tocará intentar una identificación visual o una prueba de ADN.

—¿Una identificación visual? —replicó él en tono burlón—. ¿Y qué piensa usted hacer? ¿Enseñarle a Gault una fotografía y preguntarle si la mujer a la que hizo eso se parece a su hermana?

—Creo que el dentista se aprovechó de ella. Ya lo he visto en otras ocasiones.

—¿De qué está hablando?

—A veces, esa gente se aprovecha. Facturan trabajos que no han hecho para poder cobrar de una mutua o de una compañía de seguros.

—Pero a esa mujer le hicieron un montón de trabajos dentarios.

—El dentista pudo facturar muchísimos más, créame. Por ejemplo, el doble de restauraciones con pan de oro. Eso representaría miles de dólares. Le bastaría con decir que las hizo, aunque no fuese cierto. La mujer tenía una minusvalía psíquica, vivía con su anciano tío… ¿Qué iban a entender?

—Detesto a los cabrones de esa clase.

—Si pudiera echar mano a sus fichas, le denunciaría. Pero no me las va a entregar. De hecho, es muy probable que ya no existan.

—Mañana por la mañana, a las ocho, tiene usted que presentarse como jurado —me recordó Marino—. Ha llamado Rose para avisarla.

—Supongo que eso significa que puedo salir de aquí ahora mismo.

—Vaya directamente a casa; mañana pasaré a recogerla.

—Mañana iré directamente al juzgado.

—No, nada de eso. Y esta vez no va a salir sola en el coche.

—Sabemos que Gault no está en Richmond —dije—. Vuelve a estar en su escondrijo habitual, un piso o apartamento donde tiene un ordenador.

—El jefe Tucker no ha revocado la orden de mantener la seguridad en torno a usted.

—Tucker no puede ordenarme nada.

—Sí puede. Lo único que hace es asignarle ciertos agentes. O acepta usted la situación, o tendrá que intentar despistarlos.

La mañana siguiente, llamé al despacho del forense jefe de Nueva York y dejé un mensaje para el doctor Horowitz en el que le pedía que empezara a analizar el ADN de la sangre de Jane. A continuación, Marino me recogió cuando ya los vecinos se asomaban a las ventanas y abrían las bonitas puertas delanteras de las casas para recoger los periódicos. Frente a la mía había tres coches patrulla, además del Ford sin distintivos de Marino. Todo Windsor Farms despertó, salió para dirigirse a su puesto de trabajo y contempló cómo abandonaba yo mi casa escoltada por la policía. Las perfectas extensiones de césped estaban blancas de escarcha y el cielo era casi azul.

Cuando llegué al juzgado, en el edificio John Marshall, entré como había hecho tantas veces en el pasado. Pero el ayudante encargado del control de seguridad no entendió por qué estaba allí.

—Buenos días, doctora —me dijo con una amplia sonrisa—. ¿Qué tal la nevada? ¿No le hace sentirse como si viviera en una postal? Y buenos días a usted también, capitán —añadió, dirigiéndose a Marino.

Al pasar bajo el arco de seguridad, disparé la alarma. Enseguida apareció una agente para registrarme mientras su compañero, el mismo que me había hablado de la nieve, inspeccionaba mi bolso. Después, Marino y yo bajamos las escaleras hasta una sala de moqueta anaranjada, llena de filas de sillas de un color parecido, escasamente concurridas. Tomamos asiento al fondo y escuchamos el rumor de la sala, donde los presentes dormitaban, estrujaban papeles, tosían o se sonaban la nariz. Un tipo con chaqueta de cuero y una punta de la camisa por fuera del pantalón hojeaba revistas mientras otro que lucía un jersey de cachemir leía una novela. En la estancia contigua rugía una aspiradora. El aparato topó con la puerta de la sala anaranjada y paró.

Contando a Marino, tenía tres policías uniformados a mi alrededor en aquella sala, dominada por un tedio mortal. Por último, a las nueve menos diez, y con retraso, la agente encargada del jurado hizo su entrada y se dirigió a un podio para darnos unas indicaciones.

—Tengo que advertirles de dos cambios —anunció, mirando directamente hacia mí—. El comisario de la cinta que van a ver ya no es el comisario...

—... porque está muerto —me cuchicheó Marino al oído.

—... y en la cinta —continuó la agente— oirán que la compensación por ejercer de jurado es de treinta dólares, pero sigue siendo de veinte dólares.

Marino añadió de nuevo su comentario:

—¡Vaya! ¿Necesita un préstamo?

Nos pasaron el vídeo y aprendí mucho sobre mi importante deber cívico de ejercer como jurado y sus privilegios. En la cinta vi al comisario Brown darme las gracias de nuevo por llevar a cabo aquel honorífico servicio. Me dijo que había sido convocada para decidir el destino de otra persona y luego mostró el ordenador que había utilizado para seleccionarme.

—Los nombres se extraen de una urna electoral de jurados —recitó con una sonrisa—. Nuestro sistema de justicia depende de una valoración minuciosa de las pruebas. Nuestro sistema depende de nosotros.

El comisario facilitó un número al que podíamos llamar y nos recordó que el café costaba veinticinco centavos la taza y que no había cambio.

Después del vídeo, la agente encargada del jurado, una guapa mujer negra, se acercó a mí.

—¿Es usted policía? —susurró.

—No —respondí, y le expliqué quién era mientras ella observaba a Marino y a los otros dos agentes.

—Tenemos que pedirle que se marche —susurró la agente—. Usted no debería estar aquí. Debería haber llamado para informarnos. No entiendo qué hace aquí.

Los otros candidatos a jurados nos miraban. No habían dejado de hacerlo desde el momento de nuestra entrada y la razón era muy clara: ignoraban el funcionamiento del sistema judicial y yo estaba rodeada de policías. Ahora, incluso la agente se había acercado. Yo tenía que ser la acusada. Probablemente, ninguno de ellos sabía que los acusados no leen revistas en la misma estancia que los futuros jurados.

A la hora del almuerzo, ya había salido del juzgado y me preguntaba si se me permitiría formar parte de un jurado aunque sólo fuera una vez en la vida. Marino me dejó en la puerta del edificio donde yo trabajaba y me encaminé a mi despacho. Desde allí, volví a llamar a Nueva York y esta vez atendió el teléfono el doctor Horowitz.

—Fue enterrada ayer —dijo, refiriéndose a Jane.

Sentí una gran tristeza al oírlo.

—Creía que, normalmente, esperan un poco más —comenté.

—Diez días. Más o menos, es el plazo transcurrido, Kay. Ya sabe que tenemos problemas de espacio para almacenamiento.

—Necesitamos una identificación por el ADN —expliqué a Horowitz.

—¿Por qué no por los registros dentales?

Le expuse el problema.

—Una verdadera lástima. —El doctor hizo una pausa y, cuando volvió a hablar, lo hizo con reticencia—. Lamento mucho decirle que hemos tenido un desastre terrible. —Hizo otra pausa—. Con franqueza, ojalá no la hubiéramos enterrado. Pero ya está hecho.

—¿Qué ha sucedido?

—Al parecer, nadie lo sabe. Guardamos una muestra de sangre en un papel filtro para análisis de ADN, como hacemos siempre. Y, naturalmente, conservamos un frasco con secciones de todos los órganos principales, etcétera. La muestra de sangre parece haberse extraviado y todo apunta a que el frasco, por alguna confusión, se ha llevado a destruir.

—No puede ser… —murmuré.

El doctor Horowitz guardó silencio.

—¿No tienen tejidos en bloques de parafina para histología? —pregunté entonces, pues del tejido así fijado también podía obtenerse el ADN si todo lo demás fallaba.

—No tomamos muestras para microscopios cuando la causa de la muerte está clara —fue su respuesta.

No supe qué decir. O el doctor Horowitz dirigía un servicio espantosamente inepto, o los errores no eran tales. Siempre había considerado que el forense jefe era un hombre de una escrupulosidad impecable. Tal vez me había equivocado. Sabía cómo estaban las cosas en Nueva York. Los políticos no podían mantenerse a distancia del depósito de cadáveres.

—Será preciso recuperar el cuerpo —le dije—. No veo otra solución. ¿Lo embalsamaron?

—Rara vez embalsamamos los cuerpos destinados a Hart Island —respondió, refiriéndose a la isla del East River donde estaba situada la fosa común—. Será preciso localizar el número de identificación, desenterrar el cadáver y traerlo en el transbordador. Eso podemos hacerlo. Es lo único que podemos hacer, realmente. Aunque puede llevarnos unos cuantos días.

—Doctor Horowitz —dije con cuidado—, ¿qué sucede ahí?

Cuando respondió, su voz sonó firme pero disgustada:

—No tengo la más remota idea.

Me quedé sentada tras el escritorio durante un rato, tratando de decidir qué hacer. Cuanto más lo pensaba, menos sentido le encontraba a todo. ¿Por qué había de importarle al ejército que Jane fuera identificada? Si era la sobrina del general y el ejército sabía que éste estaba muerto, cabría pensar que querrían identificarla y enterrarla en una tumba adecuada.

—Doctora... —Rose estaba en la puerta que comunicaba su despacho con el mío—. Es Brent, de American Express.

Me pasó la llamada.

—Han cargado otra cantidad en su tarjeta —dijo Brent.

—Está bien. —Me puse en tensión.

—Ayer. Un local llamado Fino, en Nueva York. Lo he buscado. Está en la calle Treinta y Seis Este. La cantidad es de 104,13 dólares.

Fino servía una comida del norte de Italia maravillosa. Mis antepasados eran de esa parte de Italia y Gault se había hecho pasar por un italiano del norte llamado Benelli. Traté de hablar con Wesley, pero no estaba. Después lo intenté con Lucy, pero tampoco estaba en su puesto ni en su habitación. La única persona a la que pude decir que Gault había vuelto a Nueva York fue Marino.

—Sigue con sus jueguecitos —comentó él con fastidio—. Sabe que usted está controlando los pagos que hace con esa tarjeta. No hace nada que no quiera que usted conozca.

—Ya lo sé.

—Con esa American Express no vamos a cogerlo. Debería cancelarla.

Pero no podía hacerlo.

La tarjeta era como el módem que Lucy sabía que estaba oculto bajo el suelo. Ambas cosas eran tenues líneas que conducían a Gault. Él se dedicaba a jugar, pero un día podía excederse. Podía volverse demasiado descuidado, estar ebrio de cocaína y cometer un error.

—Doctora —continuó Marino—, esto la está poniendo demasiado tensa. Necesita relajarse un poco.

Gault tal vez quería que yo lo encontrara, pensé. Cada vez que utilizaba la tarjeta me enviaba un mensaje. Me decía más cosas de él.

Ahora sabía qué le gustaba comer y que no tomaba vino tinto. Sabía la marca de cigarrillos que fumaba, la ropa que vestía… Pensé de nuevo en las botas.

—¿Me escucha? —oí que preguntaba Marino.

Siempre habíamos dado por sentado que las botas eran de Gault.

—Esas botas eran de su hermana —reflexioné en voz alta.

—¿Qué dice? —preguntó Marino con impaciencia.

—Debió de dárselas su tío hace años, y Gault se las quitó.

—¿Cuándo? No lo hizo en Cherry Hill, entre la nieve.

—No sé cuándo. Pudo ser poco antes de que ella muriese. O pudo ser en el museo de Historia Natural. Los dos calzaban aproximadamente el mismo número. Quizá cambiaron de calzado. Pudo suceder de mil maneras. Pero dudo que ella se las diera voluntariamente. Para empezar, sus botas de campaña serían excelentes para la nieve. Sin duda, Jane habría de preferirlas a esas que encontramos en el campamento de vagabundos de Benny.

Marino permaneció en silencio unos instantes. Después, preguntó:

—¿Y por qué habría Gault de quedarse sus botas?

—Muy sencillo —respondí—. Porque las quería.

Aquella tarde llegué al aeropuerto de Richmond con un portafolios lleno hasta los topes y una bolsa con equipaje para una noche. No había llamado a la agencia de viajes porque no quería que nadie supiera adónde iba. En el mostrador de USAir, compré un pasaje a Hilton Head, Carolina del Sur.

—He oído que es un sitio precioso —dijo la sociable azafata—. Hay mucha gente que va allí a jugar al golf y al tenis.

La joven se dispuso a facturar mi única bolsa.

—Tiene que marcarla —le indiqué en voz baja—. Llevo un arma de fuego ahí dentro.

Asintió y me entregó un resguardo anaranjado fluorescente que proclamaba que llevaba un arma de fuego descargada.

—Le permitiré ponerlo dentro —me dijo la joven—. ¿Se puede cerrar la bolsa con llave?

Lo hice y contemplé cómo dejaba la bolsa en la cinta transportadora. Me entregó el billete y me dirigí a la puerta, en el piso superior. Encontré la zona de embarque llena de gente que no parecía muy contenta de regresar a casa y volver al trabajo después de las vacaciones.

El vuelo a Charlotte se me hizo más largo porque el buscapersonas sonó dos veces y yo no podía utilizar el teléfono móvil. Hojeé el *Wall Street Journal* y el *Washington Post* mientras mis pensamientos zigzagueaban por cursos traicioneros. Estudié lo que diría a los padres de Temple Gault y de la mujer asesinada a la que llamábamos Jane.

Ni siquiera podía estar segura de que los Gault me recibieran, pues no había anunciado mi llegada. Su dirección y número de teléfono no constaban en la lista, pero pensé que no podía ser tan difícil localizar la finca que habían comprado, cerca de Beauford. La plantación Live Oaks era una de las más antiguas de Carolina del Sur y la gente de la zona conocería a la pareja cuya propiedad de Albany había quedado arrasada recientemente por una inundación.

En el aeropuerto de Charlotte tuve tiempo de contestar las llamadas. Eran de Rose; quería que le confirmase que tenía fechas libres porque acababan de llegar varias citaciones.

—Y Lucy ha intentado ponerse en contacto con usted —me dijo.

—Tiene el número de mi busca —respondí, extrañada.

—Le he preguntado si lo tenía —explicó mi secretaria—. Me dijo que intentaría llamarla en otro momento.

—¿Dijo dónde estaba?

—No. Supongo que llamaba desde Quantico.

No tenía tiempo para hacer más preguntas porque la Terminal D quedaba bastante lejos y el avión a Hilton Head salía en quince minutos. Cubrí toda la distancia a la carrera y aún pude comprar un bollo tierno sin sal. Cogí varios sobres de mostaza y subí a bordo la única comida que iba a tomar en todo el día. El hombre de negocios junto al que me senté estudió mi tentempié como si éste le indicara que tenía al lado una tosca ama de casa que no sabía nada de viajar en avión.

Cuando estuvimos en el aire, me apliqué con la mostaza y pedí un whisky con hielo.

—¿Por casualidad tiene cambio de veinte? —pregunté a mi compañero de asiento, pues había oído al sobrecargo quejarse de que no tenía suficientes billetes pequeños.

El hombre sacó el billetero al tiempo que yo abría el *New York Times*. Me dio un billete de diez y dos de cinco, y yo le pagué la bebida.

—Favor por favor —le dije.

—Encantado —respondió con un meloso acento sureño—. Supongo que usted debe de ser de Nueva York.

—Sí —mentí.

—¿Por casualidad va a Hilton Head para la convención de electrodomésticos de Carolina? Es en el Hyatt.

—No. Voy a la convención de funerarias —mentí de nuevo—. En el Holiday Inn.

—¡Ah!

No dijo nada más.

El aeropuerto de Hilton Head estaba lleno de aviones privados y de Learjets pertenecientes a los potentados que tenían casas en la isla. La terminal era poco más que una cabaña y el equipaje estaba apilado en el exterior, sobre una plataforma de madera. Hacía fresco y el cielo estaba oscuro y amenazador; escuché las quejas de los pasajeros mientras se apresuraban a alcanzar los coches y microbuses que los aguardaban.

—¡Oh, mierda! —exclamó el hombre del avión, porque se disponía a recoger sus palos de golf cuando retumbó un trueno y el relámpago iluminó una parte del cielo como si hubiera empezado una guerra.

Alquilé un Lincoln plateado y pasé un rato resguardada en su interior en el aparcamiento del aeropuerto. La lluvia tamborileaba en el techo y me impedía ver más allá del parabrisas. Estudié el mapa que me habían dado en la Hertz. Anna Zenner tenía la casa en Palmetto Dunes, no lejos del Hyatt, adonde se dirigía el hombre del avión. Miré si su coche estaba todavía en el aparcamiento pero, por lo que alcancé a ver, él y sus palos habían desaparecido.

La lluvia amainó y seguí las salidas del aeropuerto hasta la William Hilton Parkway, que me llevó a la Queens Folly Road. Desde allí, di unas vueltas hasta localizar la casa. Esperaba encontrar algo más pequeño. El refugio de Anna no era una casita de vacaciones. Era una espléndida mansión rústica, de maderas y cristales ajados por los embates del clima. El jardín trasero, donde aparqué, estaba abarrotado de altos palmitos y grandes árboles envueltos en musgo negro. Una ardilla corrió tronco abajo por un árbol mientras yo subía los peldaños que conducían al porche. El animal se acercó y se irguió sobre las patas traseras moviendo las mandíbulas a toda velocidad, como si tuviera mucho que contarme.

—Apuesto a que ella te da de comer, ¿verdad? —le dije.

Saqué la llave. La ardilla se mantuvo erguida con las patas delanteras levantadas, como si protestara de algo.

—Pues yo no he tomado nada, aparte de un bollo —le dije—. Lo siento muchísimo. —Callé un instante mientras el bicho se acercaba un poco más, a saltitos—. Y si tienes la rabia, habrá que pegarte un tiro.

Entré en la casa y lamenté no ver ningún dispositivo de alarma contra ladrones.

—Una lástima —murmuré; pero no iba a desanimarme por eso.

Cerré la puerta y pasé el pestillo. Nadie conocía mi presencia allí. Seguro que estaría a salvo. Anna llevaba años acudiendo a Hilton Head y no había considerado necesario tener un sistema de seguridad. Gault estaba en Nueva York y no se me ocurría cómo podría haberme seguido. Entré en el salón, de madera rústica y con unos ventanales que iban desde el suelo hasta el techo. Una magnífica alfombra india cubría las planchas de madera del piso y el mobiliario era de caoba blanqueada y estaba tapizado con telas prácticas en colores luminosos, encantadoras.

Deambulé de habitación en habitación con una creciente sensación de hambre mientras el océano tomaba un color de plomo fundido y un ejército de nubes oscuras avanzaba resueltamente desde el norte. Un largo camino de tablas partía de la casa y avanzaba entre las dunas. Me llevé un café hasta su extremo. Desde allí vi gente que paseaba, montaba en bicicleta o hacía ejercicio en la playa. La arena era dura y gris y varios escuadrones de pelícanos pardos volaban en formación como si prepararan un ataque aéreo contra un país de peces hostiles, o quizá como defensa contra el mal tiempo.

Una marsopa asomó del agua mientras unos hombres lanzaban pelotas de golf al mar y, de pronto, el viento arrancó una plancha de surf de poliestireno de las manos de un chiquillo. La plancha rodó por la playa mientras el niño corría desesperadamente tras ella. Le vi continuar la persecución durante unos cientos de metros, hasta que su presa subió por mi duna entre los matojos de hierbas y saltó la valla de la finca. Corrí hasta la plancha y la agarré antes de que el viento se la llevara de nuevo. Al chiquillo le cambió la expresión cuando me descubrió observándole.

No debía de tener más de ocho o nueve años y llevaba tejanos y una sudadera. Su madre venía por la playa, tratando de alcanzarle.

—¿Me da mi plancha, por favor? —dijo el pequeño sin levantar la vista de la arena.

—¿Quieres que te ayude a volver con ella hasta tu madre? —le pregunté en tono cariñoso—. Con este viento, te costará mucho llevarla tú solo.

—No, gracias —murmuró él tímidamente, con las manos extendidas.

Acepté su rechazo y me quedé en el camino de tablas de la finca de Anna. Le vi luchar contra el viento hasta que, por fin, se colocó la plancha de surf contra el cuerpo a guisa de escudo y avanzó trabajosamente por la arena mojada. Lo vi alejarse con su madre hasta que ambas figuras fueron pequeños trazos en el horizonte y, por último, desaparecieron de la vista. Intenté imaginar dónde habrían ido. ¿Estarían en algún hotel, o en una casa? ¿Dónde se guarecían los niños y sus madres en noches de tormenta como aquélla?

Yo nunca había salido de vacaciones cuando era pequeña, porque no teníamos dinero, y ahora lo que no tenía eran hijos. Mientras escuchaba el sonoro chapoteo de las olas que rompían en la costa, pensé en Wesley y sentí el impulso de llamarle. Las estrellas asomaron entre velos de nubes y el viento me trajo unas voces, pero fui incapaz de descifrar una sola palabra de lo que decían. Era como escuchar el croar de las ranas o el trino de unos pájaros. Volví adentro con la taza de café vacía y, por una vez, no sentí temor.

Se me ocurrió que, probablemente, no habría provisiones en la casa y que mi única comida del día iba a ser aquel bollo del aeropuerto.

—Gracias, Anna —susurré cuando encontré una reserva de paquetes de Cocina Ligera.

Calenté pavo con verduras, encendí la chimenea de gas y me quedé dormida en un sofá blanco, con la Browning al alcance de mi mano. Estaba demasiado cansada para soñar.

El sol y yo despertamos a la vez y la realidad de mi misión no se hizo tangible hasta que eché un vistazo al portafolios y pensé en su contenido. Era demasiado temprano para marcharme y me puse un suéter y unos tejanos para ir a dar un paseo.

Hacia Sea Pines, la arena era firme y llana. El sol era un círculo de oro blanco sobre el agua. Las aves punteaban el ruidoso oleaje con su canto. Las agachadizas deambulaban en busca de gusanos y pequeños cangrejos, las gaviotas planeaban al viento y los cuervos vagaban de un lado a otro como salteadores de caminos ocultos bajo negras capuchas.

Aprovechando que en aquellos momentos lucía un débil sol, era numerosa la gente mayor que había salido a pasear. Mientras caminaba, me concentré en el aire marino que soplaba en torno a mí. Noté que podía respirar con facilidad. Respondí a las sonrisas de los desconocidos que pasaban junto a mí, cogidos de las manos, y les correspondí agitando la mía cuando ellos lo hacían. Los amantes paseaban abrazados y, en los caminos entablados que bordeaban la playa, personas solitarias tomaban café y contemplaban el agua.

De vuelta en la casa de Anna, tosté un panecillo que encontré en el congelador y me di una larga ducha. Después, me puse la misma ropa de viaje: chaqueta cruzada negra y pantalones. Recogí las cosas y cerré la casa como si no fuera a volver. No tuve la menor sensación de que me espiaran hasta que reapareció la ardilla.

—¡Oh, no! —exclamé mientras abría la portezuela del coche—. ¡Otra vez tú!

El animalito se alzó sobre las patas traseras y me sermoneó.

—Escucha —le dije—, Anna me permite alojarme aquí. Ella y yo somos muy buenas amigas.

La ardilla movió los bigotes y me mostró su pequeño vientre blanco.

—Si me estás contando tus problemas, no te molestes. —Dejé la bolsa del equipaje en el asiento trasero—. La psiquiatra es Anna, no yo.

Abrí la puerta de mi lado y la ardilla, a saltitos, se acercó un poco más. No pude resistir la tentación y busqué en el bolso hasta encontrar una bolsita de cacahuetes del avión. Cuando di marcha atrás y salí del camino particular bajo la sombra de los árboles, el animalillo estaba sentado sobre las patas traseras y movía las mandíbulas vigorosamente. Me siguió con la mirada mientras me alejaba.

Tomé la 278 Oeste y conduje a través de un paisaje rebosante de espadañas, tréboles de las marismas, matas de esparto y juncos. Las charcas estaban cubiertas de hojas de loto y de lirio acuático y los halcones sobrevolaban el agua en casi todos los rincones. Salvo en las islas, daba la impresión de que la mayoría de la gente de la zona carecía de todo excepto de tierras. Las estrechas carreteras estaban bordeadas de pequeñas iglesias pintadas de blanco y de caravanas adornadas todavía con luces navideñas. Más cerca de Beauford, distinguí talleres de reparaciones de coche, pequeños moteles en solares desiertos y una barbería que enarbolaba una bandera confederada. Hice un par de breves paradas para consultar el mapa.

En la isla de Santa Helena, sorteé con cuidado un tractor que, junto a la cuneta, levantaba una nube de polvo, y empecé a buscar un lugar donde detenerme a preguntar la dirección. Descubrí unos edificios de ladrillo abandonados que en otro tiempo habían sido almacenes. Las envasadoras de tomates, las casas de labor y las funerarias se sucedían a lo largo de unas calles flanqueadas de tupidas arboledas de robles y de huertos protegidos por espantapájaros. No me detuve hasta que llegué a Tripp Island y encontré un sitio donde comer.

El restaurante, bajo el rótulo de «The Gullah House», estaba atendido por una mujerona robusta, de piel negra como el carbón, cuyo vestido vaporoso de colores tropicales le daba un aspecto radiante. Cuando la mujer se volvió hacia el camarero situado tras la barra y le comentó algo, el idioma en que habló sonaba musical y lleno de palabras extrañas. Se supone que el dialecto gullah —la lengua que hablaban los esclavos y que todavía utilizan los afroamericanos de la zona— es una mezcla de inglés isabelino y del habla de las Indias Occidentales.

Esperé en mi mesa de madera a que me sirvieran un té helado, temiendo que nadie de los que trabajaban allí pudiera indicarme dónde vivían los Gault.

La camarera se acercó con una jarra de cristal llena de té con hielo y rajas de limón.

—¿Qué más le traigo, encanto?

Incapaz de pronunciar el nombre escrito en la carta,

señalé con el dedo algo que ponía *Biddy ee de Fiel*. La traducción, debajo, prometía una pechuga de pollo a la parrilla con lechuga romana.

—¿Quiere unos boniatos fritos como entrante? ¿O prefiere una fritura de cangrejos? —La mujer paseó la mirada por el restaurante mientras me hablaba.

—No quiero nada más, gracias.

Decidida a que su clienta tomara algo más que un simple almuerzo de régimen, me señaló las gambas fritas consignadas en el dorso de la carta.

—Hoy también tenemos gambas frescas fritas. Están tan buenas que se relamerá de gusto.

—Bien —respondí, mirándola—, supongo que, en ese caso, será mejor que pruebe una ración pequeña.

—Entonces, ¿le pongo un par de gambas?

—Por favor.

El servicio mantuvo su ritmo lánguido y ya era casi la una cuando pagué la cuenta. La mujer del vestido de colores, sin duda la encargada del local, estaba fuera, en el aparcamiento, hablando con otra mujer de color que conducía una furgoneta en cuyo lateral se leía «Gullah Tours».

—Disculpe —dije a la encargada. Advertí que me dirigía una mirada suspicaz, pero no hostil.

—¿Desea hacer un recorrido por toda la isla? —me preguntó.

—En realidad, necesito que me indique una dirección —respondí—. ¿Conoce usted la plantación Live Oaks?

—Eso no entra en el recorrido. Ya no.

—Entonces, ¿no puedo llegar hasta allí?

La mujer volvió el rostro y me miró de reojo.

—Se ha instalado ahora una gente nueva. Y no les gusta que los turistas merodeen por las cercanías, ¿entiende?

—Lo entiendo —asentí—, pero tengo que llegar a

Live Oaks. No quiero hacer ningún recorrido turístico. Lo que quiero es saber cómo se llega.

Se me ocurrió que el idioma que yo estaba empleando no era el que la encargada —que, sin duda, también era la dueña de Gullah Tours— deseaba oír.

—Bien —propuse—. ¿Qué le parece si pago la tarifa de la excursión y esa furgoneta suya me lleva hasta Live Oaks?

A las dos mujeres les pareció una buena propuesta. Solté veinte dólares a la encargada y nos pusimos en marcha. La plantación no quedaba muy lejos. La furgoneta no tardó en aminorar la marcha y un brazo enfundado en una manga de abigarrado colorido señaló por la ventanilla las hectáreas de nogales pacaneros que se extendían tras una pulcra valla blanca. Al final de un largo camino de acceso sin pavimentar había una verja abierta, y casi un kilómetro más adelante entreví una fachada de madera pintada también de blanco y un viejo tejado de cobre. No había ningún rótulo que indicara el nombre del propietario, ni referencia alguna a que aquello fuera la plantación Live Oaks.

Doblé a la izquierda y entré en el camino. Desde allí, estudié los espacios entre viejas pacanas cuyo fruto ya había sido recolectado. Pasé junto a un estanque cubierto de lentejas de agua y contemplé una garza azul que caminaba por la orilla. No vi a nadie pero, cuando me acerqué a lo que era una espléndida mansión de antes de la guerra, distinguí un coche y una camioneta de carga. Detrás de la casa había un viejo granero con el techo de cinc, junto a un silo hecho de *tabby*, un adobe confeccionado con conchas, guijarros y otros materiales, típico de la zona. El día se había nublado y la chaqueta me resultaba demasiado fina cuando subí los pronunciados peldaños del porche y llamé al timbre.

Por la expresión del hombre que me recibió, deduje

de inmediato que no debería haber encontrado abierta la verja del final del camino.

—Esto es una propiedad privada —me dijo.

Si aquél era el padre de Temple Gault, no encontré el menor parecido entre ambos. El hombre que tenía ante mí era enjuto y nervudo, con el cabello canoso y un rostro alargado y curtido por el sol y el viento. Llevaba botas altas, unos pantalones caqui y una sudadera gris con capucha.

—Busco a Peyton Gault —anuncié, y sostuve su mirada mientras agarraba con fuerza el portafolios.

—Esa verja debería estar cerrada. ¿No ha visto los carteles de «No entrar»? Los he colocado cada dos postes de la valla. ¿Qué quiere de Peyton Gault?

—Eso sólo puedo decírselo a él —respondí.

El hombre me examinó detenidamente con un destello de indecisión en los ojos.

—No será periodista, ¿verdad?

—No, señor. Soy la forense jefe de Virginia.

Le entregué mi tarjeta y él se apoyó en el marco de la puerta como si se hubiera mareado.

—Que Dios nos asista... —murmuró—. ¿Es que no pueden dejarnos en paz?

No habría imaginado nunca la íntima zozobra en que vivía aquel hombre por lo que había engendrado, pues en un rincón de su corazón de padre todavía debía de amar a su hijo.

—Señor Gault —le dije—. Permítame hablar con usted.

Él se llevó el pulgar y el índice a los ojos para evitar que le saltaran las lágrimas. Las arrugas de su frente tostada se hicieron más profundas y un súbito rayo de sol entre las nubes pareció convertir en arena su barba de varios días.

—No he venido por curiosidad —expliqué—. Ni para investigar nada. Por favor...

—Ese chico no ha sido normal desde el día en que nació —dijo Peyton Gault, enjugándose las lágrimas.

—Comprendo que esto es terrible para usted. Es una tragedia indecible y lo comprendo.

—Nadie puede comprenderlo —dijo él.

—Déjeme intentarlo, por favor.

—No serviría de nada.

—Estoy segura de que sí —respondí—. He venido para hacer lo que es debido.

El hombre me miró con incertidumbre.

—¿Quién la envía?

—Nadie. Estoy aquí por propia iniciativa.

—Entonces, ¿cómo nos ha encontrado?

—Preguntando la dirección —contesté, y le dije dónde.

—No creo que esa chaquetilla la abrigue mucho… —dijo él.

—Lo suficiente.

—De acuerdo, pues. Vayamos al embarcadero.

El dique atravesaba unas marismas que se extendían hasta donde alcanzaba la vista; en el horizonte se adivinaban aquí y allá las siluetas de las islas costeras, las Barrier Islands. Nos apoyamos en las barandillas y contemplamos los cangrejos de mar que se arrastraban por el légamo oscuro. De vez en cuando, una ostra escupía.

—En tiempos de la guerra de Secesión hubo aquí hasta doscientos cincuenta esclavos —me contó, como si estuviéramos allí para mantener una charla amistosa—. Antes de irse, debería usted visitar la capilla de Ease. Ahora es una estructura de *tabby* en ruinas, con una oxidada verja de hierro forjado que encierra un pequeño cementerio.

Le dejé hablar.

—Por supuesto, las tumbas han sido saqueadas desde el principio. Calculo que la capilla se levantó hacia 1740.

No hice comentarios.

Él exhaló un suspiro y su mirada se perdió en el océano.

—Tengo unas fotografías que quiero enseñarle... —dije entonces en voz baja.

—¿Sabe? —Su voz adquirió de nuevo un tono emocionado—. Es casi como si aquella inundación fuera un castigo por algo que hice. Yo nací en una plantación de Albany. —Se volvió a mirarme—. La finca había resistido casi dos siglos de guerra y de mal tiempo. Y entonces llegó esa tormenta y el río Flint tuvo una crecida de más de siete metros.

»Vino la policía del estado y la policía militar y lo acordonaron todo. El agua llegó hasta el techo de lo que había sido el hogar de mi familia y arrancó los árboles. No dependíamos sólo de las pacanas para tener comida en la mesa pero, durante una temporada, mi esposa y yo tuvimos que vivir como mendigos, en un centro de acogida junto con trescientas personas más.

—Su hijo no causó esa inundación, señor Gault —le dije con suavidad—. Ni siquiera él puede provocar una catástrofe natural.

En cualquier caso, supongo que nos convenía trasladarnos. Allí se presentaba continuamente gente que quería ver dónde nació, y eso le destrozaba los nervios a Rachael.

—¿Rachael es su esposa?

Peyton Gault asintió.

—¿Qué hay de su hija?

—Ésa es otra triste historia. Tuvimos que enviar a Jayne al Oeste cuando tenía once años.

—¿Se llama así?

—En realidad, se llama Rachael, pero su segundo nombre es Jayne, con i griega. No sé si está usted al corriente, pero Temple y Jayne son gemelos.

—No tenía idea —respondí.

—Y Temple siempre tuvo celos de ella. Era terrible

verlo, porque Jayne estaba loca por él. Era la pareja de rubitos más encantadora que uno pueda imaginar, y sin embargo, desde el primer día, Temple quiso aplastarla como a un insecto. Era muy cruel con ella.

Hizo una pausa. Una gaviota argéntea nos sobrevoló entre graznidos. Brigadas de cangrejos de mar cargaban contra un matojo de espadañas.

Peyton Gault se alisó los cabellos hacia atrás y apoyó un pie en la barra inferior de la barandilla.

—Supongo que intuí lo peor cuando tenían cinco años y a Jayne le regalaron un perro. Era un cachorrillo precioso… —Se interrumpió de nuevo; después, con la voz quebrada, continuó—: Pues bien, el perrito desapareció. Y aquella noche, Jayne despertó y lo encontró sobre su cama. Muerto. Probablemente, Temple lo estranguló.

—¿Ha dicho que enviaron a Jayne a la Costa Oeste? —pregunté.

—Rachael y yo no sabíamos qué más hacer. Estábamos seguros de que sólo era cuestión de tiempo que Temple la matara… cosa que más adelante casi consiguió. Siempre lo he creído así. Verá, yo tenía un hermano en Seattle. Luther.

—El general —apunté.

El hombre mantuvo la mirada fija al frente.

—Veo que saben ustedes muchas cosas de nosotros. Temple se ha ocupado muy bien de que así sea. Y lo próximo será leerlas en libros y verlas en películas.

Descargó un blando puñetazo sobre la barandilla.

—¿Jayne se trasladó a vivir con el hermano de usted y su esposa?

—Y nosotros nos quedamos a Temple en Albany. Créame, si hubiera podido enviarlo a él y conservar a la niña, lo habría hecho. Jayne era dulce y sensible. Una chiquilla buena y encantadora. —Le rodaban lágrimas por las mejillas—. Tocaba el piano y el saxofón, y Luther la quería como si fuera hija suya. Ellos sólo tenían chicos.

»Las cosas fueron todo lo bien que podía esperarse, visto el problema que teníamos. Rachael y yo íbamos a Seattle varias veces al año. Si para mí era difícil, a mi esposa casi le rompía el corazón. Y después cometimos un gran error.

Hizo un alto para carraspear varias veces.

—Jayne insistió en venir a casa un verano. Estaba a punto de cumplir veinticinco años y supongo que quería pasar el aniversario con todos nosotros. Así pues, Luther y su esposa, Sara, volaron con ella desde Seattle a Albany. Temple se lo tomó como si no le importara, y recuerdo perfectamente haber pensado que quizá todo saldría bien. Quizá, por fin, Temple se había librado de aquel odio que le poseía de pequeño. Jayne se lo pasó estupendamente en la fiesta y decidió sacar de paseo a nuestro viejo perro perdiguero. Quiso que nos hiciéramos una foto, y la hicimos. Entre los nogales. A continuación, todos volvimos a casa excepto ella y Temple.

»Él apareció a la hora de cenar y yo le pregunté dónde estaba su hermana. "Ha dicho que quería montar a caballo un rato", me respondió. Esperamos y esperamos, pero no volvía. Entonces, Luther y yo salimos a buscarla. Encontramos el caballo todavía ensillado y vagando cerca del establo… y allí estaba ella, en el suelo, y había sangre por todas partes.

Se secó las mejillas con las manos; no podría describir la lástima que sentí por aquel hombre y por su hija Jayne. No me atreví a decirle que su relato tenía un final.

—El médico —Peyton Gault se esforzó en dominarse— supuso que había recibido una coz del caballo, pero yo no quedé convencido. Pensé que Luther mataría al chico. No había ganado una Medalla de Honor por distribuir equipos de campaña, precisamente. Así pues, cuando Jayne se hubo recuperado lo suficiente como para dejar el hospital, mi hermano se la llevó otra vez. Pero ella ya no estuvo bien nunca más.

—Señor Gault —le pregunté—, ¿tiene idea de dónde está su hija ahora?

—Bueno, se marchó por su cuenta hace cuatro o cinco años, cuando Luther murió. Solemos recibir noticias suyas en los cumpleaños, por Navidad, cuando le viene en gana.

—¿Se ha puesto en contacto con ustedes estas Navidades? —pregunté.

—El mismo día de Navidad, no; pero llamó un par de semanas antes.

El señor Gault reflexionó profundamente, con una expresión extraña.

—¿Dónde estaba? —pregunté.

—Llamó desde Nueva York.

—¿Sabe lo que hacía allí, señor Gault?

—Nunca sé lo que hace. Si le soy franco, creo que se limita a ir de acá para allá y llama cuando necesita dinero. —Fijó la mirada en una grulla real posada sobre un tocón.

—Cuando llamó de Nueva York —insistí—, ¿le pidió dinero?

—¿Le molesta si fumo?

—Claro que no.

Sacó un paquete de Merit del bolsillo superior de la chaqueta y pugnó por encender un cigarrillo contra el viento. Se volvió en una dirección y en otra hasta que, finalmente, coloqué una mano encima de las suyas y la cerilla se mantuvo encendida. El hombre estaba temblando.

—Es muy importante que me responda a lo del dinero —le dije—. ¿Cuánto y cómo se lo envió?

Tras un silencio, él respondió:

—Verá, de todo eso se ocupa Rachael.

—¿Y qué hizo su esposa? ¿Mandó un giro telegráfico? ¿Le envió un cheque?

—Supongo que no conoce a mi hija. Es imposible que nadie le pague un cheque. Rachael le envía giros regularmente. Verá, Jayne tiene que medicarse para evitar padecer ataques. Por lo que le sucedió en la cabeza.

—¿Adónde envía los giros?

—A una oficina de la Western Union. Rachael podría decirle cuál.

—¿Y su hijo? ¿Tiene algún contacto con él?

—No, en absoluto. —Su expresión se endureció.

—¿Alguna vez él ha intentado volver a casa?

—No.

—¿Y aquí? ¿Sabe él que ahora viven aquí?

—La única conversación que quiero tener con Temple es a través de una escopeta de dos cañones. —Tensó los músculos de la mandíbula—. Me da absolutamente igual que sea mi hijo.

—¿Se ha enterado de que Temple está utilizando su tarjeta de la AT&T?

El señor Gault se irguió y dejó caer una punta de ceniza que el viento dispersó.

— No puede ser.

—¿Su esposa paga las facturas?

—Bueno, ésas, sí.

—Entiendo —asentí.

Arrojó el cigarrillo al fango y un cangrejo fue tras él.

—Jayne está muerta, ¿verdad? Usted es forense y ha venido por eso.

—Sí, señor Gault. Lo lamento mucho.

—Lo he presentido en el momento en que me ha dicho quién era usted. Esa mujer que creen que Temple asesinó en Central Park es mi pobre hija…

—Por eso he venido —asentí—. Pero necesito la ayuda de usted para demostrar que lo es.

Me miró a los ojos y noté en los suyos un cansado alivio. Se incorporó y percibí su orgullo.

—Sí, señora. No quiero que termine en una tumba anónima para pobres. La quiero aquí, con Rachael y conmigo. Por fin puede vivir con nosotros, porque ya es demasiado tarde para que él pueda hacerle daño.

Volvimos sobre nuestros pasos por el embarcadero.

—Me ocuparé de que así sea —afirmé bajo el viento que aplanaba la hierba y nos revolvía los cabellos—. Lo único que necesito es una muestra de sangre de usted.

18

Antes de entrar en la casa, el señor Gault me advirtió que su esposa no sabría encajar los hechos. Con toda la delicadeza posible, me confió que Rachael no había afrontado nunca la realidad del malhadado destino de sus hijos.

—No es que le vaya a dar un ataque —explicó en voz baja mientras subíamos los peldaños del porche—. Sencillamente, no aceptará lo que le diga, ¿entiende a qué me refiero?

—Tal vez quiera usted ver las fotos aquí fuera —le propuse.

—Fotos de Jayne. —De nuevo, se mostraba muy cansado.

—De ella y de unas huellas de pisadas.

—¿Huellas de pisadas? —repitió, pasándose los encallecidos dedos por los cabellos.

—¿Recuerda si Jayne tenía un par de botas militares de campaña?

El señor Gault sacudió lentamente la cabeza.

—No. Pero Luther tenía muchas de esas cosas.

—¿Sabe qué número calzaba su hermano?

—Tenía el pie más pequeño que el mío. Supongo que un cuarenta o un cuarenta y uno.

—¿Sabe si el general le regaló alguna vez unas botas así a Temple?

—¿Qué? —exclamó con brusquedad—. Lo único que haría Luther con unas botas de ésas, si tuviera cerca a ese chico, sería ponérselas y emprenderla a patadas con él.

—Las botas podrían haber sido de Jayne.

—Sí, claro. Ella y Luther debían de calzar el mismo número, más o menos. Era una chica alta; de hecho, tenía la misma estatura que Temple. Siempre he sospechado que eso era parte del problema.

El señor Gault se habría quedado allí fuera todo el día, bajo el viento, hablando y hablando. No quería darme ocasión de abrir el portafolios porque sabía lo que había en su interior.

—No es preciso que hagamos esto —le dije—. No es necesario que vea usted las fotos. Podemos limitarnos a utilizar el análisis de ADN.

Cuando llegamos a la puerta, el hombre se volvió hacia mí con ojos llorosos y murmuró:

—Si no le importa, creo que será mejor que se lo cuente yo a Rachael.

El zaguán de la casa de los Gault estaba encalado, con ribetes en un tono gris claro. Del elevado techo colgaba una vieja lámpara de bronce y desde el vestíbulo arrancaba una grácil escalera de caracol que conducía a la planta superior. En el salón había muebles antiguos de estilo inglés, alfombras orientales e imponentes retratos al óleo de gentes de otra época. Rachael Gault estaba sentada en un delicado sofá, con la labor de punto de aguja en el regazo. El espacioso arco de entrada al salón me permitió ver que aquella misma labor de punto cubría las sillas del comedor.

—¿Rachael? —El señor Gault se detuvo ante ella como un soltero tímido, con el sombrero en la mano—. Tenemos visita.

La mujer hizo un punto más, alzó la vista con una sonrisa y dejó a un lado la labor.

—¡Oh, qué agradable sorpresa! —exclamó.

Rachael había sido, en sus buenos tiempos, una belleza rubia, de piel, ojos y cabellos claros. Me fascinó constatar que Temple y Jayne habían heredado los rasgos de su madre y de su tío, pero preferí no hacer especulaciones y me limité a atribuirlo a las leyes de Mendel y a sus estadísticas de probabilidades genéticas.

El señor Gault tomó asiento en el sofá y me ofreció la silla de respaldo alto.

—¿Qué tiempo hace ahí fuera? —inquirió Rachael con la fina sonrisa de su hijo y la cadencia hipnótica de su marcado acento sureño—. Me pregunto si todavía quedará alguna gamba. —Me miró directamente—. Perdone, pero no sé su nombre, querida. Vamos, Peyton, no seas descortés. Preséntame a esta nueva amiga que has hecho.

Con las manos sobre las rodillas y la cabeza hundida, el señor Gault lo intentó otra vez:

—Rachael, la señora es una doctora de Virginia…

—¿Ah, sí? —Las manos delicadas de la mujer se cerraron en torno a la labor que tenía en el regazo.

—Digamos que es una especie de forense. —El hombre miró a su esposa fijamente y anunció—: Cariño, Jayne ha muerto.

La señora Gault reanudó su trabajo con dedos ágiles.

—¿Sabe?, ahí fuera teníamos un magnolio que vivió casi cien años hasta que lo derribó un rayo, la primavera pasada. ¿Se imagina usted? —Sin dejar de mover las agujas, añadió—: Aquí padecemos muchas tormentas, desde luego. ¿Qué tiempo hace donde vive usted?

—Vivo en Richmond —respondí.

—¡Ah, sí! —La mujer movía las agujas cada vez más deprisa—. Bueno, tuvimos suerte de que no se nos quemara todo cuando la guerra. Seguro que tiene usted algún tatarabuelo que combatió en ella, ¿verdad?

—Soy de origen italiano —respondí—. Aunque mi familia directa procede de Miami.

—Bueno, allí hace bastante calor, ciertamente.

El señor Gault permanecía sentado en el sofá con gesto de impotencia, renunciando a mirar a ningún lado.

—Señora —dije entonces—, tuve ocasión de ver a Jayne en Nueva York.

—¿De veras? —Rachael puso cara de sincera satisfacción—. ¡Vaya!, cuéntemelo todo. —Sus manos se movían como colibrís.

—Cuando la vi estaba terriblemente delgada y se había cortado los cabellos.

—Nunca estaba satisfecha de su pelo —dijo ella—. Cuando lo llevaba corto parecía Temple. Son gemelos y la gente solía confundirlos y pensaba que Jayne era un chico. Por eso siempre lo ha llevado largo. Y me sorprende mucho que me diga que se lo ha cortado.

—¿Habla usted por teléfono con su hijo, señora? —quise saber.

—Bueno, no llama con la frecuencia que debería, ese chico malo. Pero sabe que puede hacerlo cuando quiera.

—Jayne llamó aquí un par de semanas antes de Navidad… —apunté.

Ella no dijo nada y continuó tejiendo.

—¿Le comentó si había visto a su hermano?

Rachael se mantuvo en silencio.

—Lo pregunto porque él también estaba en Nueva York.

—Desde luego, le dije a Temple que debía cuidar de su hermana y desearle unas felices Pascuas —declaró la señora Gault.

Al oír aquello, su marido dio un respingo.

—¿Le envió dinero, señora? —continué.

Ella levantó la vista y me miró a los ojos.

—Me parece que hace usted unas preguntas un poco personales...

—Sí, señora. Me temo que debo hacerlas.

Enhebró una aguja con un hilo de color azul subido. Probé con otro argumento:

—Los médicos hacemos preguntas personales. Es parte de nuestro trabajo.

—Sí, tiene usted razón. —La mujer soltó una risilla—. Supongo que por ello detesto tanto ir a verlos. Creen que pueden curarlo todo con leche de magnesio. Es como beber pintura blanca. Peyton, ¿te importaría traerme un vaso de agua con un poco de hielo? Y pregúntale a nuestra invitada qué le apetece.

—Nada —indiqué al hombre en tono pausado, mientras él, a regañadientes, se ponía en pie y dejaba la estancia.

—Ha sido usted muy considerada al enviarle dinero a su hija —dije a Rachael—. Por favor, cuénteme cómo ha hecho para que le llegara a Jayne en una ciudad tan grande y activa como Nueva York.

—Le puse un giro a través de la Western Union, como siempre.

—¿Y dónde le envió ese giro, exactamente?

—A Nueva York. Es ahí donde Jayne está ahora.

—¿Dónde de Nueva York, señora Gault? ¿Y dice que le ha enviado dinero otras veces, antes de ésta?

—Se lo envié a una farmacia. Porque la chica tiene que tomar su medicación.

—Para los ataques, sí. La difenilhidantoína.

—Jayne me dijo que no era un barrio muy recomendable. —Continuó su labor unos instantes—. Se llamaba Houston. Aunque no se pronuncia como la ciudad de Texas.

—¿Houston y qué? —pregunté.

—No comprendo... —La mujer empezaba a mostrarse muy agitada.

—Dígame qué calle lo cruza. Necesito una dirección.

—¿Por qué?

—Porque es posible que sea el último lugar donde estuvo su hija antes de morir.

Rachael continuó tejiendo más deprisa. Sus labios eran una fina raya.

—Por favor, señora Gault, ayúdeme.

—Jayne viaja mucho en autobús. Dice que cuando va en autobús ve pasar el país como en una película.

—Estoy segura de que usted no quiere que muera nadie más.

La mujer cerró los ojos.

—Por favor —insistí.

—Con Dios…

—¿Qué…? —murmuré.

El señor Gault regresó al salón.

—Rachael, no hay cubitos. No sé qué ha pasado…

—… me acuesto…

Perpleja, me volví hacia el hombre. Peyton contempló a su esposa y murmuró:

—«Con Dios me acuesto, con Dios me levanto…» Es la oración que rezábamos todas las noches con los niños cuando eran pequeños. ¿Es eso lo que estabas pensando, querida?

—La contraseña para la Western Union.

—Porque Jayne no tenía documentos de identidad, ¿no es eso? —apunté—. Por supuesto. Así pues, tenía que dar la contraseña para recoger el dinero y la medicina.

—Sí, eso es. Siempre hemos utilizado ese sistema. Desde hace años.

—¿Y qué me dice de Temple?

—Con él también.

El señor Gault se frotó el rostro con las manos.

—Rachael, no me digas que a él también le has estado enviando dinero…

—El dinero es mío. Tengo el de mi familia, igual que tú.
Reanudó su labor, volviendo la pieza tejida hacia un
lado y hacia el otro.

—Señora Gault —continué—, ¿Temple sabía que
Jayne esperaba dinero de usted en la Western Union?

—Por supuesto que sí. Es su hermano. Me dijo que él
se encargaría de recogerlo porque Jayne no estaba demasiado bien. Cuando ese caballo la tiró de la silla... Ella no
ha sido nunca tan despierta como Temple. Y a él también
le envié un poco.

—¿Con qué frecuencia les ha estado mandando dinero? —quise saber. Rachael ató un nudo y miró a su alrededor como si hubiera perdido algo—. Señora Gault, no
me marcharé de aquí hasta que conteste a mi pregunta o me
saque por la fuerza.

—Cuando Luther murió, no quedó nadie que cuida-
ra de Jayne, y ella no quería volver aquí —explicó entonces—. Tampoco quería estar en uno de esos hogares. Así
pues, dondequiera que fuese, me lo hacía saber y yo la
ayudaba si podía.

—No me lo has contado nunca... —murmuró su es-
poso, totalmente abatido.

—¿Cuánto tiempo llevaba en Nueva York? —pregunté.

—Desde el primero de diciembre. Le he enviado dinero regularmente, un poco cada vez. Cincuenta dólares
hoy, cien otro día. Le mandé un giro el sábado, como de
costumbre. Por eso sé que está bien. Dio la contraseña, de
modo que tuvo que presentarse allí.

Me pregunté cuánto tiempo haría que Gault intercep-
taba el dinero de su pobre hermana. Aborrecí a aquel
hombre con una virulencia que me espantó.

—Filadelfia no le gustaba —continuó la señora Gault.
Esta vez hablaba con más vivacidad—. Es donde estaba
antes de viajar a Nueva York. ¡Pues vaya con la ciudad del

amor fraternal! Allí le robaron el instrumento. Se lo arrancaron de las manos.

—¿El pífano? —apunté.

—El saxofón. Mi padre tocaba el violín, ¿sabe usted?

Su marido y yo la miramos sin decir palabra.

—Quizá fue el saxofón lo que le robaron. Mmm…, no sé en cuántos sitios más ha estado. ¿Cariño, recuerdas cuando vino a celebrar su cumpleaños y sacó a pasear el perro entre los nogales?

Sus manos se quedaron quietas.

—Eso fue en Albany. Ahora no estamos allí. —Rachael cerró los ojos.

—Tenía veinticinco años y no la habían besado nunca. —Soltó una risilla y continuó—: La recuerdo al piano, tocando en medio de una tormenta y cantando *Cumpleaños Feliz* a voz en grito. Luego, Temple la acompañó al establo. Jayne iría a cualquier parte con su hermano. Nunca entendí por qué. Pero Temple puede ser encantador. —Una lágrima se escurrió entre sus pestañas—. Salió a pasear en ese maldito caballo, *Priss*, y no volvió más. —Continuó derramando lágrimas y gimió—: ¡Oh, Peyton, no volví a ver a mi pequeña nunca más!

Con una voz que me causó escalofríos, su marido declaró:

—Temple la ha matado, Rachael. Esto no puede continuar.

Regresé a Hilton Head y, a media tarde, tomé un avión a Charlotte. De allí volé a Richmond y recuperé mi coche. No fui a casa. Me dominaba una sensación de urgencia que me tenía sobre ascuas. No podía ponerme en contacto con Wesley en Quantico y Lucy no había respondido a ninguna de mis llamadas.

Eran casi las nueve en punto cuando pasé junto a los

barracones y campos de prácticas de tiro, totalmente a oscuras. Los árboles eran sombras enormes a ambos lados de la estrecha carretera. Agotada y con los nervios de punta, observé las señales de tráfico que advertían de la presencia de animales sueltos.

De pronto, unas luces azules centellearon en el espejo retrovisor. Intenté ver qué vehículo venía detrás y no pude concretarlo, pero supe que no era un coche patrulla porque éstos llevaban una batería de faros sobre el techo, además de los instalados en el frontal.

Continué la marcha. Pensé en los casos que había conocido de mujeres solas que se detenían ante lo que tomaban por la policía. Incontables veces, a lo largo de los años, había advertido a Lucy que no se detuviera nunca, por ninguna razón, a instancias de un coche sin distintivos. Y mucho menos de noche. El desconocido me persiguió de cerca, pero no me detuve hasta que llegué a la garita del centinela de la Academia.

El coche sin marcas paró detrás de mi parachoques y, al instante, un policía militar uniformado se plantó junto a la puerta de mi vehículo con la pistola desenfundada. El corazón me dio un vuelco.

—¡Salga y ponga las manos en alto! —me ordenó.

Me quedé sentada tras el volante, sin mover un dedo.

El hombre dio un paso atrás y observé que el centinela le decía algo. Después, el centinela salió de la garita y el policía militar dio unos golpecitos en mi ventanilla. Bajé el cristal al tiempo que él bajaba el arma, sin apartar los ojos de mí. Era un muchacho que no debía de tener más allá de diecinueve años recién cumplidos.

—Tendrá que salir del coche, señora.

El policía militar actuaba con rudeza porque estaba cohibido.

—Sólo lo haré si usted guarda esa pistola en la funda y se aparta de la puerta —repliqué, mientras el centinela de la Academia volvía a la garita—. Y tengo una pistola en la bandeja entre los asientos delanteros. Lo digo para que no se alarme al verla.

—¿Es usted de Antidrogas? —preguntó él, contemplando el Mercedes.

El joven policía lucía un bigote que más parecía un residuo de adhesivo gris. Se me encendió la sangre, pues sabía que el muchacho iba a representar toda una pantomima machista porque el centinela de la Academia estaba presenciando la escena.

Me apeé del coche. El parpadeo de las luces azules iluminaba nuestros rostros.

—¿Que si soy de Antidrogas? —repetí con una mirada colérica.

—Sí.

—No.

—¿Es del FBI?

—No.

Mi respuesta lo desconcertó aún más.

—Entonces, ¿qué es usted, señora?

—Soy patóloga forense —expliqué.

—¿Quién es su supervisor?

—No tengo ninguno.

—Ha de tener alguno, señora.

—Mi supervisor es el gobernador de Virginia.

—Tendrá que enseñarme su permiso de conducir —dijo él entonces.

—No lo haré hasta que me diga de qué me acusa.

—Iba usted a setenta por hora en una zona limitada a cincuenta. Y ha intentado escapar.

—¿Todos los que intentan escapar de la policía militar conducen directamente hasta una garita de centinelas?

—Tengo que ver su permiso —insistió.

—Y yo tengo una pregunta para usted, soldado —repliqué—. ¿Por qué motivo, cree usted, no me he detenido en esta carretera solitaria en plena noche?

—No tengo ni idea, señora.

—Normalmente, un coche sin distintivos no indica a otro que se detenga. Pero los psicópatas sí suelen actuar así. —El parpadeo azulado iluminaba aquel rostro, patéticamente juvenil. Era probable que el muchacho ni siquiera supiese lo que era un psicópata—. Aunque nos pasáramos el resto de la vida repitiendo este mal encuentro, le aseguro que seguiría sin detenerme jamás a las señales de su Chevrolet camuflado. ¿Entiende eso, soldado?

Un coche procedente de la Academia se acercó a toda velocidad y se detuvo al otro lado de la garita de guardia.

—Usted me ha apuntado con un arma —insistí en tono ultrajado, al tiempo que oía cerrarse la portezuela del coche recién llegado—. Ha desenfundado una jodida pistola de nueve milímetros y me ha apuntado. ¿Es que en el cuerpo de Marines no le ha enseñado nadie el significado de «fuerza innecesaria»?

—¿Kay?

Benton Wesley apareció en la oscuridad quebrada por el centelleo azul. Enseguida caí en la cuenta de que el centinela debía de haberle llamado, pero no entendí qué hacía allí, a aquellas horas. No podía haber venido desde su casa, pues vivía casi en Fredericksburg.

—Buenas noches —dijo en tono marcial al policía militar.

Los dos hombres entraron en el puesto de guardia y no pude oír lo que hablaban, pero el joven soldado no tardó en volver a su coche, apagar las luces azules y marcharse.

—Gracias —dijo Wesley al centinela. Se volvió hacia mí y añadió—: Vamos. Sígueme.

No se dirigió al aparcamiento que yo utilizaba habitualmente, sino a un espacio reservado detrás del edificio

Jefferson. Allí sólo había otro vehículo aparcado y lo reconocí enseguida: era la furgoneta de Marino.

Me apeé del Mercedes y exhalé una vaharada de vapor en el frío aire nocturno.

—¿Qué sucede? —pregunté.

—Marino está abajo, en la unidad.

Wesley vestía un suéter y unos pantalones de tono oscuro. Presentí que había ocurrido algo y me apresuré a preguntar dónde estaba Lucy. No tuve respuesta. Benton introdujo su tarjeta de seguridad en una ranura y se abrió una puerta trasera.

—Tenemos que hablar —me dijo.

Enseguida imaginé a qué se refería.

—No —respondí—. Estoy demasiado preocupada.

—Kay, yo no soy enemigo tuyo.

—Pues a veces lo parece.

Entramos con paso apresurado y no nos molestamos en esperar el ascensor.

—Lo siento —me dijo—. Te quiero y no sé qué hacer.

—Ya —respondí, agitada—. Yo tampoco lo sé. Y me gustaría que alguien me lo dijera. Pero lo que no quiero es esto, Benton. Deseo lo que teníamos y no lo deseo ya.

Él permaneció callado un rato. Por fin, me anunció:

—Lucy ha tenido suerte con CAIN. Lo ha localizado. Hemos desplegado el grupo de Rescate de Rehenes.

—Entonces, mi sobrina está aquí —musité, aliviada.

—No. Se encuentra en Nueva York. Enseguida saldremos para allí —anunció, consultando su reloj.

—No lo entiendo… —dije, mientras nuestras pisadas resonaban en las escaleras.

Avanzamos a toda prisa por un largo pasillo donde los negociadores que operaban en sucesos con toma de rehenes pasaban los días cuando no estaban en el extranjero convenciendo a unos terroristas para que salieran de un edificio o a unos secuestradores aéreos para que abandonasen el avión.

—No entiendo por qué Lucy está en Nueva York —terminé de decir, desconcertada—. ¿Qué necesidad tenía de ir allí?

Cuando entramos en el despacho de Wesley encontramos a Marino agachado junto a una bolsa con la cremallera abierta. Alrededor de ella, sobre la moqueta, había un equipo de afeitado y tres cargadores con munición para su Sig Sauer. Marino buscaba algo más y me dirigió una breve mirada. Luego se volvió hacia Wesley y comentó:

—¿Puede creerlo? He olvidado la maquinilla…

—Seguro que encuentra una en Nueva York —respondió Benton con una mueca malhumorada.

—He estado en Carolina del Sur —les informé—. He hablado con los Gault.

Marino dejó de buscar y me miró de nuevo, esta vez con atención. Wesley tomó asiento tras su escritorio.

—Espero que no sepan dónde localizar a su hijo —fue su extraño comentario.

—No tengo el menor indicio de que conozcan su paradero —respondí, y le miré con curiosidad.

—Bueno, tal vez no importe. —Se restregó los ojos—. Es sólo que no querría que nadie le diera el soplo.

—Supongo que Lucy lo ha mantenido conectado a CAIN el tiempo suficiente para localizar la llamada, ¿no es eso? —sugerí.

Marino se incorporó, tomó asiento en una silla y dijo:

—Esa sabandija tenía un cubil junto a Central Park.

—¿Dónde?

—En el edificio Dakota.

Pensé en el día de Nochebuena, cuando nos hallábamos junto a la fuente de Cherry Hill. Era posible que Gault estuviera mirando. Era posible que hubiese visto nuestras luces desde su habitación.

—Pero él no podría permitirse el Dakota —señalé.

—¿Recuerda su identidad falsa? —preguntó Marino—. ¿La de un italiano llamado Benelli?

—¿El apartamento es de Benelli?

—Sí —respondió Wesley—. Según parece, el señor Benelli es un hombre ostentoso, heredero de una considerable fortuna familiar. La gerencia del Dakota está convencida de que el actual ocupante, Gault, es un pariente italiano. De entrada, allí no se hacen demasiadas preguntas y nuestro hombre hablaba con cierto acento. Además, es un lugar muy conveniente porque el alquiler no lo paga el señor Benelli, sino su padre, desde Verona.

—¿Y por qué no se presentan ustedes en el Dakota y cogen a Gault? —pregunté—. ¿Por qué no lo hace el grupo de Rescate de Rehenes?

—Podríamos intentarlo, pero prefiero no hacerlo. Es demasiado arriesgado —indicó Wesley—. Esto no es una guerra, Kay. No queremos poner en peligro a nadie y tenemos que ajustarnos a las leyes. En el edificio hay gente que podría resultar herida. Y no sabemos dónde está Benelli. Gault podría tenerlo en el apartamento.

—Sí —murmuró Marino—, en una bolsa de plástico dentro de un baúl.

—Sabemos dónde está él y tenemos el edificio bajo vigilancia, pero Manhattan no es el sitio que yo habría escogido para capturar a ese tipo. Hay demasiada gente. Por muy bueno que sea uno, si se produce un intercambio de disparos, seguro que alguien resulta herido. Seguro que hay algún muerto. Una mujer, un hombre, un niño que aparece en el momento menos pensado...

—Comprendo —dije a esto—. Y no niego que tenga razón. ¿Y Gault? ¿Está ahora en el apartamento? ¿Y qué hay de Carrie?

—No se ha visto por allí a ninguno de los dos —dijo Wesley—, y no tenemos motivos para sospechar que Carrie viaje con él.

—No ha utilizado mi tarjeta para pagarle pasajes de avión —reflexioné—. Es todo lo que puedo decir.

—Sabemos que Gault estaba en el apartamento a las ocho de esta tarde —continuó Wesley—. Fue a esa hora cuando se puso en comunicación y Lucy lo atrapó.

—¿Que ella lo atrapó? —Miré a los dos hombres—. ¿Lo atrapó desde aquí y ya se ha ido? ¿Acaso la han desplegado con el grupo de Rescate de Rehenes?

Me vino a la mente una imagen estrafalaria de Lucy, con botas negras y traje de campaña, abordando un avión en la base Andrews de las Fuerzas Aéreas. La imaginé entre un grupo de pilotos de helicóptero, tiradores y expertos en explosivos excelentemente preparados, y aumentó mi incredulidad.

Wesley buscó mi mirada:

—Ha estado en Nueva York los dos últimos días. Trabaja con el ordenador de la policía de Tráfico. Ha sido allí donde ha conseguido localizarlo.

—¿Y por qué no trabaja aquí, donde está CAIN? —quise saber. Yo no quería que Lucy estuviera en Nueva York. No quería que estuviera en el mismo espacio geográfico en el que se movía Temple Gault.

—En Tránsito tienen un sistema informático sumamente sofisticado —me explicó Benton.

—Tienen cosas que nosotros no tenemos —le secundó Marino.

—¿Como qué? —quise saber.

—Como un plano informatizado de toda la red del metropolitano. —Marino se inclinó hacia delante hasta apoyar los antebrazos en las rodillas. Sus ojos me dijeron que comprendía cómo me sentía—. Creemos que es así como se ha estado moviendo Gault.

Wesley amplió la explicación:

—Creemos que Carrie Grethen consiguió de algún modo introducir a Gault en el ordenador de la Policía de

Tránsito, a través de CAIN. De este modo, era capaz de trazarse un camino para recorrer la ciudad a través de los túneles; así podía conseguir sus drogas y cometer sus crímenes. Ha tenido acceso a diagramas detallados que incluyen estaciones, pasadizos, túneles y compuertas de escape.

—¿Qué compuertas de escape? —pregunté.

—La red del metro tiene salidas de emergencia que conducen fuera de los túneles, por si un tren tuviera que detenerse en ellos por alguna causa. Los viajeros pueden ser evacuados a través de esas salidas de emergencia que los llevan al exterior. En Central Park hay varias de ellas.

Wesley se levantó y se acercó a su maletín. Lo abrió y sacó un abultado rollo de papel blanco. Quitó la goma elástica que lo rodeaba y extendió unos larguísimos planos de la red del metro de Nueva York en los que figuraban todas las líneas y estructuras, y cada boca de acceso, cada papelera, cada semáforo y cada andén. Los diagramas cubrían casi por completo el suelo del despacho. Algunos medían dos metros. Los estudié, fascinada.

—Esto es cosa de la comandante Penn —sugerí.

—Exacto —respondió Wesley—. Y lo que tiene en el ordenador es aún más detallado. Por ejemplo —se agachó, apartó de en medio la corbata y señaló una parte del plano—, en marzo de 1979 se quitaron los tornos de acceso en CB 300. Eso es justo aquí. —Me enseñó un plano de la estación de la calle Ciento diez, en Lennox Avenue y la Ciento doce—. Y ahora —continuó—, un cambio así se registra directamente en el sistema informatizado de la Policía de Tránsito.

—Es decir, que cualquier cambio queda reflejado al instante en los planos computerizados —dije yo.

—Exacto. —Acercó otro de los planos, éste de la estación del museo de Historia Natural, en la calle Ochenta y uno—. Y la razón de que sospechemos que Gault utiliza estos planos está justo aquí. —Con la yema del dedo índice dio unos golpecitos en un punto del papel que indicaba una salida de emergencia muy cerca de Cherry Hill—. Si Gault consultó este diagrama, lo más probable es que escogiera este acceso para entrar y salir cuando cometió el asesinato de Central Park. Así, al salir del museo, él y su víctima podrían desplazarse por los túneles sin ser vistos y, cuando salieran a la superficie en el parque, estarían muy cerca de la fuente donde Gault proyectaba dejar expuesto el cuerpo.

»Pero lo que no se puede saber si se mira este plano, que es de hace tres meses, es que el día antes del asesinato el departamento de Mantenimiento Vial cerró esa salida para efectuar unas reparaciones. Creemos que por ello Gault y su víctima aparecieron en el parque en una zona más próxima a The Ramble. Algunas huellas de calzado recuperadas en aquella zona concuerdan con las de la pareja. Y esas huellas se localizaron cerca de una salida de emergencia.

—Entonces, hay que preguntarse cómo supo Gault que la salida de Cherry Hill estaba impracticable —intervino Marino.

—Supongo que lo comprobaría previamente —sugerí.

—Eso no puede hacerse desde la superficie, porque las compuertas sólo se abren desde el interior de los túneles —dijo Marino.

—Tal vez estaba en el túnel y vio desde dentro cómo los empleados cerraban la compuerta —argumenté, pues empezaba a intuir adónde conducía todo aquello y no me gustaba la idea.

—Sí, cabe esa posibilidad, desde luego —asintió Wesley con tono razonable—, pero los agentes de Tránsito bajan a los túneles con mucha frecuencia. Están en todos los andenes y estaciones y ninguno de ellos recuerda haber visto a Gault. Yo creo que se desplaza por ahí abajo con la ayuda del ordenador hasta que le conviene hacer una de sus apariciones.

—¿Y cuál es el papel de Lucy en todo esto?

—Manipular la información —dijo Marino.

—No soy experto en ordenadores —añadió Wesley—, pero, según tengo entendido, tu sobrina ha preparado las cosas de modo que, cuando Gault conecta con este plano computerizado, lo que ve en realidad es otro plano modificado por ella.

—¿Modificado con qué objeto?

—Esperamos encontrar una manera de atraparlo como a un ratón en un laberinto.

—Tenía entendido que se ha desplegado el grupo de Rescate de Rehenes.

—Vamos a intentar lo que haga falta.

—Bueno, en ese caso permítanme sugerir que estudien otro plan —les dije entonces—. Cuando Gault quiere dinero, acude a cierta farmacia llamada Houston Professional Pharmacy.

Los dos me miraron como si estuviera loca.

—Es donde su madre enviaba el dinero a la hermana de Temple, Jayne...

—Espere un momento... —intentó interrumpirme Marino, pero no se lo permití y continué hablando:

—He tratado de llamarle para contárselo. Sé que Temple ha estado interceptando el dinero porque la señora Gault envió algunas sumas cuando Jayne ya estaba muerta y alguien las recogió. Y quien lo hizo conocía la contraseña para retirarlas.

—Espere —insistió Marino—. Espere un momento, carajo. ¿Me está diciendo que ese hijo de puta mató a su propia hermana?

—Sí —respondí—. Era su hermana gemela.

—¡Dios santo! ¡Nadie me lo había dicho...! —Lanzó una mirada acusadora a Wesley.

—Marino, recuerde que ha llegado usted apenas un par de minutos antes de que detuvieran a Kay —le replicó Benton.

—¡No me han detenido! —exclamé—. La chica usaba su segundo nombre, Jayne. Con i griega —añadí, y a continuación les informé de cuanto había averiguado.

—Esto lo cambia todo —murmuró Wesley. Descolgó el teléfono y llamó a Nueva York.

Cuando terminó de hablar eran casi las siete. Se levantó del asiento y recogió el maletín, la bolsa de viaje y una radio portátil que tenía sobre el escritorio. Marino también se puso en pie.

—Unidad tres a unidad diecisiete —dijo Wesley por la radio.

—Aquí, diecisiete.

—Vamos para allá.

—Sí, señor.

—Voy con vosotros —dije a Wesley.

Él me miró. Yo no estaba en la lista de pasajeros prevista.

—Está bien —dijo por fin—. Vámonos.

19

Estudiamos el plan en el aire, mientras el piloto nos llevaba hacia Manhattan. La oficina de campo del FBI en Nueva York situaría un agente camuflado en la farmacia que hay en el chaflán de Houston y la Segunda Avenida, mientras que un par de agentes de Atlanta viajaría a la plantación Live Oaks. Hablábamos de todo esto comunicándonos a través de nuestros micrófonos activados por la voz.

Si Rachael Gault conservaba su costumbre, enviaría un nuevo giro al día siguiente. Y como Gault no tenía modo de saber que sus padres estaban al corriente de la muerte de su hija, daría por sentado que el dinero llegaría como siempre.

—Lo que no hará es coger un taxi hasta la farmacia, sin más.

La voz de Wesley llenó mis auriculares. Yo contemplaba las llanuras de oscuridad que me mostraba la ventanilla.

—Eso, seguro —asintió Marino—. El tipo sabe que todo el mundo, de la reina de Inglaterra para abajo, está buscándole.

—Y queremos que se meta bajo tierra.

—Me parece que allí abajo la caza será más arriesgada —apunté, pensando en Davila—. Sin luces, y con los trenes y esos terceros raíles que conducen la corriente…

—Ya lo sé —concedió Wesley—. Pero Gault tiene la mentalidad de un terrorista. No le importa a quién mate. No podemos provocar un tiroteo en mitad de Manhattan en pleno día.

Comprendí el argumento.

—¿Y cómo vas a asegurarte de que se desplaza por los túneles para llegar a la farmacia? —quise saber.

—Le presionamos para que lo haga, pero sin alarmarle.

—¿Cómo?

—Según parece, mañana se lleva a cabo una Marcha contra el Crimen.

—Muy adecuado —comenté con tono irónico—. ¿Y recorre el Bowery?

—Sí. Será muy sencillo cambiar el recorrido para que pase por Houston y la Segunda.

—Bastará con desplazar los conos de tráfico —explicó Marino.

—La Policía de Tránsito puede enviar una comunicación informatizada notificando a la policía del Bowery la celebración de la marcha de protesta a tal hora. Gault verá en el ordenador que la manifestación tiene previsto pasar por la zona a la misma hora que él pensaba ir a recoger el dinero. También verá que la estación de metro de la Segunda Avenida está cerrada temporalmente.

En Delaware, una central de energía nuclear resplandecía como un aparato de calefacción a plena marcha, pero a mí el frío de las alturas se me metió en los huesos.

—Así, Gault sabrá que no es buen momento para desplazarse por la superficie —comenté.

—Exacto. Donde hay una manifestación, hay policía.

—Me preocupa que decida no ir a buscar el dinero —comentó Marino.

—Irá —le aseguró Wesley, como si lo supiera a ciencia cierta.

—Sí —corroboré—. Es adicto al crack, y esto es una motivación más fuerte que cualquier recelo que pueda sentir.

—Wesley, ¿cree usted que el tipo mató a su hermana por el dinero? —preguntó Marino.

—No —respondió Benton—. Pero esas pequeñas cantidades que su madre le enviaba son otra más de las cosas de que él se ha apropiado. Al final, ha conseguido despojar a su hermana de todo cuanto ella tuvo en su vida.

—No, eso no es verdad —le corregí—. Ella no fue nunca mala como él. Eso era lo mejor que tenía la chica, y Gault no ha podido arrebatárselo.

—Estamos llegando —anunció la voz de Marino.

—Mi bolsa… —murmuré yo entonces—. La he olvidado.

—Hablaré con el comisionado mañana, a primera hora.

—Ya es mañana a primera hora —indicó Marino.

Tomamos tierra en el helipuerto del Hudson, cerca del portaaviones *Intrepid*, que estaba adornado con luces navideñas. Nos esperaba un coche patrulla de la Policía de Tránsito y recordé mi anterior llegada allí, no hacía mucho, y mi primer encuentro con la comandante Penn. También recordé la visión de la sangre de la mujer en la nieve, cuando aún ignoraba la insoportable verdad sobre ella y sobre lo que le había sucedido.

Una vez más llegamos al Athletic Club.

—¿En qué habitación está Lucy? —pregunté a Wesley mientras nos registrábamos en la recepción, atendida por un viejo que tenía el aspecto de haber trabajado siempre en el turno más intempestivo.

—En ninguna. —Benton me entregó las llaves.

Cuando nos apartamos del mostrador de recepción, insistí:

—Muy bien. Ahora, dímelo.

Marino bostezó y murmuró:

—La hemos vendido a un pequeño taller del distrito de la confección de ropa.

—Tu sobrina está bajo una especie de guardia y custodia cautelar. —Wesley sonrió levemente al tiempo que se abrían las puertas metálicas del ascensor—. A cargo de la comandante Penn.

Ya en la habitación, me quité el traje, lo colgué en la ducha y lo dejé envuelto en vapor como había hecho las dos noches anteriores. Decidí echar aquel traje a la basura si alguna vez tenía ocasión de cambiar de vestuario. Dormí bajo varias mantas y con la ventana abierta de par en par. Me levanté a las seis, antes de que sonara el despertador. Me duché y pedí un bollo y café para desayunar.

A las siete, llamó Wesley por teléfono e, instantes después, él y Marino estaban ante mi puerta. Bajamos al vestíbulo. Fuera nos esperaba un coche patrulla. Yo llevaba mi Browning en el portafolios y confiaba en que Wesley consiguiera los permisos especiales y lo hiciera pronto, porque no quería quebrantar las leyes sobre armas de la ciudad de Nueva York. Recordé a Bernhard Goetz.

—He aquí lo que vamos a hacer —dijo Wesley mientras nos dirigíamos al sur de Manhattan—. Yo voy a pasar la mañana al teléfono. Marino, quiero que usted esté en la calle con la Policía de Tránsito. Asegúrese de que esos jodidos conos estén exactamente donde deben estar.

—Entendido.

—Kay, tú te quedarás con la comandante Penn y con Lucy, que estarán en contacto directo con los agentes de Carolina del Sur y con el destacado en la farmacia. —Wesley consultó el reloj—. Los agentes de Carolina, por cierto, deberían llegar a la plantación antes de una hora.

—Esperemos que los Gault no estropeen todo esto —comentó Marino, que iba sentado junto al conductor.

Wesley se volvió hacia mí.

—Cuando los dejé, parecían dispuestos a colaborar —declaré—. De todos modos, ¿no podríamos enviar el dinero en nombre de la señora Gault y mantenerla apartada del asunto?

—Podríamos —respondió Wesley—, pero cuanta menos atención atraigamos hacia lo que hacemos, mejor. La señora Gault vive en un pueblo pequeño. Si se presentan unos agentes para enviar el dinero, alguien se podría ir de la lengua.

—¿Pero cómo iba a llegar eso a conocimiento de Gault? —insistí, escéptica.

—Si el agente de la Western Union de Beauford le cuenta algo a su colega de aquí, podría suceder algo que alertara a nuestro hombre. No debemos correr riesgos y, cuanta menos gente involucremos, mejor.

—Entiendo —asentí.

—Ésa es otra de las razones por las que quiero que estés con la comandante —continuó Wesley—. Si la señora Gault decidiera intervenir de alguna manera, voy a necesitarte para que la convenzas de que siga colaborando.

—Pero Gault podría presentarse en la farmacia de todos modos —apuntó Marino—. Si resulta que su madre no quiere participar en todo esto, es posible que él no descubra que el dinero no ha llegado hasta que lo reclame en el mostrador.

—No sabemos qué hará —respondió Wesley—, pero yo, de él, llamaría antes para comprobarlo.

—Está bien —concedí—. El giro tiene que enviarlo la madre. Es absolutamente necesario que la señora Gault pase por ese trance. Y es un trance muy duro.

—Cierto; es su hijo —asintió Wesley.

—¿Qué más? —quise saber.

—Hemos dispuesto las cosas para que la manifestación empiece a las dos, que es más o menos la hora en que se ha cursado el giro en otras ocasiones. Tendremos en la calle al grupo de Rescate de Rehenes; algunos de sus hombres estarán en la propia manifestación. También habrá otros agentes. Y policías de paisano. Éstos se apostarán sobre todo en el metro y en zonas próximas a las salidas de emergencia.

—¿Qué hay de la farmacia?

—Por supuesto —respondió Wesley tras una pausa—, tendremos un par de agentes allí. Pero no queremos coger a Gault en el local ni cerca de éste. Podría producirse una ensalada de tiros. Si tiene que haber bajas, que sea una sola.

—Lo único que pido es ser el afortunado que acabe con él —dijo Marino—. Después de eso, ya podría retirarme.

—Es absolutamente necesario que lo obliguemos a meterse bajo tierra. —Wesley hizo mucho hincapié en ello—. No sabemos qué armamento tiene en este momento. No sabemos a cuánta gente podría poner fuera de combate a golpes de karate. Hay muchas cosas que no sabemos. Pero creo que va cargado de coca y se está descontrolando rápidamente. Y no tiene miedo. Por eso es tan peligroso.

—¿Dónde vamos ahora? —pregunté, mientras contemplaba los deprimentes bloques de edificios envueltos en una ligera llovizna. No era buen día para una manifestación.

—Penn ha establecido un puesto de mando en Bleecker Street, cerca de la farmacia también, pero a una distancia segura —expuso Wesley—. Su equipo se ha ocupado de ello durante toda la noche, instalando los ordenadores y demás. Lucy está con ellos.

—¿Y han instalado todo eso en la estación de metro?

—Sí, señora —intervino el agente que conducía el vehículo—. Es una parada local que sólo funciona los días laborables. Los trenes no se detienen allí durante el fin de semana, de modo que estará vacía. La policía de Tránsito tiene allí una minicomisaría que cubre el Bowery.

Poco después, el agente aparcó ante las escaleras que descendían a una estación. Por las aceras y las calles transitaba gente que se protegía de la lluvia, que ahora arreciaba, con paraguas abiertos o con periódicos sobre la cabeza.

—Bajen ustedes y verán la puerta de madera a la izquierda de los tornos. Está junto a la ventanilla de información —dijo el agente. A continuación, descolgó el micrófono—: Unidad uno once.

—Adelante, uno once —respondió la central.

—Comuníqueme con la unidad tres.

Central le puso en comunicación con la unidad tres y reconocí la voz de la comandante Penn. Ya estaba al corriente de nuestra llegada. Wesley, Marino y yo descendimos con cuidado los peldaños, resbaladizos por la lluvia. El suelo de baldosas del interior estaba mojado y sucio, pero no había nadie a la vista. Yo me iba poniendo cada vez más nerviosa.

Pasamos ante la ventanilla de información y Wesley llamó a una puerta de madera. Abrió el detective Maier, a quien yo había conocido en Cherry Hill, y nos condujo a un recinto ahora convertido en sala de control. Sobre una larga mesa había varios monitores de televisión en circuito cerrado y vi a mi sobrina sentada ante una consola equipada con teléfonos, aparatos de radio y ordenadores.

Frances Penn, vestida con la indumentaria oscura de las tropas que mandaba —suéter y pantalones de comando—, vino directamente hacia mí y me dio un caluroso apretón de manos.

—Kay, me alegro mucho de tenerla aquí —proclamó, llena de nerviosa energía.

Lucy estaba atenta a una fila de cuatro monitores. Cada uno mostraba un diagrama de diferentes secciones de la red de metro.

—Tengo que ir a la oficina de campo —dijo Wesley a

la comandante—. Marino estará en la calle con sus hombres, como quedamos.

Ella asintió.

—Así pues, dejo a la doctora aquí.

—Muy bien.

—¿Cuál es el plan, exactamente? —pregunté a la comandante.

—Bien, estamos cerrando la estación de la Segunda Avenida, demasiado próxima a la farmacia. Bloquearemos la entrada con conos de tráfico y vallas, no podemos arriesgarnos a un enfrentamiento con civiles en la zona. Esperamos que Gault venga por el túnel del ramal norte o que se marche por ese camino, y es más probable que se deje seducir por la estación de la Segunda Avenida si no está abierta. —La comandante hizo una pausa y volvió la mirada hacia Lucy—. Lo entenderá mejor cuando se lo muestre su sobrina en la pantalla.

—Entonces, esperan cogerlo en esa estación, ¿no?

—Eso esperamos —intervino Wesley—. Tenemos gente allí, en la oscuridad. El grupo especial de Rescate de Rehenes cubrirá las calles y el resto de la zona. Lo fundamental es que queremos cogerlo lejos de la gente.

—Por supuesto —asentí.

Maier nos observaba sin perder detalle.

—¿Cómo han sabido que la mujer del parque era su hermana? —preguntó, mirándome directamente.

Le hice un breve resumen y añadí:

—Utilizaremos el ADN para verificarlo.

—No creo que puedan —dijo él—. Por lo que he oído, en el depósito han perdido su sangre y sus restos.

—¿Dónde ha oído tal cosa? —quise saber.

—Conozco a gente que trabaja allí. Ya sabe, detectives de la división de Personas Desaparecidas y demás.

—Conseguiremos identificarla —insistí, y le observé atentamente.

—Pues, en mi opinión, será una lástima que lo consigan.

La comandante Penn escuchaba el diálogo con interés. Me di cuenta de que las dos estábamos llegando a la misma conclusión.

—¿Por qué dice usted eso? —le preguntó ella a Maier.

El detective, visiblemente irritado, respondió:

—Porque tal como funciona el jodido sistema en esta jodida ciudad, si cogemos a ese cabrón... Si lo cogemos, tendremos que acusarlo de matar a esa mujer porque no hay suficientes pruebas para juzgarlo por lo que le hizo a Jimmy Davila. Y en Nueva York no tenemos pena de muerte. Y el caso se hace más débil si la mujer no tiene nombre, si nadie sabe quién es...

—Pues oyéndole, detective, parece que desea que el caso se haga tan débil como dice —apuntó Wesley.

—Sí; lo parece porque es lo que siento.

Marino observaba a Maier con rostro inexpresivo.

—Esa sabandija mató a Davila con su propio revólver —murmuró—. Si las cosas fueran como es debido, Gault debería freírse en la silla.

—Desde luego que sí. —Maier tenía tensas las mandíbulas—. Mató a un policía. A un jodido buen agente a quien están echando un montón de mierda encima porque eso es lo que le pasa a uno cuando lo matan en acto de servicio. La gente, los políticos, los de asuntos internos... todos se ponen a especular. Todos tienen algo que decir. Todo el mundo. Sería mejor para todos que Gault fuera juzgado en Virginia y no aquí.

El detective me miró otra vez y no tuve duda de qué era lo sucedido con las muestras biológicas de Jayne. Maier había convencido a sus amigos del depósito de cadáveres para que le hicieran un favor en honor a su camarada caído. Aunque lo que habían hecho era un terrible error, apenas podía reprochárselo.

—Gault también ha cometido crímenes en Virginia y allí tienen la silla eléctrica —continuó Maier—. Y se dice que usted, doctora, tiene el récord de condenas a pena capital para estos animales. Pero si el muy cabrón es juzgado en Nueva York, es probable que usted no testifique, ¿verdad?

—No lo sé —respondí.

—¿Lo ven? No lo sabe. Eso significa que lo olvidemos. —El detective miró a todos los presentes como si hubiera presentado su caso y no hubiera réplica posible a lo dicho—. Es preciso que ese cabrón termine en Virginia y muera achicharrado, si antes no se lo carga aquí alguno de los nuestros.

—Detective Maier —dijo la comandante Penn sin alzar la voz—, tengo que verle en privado. Vayamos a mi despacho.

Los dos salieron por una puerta trasera. La comandante iba a retirarlo de la misión porque no se le podía controlar. Le abriría un expediente y, probablemente, sería suspendido.

—Nos vamos —dijo Wesley.

—Sí —asintió Marino—. La próxima vez que nos veamos será por televisión. —Se refería a los monitores repartidos por la sala de control.

Me estaba quitando el abrigo y los guantes y me disponía a hablar con Lucy cuando la puerta se abrió de nuevo y reapareció Maier. Con pasos rápidos y airados, avanzó hasta mí.

—Hágalo por él —dijo sin emoción—. No permita que ese cabrón se salga con la suya.

Levantó la cara hacia el techo. Se le marcaban las venas del cuello. Contuvo las lágrimas y apenas consiguió articular palabra mientras abría la puerta con rabia para marcharse.

—Lo siento —dijo mientras salía.

Me quedé a solas con mi sobrina.

—¿Lucy? —le dije.

—Hola —respondió, aunque siguió escribiendo al teclado, profundamente concentrada. Me acerqué y la besé en la coronilla—. Siéntate aquí —me indicó, sin apartar los ojos de lo que estaba haciendo.

Estudié los monitores. Había flechas que señalaban los trenes en dirección a Manhattan, a Brooklyn, al Bronx y a Queens, y una intrincada red en la que se mostraban calles, escuelas y centros médicos. Todo estaba numerado. Me senté a su lado y saqué las gafas del portafolios en el momento en que reaparecía la comandante Penn con expresión tensa.

—No ha resultado agradable —murmuró, deteniéndose detrás de nosotras; la pistola que llevaba al cinto casi me tocaba la oreja.

—¿Qué son esos símbolos parpadeantes que parecen escaleras de caracol? —señalé las lucecitas en la pantalla.

—Son las salidas de emergencia —explicó la comandante.

—¿Puedes explicarme qué haces aquí? —pregunté.

—Lucy, explícalo —dijo Penn.

—Es muy sencillo —respondió ella, aunque ya nunca la creía cuando me decía aquello—. Supongo que Gault también está mirando estos planos, de modo que sólo le dejo ver lo que quiero que vea.

Pulsó varias teclas y ante mí apareció otra parte de los planos del metro, con sus símbolos y sus largas representaciones lineales de las vías. Continuó tecleando y apareció una escotilla en rojo.

—Ésa es la ruta que creemos que tomará —indicó el monitor situado a la izquierda del que tenía frente a ella—. La lógica apunta a que accederá a los túneles por aquí. Esto es la estación del museo de Historia Natural. Y, como puedes ver, hay tres salidas de emergencia aquí, cerca del planetario Hayden, y una junto a los apartamentos Maresford. También podría dirigirse al sur, más cerca de los apartamentos Kenilworth, y entrar en los túneles por ahí para alcanzar luego cualquier andén que desee, cuando sea el momento de tomar un tren.

»No he cambiado nada en estos planos del terreno —continuó Lucy—. Es más importante desorientarle en el otro extremo, cuando llegue al Bowery. —Tecleó rápidamente unas órdenes y en los monitores aparecieron, una tras otra, nuevas imágenes. Lucy las inclinó, las movió y las manipuló como si fueran maquetas que tuviera entre las manos. En la pantalla central, frente al teclado, el símbolo de la salida de emergencia estaba iluminado y aparecía enmarcado en un recuadro.

—Creemos que ése es su cubil —prosiguió Lucy—. Es una salida de emergencia donde la Tercera y la Cuarta se juntan en el Bowery. —Señaló el recuadro—. Aquí, detrás de este gran edificio. La sede de la Fundación del Sindicato de Toneleros.

—Pensamos que Gault ha utilizado esa salida —intervino la comandante—, porque hemos descubierto que la han manipulado. Alguien ha colocado una cuña de papel de aluminio entre la puerta y el marco para poder acceder al interior desde la calle.

»Además, es la salida más próxima a la farmacia —continuó—. Está apartada de la vista, detrás del edificio y en un callejón entre contenedores de basura. Gault podría entrar y salir cuando gustara y no es probable que nadie lo viera, ni siquiera a plena luz del día.

—Y otra cosa más —dijo Lucy—: en Cooper Square hay una famosa tienda de música. La Carl Fischer Music Store.

—Exacto —retomó sus explicaciones la comandante—. Una persona que trabaja allí recuerda a Jayne. De vez en cuando, ella entraba en la tienda a mirar. Eso debe de haber sido durante el mes de diciembre.

—¿Alguien habló con Jayne? —pregunté, y la imagen me entristeció.

—Lo único que recuerdan es que se interesaba por las partituras de jazz. No sabemos qué contactos tiene Gault en esta zona, pero podrían estar más involucrados de lo que pensamos.

—Lo que hemos hecho —precisó Lucy— es quitarle esa salida de emergencia. La policía la ha cerrado a cal y canto.

Pulsó más teclas. El símbolo dejó de estar iluminado y un mensaje junto a él anunció «Fuera de servicio».

—Ése parece un buen lugar para capturarlo —comenté—. ¿Por qué no intentamos cogerlo ahí, detrás del edificio del sindicato?

—Porque también está demasiado cerca de una zona frecuentada y, si Gault se escabullera de nuevo por el túnel, podría llegar muy lejos, hasta las entrañas mismas del Bowery, y la persecución allí sería terriblemente peligrosa. Puede que no lo cogiéramos. Estoy segura de que conoce mejor incluso que nosotros el terreno que pisa.

—Muy bien —dije—. Entonces, ¿qué?

—Nuestra idea es que, como no puede utilizar su salida de emergencia favorita, tiene dos alternativas: o escoge otra salida que esté más al norte, siguiendo las vías, o continúa caminando por los túneles hasta el andén de la Segunda Avenida.

—No creemos que opte por lo primero —intervino la comandante—. Eso le obligaría a estar en la superficie demasiado rato y, con una manifestación en marcha, sin duda sabe que habrá muchos policías en la zona. Así pues, nuestra teoría es que se quedará en los túneles todo el tiempo posible.

—Exacto —continuó Lucy—. Para Gault, es perfecto. Sabe que la estación está cerrada temporalmente. Así, nadie le verá cuando salga del túnel. Y allí tendrá muy cerca la farmacia; en la puerta de al lado, prácticamente. Le bastará con recoger el dinero y volver por donde ha venido.

—Quizá lo haga —apunté—. O quizá no.

—Gault sabe lo de la manifestación —insistió Lucy, obstinada—. Sabe que la estación está cerrada, que la salida de emergencia que él ha manipulado está fuera de servicio… Sabe todo lo que nosotros queremos que sepa.

Con una mirada de escepticismo, le pregunté cómo podía estar tan segura. En los ojos de mi sobrina brilló un destello de cólera.

—He programado el ordenador para que me envíe un mensaje en el instante en que alguien accede a esos archivos. Sé que Gault los ha consultado todos y sé cuándo lo ha hecho.

—¿Y no podría tratarse de otra persona?

—Tal como he preparado las cosas, imposible.

—Kay —dijo la comandante—. Hay otro aspecto importante. Mira esto —dirigió mi atención a los monitores de televisión en circuito cerrado instalados sobre una mesa larga y alta—. Lucy, enséñaselo.

Mi sobrina pulsó unas teclas y los televisores cobraron vida. Cada uno mostraba una estación de metro distinta. Vi pasar gente con los paraguas cerrados y sujetos bajo el brazo y reconocí bolsas de compra de Bloomingdale, del mercado de alimentación Dean & DeLuca y de la charcutería Deli de la Segunda Avenida.

—Ha dejado de llover —comenté.

—Ahora, observa—dijo Lucy. Tecleó más órdenes y sincronizó el circuito cerrado de televisión con los diagramas informatizados. Cuando aparecía una estación en una pantalla, lo hacía el diagrama en la otra. Entonces, Lucy explicó—: Con esto me convierto en una especie de controlador de tráfico aéreo. Si Gault hace algo inesperado, estaré en contacto constante por radio con la policía y con los federales.

—Por ejemplo, si Gault, Dios no lo quiera, consigue escapar y escabullirse por la red de túneles siguiendo estas vías —explicó la comandante Penn señalando un punto del mapa—, Lucy podrá describir por radio a nuestra gente que allí hay, por ejemplo, una barrera de madera a la derecha, o el extremo de un andén o unas vías de trenes expresos, una salida de emergencia, un pasadizo o una torre de señales.

—Eso suponiendo que escape y tengamos que perseguirle a través de ese infierno donde mató a Davila —apunté—. O sea, si ocurre lo peor.

Frances Penn me miró:

—¿Qué es lo peor cuando una se enfrenta a ese hombre?

—Espero que ya lo hayamos visto —fue mi respuesta.

—Tú sabes que en Tránsito tienen un sistema telefónico por contacto en pantalla. —Lucy me lo enseñó—. Si el número está en el ordenador, puedes llamar a cualquier parte del mundo. Y lo realmente curioso es lo del 911, el teléfono de emergencias. Si se marca en la superficie, la llamada es atendida por el departamento de Policía Metropolitana. Si se marca desde el subsuelo, va a la Policía de Tránsito.

Me levanté de la silla y me volví hacia la comandante.

—¿Cuándo se cerrará la estación de la Segunda Avenida? —le pregunté.

Ella consultó el reloj y respondió:

—Dentro de algo menos de una hora.

—¿Los trenes seguirán pasando por allí?

—Desde luego —asintió—. Pero no se detendrán.

20

La Marcha contra el Crimen se inició a la hora señalada con grupos procedentes de quince iglesias y un variado contingente de hombres, mujeres y niños que querían recuperar la paz de sus barrios. El tiempo había empeorado y un viento gélido formaba torbellinos de nieve empujando a la gente a tomar un taxi o el metro, porque hacía demasiado frío para caminar.

A las dos y cuarto, Lucy, la comandante Penn y yo estábamos en la sala de control con todos los monitores, pantallas y radios en funcionamiento; Wesley se hallaba en uno de los varios coches del FBI que el equipo especial de Rescate de Rehenes había camuflado como taxis amarillos y equipado con radios, rastreadores y otros aparatos de seguimiento y vigilancia; Marino patrullaba la calle con los policías de Tránsito y los agentes federales de paisano. El equipo de Rescate de Rehenes se había dividido entre el Dakota, la tienda y Bleecker Street. Ignorábamos la situación exacta de todos ellos porque ninguno de quienes actuaban fuera permanecía quieto y nosotras estábamos allí dentro, sin movernos.

—¿Por qué no ha llamado nadie? —se quejó Lucy.

—Porque todavía no le han visto —respondió la comandante, en apariencia firme, pero tensa.

—Calculo que la manifestación ya habrá comenzado —dije.

—Está en Lafayette y viene hacia aquí —me confirmó Penn.

Ella y Lucy llevaban unos auriculares conectados con la estación base de la consola, pero ambas estaban sintonizadas a canales diferentes.

—Muy bien, muy bien —dijo la comandante, y se irguió en el asiento—. ¡Lo hemos localizado! En el andén número siete —anunció, vuelta hacia Lucy. Los dedos de ésta volaron por el teclado—. Acaba de entrar desde un pasillo. Ha llegado a la red por un túnel que corre bajo el parque.

Enseguida, el andén número siete apareció en blanco y negro en un televisor. Observamos la silueta ataviada con un abrigo largo y oscuro. Llevaba botas, un sombrero y gafas de sol y se mantenía en el fondo del andén, apartado de los demás pasajeros. Lucy llevó a la pantalla otro plano del metro mientras la comandante se ocupaba de la radio. Vi a los pasajeros del andén, que mientras esperaban el tren caminaban, leían sentados en los bancos o permanecían plantados acá o allá. Un convoy entró en la estación con un estridente silbido y aminoró la marcha hasta detenerse. Se abrieron las puertas y nuestro hombre entró en un vagón.

—¿Hacia dónde se dirige? —pregunté.

—Hacia el sur. Viene hacia aquí —anunció la comandante con excitación.

—Está en la línea A —precisó Lucy, pendiente de los monitores.

—Bien. —La comandante conectó el micrófono de la radio—. Sólo puede ir hasta Washington Square —le dijo a alguien—. Desde allí, puede hacer trasbordo y tomar la línea F hasta la Segunda Avenida.

—Comprobaremos una estación después de otra —dijo Lucy—. No sabemos dónde podría apearse, pero tiene que hacerlo en alguna estación para poder volver a los túneles.

—Sí, tendrá que hacerlo, si viene por la Segunda —confió la comandante a su interlocutor—. Allí no puede ir en tren, porque hoy no para ninguno.

Lucy manipuló los monitores del circuito cerrado de televisión, que fueron mostrando a rápidos intervalos una estación diferente a medida que un tren que no veíamos se dirigía hacia nosotras.

—No está en la Cuarenta y Dos —dijo—. Tampoco lo vemos en Penn Station ni en la Veintitrés.

Los monitores parpadearon, mostrando andenes y gentes que ignoraban que estaban siendo observadas.

—Si se ha quedado en ese tren, debería estar en la calle Catorce —apuntó la comandante.

Pero si aún iba en el tren, no se apeó allí. O, al menos, no lo vimos. Después, de forma inesperada, nuestra suerte cambió bruscamente.

—Dios mío —musitó Lucy—. Está en la estación Grand Central. ¿Cómo diablos ha llegado allí?

—Debe de haberse desviado hacia el este antes de lo que pensábamos y habrá atajado por Times Square —apuntó la comandante Penn.

—Pero ¿por qué? —dijo Lucy—. Esto no tiene sentido.

La comandante llamó por radio a la unidad dos, que era Benton Wesley, y preguntó a éste si Gault había llamado ya a la farmacia. Se quitó los auriculares y colocó el micrófono de modo que pudiéramos enterarnos de lo que hablaban.

—No. No ha habido ninguna llamada —fue la respuesta de Wesley.

—Nuestros monitores acaban de localizarlo en Grand Central —explicó ella.

—¿Qué?

—No sé por qué ha tomado ese camino. De hecho, podía haber escogido cualquier otra ruta. Puede apearse en cualquier sitio por cualquier razón.

—Me temo que así es —dijo Wesley.

—¿Qué tal las cosas en Carolina del Sur? —preguntó a continuación la comandante Penn.

—Todo está en orden. El pájaro ha volado y ha aterrizado —informó Wesley.

Aquello significaba que la señora Gault había enviado el dinero, o lo había hecho el FBI. Seguimos nuestra observación mientras el hijo de aquella mujer viajaba despreocupadamente con otras personas que ignoraban que era un monstruo.

La comandante continuó trasmitiendo información:

—Espere un momento. Ahora está en la Catorce y Union Square, en dirección al sur, directamente hacia usted.

El hecho de que no pudiéramos detenerlo me ponía furiosa. Lo teníamos a la vista pero eso no servía de nada.

—Parece que cambia de tren muchas veces —comentó Wesley.

—Ahí no ha bajado. El tren ya está en marcha. Tenemos Astor Place en la pantalla. Es la última parada donde puede apearse, salvo que siga adelante y salga en el Bowery.

—El tren ya está parando —anunció Lucy.

Observamos en los monitores a los viajeros que bajaban y no vimos a Gault.

—Muy bien, debe de seguir a bordo —dijo la comandante por el micrófono.

—Lo hemos perdido —murmuró Lucy.

Cambió la imagen del monitor como una mujer frustrada que saltara de canal en canal en su televisor. Nuestro hombre no aparecía y mi sobrina masculló un juramento.

—¿Dónde podría estar? —se preguntó la comandante, desconcertada—. Si realmente se propone ir a la farmacia tiene que bajar en alguna parte. Y no puede utilizar la salida del edificio del sindicato. —Se volvió hacia Lucy—.

Eso es: tal vez lo va a intentar por allí. Pero no podrá salir, porque está cancelada. Y él quizá no lo sabe…

—Tiene que saberlo —replicó mi sobrina—. Habrá leído los mensajes electrónicos que enviamos al respecto.

Continuó buscando, pero seguimos sin verlo y la radio mantuvo un tenso silencio.

—Maldita sea —dijo Lucy—. Debería estar en la línea número seis. Busquemos de nuevo en Astor Place y Lafayette.

Fue inútil.

Nos quedamos sentadas sin decir palabra durante un rato, con la mirada fija en la puerta de madera que conducía a nuestra estación vacía. Encima de nosotras, cientos de personas recorrían las calles mojadas para manifestar que estaban hartas de criminalidad. Empecé a estudiar un plano del metro.

—Ya debería estar en la Segunda Avenida —apuntó por último la comandante—. Debería haber bajado en alguna parada anterior o posterior y recorrer el resto del camino andando por el túnel.

Un pensamiento terrible me asaltó de repente:

—Podría hacerlo aquí. No queda tan cerca de la farmacia, pero también estamos en la línea número seis.

—Sí. —Lucy se volvió a mirarme y comentó—: El trayecto desde aquí hasta Houston no es nada.

—Pero la estación está cerrada —argüí.

Lucy ya pulsaba las teclas otra vez. Me levanté de la silla y me volví hacia la comandante.

—Estamos las tres solas. No hay nadie más. Los trenes no paran aquí los fines de semana y todos los demás están en la calle y en la farmacia.

—Puesto base a unidad dos —llamó Lucy por la radio.

—Unidad dos —respondió Wesley.

—¿Todo va bien? Porque lo hemos perdido…

—Manteneos alerta.

Abrí el portafolios y saqué mi pistola. La amartillé y puse el seguro.

—¿Cuál es su posición? —preguntó la comandante.

—Esperando en la farmacia.

Las pantallas parpadearon alocadamente mientras Lucy persistía en localizar a Gault.

—Un momento. Un momento —nos llegó la voz de Wesley.

Entonces oímos a Marino:

—Parece que lo tenemos.

—¿Que lo tenemos? —preguntó la comandante, incrédula—. ¿Dónde está?

—Está entrando en la farmacia. —Era Wesley otra vez—. Esperen un momento. Un momento…

Se produjo un silencio. Luego, Wesley siguió informando:

—Está en el mostrador, recogiendo el dinero. Esperen…

Aguardamos en frenético silencio. Transcurrieron tres minutos y Wesley volvió a comunicar.

—Ahora sale. Vamos a intervenir tan pronto entre en la terminal. Esperen.

—¿Qué lleva puesto? —pregunté—. ¿Estamos seguros de que es la persona que subió al metro en el museo?

Nadie me prestó la menor atención.

—¡Oh, Señor! —exclamó Lucy de improviso, y las tres nos volvimos hacia los monitores.

Vimos los andenes de la estación de la Segunda Avenida y a los hombres de Rescate de Rehenes irrumpiendo en ellos desde la oscuridad de las vías. Vestidos con ropa de campaña negra y botas de combate, cruzaron el andén a la carrera y tomaron las escaleras que conducían a la calle.

—Algo ha salido mal —dijo la comandante—. Lo van a capturar en la superficie.

Unas voces resonaron en la radio.

—¡Lo tenemos!

—¡Intenta escapar!

—Está bien, está bien, tenemos su arma. Ha caído.

—¿Le habéis esposado?

En la sala de control se disparó una sirena. Las luces del techo empezaron a lanzar destellos de color rojo sangre y en una pantalla de ordenador empezó a titilar un número, 429, en rojo.

—¡Emergencia! —exclamó la comandante—. ¡Un agente está herido! ¡Ha pulsado el botón de emergencia de su radio!

Miró fijamente la pantalla del ordenador, incrédula y confusa.

—¿Qué está pasando? —preguntó Lucy por la radio.

—No lo sé —dijo la voz de Wesley entre crepitaciones—. Algo ha salido mal. Espera.

—¡Pero no es ahí! La emergencia no es en la estación de la Segunda Avenida —indicó la comandante Penn, con cara de asombro—. El código que aparece en la pantalla es el de Davila.

—¿Davila? —repetí, desconcertada—. ¿Jimmy Davila?

—El código 429 era el suyo. Todavía no se lo han asignado a nadie. Ahí lo tenéis.

Volvimos la vista a la pantalla. El número rojo que parpadeaba en ella iba cambiando de posición sobre un plano informatizado. Me asombró que nadie hubiese reparado en aquello hasta entonces.

—¿Davila tenía consigo su radio cuando encontraron el cuerpo? —pregunté.

La comandante no reaccionó.

—¡La tiene él! ¡Gault tiene la radio de Davila! —exclamé.

Volvimos a oír la voz de Wesley. Éste no podía conocer nuestro problema. No podía saber lo de la llamada de emergencia.

—No estamos seguros de haberle cogido —dijo—. No estamos seguros de a quién tenemos.

Lucy me miró con ansiedad.

—Carrie... —murmuró—. No están seguros de si han cogido a Gault o a Carrie. Probablemente, los dos vuelven a vestir igual.

En la pequeña sala de control sin ventanas, sin nadie más en las cercanías, seguimos el avance de la luz parpadeante que, en la pantalla del ordenador, se aproximaba cada vez más a nuestra sede.

—Está en el túnel que va al sur. Y viene directo hacia nosotras —anunció Penn con creciente agitación.

Lucy dedujo la explicación:

—Carrie no recibió los mensajes que enviamos.

—¿Carrie? —repitió la comandante, con una mueca de extrañeza.

—Ella no sabía lo de la manifestación, ni que la salida de la Segunda Avenida estaba cerrada —continuó Lucy—. Quizás ha probado la escotilla de emergencia del callejón y no ha podido salir por allí, de modo que se ha quedado bajo tierra y ha estado dando vueltas desde que la avistamos en la estación de Grand Central.

—Pero no hemos visto a Gault ni a Carrie en los andenes de las estaciones más próximas a nosotras —apunté—. Y no puedes estar segura de que sea ella.

—Hay muchas estaciones —intervino la comandante—. Es posible que se interpusiera alguien y no los viéramos.

—Gault la envió a la farmacia, en lugar de presentarse él —continué yo, cada vez más nerviosa—. No sé cómo, pero se entera de todo lo que hacemos.

—CAIN —murmuró Lucy.

—Sí. Eso y que, probablemente, nos ha estado observando.

Lucy buscó nuestra ubicación, la parada local de

Bleecker Street, en el circuito cerrado de televisión. Tres de los monitores mostraban el andén y los tornos desde diferentes ángulos, pero la cuarta pantalla permaneció a oscuras.

—Una de las cámaras está obstruida por algo —indicó.

—¿Estaba obstruida hace un rato? —pregunté.

—Cuando llegamos, no. Pero esta estación, precisamente la nuestra, no la hemos controlado. No había razón para hacerlo, aparentemente.

Seguimos el lento avance del signo rojo en el diagrama.

—Tenemos que suspender la comunicación por radio —dije a Frances Penn—. Gault tiene una radio —añadí, porque no cabía duda de que el 429 parpadeante en nuestra pantalla era él. Estaba absolutamente segura—. La tiene conectada y escucha cada palabra que pronunciamos.

—¿Qué hace Carrie? ¿Por qué sigue encendida esa luz de emergencia? —preguntó Lucy—. ¿Acaso quiere que sepamos dónde está?

La observé con atención. Parecía sumida en trance.

—Puede que haya tocado el botón sin darse cuenta —sugirió la comandante—. Si una no conoce ese botón, no sabrá que es para lanzar mensajes de socorro. Y como es una alarma silenciosa, se puede llevar conectada sin advertirlo.

Pero yo no creía que nada de cuanto sucedía fuera imprevisto. Gault venía hacia nosotras porque era ahí donde quería estar. Era un tiburón nadando en la oscuridad del túnel, y pensé en lo que me había dicho Anna sobre los espantosos regalos que aquel monstruo me ofrecía.

—Está casi en la torre de señales. —Lucy indicó la pantalla—. ¡Está muy cerca, joder!

No sabíamos qué hacer. Si comunicábamos con Wesley, Gault nos oiría y desaparecería otra vez por los túneles. Y si llegábamos a establecer contacto, los agentes no sabrían qué sucedía. Lucy estaba junto a la puerta y la entreabrió.

—¿Qué haces? —le dije, casi a gritos.

Ella cerró en el acto.

—Los servicios de señoras. Supongo que una limpiadora ha abierto la puerta mientras hacía su trabajo y la ha dejado así. Es esa puerta lo que bloquea la cámara.

—¿Has visto a alguien ahí fuera?

—No —respondió, con odio en la mirada—. Creen que han cogido a Carrie. ¿Cómo saben que no es Gault? Puede que sea ella quien tiene la radio de Davila. La conozco. Seguro que sabe que yo estoy aquí.

La comandante Penn estaba muy tensa cuando me dijo:

—Venga al despacho. Allí hay algunas armas.

—Sí —murmuré.

Nos dirigimos a toda prisa hacia un espacio minúsculo donde había una mesa de madera desvencijada y una silla. Francis Penn abrió unos cajones y cogimos fusiles, cajas de munición y chalecos de kevlar. Tardamos apenas unos minutos pero, cuando volvimos a la sala de control, Lucy no estaba.

Observé los monitores del circuito cerrado de televisión y vi aparecer una imagen en la cuarta pantalla. Alguien acababa de cerrar la puerta de los lavabos de señoras. El número rojo que parpadeaba en el plano ya se había adentrado en la estación. Estaba en un pasadizo de servicio junto a las vías. En cualquier momento estaría en el andén. Busqué mi Browning, pero no la vi en la consola donde la había dejado.

—¡Lucy ha cogido mi arma! —exclamé con incredulidad—. Ha salido ahí fuera. ¡Ha ido tras Carrie!

Cargamos los rifles lo más deprisa posible, pero no teníamos tiempo para ponernos los chalecos. Me noté las manos frías y torpes.

—Debe usted hablar con Wesley —dije, frenética—. Tiene que hacer algo para que vengan.

—No puede salir sola ahí fuera —replicó la comandante.

—Lo que no puedo es dejar a Lucy sola ahí fuera.

—Iremos las dos. Tome, aquí tiene una linterna.

—No. Usted ocúpese de conseguir ayuda. Traiga a alguien.

Eché a correr sin saber qué encontraría. Pero la estación estaba desierta. Me detuve y permanecí totalmente quieta con el rifle preparado. Me fijé en la cámara adosada a la pared de azulejos verdes junto a la entrada de los retretes. El andén estaba vacío y oí un tren a lo lejos. Pronto pasó, sin reducir la velocidad porque los sábados no tenía que detenerse en aquella estación. Tras los cristales vi a los pasajeros leyendo, dormitando… Pocos de ellos dieron muestras de advertir la presencia de una mujer con un rifle, o de extrañeza al verla.

Me pregunté si Lucy estaría en los lavabos, pero era absurdo. Había un retrete justo al lado de la sala de control, dentro del refugio en el que habíamos pasado el día. Me acerqué más al andén, con el corazón desbocado. La temperatura era muy baja y no llevaba el abrigo. Los dedos se me estaban entumeciendo en torno a la culata del arma.

Se me ocurrió con cierto alivio que Lucy quizás había ido a buscar ayuda. Quizás había cerrado la puerta del baño y había echado a correr hacia la Segunda Avenida. Pero ¿y si no lo había hecho? Miré aquella puerta cerrada y no tuve el menor deseo de cruzarla.

Me acerqué a ella paso a paso, muy despacio, y deseé tener una pistola. Un rifle resultaba incómodo en espacios reducidos y para doblar esquinas. Cuando llegué a la puerta, el corazón amenazaba con salírseme por la garganta. Agarré el tirador, empujé con fuerza e irrumpí en el interior con el arma preparada. La zona de los lavamanos estaba desierta. No oí el menor sonido. Miré por debajo de las puertas y dejé de respirar cuando vi unos pantalones azules y un par de botas de trabajo de piel, marrones, demasiado grandes para ser de mujer. Capté un tintineo metálico. Cargué el arma y, temblorosa, ordené:

—¡Salga con las manos en alto!

Una pesada llave inglesa cayó al suelo de baldosas con estrépito. El empleado de mantenimiento, con el mono de trabajo y la bata, parecía al borde del ataque cardíaco cuando salió del retrete. Cuando me vio con el rifle, sus ojos estuvieron a punto de salírsele de las órbitas.

—Sólo estoy arreglando la cisterna de ahí dentro. No tengo dinero… —dijo, aterrorizado, con las manos en alto.

—Está usted interfiriendo una operación de la policía —exclamé, apuntando el arma al techo al tiempo que ponía el seguro—. ¡Váyase de aquí ahora mismo!

No necesitó que se lo repitiera dos veces. No recogió sus herramientas ni volvió a poner el candado en la puerta del retrete. Escapó escaleras arriba hacia la calle y yo empecé a avanzar por el andén otra vez. Localicé cada una de las cámaras y me pregunté si la comandante Penn me estaría viendo en los monitores. Me disponía a volver a la sala de control cuando eché una ojeada hacia las vías que se perdían en la oscuridad y creí oír voces. De pronto, hubo unos ruidos y lo que me pareció un gemido o un jadeo. Y me llegaron unos gritos de Lucy:

—¡No! ¡No! ¡No lo hagas!

Un sonoro estampido resonó como una explosión dentro de un tambor metálico. Una ducha de chispas roció la oscuridad en el punto del que procedía el estampido, al tiempo que las luces de la estación de Bleecker Street parpadeaban antes de apagarse.

En el túnel no había luz alguna y no distinguí nada porque no me atreví a encender la linterna que tenía en la mano. Avancé a tientas hasta un pasadizo de servicio y descendí con cuidado unos estrechos peldaños metálicos que conducían al túnel.

Mientras avanzaba centímetro a centímetro, con la respiración acelerada, mis ojos empezaron a acostumbrarse a la oscuridad. Con todo, apenas distinguía las formas de los arcos, los raíles y los nichos de cemento donde los indigentes montaban sus lechos. Mis pies tropezaban con los desperdicios arrojados al túnel y levantaron un buen estrépito al golpear los envases metálicos y de cristal.

Sostuve el rifle delante de mí para protegerme la cabeza de algún saliente que no llegara a ver. Allí olía a suciedad y a desperdicios humanos. Y a carne quemada. Cuanto más me internaba en el túnel, más intenso era el hedor; entonces, una potente luz se alzó ruidosamente, como una luna, y apareció un tren en la vía en dirección norte.

Temple Gault estaba apenas a cinco metros de mí. Sujetaba a Lucy con una presa inmovilizante y apoyaba lo que parecía un instrumento quirúrgico en su garganta. No lejos de ellos, el detective Maier yacía como soldado al tercer raíl de la vía que llevaba al sur, con las manos y las mandíbulas agarrotadas mientras la electricidad fluía por su cuerpo muerto. El tren pasó con un chillido y volvió a reinar la oscuridad.

—Suéltala —dije con voz trémula al tiempo que encendía la linterna.

Gault entrecerró los ojos y se protegió el rostro de la luz. Estaba tan pálido que parecía albino y distinguí los pequeños músculos y tendones de la mano desnuda con que empuñaba la cuchilla de disección que el monstruo me había robado. Un rápido gesto y le rebanaría el gaznate a Lucy hasta el espinazo. Ella me miraba con una mueca de terror paralizante.

—No es a ella a quien quieres…

Me acerqué un paso más.

—No me enfoques a la cara —dijo él—. Deja la luz en el suelo.

No apagué la linterna sino que, lentamente, la dejé en un reborde de cemento desde el cual continuó arrojando una luz irregular que enfocaba directamente la cabeza ensangrentada y quemada del detective Maier. Me pregunté por qué Gault no me ordenaba que arrojara el rifle. Tal vez no alcanzaba a verlo. Lo sostuve apuntando al techo. Ahora no estaba a más de dos metros de ellos.

Gault tenía los labios cuarteados y respiraba ruidosamente por la nariz. Se le veía demacrado y desaliñado, y me pregunté si estaría en plena embriaguez de crack, o si ya estaría recuperándose. Llevaba tejanos, botas militares y una chaqueta negra de cuero, llena de rozaduras y desgarrones. En una solapa lucía el caduceo que yo suponía que había comprado en Richmond varios días antes de Navidad.

—Matarla a ella no tiene gracia —dije, incapaz de contener el temblor de mi voz.

Dio la impresión de que sus ojos terribles enfocaban por fin, y al propio tiempo vi que corría por el cuello de Lucy un hilillo de sangre. Apreté los dedos en torno al rifle.

—Suéltala. Esto es sólo entre tú y yo. Es a mí a quien quieres.

Un destello brilló en sus ojos y casi pude distinguir su extraño color azul en la penumbra. De pronto, sus manos se movieron y empujaron violentamente a Lucy hacia el raíl portacorriente. Me lancé hacia ella y la agarré por el suéter. Caímos juntas al suelo y, con estrépito, el rifle se me escapó de las manos. El tercer raíl se apoderó de él con avidez y, al hacerlo, hubo un chisporroteo y sonaron unas detonaciones.

Gault sonrió, dejó caer la cuchilla y empuñó mi Browning. Tiró del cerrojo hacia atrás, asió la pistola con ambas manos y apuntó a la cabeza de Lucy, pero estaba habituado a su Glock y, al parecer, ignoraba el funcionamiento del seguro de la Browning. Apretó el gatillo y no sucedió nada. Hizo ademán de no entender lo que ocurría.

—¡Corre! —grité a Lucy, empujándola—. ¡CORRE!

Gault amartilló el arma, pero ya estaba amartillada y no había expulsado ningún cartucho, de modo que el sistema de disparo se había atascado. Enfurecido, oprimió el gatillo otra vez, pero el arma no funcionó.

—¡CORRE! —grité de nuevo.

Yo estaba en el suelo y no intenté escabullirme porque temí que Gault saliera detrás de Lucy si no me quedaba allí. Vi cómo intentaba forzar el cerrojo, sacudiendo el arma. Mientras tanto, Lucy rompió a llorar y, trastabilleando, comenzó a alejarse en la oscuridad. La cuchilla había caído cerca del tercer raíl y alargué la mano hacia ella; una rata me corrió por las piernas y me corté con un cristal roto. Mi cabeza estaba peligrosamente cerca de las botas de Gault.

Al parecer, él era incapaz de arreglar la pistola y, cuando se volvió a mirarme, lo noté tenso. Casi pude oír sus pensamientos mientras cerraba mis dedos en torno a la fría empuñadura de acero. Sabía lo que Gault podía hacer con sus botas y, al estar tumbada en el suelo, yo no le alcanzaría con la cuchilla el corazón ni la aorta, porque no había tiempo. Me incorporé de rodillas y, cuando Gault se dispuso a patearme, levanté la cuchilla y dirigí el filo quirúrgico hacia la parte alta de su muslo. Con ambas manos, corté cuanto pude mientras él iba soltando alaridos.

La sangre arterial me salpicó el rostro cuando saqué la cuchilla. La arteria femoral seccionada arrojaba sangre con cada pulsación de su espantoso corazón. De inmediato, me aparté de la línea de tiro porque sabía que el grupo de Rescate de Rehenes lo tendría en sus puntos de mira y estaría esperando.

—Me has herido —masculló Gault con incredulidad casi infantil.

Encogido sobre sí mismo, contempló con perpleja fascinación la sangre que manaba entre los dedos con los que intentaba en vano cerrar la herida.

—No para. Tú eres doctora. Haz que pare.

Lo miré. Llevaba la cabeza afeitada bajo la gorra. Pensé en su melliza muerta, en el cuello de Lucy... El estampido del fusil de un tirador de élite sonó dos veces en el interior del túnel, procedente de la estación; las balas zumbaron y Gault cayó junto al raíl al que había estado a punto de arrojar a Lucy. Se acercaba un tren y no hice nada por apartarle de las vías. Me alejé sin volver la vista atrás.

Lucy, Wesley y yo dejamos Nueva York el lunes. Primero, el helicóptero voló hacia el este. Pasamos sobre los acantilados y mansiones de Westchester y llegamos a aquella isla pobre y desdichada que no salía en los mapas turísticos. Una chimenea semiderruida se alzaba de las ruinas de una vieja penitenciaría de ladrillo. Volamos en círculo sobre la fosa común mientras unos presos y sus guardianes levantaban la vista hacia el cielo matinal cubierto de nubes.

El Belljet Ranger descendió todo lo posible y confié en que nada nos obligase a tomar tierra. No quería acercarme a los hombres de Rikers Island. Las lápidas que señalaban las tumbas parecían dientes blancos que sobresalían de la hierba, y alguien había esbozado una cruz con unos pedruscos.

Los presos estaban extrayendo la caja de pino, aún nueva, y cerca de la tumba aguardaba, aparcado, un camión. Cuando nuestro aparato batió el aire con más fuerza que los ásperos vientos que aquellos hombres conocían tan bien, los presos interrumpieron su tarea para mirarnos. Lucy y yo ocupábamos el asiento trasero del helicóptero, cogidas de la mano. Los presos, abrigados para el invierno, no se molestaron en saludarnos. Un transbordador oxidado se mecía en el agua a la espera de conducir el ataúd a Manhattan para la última y demorada comprobación. La hermana gemela de Temple Gault cruzaría el río aquella misma mañana. Jayne, por fin, volvería a casa.